行遍天涯意未阑
将心到处遣人安
因为有你
我再也不怕做噩梦了

蓝鲸不流泪

暗潮

AN CHAO

完结篇

蓝鲸不流泪 著

暗潮
AN CHAO

Yanlan

Suping
行遍天涯意未阑，将心到处遣人安。

ANCHAO

SU XING

YAN LAN

DO NOT ENTER

DO NOT ENTER

contents 目录

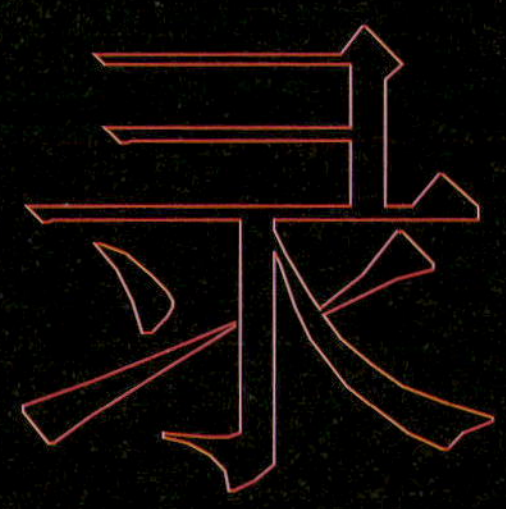

第一卷 同恶相济

第二卷 水落石出

暗恋相关
第一卷
UNDERCURRENT

第1章

晚上七点，晏阑洗完澡从楼上下来，轻轻走到正在厨房忙碌的苏行身后。

苏行身子僵了一下，旋即说道："吓我一跳。"

晏阑靠在橱柜旁低声说："以后能不能把药贴身带着？我再也不想听到你那样的喘息声了。"

"意外而已，我不会天天去飙车，你也不会天天被人追杀。"苏行看了一眼晏阑的手臂，说道，"一会儿我给你重新包扎一下，胶布都开了。"

"你不是说你上手处理过的只有尸体吗？"

"简单的急救包扎还是做过的。"苏行拍了下晏阑的胳膊，"别晃悠，一会儿成干锅了。"

晏阑听话地收回手，靠在橱柜旁问道："你这是做什么呢？"

"给你炖点猪蹄补补手，期待你下次从更高的地方跳下来。"苏行淡定地说道。

晏阑："……"

苏行："开玩笑的。西西最爱吃我做的猪蹄，她今天发消息说想吃，我就多做一点，明天叫个快递给她送去。"

"怎么不自己送去？"

苏行摇头："不了，我怕有危险。你说得对，现在情况不明，师父也不在家，我应该尽量避免跟她们接触。"

"江局已经派人去保护她们了。"晏阑安慰道，"放心，应该没什么大问题。"

苏行："她是大姑娘了。"

晏阑瞬间就明白了苏行的弦外音："那完了，从小身边就有这么一个大帅哥，再看别的男生肯定觉得都不如你。"

"所以我得躲她远一些。"苏行走到水池旁洗了手，"去坐会儿吧，高压锅还得压半个小时才能好，一会儿我再炒菜。"

二人坐到沙发上，晏阑问："你是不是还不舒服，怎么看上去这么累？"

"没有不舒服。"苏行顿了顿，继续说道，"我平常回家就是这个样子。"

晏阑低声说："你辛苦了。"

苏行抬手指了指晏阑的手臂："你家有医药箱吗？"

晏阑起身从玄关处拿出一个袋子递给苏行："昨晚医生给开的。"

"那正好。"苏行把东西接过来放到桌子上，小心翼翼地给晏阑处理起伤口来。晏阑盯着苏行的头顶，看着那茂密的头发，说道："你这发量就不像学医的。"

"我是学法医的，跟临床不一样。"苏行说道，"别闹了领导，你就不怕我一哆嗦把你伤口扯开？"

"不怕。"晏阑笑着说，"相信你的技术，而且本身就没多重的伤，这纱布看着吓人而已。"

苏行："周六白天我给你换上创可贴，这样晚上吃饭的时候就不会吓人了，但是你脖子上那个，贴了创可贴也会被追问吧？"

"没事。我昨天跟我表弟说的是受了点轻伤，只要不跟家里说详细经过就行。"晏阑又补充道，"其实别人都无所谓，主要是我姥爷，上次我摔下楼那事把他吓得够呛，这次就别跟他说了。"

苏行点头，把换下来的纱布胶带和用完的清创包一起打包扔进了袋子里，然后用消毒液擦了一下手，抱着靠枕侧坐在沙发上，一条腿屈膝盘在沙发上，另一条腿自然下垂。他把头放在沙发靠背上，舒服得仿佛下一秒就可以睡过去一样。

"在想什么？"晏阑问。

苏行半眯着眼，说道："在想周六去你家要带什么。师娘不喜欢打扮自己，西西又是个小孩子，我不太知道阿姨那个年纪的女人喜欢什么东西。"

"我妈都去世十六年了。"

苏行把头抬起来，一时不知道该做何反应。晏阑笑着又把他脑袋按了回去，说道：“3 号那天是我妈的忌日，十六年整。”

“可、可是……”

“百度百科上没写对吧？”晏阑解释道，“词条是公司在打理，隐去了我妈的名字，一是因为我妈确实跟公司没有任何关系，二是因为我的工作。我妈叫晏曦，我家公司用的就是我妈和我舅舅的名字。”

“对不起。”

晏阑：“没事。我妈病了三年多之后走的，其实我心里一直有准备，所以还好。不过说起这个，我确实有事要跟你说一下。”

“嗯？”苏行疑惑道，“说什么？”

“关于白泽。”晏阑说，“我妈是肝病去世的，当时全家只有我配型成功，但是我那时候才十六岁，不能给我妈供肝，所以只能等肝源。原本已经等到了，结果出了点意外，肝源就顺延给了排在我妈后面的人，就是白泽的母亲。白泽的母亲符合手术指征，但是他家里很穷，如果给他妈做了手术，他就要辍学回家，如果他要上学他妈就得回家等死。当时白泽可能也就六七岁吧，我舅舅看他可怜，又怕他不肯接受我们的直接帮助，所以就以我的名义通过资助项目跟他结对，承诺一直资助他到大学毕业。同时跟医院联系，假借临床试验的名头免了手术费和后续治疗费用。白泽一直跟我有联系，我不知道是不是因为我，反正他最后是上了警校，他毕业的时候我托人把他弄到队里，也是怕他一个外地孩子被人欺负，在我手底下虽然累，但是待遇会好一些。”

苏行靠在沙发上，缓缓地说：“你们都是好人，会有好报的。”

晏阑也换了个姿势，盘起腿在沙发上跟苏行相对而坐：“你什么都不用买，我都替你准备好了，都是你工资买得起而且拿得出手的东西，不会让你别扭的。”

“我还是给你转钱吧。”苏行掏出手机，“现在我吃住都在你家，再让你这么掏钱，总觉得过意不去。”

晏阑知道苏行的性格其实很要强，于是说道：“那一会儿上楼我把小票给你，应该不到两千块钱。”

晏阑话音刚落，就看到苏行直接转了两千给他。

“你干什么？”

“这样我心里踏实。”苏行伸出手在晏阑的手机屏幕上戳了两下，直接替他按了收款，“我没你想的那么穷，我十八岁之前房子一直在出租，那小区虽然破但是位置好，是学区房，又挨着地铁，租金很高，那些钱师父一分没动全都替我存着，我上学时还帮别人翻译专业文献挣外快，一直也不缺钱花。”

“好吧。”晏阑把手机放到一旁。

苏行看他一副欲言又止的样子，主动问道：“你想说什么？”

“我想知道你今天上午怎么了，当然你要不想说就算了，别勉强。”

“脑子短路了。”苏行浅笑了一下，“我去找江局聊了聊我爸的事，但他没跟我说实话，我又想起你最近把我看得这么紧，觉得你应该也知道，然后就感觉自己跟个傻子似的，你们都知道，但是都不告诉我。”

“我真不知道。”

苏行点头：“所以我说我想多了，我爸死的时候你还没上大学，而且江局今早跟我说话的时候还特意支开了你，你肯定是不知情的。”

晏阑问：“那你干什么又要躲？”

“我没要躲，你都不听我把话说完，就急吼吼地拉我出去了。”

“你明明就是又要说自己不值得。”

“我是想说，之前那个不敢以真面目示人的我，确实不值得你真心对我好。”

“那现在呢？”

苏行低下头：“我……我想试着改变。”

晏阑心中一暖，笑着说道：“小刺猬，你不扎人的时候真的很可爱。”

苏行揉着抱枕，翻了个大大的白眼。

“不逗你了。”晏阑看向苏行，“你……能跟我说说你爸的事吗？”

苏行点头，平静地讲述起来：“我爸叫苏荣，去世的时候三十八岁，警衔是二督，职务是市局刑侦支队的副支队长。当时江局是缉毒的正支队长，师父是法医室的主任，他们仨关系非常好，就有点像你和乔副还有余支一样。师父的办公室里有一张他和我爸的合影，师父说那是我爸刚升二司的时候拍的，拍照的人就是江局。”

“江局为什么没一起拍照？”

“缉毒啊，领导！”苏行说道，“缉毒一线不能入镜，我小时候一直没见过江局，也是这个原因。”

“哦对，一下没反应过来。”

苏行继续说道："其实我小时候一度很痛恨警察，因为是这个职业让我失去了父亲；可是我长大了又非常想成为警察，因为我想知道我爸曾经工作过的地方是什么样子。我身体不好，挨不过警校的训练，才跟着师父学了法医。法医室的那些人都奇怪我为什么技术这么好，其实是因为我上高二的时候决定要学法医，那个时候师父就开始在家教我，还给我讲遇到的各种案例，所以我实际学法医的时间有七年，而且在正式工作之前就知道了很多只有在实践中才知道的经验。"

"你守着咱们省数一数二的大神，要是学不好可就太丢人了。"晏阑顿了顿，又问，"我记得你之前说你舅舅一家对你不好，那你爸这边的亲戚呢？他们不在本市？"

"我爸这边没有亲戚了。我爷爷也是警察，早年间出任务的时候牺牲了，我奶奶在我出生后没多久也去世了，我爸是他们的独子，所以我没有叔伯兄弟。我从记事起就一直住在姥爷家，那里离我爸妈上班的地方都近。其实我爸在家属区有一套房子，是我爷爷留下的，我妈走了之后我爸就准备带我回去，结果还没收拾好他就没了。师父原本想帮我争取留着那房子，但我不想去家属区住，就把那套房还回去了，换了一笔补偿款，然后用我爸妈的抚恤金和那笔补偿款买了现在那套。"

"在家属区有……你爷爷不会是苏奕忠吧？"

"嗯？你知道？"

"咱们省第一位一级英模，我怎么会不知道。到现在新入职的缉毒警都要学习他的事迹。"

苏行微微摇头："被毒贩打了五枪，一枪穿肺，一枪打中脾脏，两枪卡在肋骨上，最后一枪爆头，这事迹有什么好学的？人死了就是死了，这些英雄的背后都是一个个支离破碎的家庭。"

苏行的语气平静，可此时晏阑却心痛得不知该作何回应。

"是不是觉得我特别思想不正确？"苏行低着头说，"可是我正确不了，那是我的家人。如果不是因为我爷爷这个一级英模，我爸可能也不会上警校当警察，也就不会死在查案的路上。一家三代警察，听上去特别荣耀吧？结果只有我一个人还活着。"

"别说了。"晏阑心里揪着劲地疼。

苏行沉默了下来，这个话题他从来没跟别人说过，他不知道自己的想法能不能被晏阑这样一个把警察荣誉看得十分重要的人所接受，他揉了一下怀里的抱枕，说道："你要是觉得我这样的态度不对，那我——"

晏阑连忙打断："想什么呢！我是怕你说完了心里难受，又要跑去找你那个不靠谱的同学咨询解压。"

"韩子敬吗？"苏行笑了起来，"我就是真的需要心理医生也不会找熟人。"

"你最好是。"

"嗤嗤——"厨房高压锅上汽的声音打断了两个人的对话，在不知不觉中他们已经聊了二十分钟了。

苏行放下靠枕说道："再有十分钟就差不多了，我去炒菜。"

晏阑用手臂压住沙发靠背，静静地看着苏行的背影。他突然意识到自己错看了苏行，苏行根本不需要照顾，不需要别人小心翼翼地避开他的雷区。他内心足够强大，他可以坦然面对外界的一切，他不是风雨飘摇之中一株无力自保的娇花，而是岿然不动的参天大树。晏阑之前面对苏行的时候难免"父爱泛滥"，总觉得苏行需要保护，可实际上在没遇到自己之前，苏行也并没有被别人欺负得活不下去。晏阑及时遏制住了自己的"圣父"心态，真正地开始正视苏行。

"吃饭了。"

"来了。"晏阑走到餐桌旁，桌上两荤一素一汤，两副碗筷已经摆好。

苏行把围裙解下搭在椅背上，给晏阑递上满满一碗米饭："你伤还没好，这几天先不要想着减肥的事了。"

"你呢？"

"做完饭就不太想吃了。"苏行盛了汤到自己碗里，"你吃就行。"

"那以后就不要做了，我叫人做完送过来。"晏阑又补充道，"你好歹吃点，不然晚上会饿的。"

"饿了再说。"

"半夜吃东西你不怕胖吗？"

"我又不用保持身材。"苏行挑了下眉，"而且我还年轻，还可以再胡吃海塞几年。"

晏阑翻了个白眼："不提年龄，还可以好好聊。"

苏行："年龄是阅历的象征，怕什么？现在女人都不怕老了，怎么你还这么介意年龄？”

“以前不介意，现在介意了。”晏阑给苏行的碗里夹了菜。

苏行偏着头想了一下，然后露出一个了然的笑容，说道：“十八岁和十岁之间是有不可逾越的鸿沟，但三十二和二十四之间就没那么大差距了。而且我那天说你岁数大也只是开玩笑，你别往心里去。”

“我可没那么小心眼。”晏阑喝了口水，把话题引向了别处，“对了，你生日是哪天？我那天匆忙扫了一眼，就记得是11月，没记住具体日子。”

“29号。”苏行说，“但是我不过生日。”

“不喜欢？”

“嗯，不喜欢。”

“知道了。”晏阑说，“一会儿你要没事陪我看会儿监控？那些中药店的监控我还没看完。”

“好。”苏行把碗筷放下，“我先去洗个澡，你慢慢吃。”

饭后，两个人坐在二层的沙发上用投影看着一段又一段的监控视频。在换视频的空隙，晏阑说道：“诶，你分析分析，凶手到底为什么要分尸？又为什么要带着担架？”

苏行想了想，说道：“分尸或许是为了加大破案难度，至于担架……我猜凶手中可能有人体力不行。”

“凶手体力不行？你怎么判断的？”

“注射。”苏行解释说，“丁义手臂上的那个针眼的进针角度在二十度到三十度之间，是标准静脉注射的角度。注射是个相对专业的事情，不是所有人都会。现场痕迹证明最少有两名凶手，我觉得有可能是一个杀人一个伪造吸毒证据。如果真的是这样的话，两个成年男性搬运尸体仍然用了担架，似乎只有体力不行这个解释了。”

晏阑微微点头，又问道：“你觉得凶手知道他杀错人了吗？”

“我猜他知道。”苏行说，“按照丁义颅骨的损伤来看，凶手不仅是让他死，更是不想让别人认出他，但是我又想不明白凶手为什么要把头留在屋里。要是我发现杀错了人，我估计会一不做二不休，干脆彻底把尸体全扔了。”

晏阑听苏行语气平静地把自己带入凶手的角度进行分析就头皮发麻，他连忙打断道："苏法医，请教个专业问题，有没有万全的毁尸灭迹的方法？"

"没有。"苏行斩钉截铁地说，"那些什么强酸腐蚀、高压锅化骨也只是说说而已，实际操作起来非常困难，且不说工业用酸管理严格，就算家里有高压锅，那分离人体组织、把骨头砍到能放入高压锅里的长度也是很麻烦的事情，一般等不到痕迹消失就会被别人发现。再加上现在几乎到处都是监控，抛尸更容易被发现，如果说十几年前毁尸灭迹还有可能，现在就真的非常难了。"

"所以我们一定能找到证据。"晏阑按下了播放键，"你要累了就去睡，不用陪我。"

"不累。"

两个人就这么安静地看着监控记录，一直到接近凌晨。晏阑转过头想让苏行去休息，结果发现人已经睡着了。

"还说不累，嘴真硬。"晏阑轻轻挪开苏行怀里的抱枕，让他在沙发上躺平。

翌日清晨，阳光透过纱帘洒入房间，明媚但不刺眼的光线唤醒了晏阑。他睁开眼愣了一会儿，起床走到外面一看，沙发上空空如也。

"苏行？"

无人应声。

屋里也没有任何动静。晏阑转头看了一眼时钟，8 点 37 分。他迟到了。

楼下餐桌上放着一个食品袋封好的三明治，下面压着一张字条："法医室有事，我先上班了，记得吃饭。"

"竟然不叫我！"晏阑抄起桌子上的三明治，赶紧往车库走。

早上 9 点 20 分，晏阑举着一杯咖啡进入了刑侦办公区。

庞广龙："老大，早……"

"都几点了还早！"晏阑居高临下地看着庞广龙，"有什么发现？"

庞广龙回答道："何浩明出来之后去所在地派出所报到时留的电话现在已经打不通，技侦说那个电话只用过两次，地点都是在他家；调了附近的监控，发现 20 号晚上他独自一人从家离开，之后再没有回来；视侦正在做延展追踪，有消息会通知咱们。昨天申请的搜查令批了，刑科所现在应该在他家里取证，乔副跟着去的。"

"行，那有发现再说。"晏阑转身回了办公室。

林欢稍稍一推桌子，坐着转椅滑到了庞广龙身边，拍了拍他的肩膀。

“靠！”庞广龙抖了一下，“欢姐你吓死我了。什么事？”

林欢：“前天晚上兵荒马乱的我都没反应过来。我问你，小苏为什么会先于咱们去丹卓斯接应老大，还是开着老大的车？”

庞广龙想了想，说：“那天中午在食堂吃饭，我听小苏说他的车被追尾了，是不是老大把那辆车借他了？咱不是也经常借老大的车开吗？”

“我可问过了，就连孙铭睿这个天天赖在法医室的人都不知道小苏有哮喘。”林欢用下巴指了一下办公室的方向，“可是老大不仅知道小苏有哮喘，还知道他用的什么药，甚至还在自己车上备了常用药。老大又不是乔副，再说了，乔副也没细致到备着哮喘药啊。”

“苏哥现在住在晏队家。”白泽站在二人身后突然开了口。

“我去！我这一早上被你们吓了两回！”庞广龙直接从椅子上跳了起来，“你什么时候过来的？！”

白泽笑道：“刚过来。”

庞广龙靠在桌子旁说：“神兽，你刚才说苏行住在老大家？”

白泽点头：“之前苏哥通宵做实验那晚是晏队带他回来的，而且晏队还是先跟着他进了小灰楼，后来才回的办公室。”

庞广龙：“……”

“我就说！今早我在小苏身上闻到了和老大身上一样的味道，而且是老大家那个巨贵的香薰的味道。”林欢拍了下大腿，“看来那天小苏就是从家里开着老大的车去的丹卓斯！”

“嘶……欢姐，你拍的是我！”庞广龙揉着腿说道，“就你这手劲儿，以后谁敢娶你啊！”

“庞，广，龙！”

“我错了欢姐！”庞广龙飞快地拿起车钥匙往外跑，“我去交通队拿监控了！”

“我们在何浩明家中发现了两组指纹。”苏行把报告放到晏阑的办公桌上，“其中一组属于他本人，另外一组属于一个叫作葛文亮的人，是个中医，在本市经营一家中医诊所，地址在平安路，乔副已经带人去找他了。”

“平安路？”晏阑皱着眉思索片刻，立刻掏出手机给乔晨打电话。

“晨儿！我去葛氏中医查过草乌出售记录，这葛文亮很有可能知道什么！”

“知道什么也没用了。”乔晨的声音从听筒中传来，“叫苏行来吧，葛文亮死了。”

“我去准备东西！”苏行立刻转身奔出了办公室。

中医店门口，孙铭睿哀怨地拎着工具箱下了车，嘴里还不停念叨着：“一天出两个现场，王老不在没人镇场，妖魔鬼怪全跑出来了！”

苏行：“行了睿哥，上午何浩明家又没尸体。”

孙铭睿哀号：“我是痕检！痕检！一切你能看见的地方都是我的工作范围！”

林欢插着手站在一旁：“孙铭睿同志，你干不干活了？”

“这就开工，革命工作不怕苦！”孙铭睿立刻闭上了嘴。

苏行默默冲林欢竖了个大拇指，一物降一物，果然是有道理的。

等做完痕迹提取之后，苏行走到葛文亮的尸体旁开始初步尸检。葛文亮的尸体呈俯卧位，周围没有任何阻挡和杂物，体表没有明显外伤，现场看上去非常简单。

“一次性尸斑，死后没有被挪动过，这里应该是第一现场。”苏行简单探查之后就给出了判断，“尸斑呈樱桃红色，初步怀疑死于一氧化碳中毒，死亡时间在 72 小时以内。”

乔晨问：“自杀还是他杀？”

“不排除他杀可能。”苏行指着死者面部说道，“口鼻处有残留的胶布痕迹，死前可能有被约束的情况。屋内没有空调，这几天又都高温，现场门窗紧闭不符合正常生活状态，死者口腔内有少量呕吐物，身体呈现向窗户爬行的姿态，像是短时间内吸入高浓度一氧化碳所致。跟家属沟通一下，拉回去准备尸检。”

葛文亮的尸体情况并不复杂，回到市局之后没多久苏行就完成了解剖，再结合痕检的信息，死因清楚明确，连作案手法都有了初步推测——在诊所被人引诱喝下了含有安眠药的红酒，又因为安眠药和一氧化碳的双重作用而无力求救，最终身亡。胃内的酒和张格死前喝的一样，诊所内红酒杯上的指纹也已经证明是何浩明的。

何浩明身上的人命又多了一条，通缉令也已经发送到本市各基层和周边市县。虽然分尸案尚无头绪，但能确定何浩明在张格和葛文亮案的作案嫌疑，已经是很振奋人心的突破了。

临下班时，丁义的弟弟丁理来到市局认尸，苏行把尸体处理好之后便走出解剖室，向晏阑轻轻摇头："多让他们待一会儿吧。"

"嗯。"晏阑靠在墙上，伸手从兜里掏出烟盒，拿了一根烟放到鼻子下。

苏行见状问："你这几天是不是一直都忍着？"

"没有，我趁你不在的时候抽。"晏阑低声说道，"我虽然没那么大瘾，但是一时半会儿也戒不掉，不过我可以保证尽量不让你闻到。"

"不用这样，我又不是一点都闻不了，上次那只是意外而已。"

"我不喜欢意外。工作的时候已经有很多意外了，生活里我不想再有意外，我就想踏踏实实过日子。"晏阑把烟盒收回口袋里，"对了，一直没问你，为什么不喜欢别人打扰你尸检？"

苏行沉默了一会儿，说："对着活人很累，尸检的时候是难得的属于我自己的时间，我喜欢解剖室里的氛围。"

晏阑问："所以我之前几次三番跑进解剖室，你是不是特别烦？"

"还好。"苏行顿了顿，"不过解剖江海那次我确实有点烦了，后来还怼了你。大概是因为那天状态不好，半夜出现场又见了太多蛆虫心里硌硬吧。其实后来一直想跟你道个歉来着。"

"不用。"晏阑笑了一下，"我听林欢说你曾经把实习生轰出过解剖室，这么一比我已经很幸运了。"

"嗯？"苏行偏着头回忆了片刻，"哦，那次也不是因为打扰我尸检，是因为那实习生连脏器位置和特点都没记住，指着胰腺叫脾脏，就这种水平当然得退——我靠！"苏行直接冲进了停尸间，一把将丁理按在了地上，用膝盖压住他的右手肘，伸手把他手里的刀片夺了下来，"杀丁义的凶手还没抓到，你现在死了就什么都没了！"

晏阑跟着进屋直接拿出手铐把丁理铐了起来。

丁理在地上号啕大哭："让我死吧！为什么不让我死！我什么都没了！我现在已经什么都没了！哥……你为什么就这么扔下我了！为什么啊……"

苏行看晏阑一个人已经把丁理按住，便站起来甩了甩手，语气带怒意地说道："亏的我手快，你可真行！你这一刀下去就扎动脉上了知不知道！"

这时有人听到动静赶来，晏阑立刻把丁理拎起来扔给他们，说道："关起来！

看住了不许让他自杀，从头到脚给我搜个遍！等冷静了再说！”

一群人来了又走，转瞬之间屋内就又剩下晏阑和苏行二人，晏阑问：“你手没事吧？”

“没事，来帮我把尸体放回去吧。”苏行把尸袋拉好，“对了，我下班之后有事，晚饭你得自己解决了。”

晏阑：“早上不叫我起床，晚上也不跟我吃饭，你飘了啊！”

“真有事。”苏行说道。

晏阑看苏行的表情就知道他没说谎，于是说：“知道了，你自己注意安全。”

“嗯，那我先走了。”

傍晚时分，晏阑正在办公室收拾东西准备下班，苏行却在这时发来一条消息：领导介意给我当一次司机吗？

你得告诉我要干什么去，我再决定要不要介意。

苏幕遮：一两句说不清楚，要是麻烦就算了。

晏阑锁上手机，直接往法医室走去。

“哎哟我去！”孙铭睿吓得直接站了起来，“晏队你怎么不敲门啊！”

晏阑看了他一下：“你干什么坏事呢？”

“我没干坏事也禁不起你这么吓啊！”孙铭睿拍着自己的胸口，“阴历鬼月了，阎王这是来收人？”

“我收你！”晏阑翻了个白眼。

孙铭睿这个神经大条的人压根没看懂晏阑脸上那一副“你能不能赶紧自己出去”的表情，反而又坐回了椅子上。他抬起头看向晏阑，以主人的口吻说道：“晏队，来我们法医室有何贵干啊？”

晏阑心里无数句问候涌上喉咙，最后堪堪憋出了一段话：“刚才我跟监狱方面联系了一下，发现何浩明的右臂上也有一个文身，和死者张格手臂上的文身是同一个图案，都是一种古生物。知道这种动物的人非常少，结果现在我们案子里一个嫌疑人一个死者身上都有，而且很相似，巧合的概率很低，我想问问你们这边有没有什么相关的统计或者数据库之类的能够参考。”

“就那个沧龙是吗？”孙铭睿依旧没有离开的意思，“你们没去找文身店查查？那东西长得那么丑，文身师应该会有印象吧？”

晏阑："文身店有人去查，我这是问问你们这边有没有捷径可以走。"

苏行在旁边已经憋到快要破功了，他推了一下孙铭睿："睿哥，今天欢姐的车限行，你还不赶紧表现表现去？"

"诶呀！到下班时间了吗？！我走了！拜拜二位！"

孙铭睿前脚迈出法医室，苏行紧接着就趴到桌子上笑了起来。晏阑走到苏行身边，居高临下地看着他："这么好笑吗？"

"第一次见你这种表情！"苏行调侃道，"领导也有说不出话的时候！"

"我来给你当司机，你还笑话我？有没有良心？！"

"不笑了不笑了！你等我缓一缓……"苏行揉着自己笑酸了的脸颊，"领导你脑子也短路了？我要是能当面说就不会给你发消息了。"

"早晚被你气死。"晏阑插着手站在桌前，"走吧？不是让我当司机吗？"

"不着急，先把你刚才说的那件事查一下。"苏行拍了下旁边的空椅子示意晏阑落座，"2008年首都机场文身女尸案之后，各地法医都有个不成文的规定，无名尸的文身都要在系统里着重标记，这是重要的辨认身份的证据。前些年师父和几个前辈牵头做了一个资料库，所覆盖的范围不再是无名尸，看到一些特殊图案或者是疑似重大系列案件受害者的文身照片也会放进去。"

"相当于文身库了？"晏阑问。

"差不多吧，不过这个覆盖面并没有很大，只能是碰碰运气。"苏行点了几下鼠标，"何浩明的文身图案你放在案卷里了吗？"

"刚放进去。"

"好。那我把何浩明和张格的文身图案都拖进去。"苏行操作了几下，然后把手从鼠标上挪开，"但是这个系统使用体验不太好，估计得等一阵。"

晏阑看着电脑屏幕上那个Windows98的操作界面一时有些无语，这玩意看起来真的不太靠谱，也真的太像王军那个年代的人用的东西了。

"没人给你们维护系统？"他问。

苏行把食指和拇指捏在一起来回捻了两下："领导出钱吗？"

"不申请经费？"

"师父不是那种薅公家羊毛的人，要不是因为我，他还不肯打报告申请换解剖台呢。"苏行又指了一下电脑屏幕，"而且这种东西的实际使用率并不高，也不是什么不可或缺的，申请了也不一定批。"

“也是。”晏阑靠在椅子上，“欸，说说你的心路历程，怎么又决定让我送你了？”

苏行：“今天周五，不好打车。”

“这是真把我当司机了。”晏阑轻哼了一声，“晚上去哪儿？”

“市医院。”苏行又补充道，“你给我放门口就行，我不知道什么时候能完事，不用等我。”

晏阑皱了下眉头：“你哪不舒服？”

“你别这么紧张，不是我。”苏行解释说，“刚才接了个电话，说我姥爷住院了，让我去看看。”

“那你还跟这儿磨蹭什么？还不赶紧去？！”

苏行微微摇头：“你觉得一个快二十年没有联系的亲戚突然找上门来，能有什么好事？我问了医生，说老头那个儿媳妇每天晚上八点半到九点不在医院，我掐着点儿去。”

晏阑在脑子里想了一下这亲属关系才反应过来：“你舅妈？”

“对。”苏行轻笑了一下，“人家都说姑舅亲是打断骨头连着筋，我家这……倒确实是能打断骨头，不仅能打断骨头，还恨不得能挫骨扬灰。”

晏阑一时语塞，不过好在电脑屏幕上那个蜗牛一样的进度条适时走到了终点，他指着屏幕：“这是检索完了？”

苏行抬起头看了一眼说：“嗯，没有匹配的，那我就真的帮不了你们了。”

“没事，刚才本身就是胡乱敷衍的。”晏阑站起身来，“走吧，我在市局外面等你。”

“有点儿早，再等会儿？”

“先陪我吃饭！”

“好的领导。”

第2章

两个人在市医院外面的小饭店里随便吃了点东西，看时间差不多之后苏行便独自一人进了住院部。晏阑犹豫了一会儿，最终还是跟了上去。

苏行走到病房外才意识到事情比他想的严重。不过他还没来得及细想，就被一个中年女人推了一下："你干什么来了？谁让你来的？！"

那是原本不应该在这个时候出现在医院的苏行的舅妈，李婉琴。

苏行强压住心中的不耐烦和厌恶，问道："发生什么了？"

"发生什么也跟你没关系！有钱就留下，没钱就滚蛋。"李婉琴满是嫌恶地说道。

苏行从口袋里掏出银行卡："我带钱了。"

"你十多年前就把他赶出家门，凭什么让他给你钱？"晏阑走到苏行身边，直接把卡夺了过来。

苏行拉着晏阑的衣服说道："没事，你不用管。"

李婉琴嘲讽道："哟，不错啊苏行，你这抱大腿的功力见长！是不是看你那个干爹晋升无望又赶紧抱了这个？这个是有钱还是有权？"

晏阑看着眼前这个典型"小市民"嘴脸的女人，心底冒出一股无名火。这些年苏行过的是什么样的日子不用想也知道，但凡苏行的家人有一个善良的，也不会让王军一个跟苏行毫无血缘关系的人把他抚养长大。然而王军的无私付出和苏行的寄人篱下，到她嘴里却变成了所谓的"抱大腿"。

"李婉琴！"苏行在晏阑准备开口的时候抢先说了话，"我的私生活轮不到你来管，你更没资格说别人。我卡里有十五万，你要就拿去。”

“十五万？苏行啊，你还真是精明！”李婉琴轻哼了一声，“爸把房子留给你，你就给我十五万？！你打发要饭的呢？！”

苏行眨了眨眼，问道：“什么房子？”

“你这装傻充愣的样子跟成幕慕真是一个死德行！”

苏行终于无法再压制自己的怒火，指着李婉琴道：“你别提我妈！”

晏阑连忙抓住苏行：“别，苏行，这是在医院。”

李婉琴依旧不依不饶：“怎么了？我说错了吗？成幕慕当年的抚恤金有二十多万，结果呢？苏荣一分钱都没给我们！吃住都在家里，人死了也不说分我们——合着你们一家三口喝西北风就能活着是吗？！”

苏行打断了李婉琴，厉声道：“那是我妈的命换来的！我宁愿要我妈活过来也不想要那二十万！你别以为我不知道，我妈活着的时候每个月都给家里两千块钱生活费！那时候我爸妈工资加起来一个月才三千多！你和成家栋都不上班，到底是谁在养你们那个家？！”

李婉琴插着腰，毫不示弱地说：“你管我们上不上班呢？！爸都不管，轮得着你一个丧门星管吗？这么多年这个家只要沾上你就没好事！我现在是真后悔，当初就应该直接弄死你，要不然——”

“这位女士，你要对你说的话负责。”晏阑左手甩出警官证，右手抬了一下一直拿在手里的东西说道，“你刚才说的话都被执法记录仪录下来了，一旦今天之后苏行出了任何意外，你将会是我们警方找的第一嫌疑人。另外，苏行现在是在职警察，你刚才的话已经构成了对警务工作者的人身威胁，我现在就可以以妨碍公务为由拘捕你，你自己掂量着办。”

李婉琴被晏阑这一大串话给唬住了，她悻悻地后退了一步，把双手环于胸前，斜倚在走廊的墙壁上。虽然脸上还是刚才那一副“谁也不怕”的表情，肢体动作却暴露了她的不安。

其实晏阑手里拿的根本不是执法记录仪，而是刚才从车上摘下来的行车记录仪。另外，他们现在并非在执行公务，也就根本谈不上妨碍公务。不过晏阑这些年跟各种人都打过交道，他很了解李婉琴这样的人。这种人平常嘴上无德，从骨缝里滋生着恶毒，但这只是在面对普通人的时候，在面对警察，尤其是晏阑这种身高气势有绝对压迫性的警察的时候，基本就都熄火了。晏阑刚才在吃饭的时候听苏行说了一下他舅舅一家有多奇葩，所以下车的时候顺手把行车记录仪摘了下来，没想到还真的派上了用场。

“成，那咱就不说过去的事。”李婉琴挥了一下手，找了个非常硬的台阶愣是走了下来，“就说房子是怎么回事。”

苏行靠在墙上说道：“你们这些年防我跟防贼似的，姥爷留下什么，我怎么可能知道？”

“又来了，你还真是成幕慕亲生的！”

苏行咬牙说道：“我再说一遍，不许你提我妈！”

李婉琴看着苏行怒气冲冲的样子，突然笑了起来：“你现在是警察了，所以你不能打我对吧？你们那个词叫什么来着？暴力执法是不是？欸，如果你打了我，是不是就得脱了这身皮？那你打我吧，我让你打，你把这些年的气都发泄出来，你打我啊！我这一身肉不怕打，我没别的要求，你只要把爸的房子给我，我就跟你私了，怎么样？来来来，快打我！正好你不是有执法记录仪吗？！都录下来！快！打我！”李婉琴边说边往苏行身边蹭，身上的脂肪抖动成了波浪形，说话时满脸的横肉乱颤，挤得五官都变了形。有一绺油腻的头发因为不堪身体剧烈的运动而耷拉下来，紧贴着额头的皮肤，显得无比滑稽。晏阑看着她这个跟“体面”二字完全背道而驰的模样，胃里突然有一种翻江倒海的感觉。苏行并没有反抗，只是一味地后退，似乎并不想被李婉琴碰到。

晏阑见状直接站在了二人中间，压住声音说道：“李婉琴，我再给你普个法，寻衅滋事也是要判刑的。”

“我说这位警官，我们自家人说家务事，你就别参与了吧？”李婉琴阴阳怪气地说道，“小伙子，我劝你一句啊，苏行可不是什么好人，跟他妈一个德行！成幕慕当年要不是收了太多回扣，怎么会被人报复？你是不知道啊，死相那叫一个惨！”

“李婉琴！”一直站在一旁的成家栋终于出了声，“当着外人的面你能不能收敛一点？！”

苏行的这位舅舅，一看就是个窝囊人，自己的父亲在鬼门关前徘徊，自己的媳妇对着自己的亲外甥咄咄逼人，他却能忍到现在才开口。成家栋这一嗓子并没有对李婉琴产生任何震慑，不过倒是让李婉琴把矛头暂时从苏行身上挪开，转而开始疯狂控诉这些年成家栋有多不争气，最后三句两句总要绕回到房子上。

而另外一边，苏行的表弟成澄就坐在他们旁边的椅子上叼着棒棒糖玩手机，自始至终连头都没抬。

晏阑看着这样一家人，心里着实难过，但转而又有几分庆幸。庆幸苏行后来这些年没有跟他们生活在一起，否则他一定会被拖累到崩溃。他把苏行拉到一旁，轻轻地拍着他的后背。

苏行微微摇头，说道："对不起啊领导，让你看到我家的这一地鸡毛。"

"这又不是你的错。"晏阑安慰道，"以后不要再搭理他们就好了，让他们自生自灭去吧。以防万一，我刚才已经把我家律师叫来了，之后有什么事让他替你出面。"

苏行自嘲地笑了起来："他们要知道你家那么有钱，估计更不会轻易罢休了。这么看来李婉琴倒是没说错，我确实抱了条大腿。"

"胡说八道！"晏阑拍了拍他的肩膀，"平常开开玩笑就算了，怎么还当真了？"

"成克峰家属？"医生的声音从远处传来。

"来了！"李婉琴转身跑到病房门口。

"这里有叫苏……这是xíng还是háng？"

"行走的行。"晏阑拉着还没反应过来的苏行走到了医生身边。

医生说道："成克峰要见你，抓紧时间吧。"

李婉琴一把拽住苏行，喊道："你不许进去！你算个屁家属！"

"放手！"苏行冷着脸把李婉琴推到一旁，转身走进了病房。

莫说是李婉琴，就连晏阑都没见过苏行这样的态度。刚才苏行转身的一瞬间，眼底是毫不掩饰的厌恶和慑人的冷漠，气氛瞬间就冷了下来，晏阑甚至觉得自己感受到了一股寒意。医生大概是因为角度问题没有看到苏行的眼神，又或许是见过太多奇葩家庭的奇葩关系，已经见怪不怪了，他瞄到晏阑手中尚未收回的警官证，问道："你是警察？"

"是。"晏阑回过神来回答道。

"那正好。"医生斜着眼看向李婉琴，"医闹你给带走吧。"

晏阑心领神会地掏出手机："扰乱公共秩序，按照治安管理条例，处五日以上十日以下拘留，并处罚金。我现在就让同事出警。"

李婉琴先是被苏行吓到，接着又被晏阑和医生的一唱一和给弄蒙了，她看了看晏阑，又看了看医生，正准备说话的时候，病区的呼叫器响了起来，与此同时苏行的喊声从屋内传来。医生护士连忙冲进屋里，晏阑眼疾手快，拉住苏行走出了病房。他把苏行带到走廊拐角处，低声问：“怎么了？”

苏行微微摇头：“不行了。”

“别说不吉利的话。”

“这是事实。我以为只是小病，没想到这就是最后一面了。”苏行无力地叹了口气。

不久之后，医生的声音从远处断断续续地传来：“……抢救无效……死亡时间 8 月 11 日晚九点……家属……”

晏阑轻声说道：“节哀。”

“没事。”苏行缓缓把头抬起来，“就是脑子有点乱。”

“想哭就哭，不丢人。”

苏行摇头：“不想哭。我和他只有亲缘关系，但是没有亲情关系。”

亲缘是 DNA，是血缘，是无法改变的事实；亲情是爱，是陪伴，是庇护和温暖。而这些年来，苏行根本没有从这一家人身上得到该有的亲情，在某种程度上他们才是真正的“一家人”——一脉相承的刻薄冷血。

长辈离世，人们会不可避免地回忆起曾经的点滴，苏行也不例外，不过他想起的是当初被赶出家门时的场景。现在想来，李婉琴是早有预谋的。按照本地习俗，父母去世要戴四十九天黑纱，摘掉黑纱的那一晚正好是小年夜，李婉琴做了一顿堪比年夜饭的晚饭，在席间，李婉琴对苏行说：“该开始新的生活了。”

那时年仅八岁的苏行尚未意识到这家人“新的生活”中并没有他。第二天一早，李婉琴给苏行塞了十块钱，让他去买早点。等苏行拎着一家人的早点回来时，看见门口堆了三个纸箱子，而自己的书包则安静地放在箱子上。他犹疑着走到门口，发现门上挂着一把崭新的锁。他没有敲门，也没有哭闹，拎着那还温热的早餐，揣着剩下的零钱转身走出了胡同，从此再没踏足过那里。那个早上，他去了陵园，坐在父母的墓碑前，就着豆浆吃完了一整袋花生。如果不是王军一早到陵园来祭拜他的好友，恐怕苏行就真的死在了那里。

晏阑轻声问道：“还好吗？”

苏行回过神来，说：“坐会儿再走。”

“好。”

两个人走到病区门口的椅子上落座。苏行低着头，像是在跟晏阑说话，又像是自言自语道："当初我姥爷什么都没说，他哪怕说一句让我留下，李婉琴都不会那么猖狂。'外孙没有亲孙亲，嫁出去的女儿再争气也没用'，这是他说过的原话，我一直记得。我对他……肯定爱不起来，但似乎也恨不到哪里去，他走了，我只觉得轻松。从现在开始，我跟成家再没任何瓜葛了。他原先是个挺圆润的老头，可是刚才看到他，我都不敢认了。气切之后他不能说话，看见我进去就把眼睛睁得老大，勉强在我手心里写了几个字。"

"什么字？"

"不知道。"苏行微微摇头，"他一点力气都没有，颤颤巍巍的，根本分辨不出来，我估计应该是'对不起'之类的吧。他看着我从他枕头下面把东西拿出来之后，整个人就像撒了气的气球一样。那感觉……很难描述，他确实还在呼吸，但你就是知道他不行了。"

"好了。"晏阑低声说，"他已经走了。"

"嗯。"苏行直了直身子，把从刚才起就一直拿在手里的文件袋递给晏阑。

"这是……"晏阑问。

"迟到的真相。"苏行长出了一口气，"当初该被轰出家门的是成家栋和李婉琴，而不是我。"

"什么意思？"

"你看看就知道了。"

晏阑打开文件袋，里面是一份公证书，纸张已经微微泛黄，看样子有些年头了。他打开公证书粗略看过，然后有些不解地问："这……所以他们现在住的那套房子应该是你的？"

"准确说是我妈的。"苏行说，"我爸去世之后我就是第一顺位继承人。我一直以为我姥姥去世得仓促什么都没留下，原来她早就猜到这套房会闹出事来，所以早早做了遗嘱公证，只是她没想到我妈也去世了。"

"爸呀——你怎么就走了啊——"

成家栋和李婉琴的号丧毫无感情但极具穿透力，引得病区里陪床的家属和护工都忍不住探出头来。而苏行却坐在椅子上充耳不闻，仿佛与整个世界都隔绝开来。就在此时，一位西装革履的男士赶到了医院，晏阑跟他交代了几句，那人便立刻去办事了。

“苏行，”晏阑蹲到苏行身边低声说，“律师到了，之后的事情如果你愿意的话也可以交给他去做。你现在……”

苏行沉默了许久才轻声说道：“我想回家。”

回家后不久，晏阑挂断自家律师的电话，走到客厅给苏行倒了一杯水，说道：“责任清楚没有任何问题，成家栋现在住的房子确实是你姥姥留下的，遗嘱公证也依旧有效力。这些年成老先生隐瞒遗嘱的行为因为他的去世而不再追诉，但是成家栋一家三口应该尽快搬离。明天律师会把需要你签字的文件都送到家里，你签过之后就什么都不用管了。如果你不想出面的话，成老先生的后事我也可以找人帮你办。”

苏行接过水杯，笑着看向晏阑道：“你说，那一家子孝子贤孙会去给我姥爷摔盆吗？”

“你……你没事吧？”

“没事。”苏行摇头道，“你监控是不是还没看完？我陪你看吧。”

晏阑连忙坐到苏行身边：“你别这样，要是难过就发泄出来。”

苏行说道：“我真不难过，就是觉得挺神奇的，原来人临死之前是真的会忏悔。”

“你别吓我。”晏阑关切道，“你不会想不开吧？”

苏行猛然抬头：“开什么玩笑？！为了一个十多年前把我扔了的人想不开，领导，你这是在侮辱我。”

“你刚才还要给那个扔了你的人钱呢！十五万说给就给，连眼睛都不眨一下！”

“我骗她的。”苏行说，“我的工资卡一直在师娘手里，给李婉琴的那张卡里只有几百块钱，是我上大学时候留下的银行卡，一直没注销。”

晏阑张着嘴，半晌才说道：“你不当演员可惜了，把我都骗过去了。”

“你唬人的本领也挺厉害的，什么时候你们能用行车记录仪当执法记录仪了？不怕她反告你侵害个人隐私和肖像权？”

“彼此彼此。”

苏行靠在沙发上，轻声问：“是不是觉得我特别冷血？”

“怎么会？！”晏阑说道，“是他们对不起你在先，你能干净利落地跟他们切割开，其实也挺不容易的。”

苏行笑得有些心酸：“当初是他们先跟我切割的。我不提不代表我不记得，有些事一辈子都忘不了，只是我跟他们计较又有什么用？要是我跟他们计较就能让我妈活过来，那我肯定跟他们不死不休，可是有可能吗？”

“想你妈了？”晏阑问。

“还好。”苏行调出一段监控，“我还不太困，反正明天是周六，晚点睡也没事，把这段监控看完吧。”

晏阑知道苏行不是不困，而是不想睡。今晚李婉琴几次三番在苏行的底线上来回横跳，肯定让他心里不舒服，他可以对那些人都没感情，但他不可能不介意他们对他妈妈的侮辱，否则他也不会在李婉琴提到他妈的时候那么激动。晏阑的手机亮了起来，是律师发来的详细情况，他粗略看过之后就把消息转发给了苏行，在点下苏行微信的时候，他突然知道了“苏幕遮”的意思，那不是所谓的“文艺”，而是苏行父母名字的组合——苏荣和成幕慕。

晏阑：“你确定还要看下去吗？这都十二点了。”

苏行看了一下笔记本屏幕，说：“还有最后三段监控，看完再睡吧。”

“好。”晏阑按下播放键，“但是看完就得去睡了。”

“嗯。”

“停！”苏行突然坐直了身子，“倒回去。”

晏阑连忙把进度条往回拖：“怎么了？”

苏行直接抱起笔记本，恨不得要钻进屏幕里。他把一段视频来回播放了不下十遍，最后指着屏幕说道：“领导，你知道什么叫冤孽吗？”

“说什么胡话呢？”晏阑顺着苏行手指的方向望向屏幕，接着就沉默了下来。半晌，晏阑挪开苏行的手，说道：“这……倒是也不能说明什么。”

“我记得何浩明右臂的文身一直到手背上。”苏行指着屏幕角落里伸出的那只手，“这只手到底是不是何浩明的，明天让视侦把视频弄清晰一点就知道了。”

“那……我可能需要现在就让人先把你表弟暗中控制起来。”

苏行点头：“应该的。如果之后需要我回避的话也可以，我完全配合。不过我不建议你出面，不然李婉琴肯定会赖上你。”

“我心里有数。”晏阑划开手机发了条消息，“难怪我刚才觉得你表弟眼熟，还以为是他跟你沾亲的缘故。”

“你见过他？”

晏阑微微抬起头，用下巴指了一下电脑屏幕，道：“我那天在葛氏中医待了半个多小时，听葛文亮讲了一大堆中医理论。当时你表弟——”

“别，”苏行打断道，“你还是叫他名字吧，我并不想认他。”

晏阑自然地改了口：“当时成澄就穿着白大褂坐在柜台后面玩手机。因为他玩得太认真，所以我多看了他几眼。不过他为什么会在中医门诊？学中医的？”

“高中没上完就辍学了，学什么中医？！”苏行不屑地说道，“这些年就到处混，指不定怎么混进去的。”

晏阑思考了一会儿，又发了条消息，然后说道：“睡觉吧，你不困我困了。”

“好。”

苏行嘴上应着，却抱着枕头没动。李婉琴的话就像毒针一样扎在他心上，他从小到大难以摆脱的梦魇就是母亲的去世。他知道母亲根本不可能是李婉琴说的那种拿回扣要红包的黑心医生，可是李婉琴的话也提醒了他，当年……

“吧台冰箱里有红酒，睡不着就去喝一点。”

苏行：“……”

“但是不许多喝。”晏阑轻声说道，“很贵的，不能糟蹋东西。”

“……”

晏阑一只手搭在苏行的手臂上轻轻拍了两下：“别怕，我就在你身后。”

苏行：“你明天还要上班，快睡吧。”

“嗯，你也别太晚，晚安。”

苏行低声回答道：“晚安。”

苏行进屋躺下，虽然屋内已经按照他的习惯只拉了一半遮光窗帘，床头灯也依旧亮着，但他还是失眠了，而且失眠得很彻底。盛夏时节四五点钟天就亮了起来，苏行一直到这个时间才终于迷迷糊糊地睡了过去。他本以为自己没过多久就会被窗外的光亮叫醒，却没想这一觉睡得让他几乎忘记了时间。

在睁眼看见床头柜电子表上的“11:47”的一瞬间，他觉得是自己醒来的方式有问题，于是闭上眼再睁开，时钟上的数字直接变成了“11:48”。

苏行猛然坐起，才发现屋里的窗帘已经被全部拉上，只留下最低档的床头灯依旧亮着，应该是晏阑来调的。

手机屏幕上显示有未读消息，他连忙点开微信。

晏阑：晚上穿的衣服放在椅子上，等我回去接你。

苏行握着手机，在对话框里输入又删除，反复几次才终于发了出去。

苏幕遮：要不我还是别去了？

苏行觉得自己这样临阵退缩的行为有点让人瞧不起，想撤回却发现已经超时，他揉了揉自己的脸，呆坐在床上不知道下一步该怎么办。晏阑一直没回复，苏行最后还是决定先起床，等收到回复再说。一直到下午三点苏行才接到晏阑的电话："小刺猬，你这一觉睡得有点长啊！中饭吃了吗？"

"吃、吃了。"

"嗯，没吃是吧。"晏阑说道，"那晚上还不跟我吃饭去？打算饿一天吗？"

苏行："不是的，我就是觉得有点别扭，你跟家人吃饭带着我不太好吧？"

晏阑笑了一下，说："我跟我家人说的是带朋友回家吃饭，怎么了？都睡我家了还不算是朋友？"

苏行："……"

晏阑调整了语气说道："不逗你了。记得今晚出门前吃药，带好喷雾。我妹那两只猫在家，虽然我已经让她把猫关屋里了，但是家里的猫毛可能没办法清得特别干净，你注意一下。另外，需要你签字的文件在一层玄关的柜子上，你签好之后放门口那个盒子里就行，律师会自己来取走。我大概六点到家，就算晚上有大餐你也别饿着自己，先随便吃点东西垫垫肚子。"

"我知道了。"

"剩下的事一会儿见面说，先这样，挂了。"

"好的。"

另一边，晏凌堇举着手机从别墅的二层"噔噔噔"跑到楼下，对坐在客厅里的晏曜和柳清莹夫妇说道："爸、妈！你们看微信没有？表哥这是请了尊佛爷回来吗？"

柳清莹端着咖啡，十分优雅地说："我和你爸今早就看到了，你以为都跟你似的睡到下午才起？你自己看看你表哥是几点发的。"

晏凌堇看了一眼时间，早上六点十五分。

"不是，重点不是时间，是内容啊！"晏凌堇坐到沙发上，"这不许提姑姑和姑父还有他小时候的事情我倒是能理解，不许叫他小名也勉强可以接受，可是这不许问父母、不许提家人又是什么意思？"

晏曜划着手里的 iPad，头也不抬地说道：“不提就不提呗。没准人家小苏家里有什么特殊情况呢！你这孩子怎么不懂事？”

“那不吃鸡肉、不喝进口牛奶、不吃鸡蛋花生榛子松子杧果菠萝猕猴桃山药南瓜蜂蜜海鲜……这是干什么？让不让人吃饭了？”

晏凌堃在一旁笑着说道：“行，看来大溪地没白去，你这肺活量见长啊！”

“边儿去！”晏凌堇翻了个白眼，“有你什么事？！”

柳清莹指着晏凌堇说道：“乔晨一会儿也来，你就打算这个死样子见他？你现在真的丑到没眼看。”

晏凌堇跺了下脚：“妈，我是不是你亲生的？！”

“这个问题不用质疑。”柳清莹淡然地说道，“不是亲生的不敢这么嫌弃你，赶紧上去收拾利落了。还有，把你那俩祖宗关屋里，你表哥说了，小苏对动物毛过敏，今晚别放出来。”

晏凌堇不甘心地往楼上走去，边走还边说：“我倒要看看这姓苏的是什么天仙！”

晏凌堃冲着晏凌堇的背影喊道：“嘿，你说清楚了啊！我才是你亲哥！”

“滚，就早两分钟！那是我给你踹出来的！”

“那也是比你早！”

柳清莹站起身来说道：“我现在真想给你们俩塞回去，闹心死了！我去换衣服了。”

晏曜：“闺女换衣服是为了见乔晨，你换衣服干什么？”

“我乐意。”柳清莹推开晏曜的腿，“你又欠收拾了是不是？”

“不敢，夫人您随意换。”

晏凌堃在一旁笑道：“食物链底端的男人啊！”

“惧内是美德。”

“打不过就说打不过，不丢人啊老爸！毕竟老妈这个出身是吧，一般人都打不过。”

晏曜放下平板，坐直了身子对晏凌堃说道：“小晏总，咱们聊一聊你上一季度亏损的事情怎么样？”

“对不起爸，我错了我不敢了，我才是食物链底端的男人，爸您好好看报表，我去把自己收拾利落绝对不给表哥丢人！”

晏阑：出来吧。

苏行收到信息之后立刻跑下楼，晏阑正好把车停进车库。

苏行见他熄了火，问道：“不开车吗？”

“走过去比较快，开车反而要从外面绕一大圈。”晏阑打开后备厢，从里面拿出一个纸袋子递给苏行，“里面有一支钢笔一枚胸针，给我舅舅和舅妈的。给我姥爷的是保健品，我拿着就行。”

苏行接过袋子看了一眼，道：“这看包装就超过两千了，你跟我说少了吧？”

“自己看，没骗你。”晏阑把小票塞到苏行手中，然后坐在后备厢里说道，“来，坐着等一会儿。”

“等什么？”

晏阑：“乔晨直接去了，给他们留点时间。”

苏行点点头，顺势坐到了大G那宽敞的后备厢里。晏阑偏头看了他一眼，说：“这衣服挺配你的。”

“是不是又很贵？”苏行问。

“一百五。”

“少说一个零？”

“真的一百五。”晏阑解释道，“有一阵特别想穿白色的衣服，就上网买了好多件，但是白色太不禁脏了，一出现场半天就能变成黑的，有时候洗都洗不干净。后来就当一次性衣服穿了，去什么垃圾场啊，找河漂啊，或者是可能遇到高腐尸体的情况下才穿。”

苏行揶揄道：“在我这种穷人的概念里，十五块钱的才勉强能忍心当一次性衣服穿。”

“你穷吗？箭海那套房子现在市值逼近千万，你可比我有钱！”

苏行摇头：“又不能变现，要它有什么用？！”

“你不会打算放弃继承吧？”

“我没疯。”苏行笑道，“那是他们一家欠我的，我才不会放弃。你说我要是把产权拿回来再租给他们，是不是能把他们气死？”

晏阑吞了下口水：“你够狠。”

“说说而已。我不想再跟他们有任何瓜葛，那房子的事就拜托你家律师帮忙行不行？我可以付律师费。”

“我家律师费包年的，用不着你出。”

“原来有钱人都是包年请律师，长见识了。”

“又来！”晏阑用肩头怼了一下苏行，“昨天几点睡着的？”

“不知道，反正应该天亮了。”

“那你还记得我早上跟你说什么了吗？”

“啊？你说话了？”

“我今早去抓何浩明了！”晏阑无奈地说，“我告诉你我去配合抓捕，你还让我注意安全，合着你根本没醒？”

苏行仔细回忆了一下，好像确实在半梦半醒之间听到他说去抓人，但记得不真切，还一直以为是做梦。

“抓住了吗？”

“没有。”晏阑说道，“这货估计是属泥鳅的，上午扑空了。”

“叮——”乔晨发来了消息：赶紧滚过来！

“走吧，老妈子急了。”晏阑笑着锁上手机，带着苏行从小区的步行道慢慢往家走。

苏行问道：“今天案子有没有别的进展？”

晏阑说：“视侦确认那只手就是何浩明的，已经把成澄叫到市局协助调查，他一进局里就嚷嚷着他哥是警察，什么都不怕，他倒是挺会利用资源的。”

“我并不想让他利用。”苏行说道。

晏阑：“所以我让乔晨去给他进行了一下普法教育，已经老实了。”

“对了，丁理呢？”苏行又问。

晏阑回答：“精神状况不稳定，送医院了。他只要醒着就想自杀，只能给他固定在床上，让他睡觉，现在什么都问不出来。血检尿检都正常，没吸毒，但是体内有抗抑郁药的成分，调了病例，是那个双……什么……”

“双向情感障碍？”

“对对对。”晏阑说道，“双向情感障碍，他一直没工作，都是他哥养着他。兄弟俩算得上相依为命吧，所以他才会这么崩溃。药厂那边还在查，跟何浩明相关的那些人也都在走访调查。”

“这听起来好像不太乐观。”

晏阑："这已经很乐观了，最起码有方向，比刚开始那几天两眼一抹黑要好得多了。"

苏行说道："反正最后你肯定能破案的。"

"这么相信我？"

苏行："破案率百分之百，难道你会让自己的数据掉下来吗？"

"不会。"晏阑肯定地说道，"因为那不只是数据，更是人命。"

"对，那些都曾经是活生生的人。"

"不说案子了。"晏阑转了话题，"一会儿回家你不用紧张，我家人都很好相处。"

苏行："本来没紧张，让你一说反而紧张了。"

晏阑笑道："放心吧，只是吃顿饭而已。"

苏行突然又想起另一件事情：到底应该怎么称呼晏阑的家人？是叫晏总？叫叔叔？叫伯父？还有晏阑的舅妈呢？这个年纪的女性是不是不喜欢别人叫阿姨？他表弟表妹又该怎么称呼？

苏行从小没有经历过"逢年过节走亲访友"这种事情，所以对于长辈的称呼从来都是一头雾水，反正就是跟师父岁数差不多大的，男的叫叔叔，女的叫阿姨，再大的就叫大爷大妈，再往上就是爷爷奶奶。但是他如果称呼晏阑的姥爷为爷爷，那不就是乱了辈分了吗？

苏行这下是真的紧张了。

晏阑带着苏行走到门口，说道："你跟着我叫就行。"

"啊？"

"乔晨也跟着我一起叫舅舅舅妈。"

苏行有些跟不上节奏，直接把内心想法脱口而出："你是会读心吗？"

晏阑憋笑道："原来你紧张的时候是这样，我算是见识到了。"

苏行问："我现在跑是不是来不及了？"

"你说呢？"

苏行深呼吸了一下："我尽量不给你丢人，进去吧。"

晏凌堇听到动静最先跑到玄关处，在看到苏行的那一刻满肚子的不开心瞬间就烟消云散了，她在晏凌堃耳边低声说道："这真的是法医？不是哪个模特吗？"

晏凌堃点头，用同样的声音说道："表哥的颜值输了。"

柳清莹把自家两个口水都快流下来的孩子挡在身后，迎上去说道："这就是苏行吧？"

苏行笑着说："舅妈好，我是苏行。今晚打扰了。"

"不打扰不打扰，来，快进来！"柳清莹拉着苏行进入屋内，把三个孩子晾在了玄关处。

笑起来更好看了！晏凌堇和晏凌堃对视了一眼，同时冲自家表哥竖起了大拇指。

有些事情就是这样，一旦真的开始反而就不紧张了。就像考试一样，开考前紧张得手脚冰凉心跳加速，但当笔落下的一瞬间，一切就都平静了下来。

这一顿家常饭丰盛可口，大家对苏行也十分照顾，吃过饭后，晏阑婉拒了柳清莹女士的多次挽留，借口还要查案带着苏行离开了。往回走的路上，晏阑问道："累了吧？"

"不累。"苏行低头踩着自己的影子玩，"我确实还不太习惯家庭聚会这种场合，不过真的不累，你家人都挺好相处的。"

"今天我舅妈也是热情得过分了，平常她没这么亢奋。"

苏行笑了一下，说："是不是因为你很久没回家了？"

"还好吧，也就三个月。不过我舅妈一向喜欢长得干净好看的。"

苏行："你不也是吗？"

晏阑撇撇嘴："乔晨不是说了吗，林欢都已经看我看腻了，更别说我舅妈了。"

"乔副那是开玩笑的。"

"我知道。"晏阑顿了顿，继续道，"但那丫头确实对你比对我好。"

苏行："这也吃醋？"

"没有。"晏阑回答了一句，手机在此时响了起来。

"老大，找到手了！"庞广龙激动的声音从听筒里钻出来，"我们可能找到丁义的手了！对了老大你有没有小苏家的座机号码？给他打手机他没接，快叫他回来确认尸块！"

"这年头谁还用座机？"晏阑瞟了一眼身旁的苏行，说道，"你别管了，我这就通知他回去。"

"好的老大，那我挂了！"

晏阑："走吧，回去干活。"

苏行摸了一下口袋，说："我好像没带手机。"

"连手机都不拿了？"晏阑加快了脚步，"赶紧回去拿，以后手机还是得带着，万一有案子找不到你多麻烦。"

"我知道，以后不会了。"

第3章

晏阑在市局门口跟乔晨撞了个满怀，俩人异口同声道：“你来干什么？”

“废话！”乔晨翻了个白眼，“你得了特批可以回家养伤，我这是正常回来上班！”

“谁有特批了？”

“江局跟我说的啊，说让你回家照顾苏行。”

晏阑：“江局那天早上还跟我说让我上班……他有事瞒着我！”

“啊？”乔晨一脸蒙地看着晏阑，半天才喊道，“走错了，小苏在解剖室！”

“我找江局！”

局长办公室内，晏阑看着面前一摞厚厚的各种角度偷拍苏行的照片，一时不知该说什么。有苏行从警车上下来时的抓拍，有在超市货架前选购商品的，还有跟自己并肩一起走路说话的，甚至就连昨晚在医院门口的照片都有。

江淯洋说道：“苏行家门口有摄像头，前几天他发现有人在他家门口鬼鬼祟祟的，就跟我说了。我让人蹲了几天，今天刚给按住，这是从那人的相机里发现的，他咬死说自己只是觉得苏行好看才跟踪偷拍的，其他什么都不说。”

晏阑：“您还不跟我说实话？都这种情况了我觉得我需要知道真相。”

江淯洋摇头：“我也不清楚。”

“您跟他爸是好朋友，却在他爸去世之后对他避而不见。如果说之前是因为您在缉毒，怕危及他的安全，那之后这些年呢？他到法医室之后您也没有跟他挑明这层关系，哪怕是让我私下里关照苏行，也都是通过刘副局来传达。我听刘副局的意思，他也不知道你们这层关系，是不是他爸的死还有别的问题？”

江洧洋无奈地捏了捏眉头，说：“你这个刨根问底的毛病真的特别不招人喜欢。”

“这不是毛病。”晏阑道，“江叔，咱别绕圈子了，您让我保护苏行，这没问题，但是您最起码得让我知道要防着什么啊！我不可能一天24小时寸步不离地跟着他，他也不可能一直不回家。苏行作为当事人什么都不知道，我作为保护他的人也天天提心吊胆，您别告诉我这样就是以后生活的常态了？”

“我们保护了他十六年。”

“什么？！”晏阑惊讶不已。

江洧洋轻叹了一声，终于开了口：“苏荣，就是苏行的父亲，是在调查十多年前‘7·27爆炸案’的过程中出的意外，在苏荣去世之后我就一直在找人保护苏行。”

晏阑呼吸一滞，抬头看向江洧洋，满脸的难以置信：“那个案子……不是早就确认无误了吗？他爸为什么要查那个案子？我记得当年负责办案的警察不姓苏。”

江洧洋沉默着看向晏阑，那意思是“我只能说这么多”。晏阑知道追问无用，于是换了个问题：“那苏行他自己知道吗？”

“不知道。”江洧洋回答道，“他不知道有人在保护他，也不知道他爸是怎么出的意外，那时候他还太小，我们连尸体都没让他看。这些年我不见他是不想打扰他的生活，也不想再提苏荣的事情。但是现在……大概不提不行了。”

“什么意思？”

江洧洋道：“最近这段时间他被跟踪被追尾，他虽然不知道为什么，但心里已经开始怀疑了。这孩子太聪明了，那天早上你们从医院回局里之后他来找过我，跟我说了他的推测，他几乎猜中了当年发生的所有事情。当然我给他编了另外一个故事暂时糊弄了过去，但是估计瞒不长久。至于能不能让你知道，我得跟上面申请，这件事我做不了主。”

晏阑：“我现在是不是也调不出“7·27爆炸案”的卷宗了？”

“是。别说你了，我也调不出来。”江洧洋又补充道，“而且就算你调出来了也没用，案卷上什么都看不出来。”

晏阑刚要说话就被江洧洋打断，他摆了摆手：“我知道你想说什么，苏荣的案卷你更调不出来了，找你爸也没用。当年只有苏荣一个人坚持那个案子有问题，我们一直以为他是想太多，但是他出意外之后我们就意识到这件事可能真的有问题。苏荣是当年第一批去部里受训过的特技驾驶员，当时全局上下没有任何一个人比他更会控制车，可是他的车却失控撞上护栏翻到桥下，爆炸起火，等我们赶到现场的时候尸体都烧焦了。尸检结论苏荣是因为车祸外伤陷入深度昏迷，然后被活活烧死的。王军不信邪，觉得这事不对，他这辈子唯一一次四检尸体，就是给自己最好的朋友。但是很可惜，他确实没办法从尸体上再发现任何问题。苏荣的车烧得只剩下框架了，也是什么证据都没留下。”

晏阑追问："为什么你们都确认不是意外？"

江洧洋："因为第二天是苏行的生日，而且是苏行他妈去世之后他过的第一个生日，苏荣不可能错过。他下午离开警局的时候跟王军说第二天要带着苏行去游乐场，又怎么会在晚上突然一个人开车进山？当年还没有修这么多高速公路，他进了山再出来肯定得到第二天了。"

晏阑轻轻叹了口气，原来苏行不过生日，不是因为"不喜欢"，而是因为在生日当天得知了自己父亲的死信。

江洧洋站起来走到晏阑身边，拍了拍他的肩膀："再多的我真不能告诉你了。当年我们对苏荣的死有多痛心，现在我们就对苏行有多上心，所以我们才不想让苏行知道他父亲的事情。你不是第一天当警察，你应该明白我的意思，这件事到现在为止都翻不上来，真的不是我们不想翻。我上任局长的第一天就查过权限，我确实无能为力。而且，我承认在这件事情上是有私心的，我做不到以一个普通警察的身份去歇斯底里不管不顾地彻查这件事，因为相比真相而言，我更希望苏荣唯一的儿子能平安健康无忧无虑地长大，不要再陷在上一辈的事情里，我知道这也是苏荣的愿望。"

"江叔……可我们是警察啊！"

"警察也是人。"江洧洋语重心长地说，"是人就肯定有做不到的事情。苏行家里没人了，我不想送走他爸十多年后再亲手送走他。"

晏阑不赞同地说道："可他有知道真相的权利，那是他的父亲。你们不能把自己的想法强加到他身上。"

江洧洋："是真相重要还是人命重要？！"

"都重要！"

“如果是苏行的命呢？！”

晏阑沉默了下来。

江洧洋叹了口气：“先去查你手头的案子吧，这件事也不急在这一时。目前对苏行的跟踪保护也还在暗中，暂时不会影响你们的生活。跟苏行该说什么你心里有数，别让大家都难做。

“我明白。”晏阑木然地点了头。他不知自己是怎么走出局长办公室的，只是待他回过神来时，已站到了法医室门口。晏阑轻轻推开法医室的门，盯着苏行的背影一声不吭。

那些欲言又止和语焉不详的讲述之中到底藏着什么？他表现出来的一无所知到底是真的还是假的？晏阑心里没了谱，他以为自己能看懂苏行了，可如果这一切都只是苏行表演出来的呢？那个从小遭受欺辱的苏行，那个十二三岁就能靠眼泪扭转局势的苏行，那个把自己掩藏在层层伪装之下的苏行，真的会在不到一个月内就把自己柔软的小腹毫无防备地展露在自己面前吗？刚才江局的话让晏阑心里隐隐有一种要把所有事情都串起来的感觉，自己一定是忽略了什么东西，他想。

“苏行。”晏阑忍不住开口叫道。

“嗯？”

“你会骗我吗？”

苏行转过身看向晏阑，轻声问：“你怎么了？”

“回答我的问题。”

苏行似乎是认真地思考了一下，他停顿了几秒才回答道：“应该不会吧。”

“你在犹豫什么？”

苏行摘下橡胶手套走到晏阑身边，说道：“我不太会刻意撒谎，但我也承认我对你有隐瞒。我把自己锁了这么多年，如果我说我现在对你没有丝毫防备，心里没有一点害怕和犹豫，你信吗？”

苏行戴着口罩和护目镜，看不清晰也触摸不到，晏阑突然觉得自己离苏行很远，仿佛之前那些玩笑互怼都是虚假的。苏行摘下口罩，微笑着说道：“我还差一点就处理完那两只手了，有事晚点再说行不行？”

“对不起，又打扰你了，我这就走。”晏阑说道。

“等一下。”苏行走到准备台前，从盒子里拿出一只手套抖了两下，然后用两只手的食指和拇指分别捏住手套下沿的两侧，让手套转了几圈，接着飞快地把下沿系紧。白色的橡胶手套被空气充满，就像张开的手掌一样。苏行拿出旁边的记号笔在撑开的手套上画了几笔，然后走到晏阑面前，把手套递给他。

“这是……”

苏行指着那个笑脸说：“小时候我每次受了委屈师父都拿这个哄我。”

晏阑接过那个手套气球愣了半天：“我没有受委屈，也不是小孩子。”

苏行：“不要？那还给我！”

“给出去的东西就不许往回要！”晏阑拎着那个手套转身离开了解剖室。

丢死人了！晏阑靠在办公室的门后，恨不得穿越回去掐死十分钟前的自己。他快速走到办公桌前，把那个手套气球扔到了桌子下面的柜子里。

“晏阑！”乔晨在这时冲进了办公室，“找到担架了！”

晏阑飞快地调整好自己的表情，问：“什么情况？哪儿找到的？”

“西区分局。”乔晨说道，“青源刚才拎着副担架跑回来，直接就送到苏行那儿了，我刚才过去看了一眼，那担架上有很明显的锯痕，我估计就是那副！”

“刘青源找到的？”

乔晨点了点头：“对。今天上午蹲何浩明的时候青源问我是不是怀疑尸体背部的痕迹是担架造成的，我就跟他说了。刚才把担架送到检验科之后青源说这副担架是残品，压根就没入库，所以之前调查的时候漏了。再加上我们之前私下调查，只能查到各分局入库多少，而因为是集体采购，海笙公司那边只有总体数量，实际下发数量在省厅，就差了中间这一个环节，所以一直没找到这副担架。”

晏阑问：“结果怎么样？”

“没那么快。”

“那等结果出来开个会。”晏阑看了眼表，“把该叫的都叫来。”

“知道了。”

接近凌晨的时候，苏行拎着两份报告敲开了晏阑办公室的门：“那两只手已经确认是丁义的，我在他的指甲缝里发现了不属于他的DNA组织，并且找到了匹配的数据。”

“谁的？”晏阑接过报告看向苏行。

“葛文亮。”

晏阑靠在椅子上，捏着眉头说道：“这是玩儿我们吗？！”

“领导，我有个问题。”

“问。”

“关于办案程序。”苏行拉开椅子坐了下来，“是不是命案一旦涉毒，就要交由缉毒主导？”

晏阑回答：“涉毒和命案没有必然联系。命案牵扯的范围更广，侵财、仇杀、情杀、过失杀人、激情杀人、随机杀人等等都有可能，这些都是我们在发现命案的时候需要考虑的因素和调查方向，而涉毒只是其中一个方面。如果非要算的话，其实还是刑侦在主导，缉毒配合。”

苏行扶了下额角，说：“我好像……想明白了。”

“明白什么了？”

苏行：“我们回到最开始，假设死的是孟建广，那么这起案件首先出警的会是分局刑侦大队，也就是魏屹然和他手下。尸体体内有芬太尼，而屋里又发现溜冰的工具，这个案子放在西区分局，很有可能会被定性为死于吸毒过量，在城中村死一个瘾君子，只要案卷清晰证据充足，市局大概率不会过问细节，那么孟建广撞见的交易双方，也就是张格和那个不知道是谁的警察就都安全了。孟建广送餐在西区，城中村隶属于西区，最后处理案子的警察也是西区分局的刑警，如果这个案子这么发展的话，是不是在某种程度上可以算是风过无痕了？”

晏阑轻轻点头：“确实可以这么说。”

“但是出了意外。”苏行接着说道，“死的不是孟建广，而是丁义。从丁理的口供和刚刚发现的丁义的双手来看，丁义确实是左撇子，他也没有吸毒史。丁义给自己注射芬太尼的可能性几乎为零，再加上孟建广也不吸毒，那么就只剩下了一种可能。”

“他是被注射的毒品。”晏阑接话。

苏行：“对。我有一个大胆的猜测：注射毒品或许是雇主要求的，分尸和砸脸是在凶手发现杀错人之后的操作。分尸这种特大案件是要市局直接介入的，所以后面的事情才会变成这样，我们在兜圈子，是因为凶手到现在还没把自己摘干净。我们其实并没有被凶手带着走，而是凶手跟在我们后面不停地在纠正错误，如果我们再快一步，可能就会在他们纠正下一个错误之前抓住他们了。”

晏阑挑了下眉，说道：“有道理。那天晚上我没说完，刘青源之所以那么直愣愣地指出尸块有问题，是因为他 1 号凌晨在分局听到有人说登来路的事情解决了，当时他以为是说案子就没在意。结果 3 号接到通知说登来路命案，他觉得有问题才跟了上去。到现场之后就发现魏屹然一直在盯着咱们，他直接点破那个尸块的问题，一是想看看曾诚的态度，二也是在提醒我西区分局有问题。”

“魏屹然和曾诚果然知道！”苏行道。

晏阑却不置可否：“到现在他们只交代了没办法掩盖的事情，这个命案目前也没有证据——”

“有证据，那副担架。”苏行急切说道，“担架合叶处提取到了血迹，经过对比确认是来自丁义的；同时担架上的破损也被证实和孟建广住处床上提取到的金属碎片吻合，现在基本可以证实这副担架就是在案发现场出现的。”

“有指纹吗？”

“没有。”苏行泄了气。

晏阑：“所以还是没证据。这副担架为什么会出现在案发现场，可以有很多种解释，最简单的后勤管理不善就可以说得通。

“那怎么办？”

“该怎么办就怎么办，抓到凶手，用证据钉死他们。”晏阑抬头看向苏行，“葛文亮虽然死了，但是他还有同伙，就像你说的，只要我们再快一步，很有可能就破案了。”

苏行点头：“明白。不过后面的事我帮不了你们了。”

晏阑：“你歇着吧，先别回家，困的话就去休息室睡觉，我去找乔晨他们碰一下。”

“好。”

“回来！”

苏行又转过身来看着晏阑：“还有什么事？”

晏阑从抽屉里拿出一张照片：“看见有人在你家门口鬼鬼祟祟的，为什么不跟我说？”

苏行眨了眨眼，说道：“一点小事，不用麻烦你。”

晏阑：“人已经抓住了，我抽空去审审他。以后有这种事情我希望你能来麻烦我，而不是跑去找江局。”

“知道了。”苏行笑着说道，“领导，这不是什么大事，你不用这么担心，我回法医室了。”

晏阑看着苏行的背影，在心中无声地说：“我只是希望你不要再去找江局打听以前的事情，会很危险。”

会议室里，晏阑在黑板上写下几个字，然后说道：“我们按照时间来排序，6 月 7 号和 9 号，孟建广从‘张氏私房菜’接单分别送到枣树胡同和南花路附近，9 号当晚张格去了丹卓斯夜店。11 号中午，孟建广说遇到了张格和一个警察在私下交易。接下来 6 月 15 号中午，嫌疑人何浩明到葛文亮的诊所拿了袋东西，当天晚上，张格被杀害并砌入墙中。然后就是到本月 1 号凌晨，丁义在孟建广的出租屋里被杀害，尸体被切割成十一块，其中九块在城中村附近的垃圾场发现，剩下两块刚刚被发现于距离城中村十公里外的垃圾填埋场。8 月 8 号我去走访了葛氏中医，第二天中午葛文亮被杀害在自己的诊所内。另外，刚刚拿到的消息，在丁义的指甲缝隙里发现了葛文亮的 DNA。”

“什么鬼？”庞广龙揉着眉头说道，“何浩明杀了张格，张格家的瓶子在孟建广家，丁义死在孟建广家，葛文亮有杀害丁义的嫌疑，现在葛文亮也被何浩明杀了？！”

“总结得很到位。”晏阑坐回到椅子上，“现在说说大家手头的线索和证据，同样按照时间顺序来说。”

林欢打开本子：“我先来。现在没有监控证实孟建广所说的事情是不是真的，但是通过张格家和孟建广的口供以及送餐公司的情况来看，应该基本属实。不过本市其他送餐公司没有出现这种情况，所以这条线索断了。我把孟建广几次去派出所报警前后的监控调了出来，也并没有任何收获。目前我们能够调取的最早的麒麟巷的监控是 7 月 8 号，这段时间的监控也没有任何发现。”

白泽见林欢停下来，便抬起手示意了一下，然后说道：“我去追查红砖的来源，发现何浩明在 6 月 13 号那天从建材市场外的一个小门脸拉了一批红砖离开，我取样带回来请刑科所分析，可以确认把张格藏起来的那堵砖墙的砖确实是从那个老板那里订的。老板说从头到尾只有何浩明一个人来订货取货，没见过其他人和他一起，建材市场的监控显示老板说的是实话，13 号上午十点半左右，何浩明一个人开着一辆牌照为‘霁 A・3D021’的白色依维柯到建材市场拉了一车红砖离开，车牌号是假的。因为按照规定建材市场监控保留三个月，但是道路监控只保留十五天，所以没有办法进行延展追踪，车开出了建材市场我们就查不到了。”

乔晨接话道：“我说说丁义的情况。丁义后背留下的痕迹已确认是由西区分局之前没有入库的一副铲式担架造成的，同时从担架上提取到了属于丁义的血迹，再加上那天魏屹然对老大的行为，现在西区分局也牵涉到这个案子中来，除了魏屹然和曾诚以外还有没有别人我们暂时不得而知。”

庞广龙在这时出了声：“之前我去查车身有蓝色标识的白色依维柯，经过筛选和排查之后，现在有三家公司还没有排除嫌疑——”

“等会儿。”晏阑打断道，“白，你刚才说何浩明开的是什么车？”

白泽再次确认了一下笔记，然后抬起头看向众人：“白色……依维柯……？”

“这不是巧合！”庞广龙站起身往外走，“老大你等我一下，我去拿电脑！”

半分钟后庞广龙抱着平板跑回了办公室，他快速地翻找了一会儿，然后直接把资料投到了屏幕上：“有了！何浩明入狱之前一直在这家叫作“恒众兴”的保洁公司工作，这家公司是我重点怀疑的对象！”

“理由？”乔晨问。

庞广龙说道：“恒众兴在册的车辆有 137 辆，但是司机却有 461 人，这种比例已经不能用不正常来形容了，这简直就是侮辱智商。然而这家公司就这样运行了二十多年没破产，不仅跟本市许多大企业都有长期合作，甚至还能拿下这次国际商贸会议的开荒保洁，也是挺神奇的。”

晏阑立刻吩咐道：“胖儿，去查我们这个案子所有相关人和恒众兴的关系。”

“都查？”

“对，都查。”晏阑说道，“死者、嫌疑人和知情人，包括他们的亲属是否和恒众兴有关，都要查。”

“明白！”

乔晨说道：“老大，我在想那个葛氏中医。给何浩明送东西的是成澄，而丁义的指甲中检出的是葛文亮的 DNA，成澄和葛文亮很有可能都跟案子有关，现在葛文亮失踪了，如果说是为了消除知情人的话，那成澄为什么没事？”

晏阑：“成澄最后一次上班就是我去调查那天，后来因为他爷爷住院，他请了好几天假，吃住都在医院。”

庞广龙：“不对啊，今天我们是在家里按的他。”

“他爷爷昨晚去世的。”

乔晨转而看向晏阑，晏阑冲他微微摇头，刚要说话就听警局外面传来一阵嘈杂的吵闹声。

“什么情况？”庞广龙打开窗户冲外喊道，“你们几个人拦不住一个女的，晚上都没吃饭是吗？”

全局上下都知道最近刑侦重案在身，前几天“阎王”还差点儿去见了真阎王，现在全队所有人几乎都是一点就炸的炮仗，不能轻易招惹，那小警察连忙招手致歉：“抱歉啊胖哥，打扰你们开会了，我们这就拉走。”

“警——察——打——人——啦——”一个尖锐的女声响彻警局的院落，吸引了更多人从楼里探出头来围观。

晏阑揉着额头往外看去，紧接着就站起来说道：“快去把那女的给我拉进来，别让她嚎了！赶紧的！小灰楼二层有个隔音的实验室，先扔进去，别让别人听见。”

五分钟后，晏阑走回会议室，跟众人说道：“那女的叫李婉琴，是成澄的母亲，也是苏行的舅妈。苏行从八岁起就没再跟他们一家接触过，完全断绝了往来。他家里的事比较复杂，这是他的隐私，他不愿意提你们也别八卦，跟咱的案子没关系。李婉琴这一家人都挺奇葩的，他们说什么乱七八糟的话都不用去理会。”

林欢撇着嘴说道：“摊上这么一家人，小苏也是惨啊。”

“苏行托我转告，他跟那个家和那家人已经没有任何关系了，咱们办案的时候不用顾虑他。”晏阑又道，“接下来的话是我说的，李婉琴和成澄母子要是说了什么太过分的话，你们掂量着办。”

众人面面相觑，一时没明白晏阑这个“掂量着办”，到底是从轻还是从重。

乔晨适时补充道：“你们刚才也听见李婉琴都说了些什么，自己家老人刚去世，自己的儿子被传唤到警局，她喊的却是房子和钱。现在王老不在，咱们得替王老照顾好他徒弟。刚才老大让咱们把李婉琴关到二层，也是怕她再这么喊下去全局都知道她跟苏行的关系了。把家事闹到单位来，这种事对谁都影响不好。既然苏行不愿意让别人知道，我们就尽量把这件事的影响降到最低。”

晏阑：“另外不要让苏行和李婉琴单独接触，李婉琴非常知道怎么能激怒苏行，文明人遇到流氓只有吃亏的份儿。这事先这样，接着说案子吧，刚才说到哪了？”

庞广龙：“成澄为什么没出事。”

晏阑：“对。因为成澄这几天都在医院，他爷爷去世大概三个小时之后我就在监控里发现了成澄和何浩明的联系，立刻找人看住了他。所以就算真的有人要害他也没有时间。”

乔晨：“成澄也是个滚刀肉，一问三不知，我们已经申请了延长传唤时间，但是最多也不能超过 24 小时，再问不出来的话明早就得放了。”

晏阑看了一眼手表，说道：“还有八个多小时，来得及，一会儿我去会会这个成澄。”

苏行这时敲门进来说道：“葛氏中医店里搜到了卡芬太尼，但是成澄的尿检、血检和毛发检验结果都显示他不吸毒。”

会议室里没人开口说话。

苏行有些茫然地看着他们：“怎么了？是程序上需要我回避吗？”

林欢捋了一下自己的头发，斟酌着用词说：“宝贝啊，你还好吧？”

苏行微笑着说道：“我从家里搬出来的时候他才五岁，如果不是昨天晚上在医院见过他，他就是站我面前我都认不出来。你们不用这样，我真没事。”

晏阑挥了下手：“你先回去吧，跟检验科的人说，以后自己的报告自己送，别老让你当跑腿的。”

“没关系，反正我就在一层，送过来方便。”苏行把报告放在桌上，“对了，提醒你们一下，李婉琴特别擅长撒泼，最好多找几个女警看着她，她是那种不要脸到可以在大庭广众之下脱光了衣服往人身上赖的主儿。”

庞广龙咽了下口水，说道：“我说刚才在院子里怎么没人敢碰她。”

苏行拍了一下庞广龙的肩膀：“胖哥你可小心点儿，我先回去了，有事再叫我吧。”

等苏行离开之后，白泽低声说道：“这还能算是人吗？怎么一点廉耻都没有。”

林欢叹了口气：“你跟这种人谈廉耻那就是对牛弹琴，道德水准和认知水平都不在一个基准线上。说得难听点儿，你被狗咬了，还能咬回去不成？”

“行了，继续说案子吧。”晏阑说道，“我找刘副局申请了权限，经过调查发现，西区分局在 7 月 29 号曾经调过辖区十五个派出所的监控视频。其中包括了孟建广第一次报案的北花路派出所以及后来他过而未入的南花路、成才路和登来路派出所。两天后，丁义在孟建广家被杀。我询问孟建广时用的监控截图，就是青源从西区分局拷给我的，当时青源跟我说是恰好几天前分局核查监控，但现在看来这个‘恰好’并不是恰好。孟建广在北花路派出所的报案记录清楚明确地提到了麒麟巷 49 号，并且提供了手机截图，这些在系统里都有记录，而魏屹然的账号曾经查看过这个记录。”

白泽说道：“晏队，我觉得如果把孟建广和丁义当作一个人来看，这件事就大概有个方向了。孟建广因为撞破张格的秘密而引来杀身之祸，同时因为张格的尸体被发现，而我们又在追查乌头碱的来源，所以提供乌头碱的葛文亮也死了。”

“我也有这个想法。不然丁义的死完全说不通。”庞广龙接着说道，“对了老大，我们查到了葛文亮的进货记录，又去药厂核实过，葛文亮确实进过川乌，但数量上并没有问题，就算他把这半年进的所有川乌都给了何浩明，也达不到小苏说的那个量，肯定还有别的来源。我觉得应该再审成澄，他应该知道一些事情。”

“知道了，一会儿我跟乔晨去审他。”晏阑说道。

散会之后，晏阑拿着案卷进入审讯室：“成澄，还记得我吗？”

成澄有些意外地看向晏阑：“你是苏行那个姘头？还真是个警察啊！”

晏阑微微一笑，说道：“姘头这个词主要指的是发生在夫妻关系以外的男女关系。我和苏行都是单身，也并没有不正当的男女或者男男关系，所以这个词并不适用于我，也不适用于苏行。不过这倒是构成了对我的诽谤，我现在在考虑要不要追究你的责任。”

“你……什么意思？”

晏阑：“刑法第二百四十六条第二款，诽谤罪是指故意捏造并散布虚构的事实，足以贬损他人人格，破坏他人名誉的行为。犯本罪的，处三年以下有期徒刑、拘役、管制或者剥夺政治权利。”

乔晨在旁边揉着眉头想：老大啊，你把“情节严重”四个字吃了吗？他就骂了一句姘头，这哪里算情节严重啊！

“我要见苏行，他有的是钱！让他给我保释出去！”成澄喊道。

晏阑轻笑一下：“不错，还知道保释。不过不用他掏钱，我们已经准备把你放了。在放之前先问你几个问题。”

“放了？为什么？”

晏阑没有回答成澄的问题，直接提问道：“你承认在葛氏中医诊所工作吗？”

成澄眨着眼说道：“我承认啊！”

“你是怎么应聘到那里的？”

“老葛找的我。”

“他为什么找你？”

“我怎么知道？！反正有人给我钱花，上班又什么都不用干，我就去喽。”成澄满不在意地说。

晏阑点点头：“好，那我没什么要问的了。乔晨给他办手续吧。”

乔晨立刻装模作样地开始打印笔录整理文件。成澄茫然地说：“这就没事了？你们关我一整天，我什么都没说，就放了？”

乔晨唉声叹气地说道：“是啊，反正你也什么都不知道，不如就把你放回去吧。对了，回去你得再找份工作了。”

“为什么？”

“葛文亮现在涉嫌谋杀和藏毒贩毒，可能还容留他人吸毒。不过他已经死了，我们先开始怀疑是你杀了他，但是调监控发现你有不在场证明，所以你现在已经没有嫌疑了。葛文亮的店估计开不下去了，再去找一个能白拿工资的地方吧。”

“老葛死了？！”成澄惊恐地看向晏阑和乔晨，“他怎么死的？被人杀死的是不是？是谁？是不是大花臂干的？不行，你们不能放我出去！那个大花臂会弄死我的！！”

“案件尚未侦破，我们不会告诉你详情。”乔晨把一份笔录举到成澄面前，“签个字，确认无误之后你就可以走了。对了，你妈刚才大闹警局，不过看在苏行的面子上，我们没有关她，只是找了个房间让她冷静一下，一会儿你们俩就可以一起回家。”

“不，不行的警官，你们不能放我走！”成澄直接跪在地上抱着乔晨的腿哭号了起来，“你们放我出去下一个死的就是我了！不行，你们不能放我走！”

“你松开我。”乔晨挪动了一下自己的脚，“如果你受到威胁可以报警，但是你不能赖在警局不走，我们做事是有程序的，而且我们非常忙，你别耽误我们时间。”

成澄紧紧搂住乔晨的腿，任凭旁边的警察怎么拉拽都不松手，负责看守的警察怕弄伤了乔晨，而乔晨也不敢真的跟成澄使劲，他怕自己一用力就会把成澄这个瘦得跟麻秆一样的身体给弄出点儿内伤，到时候就更麻烦了，一时间场面有些僵持。

乔晨拽了一下晏阑，那意思是：别看热闹，你赶紧帮忙！

晏阑蹲到成澄身边，轻轻用手指戳了一下他的手臂，说道：“你不是说什么都不知道吗？那你怕什么？”

成澄一把鼻涕一把眼泪地说道：“我知道，我都知道！我都告诉你们，我全都告诉你们！你们别让我出去，我出去一定会被灭口的！”

晏阑：“给你三秒钟自己从地上爬起来。”

成澄立刻从地上蹿了起来，自己坐回到审讯椅上，用脏手胡乱抹了一把脸上的眼泪，抽泣着说：“我求求你们，别放我出去行不行？”

从来进了警局的，无论犯没犯事，都是求着警察放人。这求着警察不放人的还是头一遭，旁边的警察都笑了起来，不过因为晏阑在这里，他们也不敢笑得太明目张胆，只好强忍着。

第4章

成澄已经坐好，晏阑和乔晨也重新坐回到桌前，晏阑插着手问道：“你刚才说的大花臂，那是谁？”

“我不知道他叫什么。”成澄摇头道，“大花臂也是我自己给他起的，因为他胳膊上有文身。”

“什么样的文身？”晏阑问。

成澄：“我看不懂，反正看着挺邪乎的，像是一种鱼，但是长得比鱼要恶心。”

晏阑：“你为什么说他杀了葛文亮？”

“有一次我下班之后回店里去拿手机充电线，听见他跟老葛在吵架，他说他身上背着人命，再多杀一个也无所谓。”

“还记得是什么时候吗？”

“7月29号。”成澄回答得十分快。

“下一个问题。”晏阑说，“诊所一共几个门？”

“两个。”成澄回答道，“临街有一个，还有一个在老葛的诊室里，我不知道外面通到哪里，老葛都不让我进那个诊室。”

确实如成澄所说，诊室里只提取到葛文亮和何浩明的指纹，成澄的指纹全部都只在外间。

乔晨思考片刻，追问道：“葛文亮为什么把你招到店里？”

“这我真不知道。”成澄猛地摇头，“我当时跟朋友在外边撸串，他坐我隔壁桌，吃到一半他就来跟我说话，说他自己有个门诊，想找人看店，还给我留了联系方式，我当时觉得这老头喝大了就没理他。结果过了几天他就找到我家去了，跟我妈说什么我特别有天赋，想收我为徒，教我中医，还给我开工资，我妈立刻就答应了。学不学的另说，有人愿意给我钱我还是挺高兴的，所以就去了。去了之后他也不说教我什么，就让我看店，有人来我就接待一下，反正那些药材就在那儿，又不会拿错。”

乔晨问：“你认识药材？”

成澄：“老葛告诉我哪个盒子里是什么东西，我就记住了。”

晏阑：“那一面墙的药柜，足有上百种药材，你都能记住？”

“这有什么难的？看一遍就都记住了。”成澄不以为意地说道。

晏阑和乔晨对视了一眼，然后出其不意地提问道：“我昨天在医院穿的什么衣服？”

“就这身啊，你没换衣服。”

晏阑：“我去诊所调查那天穿的是什么衣服？”

“灰色短袖帽衫，深蓝色牛仔裤，鞋还是这双运动鞋。”成澄仍旧不假思索地就说了出来。

乔晨转头看向晏阑，晏阑朝他眨了下眼，确认了成澄说得是对的。晏阑把卷宗里的几张照片拿出来举到成澄面前：“既然你记性这么好，应该能记得那个大花臂的文身是什么图案，看看这几张图里有吗？”

成澄想也不想地指着其中一张说道：“这个！”

乔晨看了一眼，那正是何浩明手臂的照片。

“那这个呢？”晏阑又换了一张照片。

“这跟大花臂的文身很像，但不是同一个。你照片上这个有点儿假，大花臂那个看着特别生动。”

晏阑面无表情地收回那张照片，继续问道：“你为什么觉得大花臂要杀你？”

“因为……因为他知道我哥是警察……”成澄有些紧张地说，“那天我在店里，我妈打电话让我管我哥要钱，我也没避人，就直接说——”

“说什么了？！”晏阑提高了音量。

“说我哥一个警察挣不了多少钱。”成澄紧接着又补充道，“不过我没提我哥的名字。我当时说完之后就发现老葛和大花臂在盯着我，然后想起那天大花臂说他背着人命，我就觉得我说错话了。”

乔晨："接着说。"

"我没说我哥的名字，真的！我意识到我说错话之后又补了一句，说我哥是文职，天天在实验室里都不见人。"成澄嗫嚅着说，"我哥他……有没有危险？"

"这会儿叫哥了？刚才不还直呼大名吗？！"晏阑冷冷地看向成澄，"还记得是哪天吗？"

成澄连忙回答："就是你去店里调查那天。那天你离开之后没多久大花臂就来店里了，然后我就接到了电话。我挂断电话之后借着我爷爷生病的理由请了长假，之后一直躲在医院里，昨天晚上才回的家。"

晏阑调整了一下心情，从卷宗里又拎出几张照片，问："这里面有你说的大花臂吗？"

成澄指着何浩明的照片回答："就是他，肯定没错！"

"行了。"晏阑收起照片，"关于这个大花臂，你还有什么要交代的？"

成澄仔细思考了一会儿，说道："有有有！6月15号那天中午老葛给了我一袋东西，让我交给大花臂。"

"什么东西？"

"川乌。"

"店里拿的？"

"不是。"成澄摇头，"是老葛从他那个诊室里拿出来的，店里没有那么多川乌。"

"那你知道葛文亮是从哪里拿的川乌吗？"

"不知道。不过我看见那个装川乌的纸袋上有个标，没有文字，我能给你们画出来。"

乔晨起身递上了纸和笔，片刻之后成澄就描出了一个图案，晏阑盯着那个图案，眼角一个劲地猛跳——那是红升医药的logo（标志）。

"你确定是这个logo吗？"晏阑从手机里调出另外一张照片递给成澄，"你确定不是我手里这张？"

成澄仔细看了一下，说："我确定，肯定不是你手机里那个。"

"行。我知道了。"晏阑收回手机锁了屏，淡定说道，"谢谢你的配合，一会儿就给你办手续，不过这段时间先不要离开平潞市，在案件结束之前我们会对你进行监视居住。"

成澄惊恐地喊道："不是说好了不放我走吗？！不行！我不能出去！"

晏阑低头整理着卷宗："我们从来没有承诺过不放你出去。鉴于你对我们案子的贡献，倒是可以不追究你对我名誉的侵害。不过你母亲今天大闹警局对苏行造成了一定影响，他会不会追究那就要看他了。"

"你不能出尔反尔啊！你怎么跟苏——"成澄对上了晏阑冰冷的眼神，吓得连话都说不出来。

晏阑给乔晨打了个手势，等乔晨和其他警察都离开房间之后才开口说道："成澄，你知道你爷爷和你爸妈都犯法了吗？隐瞒遗嘱、强占房产、不履行监护和抚养义务造成苏行险些丧命，每一条都是犯法的，苏行没有起诉你们一家就已经够仁至义尽的了。进了这里才想起来你有个表哥是当警察的，那他当警察之前你们管过他一天吗？他从来就不欠你们什么，甚至现在还因为你无意中的一句话而有生命危险，你还想怎么样？"

成澄张着嘴，半天说不出话来。

晏阑接着说："还有，你妈刚才来大闹警局不假，但是从她进入市局到我们把她看管起来，她根本就没提到你。"

"不可能！我妈知道我在警局，她肯定是来找我的！"

"你妈是什么样的人你最清楚。你自己好好想想，想通了就去带你妈回家。"晏阑靠在门口说道，"你是证人，我们自然会保证你的安全，至于那些本来就不属于你的，你还是别奢望了。"

成澄瘫坐在椅子上，根本无力起身，最后在辅警的催促下颤巍巍地签了字，送到早已等在外面的李婉琴面前。而一直跋扈嚣张的李婉琴却难得地什么都没说，带着成澄离开了警局。

乔晨看着那奇葩母子离开市局的背影低声问站在身旁的晏阑道："你跟李婉琴都说什么了？怎么走的时候这么乖？"

晏阑："没什么，挑拨了一下他们母子的关系。"

"啧……"乔晨微微摇头，"晏阑，你就是个傻子啊！"

"比你聪明多了。"晏阑用手肘怼了一下乔晨，"我什么时候能听你对我换种称呼？"

"别想着占我便宜，没戏。"

"那就是有戏，行，这顿饭没白吃。"晏阑掐灭了手中的烟。

乔晨顿了顿，说：“这事不是一时半会儿能折腾清楚的，你——”

“打住！”晏阑直接打断道，“你怎么想的千万别告诉我，有话跟凌堇说去，我不当传话筒，你们俩的事自己解决。”

“我又不是你，我也没打算让你当传话筒！”乔晨翻了个白眼，把话题拉回到案子上，“我是想问你，刚才那个 logo 怎么了？”

“成澄画的那个是红升医药的 logo，不过是旧版的。”

“然后呢？”乔晨追问。

“前年红升医药五十周年之后换了新的 logo。现在市面上基本没有旧版的标志了。所以那个袋子要么是两年前就留下的，要么就是红升医药内部人员给的。而且成澄说那个袋子上没有字，那基本就可以推断是来自红升医药内部。”

乔晨疑惑：“没有字就来自内部？”

晏阑颇为嫌弃地说：“莫名其妙的企业文化，给内部员工提供只有 logo 没有文字的包装袋和文化衫之类的，说是不印字的才能真正用得上。”

乔晨边思索边说：“红升医药、恒众兴、葛文亮和何浩明之间到底有什么关系？”

“还有张格。”晏阑补充道，“刚才成澄说看着像假的那个，是张格手臂上的文身。你也看过他们俩的文身照片，就像成澄说的那样，分开看确实像，但放在一起的话，张格那个就明显差得多。张格临死之前跟人说他要谈一笔大生意，然后当晚就被何浩明杀了，合理推测张格谈生意的对象就是何浩明。何浩明不是临时起意，而是早有预谋，两个人能坐在一起喝酒吃饭，证明他跟张格不是第一次接触。张格死的前几天去过丹卓斯，正好是丹卓斯的交易日，那么这个大生意应该就是货。”

“张格之前一直是吸冰的，老余说他手上的货纯度很低。而何浩明和葛文亮手里的都是高纯度卡芬太尼，所以你觉得何浩明是因为钱货不清才杀人？”

“我觉得可能都不是钱货不清。”晏阑说，“张格虽然是个混混，但跟何浩明这样的杀人犯相比就是个幼儿园的小孩，何浩明看不上他，所以这件事很有可能是张格一厢情愿上赶着要蹭何浩明，何浩明身上背着事，按道理来说不会轻易搭理张格这种人。”

乔晨：“那个文身！如果那个文身对何浩明有特殊意义，而张格自己文了一个类似的，会不会成为他被灭口的理由？你还记不记得之前我们抓过一个，就是因为受害人跟凶手用了相似的笔名，结果就被杀了？！”

“或许吧。”晏阑转身往楼里走，“我去给家里打个电话，一会儿跟你说。”

苏行正坐在法医室里看资料，就听外面一阵匆忙的人声和车声，他抬头看去，几辆车快速地开出了警局。与此同时他的手机亮了起来，晏阑发来消息：我去抓何浩明。

苏行回了一句：注意安全。

半个多小时后，晏阑停稳车，看到手机上苏行发来的这几个字，一旁的乔晨见状问道：“苏行？”

“嗯。”晏阑回答。

“要我说小苏这人是真不错。”乔晨向晏阑抛去一个探究的眼神，看他没有打断的意思，才继续说，“但是我说句话你别不爱听，你足够了解他吗？这孩子明显心里藏着事，我总觉得没有人能走进他内心。说实话，有些时候他那笑我看着都发毛，不会有人每天都那样开心，他太会掩藏自己了。倒不是说这样不好，只是他这样吧……我也说不上来，反正就是有点儿别扭。”

晏阑锁上屏幕靠在座椅上，微微叹气道：“七岁没妈八岁没爸，姥爷不疼舅舅不爱的，一直跟着王老一起生活，他如果不会掩藏自己那才是真的有问题了。”

乔晨惊讶兼着疑惑：“我以为他把王老填成紧急联络人是因为怕家里老人担心。”

“他爷爷是苏奕忠，家里哪还有什么老人。”晏阑又是一声叹息。

“苏奕忠烈士？！我的天……那他爸当年那事都没人管？”

“他不太愿意说他父母的事，我知道的也不多。”晏阑长出了一口气，转了话题，“不说他了，这案子到现在我都觉得有点复杂。”

乔晨：“怎么了？”

晏阑熄了火，把车窗摇下，让车外的新鲜空气吹进来一些，然后一只手撑着头，缓缓说道：“刚才我给我舅舅打了个电话，他说这些年跟恒众兴从来没有过业务往来。之前曦曜大厦竣工之后对外招标，还曾经提前放消息给恒众兴，结果恒众兴一点反应都没有。能接曦曜的活对任何一家企业来说都是在履历上贴金的事情，可恒众兴就像躲瘟神一样躲开了曦曜。这些年恒众兴一直绕着我家公司走，难道只是因为我舅舅和舅妈以前是当兵的？这年头退伍的人多了，远的不说，本市的润方集团、华宁影视、四季地产这三家公司的老总都是转业回来的，恒众兴跟他们照样有业务往来。怎么唯独到了我舅舅这儿就不行了？”

“你的意思是……因为你？”

“从我到了刑侦开始，恒众兴躲得有点刻意了。”晏阑拿出自己的私人手机，调出了一份文件递给乔晨，“恒众兴的创始人曾经给薛小玲当过司机，当时他还叫肖富贵，从薛家离开之后改名为肖鹏飞，然后跟自己的弟弟一起创立了恒众兴。这肖鹏飞从普通农民工到给人开车的司机再到拥有自己的公司，只用了五年时间。这绝对是人生三级跳的种子选手啊！”

乔晨看着那份足以放在任何一本“成功学”书籍里面的履历，问晏阑：“你什么意思？”

“何浩明上一次入狱是因为过失伤人致残，受害者下班回家的路上偶然碰到何浩明和别人在街边斗殴，因为躲闪不及被何浩明的刀直接刺入前胸。那一刀原本是该刺中心脏的，但因为受害人是很罕见的镜面人，所以侥幸逃过一劫。这个案子当时处理得很清楚，围观的人证、受害者笔录、包括何浩明的认罪都完全没有问题。”

“然后？”乔晨问。

“这个受害者叫杨灵昌，在这件事发生后不到半年，死于一场交通事故。”晏阑深呼吸了一下才继续说，“肇事司机疲劳驾驶，杨灵昌夜间行驶开了远光灯，双方都有过错，车祸现场非常惨烈，两个人当场死亡，最后被认定为交通事故结案。”

“所以呢？”乔晨拍了一下晏阑，“你能不能一次把话说清楚！”

“你别这么着急！”晏阑把乔晨的手挪开，“杨灵昌生前曾经供职于瑞达生物研发部，之前瑞达生物拿下芬太尼生产批文的过程中并不是没有阻碍，但巧合的是，杨灵昌出事之后，瑞达生物就跟开了挂似的一路走高，基本无人阻挡。”

“……这也太巧……不对，这不可能是巧合！” 乔晨看向晏阑，眼中满是震惊，“你的意思是……”

晏阑点头：“如果说红升医药相当于瑞达生物的亲爹，那恒众兴就可以算是红升医药的一条看门狗。恒众兴这家保洁公司，到底是打扫卫生，还是清理——”说到最后，晏阑无声地做了个口型。

乔晨被惊得不知道该作何回应，直直地看向晏阑。

“晏队，按了！”对讲机里传来的声音打破了车里低沉的气氛。

“确认身份，带回去，收队！”晏阑放下手台，拍了下乔晨的肩膀，“行了啊，年过三十开始秃，你悠着点儿薅头发。”

乔晨把晏阑的手拨开，道：“秃了也是被你咒的。”

“别愁了，按住一个是一个。”晏阑安慰道，“我这个阴谋论有点儿太过了，当我没说。”

“开车吧。”乔晨无力地说道。

苏行在法医室听到警车开进院里的声音，下意识地抬起头往外看去，几名侦查员正押着一个人往审讯室走，看相貌应该是何浩明。晏阑和乔晨从最后一辆警车上下来，苏行仔细看了一眼，在确认没人受伤之后松了口气，他估摸着时间差不多才起身往茶水间走，和晏阑来了一次“偶遇”。

晏阑见到苏行之后退了一步：“乔晨抽了一路的烟，你躲我远点。”

“没事。”苏行把杯子放到咖啡机的托盘上，“何浩明抓住了？”

“抓了，预审先上，我待会儿过去看一眼。”晏阑从冰箱里抓出一个三明治扔到微波炉里，“你呢？有什么发现？”

“发现你现在很有可能去甲肾上腺素分泌减少、5-羟色胺水平降低。”

晏阑眨了眨眼：“或许……说点儿我能听懂的？”

苏行端起杯子道：“我说你可能心情不好。”

“你啊！”晏阑莞尔一笑，“没事，现在好了。”

“那我回去了。”

“等会儿。”晏阑用手指了下苏行的杯子，“深夜两点喝咖啡，你是要修仙吗？”

苏行低头看了一眼，然后把杯子放到桌子上，轻轻推向晏阑手边，说：“你喝吧，喝完记得帮我刷杯子，我睡觉去了。”

晏阑的手指在杯沿划了一圈，戏谑地说道：“以后不用等我。”

“没等你。”

“也不用担心我，我会注意安全的。”

“没担心你。”

“真的吗？”

苏行飞快地关上门。

晏阑端着杯子回到办公室，苏行的消息也在这时发来：咖啡因通过血液进入大脑会挤占腺苷的受体，从而让人感受不到疲惫，同时刺激脑内多巴胺让人感到愉悦和兴奋。但只要你还是清醒的，腺苷就会一直分泌，等体内咖啡因的含量降低之后腺苷就会继续和腺苷受体结合，到时候疲惫感会加剧。如果你现在已经感觉到疲惫，则证明你的腺苷受体已经接收到了腺苷，所以这个时候咖啡已经没什么用了，可以稍稍睡一会儿来降低腺苷分泌，让腺苷受体与已经摄入的咖啡因结合，这样醒来之后会更精神。另外，晚上还是别喝太多咖啡，容易心慌。

晏阑笑着回复道：知道了，你赶紧睡觉去。

发完消息，晏阑端着苏行的杯子进了审讯室，他拉开椅子坐下，双臂环于胸前，面无表情地看向何浩明，说道：“聊会儿。”

预审已经按照惯例询问过了基本信息，何浩明的配合度并不高，而且这案子也比较重大，预审不大敢用一些非常规手段，就等着晏阑来定夺。晏阑在见到何浩明的一瞬间就有了个大概计划，既然何浩明是老油条，晏阑就要打破他的惯性思维。

何浩明其实长得并没有“凶神恶煞”，成澄之所以那么怕他，大概还是因为他眉宇之间流露出来的狠戾。此时何浩明端坐在约束椅上，直视着晏阑，问道：“聊什么？”

晏阑随手一指：“为什么要纹这么一个图案？”

“喜欢。”何浩明回答。

“这鳄鱼可太丑了，跟你的形象一点都不符合。”

何浩明毫不掩饰自己的鄙夷：“这不是鳄鱼。”

“不是鳄鱼吗？”晏阑故作好奇地把身子往前探了一下，“张格跟别人说他的文身是鳄鱼，我看你这个跟他的一样啊。”

“他知道个屁。”

“他学的你？这玩意这么丑有什么好学的？你们俩这审美我可真不敢恭维。”晏阑仔细观察了一下何浩明的表情，心中有了判断，他接着说道，“不绕弯子了，这次杀了人，知道自己出不去了吧？”

“知道。”何浩明回答得干脆利落。

“家里也没什么人了吧？”

“是。”

“那就行。”晏阑微微点头，“处决之后尸体捐吗？”

何浩明没有回答。

晏阑轻笑了一下，说：“怎么着？以为自己杀了三个人还能无期？就你这罪行，死缓都没戏，别做梦了。”

在观察室里的白泽小心翼翼地问出了心中疑惑：“乔副，不是两个人吗？”

“老大在诈他。”乔晨说，“我们怀疑何浩明就是杀害丁义的凶手。”

“可是我们一直都没找到证据，这样能行吗？”

“这不算诱供。”乔晨解释道，“现在证据是有指向性的，只是没有指纹毛发之类确凿的证据。但是你看老大进去之后的提问和何浩明的回答，他已经承认了认识张格，也承认了杀人。这种情况下老大那句话算是一种试探，看他对于自己杀人这件事的态度，从而来选择不同的审讯方法。”

“这能看出什么？”白泽不明白。

乔晨说：“何浩明脾气大、易冲动，很有可能是冲动型人格。但同时他又很‘油’，之前入狱的经验让他对咱们的审讯方式有所了解，这种人我们称之为‘老油条’。老油条不好审，预审们经验丰富，但大概套路已经被老油条摸得差不多了，所以前面问不出什么重要内容，对待这种人得用不同的方法。刚才老大已经成功让他生气了，人在愤怒的时候会暴露许多本性，所以嫌疑人情绪激动不是什么坏事。还记得之前审陆卉梓的时候老大一直在玩笔吗？”

白泽点头：“记得，胖哥后来还想跟老大学怎么转笔呢。”

“那是因为陆卉梓抗压能力弱，精神不易集中。”乔晨解释道，“老大通过转笔来吸引陆卉梓的注意力，在她分神的时候很容易问出实话。”

“我还以为那是无意识的动作。”白泽惊讶地说。

“审讯室内的一切都有用。”乔晨说道，“你看老大，他刚才貌似是随意提到了文身，但其实这是他的切入点，因为我们之前怀疑这个文身有特殊含义。何浩明的反应则证实了我们的猜测，接下来老大又进一步着重提到张格，何浩明果然生气了。”

“他那是生气吗？我怎么觉得是嫌弃？”

乔晨问："通过表情和语气得出的结论？"

白泽点了点头。

乔晨解释道："虽然人在表现厌恶情绪的时候也会眉毛下垂，但刚才何浩明更明显的是眼睑紧张和瞳孔放大，这是很典型的愤怒表情。他用嫌弃和厌恶的语气来掩盖他的愤怒，然而这点小伎俩在老大面前没什么用。"

白泽又问："那……晏队是发现他生气了才刻意转了话题？"

"是。记住，审讯的时候切忌被嫌疑人带着走，如果刚才顺着他的情绪继续问话，这段审讯就没意义了。"乔晨用下巴指了一下何浩明，"老大生硬地切断了话题，何浩明的愤怒没有得到宣泄，已经转变成了一种内在的压力。如果他没有杀丁义，这种压力和被冤枉的愤怒就会叠加在一起；如果他真的杀了丁义，他可能会冷静下来开始猜测我们到底知道多少。无论哪一种，他的情绪都会再次发生变化，相对的面部表情也会有所改变。"

"好厉害啊……"白泽由衷感叹。

乔晨笑道："你成天抱着那本犯罪心理学，不如多看看老大审讯，理论知识再好最后也得在实践中应用。"

白泽有些不好意思地说："我都是业余时间看的。"

"知道你好学，我们都看在眼里。"乔晨拍了下白泽的肩膀，"来，你试着分析一下现在何浩明的心理活动。"

白泽仔细观察了一会儿，然后犹豫着说："他……他现在不说话了，但是眼睛好像在向右下方看，他在回忆吗？"

乔晨笑而不语，只是示意白泽继续观看。

审讯室内，何浩明已经沉默有一会儿了，晏阑倒也不着急，只是安静地看着何浩明。又过了大概三分钟，晏阑用笔敲了敲桌子，说："来吧，先从最近的聊，你跟葛文亮一直合作得挺好的，为什么突然要杀他？"

何浩明的肩膀有轻微的松动，他推了一下鼻梁上的眼镜，说道："因为他岁数大了，脑子不灵光了。"

晏阑："我之前跟他有过一面之缘，老头除了絮叨一点儿，看起来还挺不错的，怎么就不灵光了？"

何浩明很坦诚地说道："之前他跟我说万无一失，但是你们却到他店里去查那个什么乌的药，明显就是被你们抓到把柄了。而且他竟然招了一个警察家属到店里看店，他知道我太多事，必须得死。”

晏阑并没有去深究这段漏洞百出的话，他顺着提问道：“所以你用川乌来杀害张格，是葛文亮告诉你的方法？”

“是。”何浩明回答，“老葛说那东西有毒，而且还不稳定，死了之后不好查出来，我就让他帮我找那药。”

“东西是他亲手给你的吗？”晏阑问。

“让店里那个小孩儿给我的。”何浩明顿了顿，突然问道，“是不是那小孩儿告诉你们的？！”

“那倒没有，他根本不知道那是什么东西。”晏阑平静地继续提问，“说说怎么杀的葛文亮吧。”

何浩明说：“那天你们从店里离开没多久我就被老葛叫去了，老葛觉得我跟他是拴在一条绳上的，要跟我商量怎么应对之后再来调查的警察，但我不想被他拖累。第二天中午我拿了红酒去他店里，趁他不注意把他常吃的安眠药磨碎了混在红酒里，然后等他睡过去之后把门窗都关严，往屋里灌了煤气。”

“哪来的煤气？”晏阑问。

“之前我住的地方附近有个换煤气的店，我偷了个煤气罐出来。”

“空的煤气罐呢？”

“扔了。”何浩明说道，“扔到那附近的垃圾场里了。”

晏阑用笔把桌子上的案卷合起来：“行，那就聊到这儿吧。”

何浩明抬起头看向晏阑，疑惑道：“你不问了？”

晏阑打了个哈欠：“我困了，回去睡觉。”

第5章

“咱还得找证据。”晏阑在推开观察室门的同时说出了这句话。

乔晨低着头把消息发完之后才出声：“已经让一组去找煤气罐了。你什么想法？”

“必须找到他跟丁义案之间的铁证，不然他不会吐口。”晏阑揉着眉头说，“他知道认了丁义案的后果，所以在我们没亮底牌之前他不会交代。在审讯上拖时间只是下下策，拖得太明显他肯定就知道我们没证据了，所以必须得抓紧时间。”

“叩叩叩——”观察室的门被敲响。

“进。”

苏行探头进来，说：“我想起一件事，两位领导现在有时间听我说吗？”

“去我办公室吧。”晏阑看了眼表，又转头对白泽说道，“你也去休息吧，有事再叫你。”

“好的晏队。”白泽不疑有他，很快就离开了观察室。晏阑带着乔晨和苏行回到了自己的办公室，关好门后，乔晨把苏行按到了晏阑正对面的椅子上，自己则坐到了旁边：“来，小苏，坐下说。”

苏行落座之后也没多说话，直接打开平板，调出了几张照片介绍道：“左边的是何浩明的文身，右边的是张格的文身，这两个人的文身都是同一种很少见的古生物，叫作沧龙。”

“嗯，这个我们都知道了。”乔晨说道。

苏行接着说：“之前晏队在我那儿看过，我们那个文身库里确实没有这个图案，但是我记得七年前一起命案的凶手身上有这样的文身。”

乔晨：“七年前？你还没上大学吧？你怎么会知道？”

“当时那个案子的受害者是师父负责解剖的，受害者临死前用指甲在自己身上抠出了一个图案，就是那个图案最后成了破案的关键。当时师父为了那个图案查了好多图册，所以我有印象。先开始看张格身上的文身没认出来也是因为他那个文身不像，何浩明的文身因为角度问题，也确实不太明显。但是刚才你们押送他回来的时候我看到了全部图案，一下子就想起来了。”

晏阑回忆片刻，问：“你说的是‘2·03案’吗？”

苏行：“具体是什么案子我不知道，我印象中是冬天，春节前，那名死者有皮肤划痕症，所以才能在自己身上描出凶手的文身。按时间算你们应该都参与了那个案子。”

“皮肤划痕症？”乔晨思索了一下，“我想起来了！确实是‘2·03案’，我是那年元旦之后调到刑侦来的，那是我到刑侦之后的第一个案子。那个案子的凶手叫方……方什么来着？”

“方宗宇。”晏阑接话道，“可是方宗宇已经执行了死刑，而且他的亲属关系中没有张格，也没有何浩明。”

苏行微微摇头：“我觉得不是张格，而是跟何浩明有关系。张格那个文身看着就跟个赝品似的，可能是别的什么缘由，但是何浩明身上那个跟当时凶手身上的文身非常像。两个杀人犯身上都有同一种很少见的图案，这种事情的概率应该不大吧？”

晏阑把电脑屏幕转了一个角度，飞快地在系统里查找了起来。

苏行抬头看了一眼天花板，轻轻皱了下眉，问：“怎么你办公室里也有监控？”

“那能怎么办？”乔晨把手臂放在桌子上撑着头，“省厅要求啊！所有独立办公室和集体办公区都要安装监控，方便督察和巡视员监督工作。现在整栋楼里没监控的地方也就茶水间、各层的休息室还有卫生间。”

苏行撇了撇嘴，吐槽道：“隔壁俞江市的市局就没这配备，一直都说咱们市局是省厅亲儿子，这被监视起来的亲儿子好像待遇也不怎么好啊！”

“资源倾斜也是有代价的。”乔晨调侃道，“要不是晏阑这张脸啊，估计茶水间也得给装上监控。”

“我这脸要是有用，办公室就不会有监控了。”晏阑把屏幕转向乔晨和苏行，

“方宗宇的文身在后肩，并不在手臂上。不过我记得方宗宇挺配合的，那个案子也没什么问题，证据链很完整，就是抢劫杀人案。”

苏行问：“死者是什么职业？”

乔晨回答：“学生，科大的研究生。她导师一直对这件事特别自责，那天如果不是她导师让她回学校拿材料，她也就不会撞上方宗宇。”

“受害人是化学系的……”晏阑看向乔晨，说，“她导师前些年辞了学校的工作，在瑞达生物的研发部门带团队，当年瑞达生物能拿下芬太尼的生产许可，她导师有很大的功劳。”

听到这里，苏行站起身来说：“你们继续想吧，我只是提供一个情况，不该我听的我就不听了，省得你们犯错误。”

乔晨连忙说道：“这又后半夜了，你赶紧去休息室睡会儿吧，别跟着我们熬了。”

苏行笑了笑，说：“我睡到中午才起，没事，你们忙吧，不打扰了。”

乔晨送走苏行之后坐回到椅子上，指了指电脑：“你想说什么？”

晏阑把屏幕转到乔晨面前，乔晨顺着晏阑手指的方向看去，上面赫然是“恒众兴”三个字。

“我去！”乔晨惊诧地看向晏阑，“你个乌鸦嘴，这都能行？！”

“恒众兴这条看门狗，真的挺忠心的。”晏阑长吁了口气，“我们查到大案了。”

乔晨问：“翻得出来吗？”

“现在丹卓斯出事，周桐薇虽然明面上脱了身但肯定禁不住细查。我们手上还有曾诚那一帮人，再加上何浩明的口供……”晏阑狠狠地说道，“我就不信我撬不动这块石头！”

“你怎么了？”乔晨伸出手在晏阑眼前晃了晃，“你跟这些人有什么深仇大恨啊？这么激动干什么？”

“以前没有，但是现在有了。”晏阑推开乔晨的手，“宁伟的血检结果显示他体内含有 γ-羟基丁酸成分。你知道宁伟的情况，你觉得他可能吸毒吗？在丹卓斯的时候他一直在抢我的酒喝，你猜如果我当时在那里喝了酒，又没有后援，我现在会怎么样？”

乔晨震惊到无以复加。

晏阑兀自笑道：“市局刑侦支队长在夜店服用毒品，和前来调查的分局刑侦队撞了个正着。只要我当时喝了一口酒,无论之后发生什么,我就都说不清了。”

乔晨倒吸了一口凉气：“这是要往死里弄你啊！”

“所以，这已经不是我想不想的事了。”晏阑说道，“是我必须把这个毒瘤挖出来，不然我周围的所有人，你、苏行、队里的这些人、我舅舅一家，包括我爸，都有危险。我不想当年我爸的事情重演，我一条命无所谓，但是我不能把周围无辜的人牵连进来。”

“怎么会这样……”乔晨喃喃地说，“这事怎么就发展成这样了……”

“不过你也别太担心。”晏阑安慰道，“我这是邪神护体，谁没事敢招惹阎王啊，是吧？！”

乔晨瞪了一下晏阑，说：“不是每次都那么好运气的，你小心点儿吧。”

“我知道，你先别跟苏行说，他自己就够危险的了，我怕他多想。”

乔晨满脸嫌弃地说：“知道了。”

晏阑把电脑屏幕转回来，说道：“出去时关门。”

“不管！”乔晨站起来往外走，“还跟我摆上谱了，自己关！”

“谢了啊！”

“你大爷的！”乔晨还是帮晏阑关好了门。

晏阑坐在办公椅上，盯着屏幕发呆，眼前的那些文字表格渐渐模糊解体成碎片——他这几天接收的信息太多，大脑过载了。不过他“重启”的速度很快，片刻之后那些支离破碎的横竖撇捺又重新拼接了起来。晏阑猛然坐直了身子，有一根若有似无的线被搭了起来，他在键盘上敲击了几个字母，犹豫片刻，按下了回车键。

夜色逐渐褪去，清晨六点，晏阑揉了揉有些发涩的眼睛，拿着手机走到办公室的窗前，他再一次按下那个虽然没存在通讯录里但一直记在脑海中的电话号码。片刻之后，电话被接通了。

“怎么了阑阑？”

“爸，我有事想问您。”

电话那头安静了许久才又一次发出声音：“这次曾诚的事情我会跟着调查组回去，有事等我到了当面说吧。”

“好。”晏阑说。

“你怎么样？乔晨说你那晚受了伤，严重吗？”

晏阑低头看了一下手臂上的创可贴，回答道："没什么事，就是皮外伤而已。"

"那就好，你……你案子查得怎么样了？"

"抓了嫌疑人，在审，快结案了。"

"这次的事情你是当事人，所以我得回避对你的询问过程，对曾诚和魏屹然的审讯也是由督查那边来做。我这次跟着调查组其实是因为局里对你现在这个案子挺重视的，想让我盯一下。"

"我知道了。"晏阑回答，"这个案子确实挺复杂的，还是当面说吧。没什么事的话我先挂了。"

"好，挂了吧。"

晏阑挂断电话，盯着窗外发愣，这是十多年来两人之间第一通如此心平气和的电话，有寒暄、有问候、有关心，也有那声难得喊出口的"爸"。

"老大——"林欢站在院子里朝晏阑招手。

晏阑回过神来，打开窗户问道："怎么了大小姐？有什么发现？"

"重大发现！"林欢连比画带说，"我进去跟你说！"

林欢小跑着进了办公室，立刻进入了工作状态，语速飞快地说道："恒众兴保洁公司创立于二十年前，创始人肖鹏飞和肖鹏跃是亲兄弟，肖鹏飞原名肖富贵，肖鹏跃原名肖富根。这兄弟俩一个做明面上的生意，一个做暗地里的生意。"

"暗地里的生意？"

"洗钱和行贿。"林欢解释说，"行贿方通过空壳公司和恒众兴签订保洁外委合同，肖鹏飞再将这笔钱通过采购物资等方式支付给受贿方的空壳公司，他在中间赚手续费。洗钱也是一样，通过空壳公司的保洁合同来完成。"

"不好查吧？"晏阑问。

林欢点头："对。关于这一部分我交给经侦他们去弄了，咱们搞不定。经侦的同事说比较困难，打款之后就已经算是'甩干'了，恒众兴这么多年都没出问题，在税务上应该是查不出来的，只能从别的方面入手。还有，昨天我们紧急去恒众兴按人，发现肖鹏飞和肖鹏跃已经在周四凌晨，也就是你在丹卓斯出事之后没多久就离境了，我找航空公司确认了一下，发现订票的时间是周四凌晨零点十二分，那个时间我们刚刚到达现场不久，你应该还在去往医院的路上。"

晏阑看着林欢的神情，了然道："有话直说。"

“有内鬼。”林欢很直白地说道，“我查了当天晚上丹卓斯工作人员的通话记录，也查了魏屹然和那些手下的记录，当晚没有人向外发出求援和通知，我们可以算是打了他们一个措手不及。但是曾诚在出事之后收到过一条短信，内容是‘丹卓斯暴露’，是个虚拟号码，服务器在境外，我们查不到。这条短信的送达时间很有趣，是在肖鹏飞订机票之后。也就是说曾诚作为魏屹然的直系领导和西区所谓的‘保护伞’，反而比当时还没有暴露在我们面前的肖鹏飞更晚知道丹卓斯出事。当时事发突然，所有人都是到了现场才知道详细情况的。除非肖鹏飞能未卜先知，否则只有可能是当时在现场的某个人通风报信了。而且通风报信的人应该是有一定的级别，因为他根本没把曾诚放在眼里，不然他肯定会先跟曾诚说。我回忆了一下，在我们到达现场之后到肖鹏飞订机票之前的这段时间内，现场一共有五个人用了手机，分别是乔副、刘副局、江局、吴厅和金厅。”

“你说的这几个人我谁都查不了。”晏阑无奈地说，“大小姐，你这是给我找事啊！”

林欢眯起眼睛看了晏阑一会儿，突然说道：“老大你不厚道，你早知道有内鬼了是不是？！你根本就没问我为什么这么怀疑！”

“我又不傻！”晏阑拍了一下林欢的头，“曾诚和魏屹然明显是被扔出来填坑的，俗称弃子。而且你觉得如果上边没人，曾诚那个草包敢这么明目张胆地把西区变成毒贩的天堂吗？保护伞之所以能称为保护伞，那必定得是一层层往下才能安全。”

林欢吞了下口水：“老大就是老大，那我刚才说这么多还有用吗？”

“当然有用啊，我一会儿审何浩明的时候就能用上。”

“啊？怎么用？”

“他老板都跑路了，你说他还能扛多久？”晏阑嘴角轻轻挑出一个弧度，“我知道怎么撬开何浩明的嘴了，要不要跟我来见证一下奇迹？”

“咦……”林欢不由自主地打了个寒战，“老大你笑得太变态了！”

晏阑收起表情说道：“行了，歇着去吧，一会儿我审讯的时候叫你。”

“好嘞！”林欢雀跃地走出了办公室。

晏阑拿出手机，给苏行发了条消息：醒了吗？

苏幕遮：嗯，怎么了？

晏阑：休息室有人吗?

苏幕遮：没，就我一人。

晏阑锁上屏幕，快步走向了休息室。苏行见他进来，用手撑起一半身体，问："怎么了?"

"困了，来眯一会儿。"晏阑直接坐到了旁边的空床上，闭着眼躺了下去，"你别走，我就睡半个小时。"

苏行坐到床边，把被子轻轻搭在晏阑身上。

晏阑调好闹钟，把手机放到一旁，低声说："一会儿叫我。"

苏行还想调侃一句，却见晏阑面有倦意，便问："一宿没睡?"

"嗯……"晏阑已闭上了眼。

苏行不再说话，又给晏阑掖了下被子，然后静静地坐在床上看着他睡觉。不知道是因为这个案子太熬人，还是因为晏阑在自己面前完全放松了，苏行觉得晏阑身上有一股褪不去的无力感，从发现张格的尸体之后，这种感觉就越发明显。他轻轻叹了口气，查案子玩起命来，就连"阎王"也熬不住啊。苏行安静地坐在床边开始翻看手机。他的手机实在是无聊，微博微信都没什么好友，周日早上也没那么多人早起，刷出来最新的一条朋友圈还是三个小时前大学同学在吐槽夜班的。百无聊赖，于是开始翻相册。相册里除了尸体局部照片就是文献资料的截屏，他划过大约十几张照片之后停了下来，那是自己后颈的照片。那天被衣服上的商标扎得难受，是晏阑帮他剪掉了标签，还因为这个想到了死者背后划痕的来源。那不过是几周前的事情，现在想来竟有恍如隔世的感觉。人和人之间的关系，还真是很奇妙。

晏阑此时面对墙壁侧卧着，身体随着绵长的呼吸而上下起伏，衣服后面的帽子被压在身下。苏行怕他被领子勒着，放下手机，轻轻地把帽子往外拽，却在拽到一半的时候停住了手——原来那次他并没有看错，那不是帽衫的阴影，而是一片触目惊心的伤疤。一道足有一拃长的蜿蜒凸起的瘢痕疙瘩，像红色的蚯蚓一样攀在晏阑的后颈处，周围则是一大片泛白的瘢痕疙瘩，几乎延伸到了两侧肩胛骨的位置，从边缘的皮肤状态来看应该是烧伤疤痕。

瘢痕疙瘩是皮肤损伤愈合过程中皮肤组织过度增生造成的，增生的组织会凸起隆出，高出皮肤。晏阑后颈处这一大片瘢痕疙瘩非常明显，普通的衣服都盖不住，更不要说警服衬衫这种原本就很透的衣服了。原来他平常一直穿帽衫，在穿警服衬衫的时候里面多穿一件打底，是为了盖住这个。

苏行心想：还说我什么都不告诉你，你不是也一样什么都不说吗？

晏阑的手机在这个时候响了起来，苏行飞快地收回手，装作什么都没发生一样。晏阑闭着眼摸了两下，把手机接通放在耳边，含糊地说："最好是好消息……"

"老大？"庞广龙的声音有些犹豫，"我是不是打扰你休息了？"

"你也不是第一次了。"晏阑从床上坐起来，"有话赶紧说！"

庞广龙："那个……也不是什么大事，就是丁理自己出院了。要不要查一下？"

晏阑用力眨了下眼睛才想起来丁理是谁，他回答道："找个人看看有没有被胁迫就行了。"

"知道了老大，你继续睡吧！"庞广龙飞快地挂断了电话。

晏阑活动了一下脖子，问苏行道："我睡了多久？"

"二十分钟。"

"今天让胖儿罚站十分钟！"晏阑无意识地拽了一下衣服的领子。

苏行看着他的动作，轻声问道："后背……疼不疼？"

晏阑缓了缓，才明白苏行说的是什么。

"你看见了？"他问。

"嗯，其实之前就看见了，但当时以为自己看错了。"

晏阑沉默了一会儿，说："十多年前的事了，早忘了疼不疼了。"

"怎么弄的？"

"见义勇为来着。"晏阑站起来伸了个懒腰，"救了个熊孩子。"

"熊孩子？"

晏阑"哼"了一声，说："救完之后人就不见了，连句谢谢都没有，你说是不是熊孩子？"

苏行调侃道："警察救人还图别人的感谢，这不是你的职责吗？"

"我那会儿还在上高中！"晏阑推了一下苏行的头，"都说了是十多年前！你到底以为我有多老？！我当警察不过才十年而已！"

"知道啦，你不老！"苏行跟着站起来，"赶紧干活去吧！"

两人一前一后走出休息室，迎面碰上了孙铭睿和林欢。晏阑起哄道："哟，行啊小孙，真把我们大小姐拐走了？！"

“没有没有，晏队你别乱说，你你你千万别乱说。”孙铭睿一边说一边看林欢的脸色。

林欢反而很坦然地看向晏阑，说：“老大，你不会真以为我会守着你这个只能看不能碰的花瓶过一辈子吧？还是说你突然发现自己对我还有那么点儿意思？”

晏阑面不改色地说道：“林欢同志，我决定跟孙铭睿聊一聊你高中和大学时期那些不为人知的事情，比如你高考某一科考了多少分，警校唯一垫底的科目是什么，还有你是怎么把那些觊觎你的同学都打——”

林欢连忙把苏行推到晏阑身边：“宝贝，快把他拉走，姐请你吃好吃的！”

晏阑微笑着看向林欢，说：“小丫头，不要跟知道你太多秘密的人斗嘴，你会输得很惨的。”

“老大！”林欢飞来一个眼刀。

“不闹了。”晏阑看着林欢，“半个小时后审何浩明，你来不来？”

“准时到场！”

“我能去听吗？”苏行一边问一边顺手帮晏阑整理了一下身后的帽子。

孙铭睿：“别！”

“嘶……”林欢捂住了眼睛。

“什么？”苏行有些莫名其妙地看向二人，还没待问，就看乔晨从远处狂奔过来一把扣住晏阑的手把他按在了墙上。

晏阑翻了个白眼，说：“你们有病吧？！”

林欢听到晏阑的声音才小心翼翼地把手从眼前拿开，她松了口气，说道：“我以为你要把小苏摔出去了。”

“放开我！”晏阑推了一下乔晨，“你怎么也跟着凑热闹？！”

“废话！我刚走过来就看到这一幕，吓都吓死了好吗！”

乔晨用手臂压住晏阑的肩膀，问：“你醒了没有？”

“你说我醒了没有！”晏阑无奈地看向乔晨。

乔晨缓缓松开晏阑，身体依旧处于戒备状态，一直到确认晏阑真的不会动手之后才放松下来，冲着晏阑骂道：“你要再这么吓我，我就不干了！”

“谁吓你了？！你哪只眼睛看见我要打人了？”

“滚！你哪次没打人？！”乔晨心有余悸地说，“小苏要是被你摔出去，绝对得骨折了！我可不想跟着你一起被王老按在解剖台上！”

“那个……”苏行一脸蒙地看着几个人，“谁能给我解释一下？”

孙铭睿走到苏行身边，拍了拍他的肩膀，说：“苏啊，我不是跟你说过嘛，上一个敢碰晏队帽子的人被一个背摔扔了出去。你是没记住还是没听懂？老虎的屁股摸不得，‘阎王’的帽子碰不得啊！”

苏行吞了下口水：“我错了晏队。”

“别听他们瞎说，没事。”晏阑抬了下手，“都该干吗干吗去，大清早的抽什么疯啊！”

苏行坐在法医室里，听孙铭睿给他科普了一下“阎王的帽子碰不得”这件事。

据传说，最先触发晏阑这个Bug（漏洞）的是乔晨，那时还是在警校，那一次乔晨被扔出去了三米，从那之后，他逢人便提前预警。队里的人虽然都知道，但是并没有亲眼见过。直到几年前一个醉鬼在接警大厅闹事，晏阑正好路过，被那醉鬼一把抓住了帽子，结果那醉鬼在碰到帽子的同时就飞了出去。那次事情之后大家才相信乔晨不是危言耸听，“阎王”的帽子是真的不能碰，所以刚才大家才会有那种反应。

谁还没点儿不愿意说的事呢，苏行想，大概那次受伤并不像晏阑说得那么简单吧。

第6章

晏阑拿着一摞卷宗走进了审讯室，开门见山地说道："跟你说件事，恒众兴的人都被控制住了。"

何浩明脸上闪过了一丝意外，旋即就是释然。

晏阑说："我睡醒了，继续聊会儿。"

何浩明偏着头看向晏阑，说："这次聊什么？老葛还是痦子？"

"都不聊。"晏阑顿了顿，"聊聊你这个文身。"

"没什么可聊的。"何浩明的语气冷了下来。

晏阑从卷宗里拎出一张纸，读道："沧龙，中生代海洋中最大的顶级掠食者，生活于白垩纪的马斯特里赫特阶的海洋中，分布于世界各地。肉食性海生爬行动物，拥有巨大的头部、强壮的颚与尖锐的牙齿，外形类似具有鳍状肢的鳄鱼。"

何浩明怔怔地看着晏阑。

"确实挺少见的。"晏阑把纸放到一旁，"不过我见过一个同样的。"

何浩明丝毫不掩饰自己的嫌弃："痦子那个是四不像！"

"我没说他，我说的是方宗宇。"

何浩明的瞳孔迅速收缩，放在桌子下面的双手无法抑制地颤抖了起来。晏阑又翻了一下卷宗，从里面拿出一份档案，不带任何语气地读了出来："方宗宇，男，霁州省俞江市俞宁县人，七年前因为抢劫杀人被判处死刑立即执行，行刑时四十岁。"

晏阑看何浩明不说话，于是接着说道："你也是俞宁县人，跟这个方宗宇还是同村，年纪又相当，应该对他有印象吧？被他残忍杀害的那个女生叫作唐倩倩，当时二十三岁，是平科大的高才生。她腹部被捅了六刀，身体里一半的血都流没了，她拼劲最后一口力气用指甲在身上划出了一个图案，就是那个图案帮助我们抓住了方宗宇，你应该知道是什么图案对吧？”

何浩明的后背挺得笔直，整个人像一根被拉扯到极限的皮筋，仿佛下一秒就会崩断。

晏阑加快了语速：“我当年刚好参与了这个案子的侦办，我记得我问过方宗宇后不后悔，他说他只后悔去做了文身，如果没有那个文身，他根本不会被警方抓到。不知道他有没有跟你说过，不过看这个情况，就算他说过你也不记得了，不然你也不会跟他一样栽在了文身上。你们俩应该关系不错，他那个文身在左肩上，正常情况下是看不到的。”

“右肩！”何浩明脱口而出，“他的文身在右肩上！”

“成了！”在旁边观察室里的林欢拍了一下手，“老大就是老大，太牛了！”

苏行坐在角落里，看着晏阑每一步都精准地踩在了何浩明的痛点上，心里突然冒出一个念头：他会不会也这么对待我？苏行猛地摇了下头，这是真的胡思乱想了。

审讯室里，晏阑平静地看向何浩明，说：“既然都说到这儿了，那就聊聊方宗宇吧。”

何浩明的肩膀骤然松弛了下来，他用有些沙哑的嗓音问：“能给根儿烟吗？”

晏阑从兜里掏出一根烟扔给他，接着说道：“好久没听到方宗宇这个名字了吧？要说他也是命不好，作案的时候正好是春节前，社会影响恶劣，又因为死者家属都是知识分子，充分利用了舆论的力量。他自己大概也没想到最后连死缓都没有，给了他个立即执行。”

何浩明深深吸了一口烟：“他……走的时候什么样？”

“没痛苦。”晏阑平静地回答。

何浩明看着自己手臂上的文身，低喃道：“那就好。”

林欢看着何浩明神情的变化，自言自语道：“这何浩明和方宗宇不会有事吧？”

“不是。”苏行说，“他们是亲人。”

“亲人？”林欢转过身看向苏行，“你怎么知道？”

苏行用手指了一下单面玻璃，并没有回答。没有人比他更了解那种表情，何浩明就是在怀念亲人。

林欢顺着苏行手指的方向看去，何浩明已经开始交代了：“我爸在我三岁的时候病死了，我妈在何家村过不下去，就带着我回了娘家。嫁出去的女儿带着外姓儿子跑回娘家，方家村的人也容不下我们。我们的日子一直过得不好，为了补贴家用，我妈经常半夜上山去挖野菜，然后挑着担子去集上卖。后来有一天，她在下山途中被毒蛇咬伤，撑着回到家没多久就咽气了。我就成了孤儿，还是一个外姓的孤儿，方家村里没人愿意搭理我，只有宗宇哥对我好。他在方叔叔面前跪了一天一夜，之后方家的饭桌上就有了我一副碗筷。我勉强读到初中毕业就跟着宗宇哥出来打工挣钱。他一直跟我说他是给别人开车的，但我其实知道他在干什么。我不觉得有什么错，这个社会本来就是弱肉强食，自己不强就别怪别人欺负你。”

晏阑问：“他在干什么？”

“给大老板卖命。”何浩明冷笑了一下，“那些眼高于顶的上等人看不起我们，但还得用我们。宗宇哥不知道怎么搭上了关系，完成一单生意能拿好几万。那时候的好几万，相当于现在的几十万，谁能不心动？我就求着宗宇哥带我一起干，他死活不同意，跟我大吵了一架，我气得直接走了。大概一年之后吧，他找到了我，我们俩聊了一次，我答应他好好工作挣钱，他也答应我不去做那些太危险的事情。那时我发现了宗宇哥后背的文身，他告诉我他认识了一个姑娘，是个文身师，这个图案是那个姑娘给他文的。我以为他要金盆洗手准备成家了，结果他说，干了他这一行是不可能成家的。想想也是，脑袋别在裤腰带上，成了家反而是累赘。没过多久他就说接了一个大活，事成之后要离开平潞一段时间，然后给了我三十万块钱。”

“七年前？”

何浩明点头：“对。没想到事情成了，他也被抓了。当时你们在找他的近亲属和朋友，我还以为你们会找到我，但是并没有，宗宇哥早就跟我彻底切断了关系，大概是早就意料到会有这么一天。他托人给我传了话，让我拿着钱好好生活。”

“谁给你传的话？”

“那个给他文身的姑娘，我不知道她叫什么，我也只见过她两次。”何浩明叹了口气，“一次是她给我送消息来，还有一次是我找到她工作的文身店，让她给我文了这个图案。后来她就消失了，听她同事说是去别的城市了。我们这种在外边漂着的人，哪儿都能待，哪儿都能活，没什么家的概念。”

“知道是谁让方宗宇去做的这件事吗？”晏阑问。

何浩明弹了一下过长的烟灰：“是老板。但是为谁做的就不知道了。我们只负责做事，不该打听的就不问，问也问不到。”

“那就说说你为什么不听方宗宇的话吧，他让你好好生活，你却跟他走上了同样的路。”

“不是我，是老板找到了我。宗宇哥出事之后，有人到我家来把我带走，他说他是宗宇哥的老板，问我愿不愿意跟他干。”何浩明无奈地笑了一下，“我有什么资格说不愿意？我知道他们抓我的目的，有我在手，宗宇哥就不会把他们抖出来。反正宗宇哥不在了，我活着也没什么意思，怎么都是过剩下的日子，对我来说没区别，就跟着他们一起了。”

“之前你持刀伤人，也是接的活？”

“是。”何浩明点了下头，“不过那人没死成，我也没死成。”

审讯室里的温度适宜，可晏阑却感到一阵难以抵抗的寒意。七年前被方宗宇杀死的唐倩倩，五年前被何浩明弄伤后来又死于车祸的杨灵昌，这两起案子看似没什么关联，但背后却是同一批人在谋划。每年平潞市发生的各类案件近千起，有多少带有意图的谋杀混在其中，变成了“车祸”“意外”“报复社会”……

晏阑问：“说说这次吧，你刚出来怎么就接了活？”

“痞子是我自己要杀的。”何浩明愤恨难当，“他凭什么用那个图案！那是宗宇哥的！他以为文了那个文身我就能带着他？他痴心妄想！”

“你怎么认识他的？”

何浩明说：“在丹卓斯。我出来之后被安排到丹卓斯看场子，老板说丹卓斯是自己的地方，我们平常就混在丹卓斯里面，看那些客人干什么，防止有在里面闹事的，有时候也帮着处理一下垃圾。痞子在里边拿货，一来二去就认识了。”

“什么货？”

“什么都有。白粉、冰、芬太尼还有失身水之类的，痞子经常拿的是冰。有一次我们在处理正在散冰的人被痞子撞见了，他才知道我是看场子的。后来他就经常约我，想通过我拿到更纯的货。我只负责看场子，老板不让我们碰这些东西，我就说我没货，他以为我是糊弄他，三天两头地缠着我，后来竟然偷偷去文了个沧龙。我进过局子，你们有我的照片，如果张格带着这个文身犯了什么事，你们很有可能会联想到我，这是给老板找麻烦，所以我就想把他处理掉。”

“说具体点儿。”

“他之前租了个房子，用送餐的名义送货，但是没干几天就被警告了，说是有人不让他这么干，开小门脸太危险，还说要把打开的窗户给封上，找我借车。我本不想搭理他，就先糊弄了过去。后来跟老葛说起这事，老葛就提醒我可以借这个机会藏尸。然后我就按照老葛的安排去联系他，还替他去建材市场拉了砖回来。他以为跟我交上了朋友，但实际上我那个时候就已经准备好弄死他了。我去烟酒店买了一瓶好酒，又点了几个大菜，把老葛给我的药磨成粉放到红酒里，送他上了路。”

江洧洋和刘毅一来就听说晏阑在审讯，连办公室都没回直接走进了观察室，在观察室里的几个人接连起身让座。江洧洋看了一眼屋里人，最后把目光定在了藏在角落里的苏行身上，苏行知道避无可避，于是起身叫了声：“江局。”

江洧洋抬起手看了眼手表，问：“王军今天回来，你怎么没去接？”

“啊？师父没跟我说他要回来。”

“飞机十点落地，还来得及，开我的车去吧。”江洧洋把钥匙扔给苏行，“注意安全，有事打电话。”

“好的江局。”

另一边审讯室内，晏阑还在专心地跟何浩明问话：“你和葛文亮是怎么认识的？”

“老葛是我的顾问。”何浩明回答道，“我们每个人在干活之前都要有一个‘顾问’来帮我设计行动。之前那次就是老葛给我设计的，我明明扎准了，但谁知道那人心脏没长在该长的地方。”

“你们干活还有顾问？”

“肯定要有啊，我们什么都不懂，顾问给我们设计好怎么做，我们照着去做就行了。从行动地点、时间到行动结束后的逃离路线都有人帮我们设计。”

晏阑接着问：“那你之前为什么会被抓？”

“因为我接的是‘有去无回’，就是要暴露自己，让你们把案子定性为‘随机作案’‘报复社会’之类的，这样老板和下单的人就都安全了。”

晏阑：“你之前说杀葛文亮是因为他知道你太多事，现在呢？是不是该说实话了？”

何浩明沉默了一会儿，回答道：“因为暴露了。你们到店里调查川乌之后，我去了一趟麒麟巷，发现那里被拆了，我就知道暴露了。这件事因我而起，你们迟早会查到我头上，我和老葛私下行动，被公司知道了肯定也是死。老葛说他都这岁数了，既不想被警察抓走，也不想被公司弄死，反正他老伴儿死了，儿女都在国外定居，也不用他再拼命挣钱，早晚都是死，不如他自己选个日子。那天中午他自己把安眠药磨碎了放在酒里，我们俩吃了最后一顿饭，然后我送他走了。”

“那你呢？”

“我得活着把事情都扛下来。”何浩明搓了一下脸，“只是我没想到你们已经查到了公司。”

“说说那个在城中村被你杀死的人。”

何浩明说：“我从来没接过那么急的活儿。当时我在丹卓斯看场子，有一个人拿着恒众兴的会员卡找到我，说让我去杀个人。我知道有那张卡的都是特殊客户，但实际上那卡没什么用，没有人会拿着这张卡直接找我们，因为跟我们直接接触就意味着有风险。我当时看到那张卡就给老板打了个电话，他让我把电话给那人，他们聊了一会儿，老板就说让我立刻去。”

“那人是谁？”

“姓魏，具体叫什么不知道，好像是你们的人，我听他手下叫他‘魏队’。”

观察室里的江洧洋立刻对林欢说：“去把魏屹然的照片给他送进去。”

林欢一阵风似的跑出观察室，留下的人都沉默不语。这世上还有比警察买凶杀人还荒谬的事情吗？白天手握着公权利器，晚上却做着杀人越货的勾当。

审讯室里何浩明继续交代着：“我是开着公司的车直接去的，在半路接到了老葛。老葛估计是从床上被叫起来的，睡衣都没换。我们一路躲着监控绕到城中村，等快到的时候老板打电话说只要现场不留下我们的痕迹就行，把尸体扔在那里自然会有人收尾。当时我手边没有趁手的工具，就拿车上的千斤顶先给他砸晕了。老葛岁数大了抬不动他，正好车后面有副担架，我们俩一起把那人弄到了床上，结果发现砸错人了。”

“然后你们干什么了？”

“当时老葛已经把药打进那人身体里了，说什么都晚了。老葛说只要想办法让警方误认为死的就是原本我们要杀的人就行了。对方要求伪造死者吸毒的假象，药打了，再把脸毁了，应该就认不出来。后来老葛又说能通过指纹查到人，我们拿电锯把他的手锯了，但是锯了手之后就太明显了，最后就干脆把他给拆了，留一个被毁容的头给你们，然后把那个带针眼的胳膊扔到容易发现的地方。”

晏阑自忖见识过许多穷凶极恶的犯人，在自己头脑风暴搞阴谋论的时候也曾想过恒众兴就是一个罪犯的容身之所，一定是肮脏到了极点。但此时听何浩明把这些事情亲口讲述出来，还是让他觉得胃里一阵翻腾，他端起水杯，把杯子里的冰水一饮而尽。

苏行把王军送回家，不得已又留在他家吃饭，被王军要求讲了一下最近的案子和办案情况，等回到市局的时候针对何浩明的审讯已经结束了。他敲开晏阑办公室的门，问道：“领导，结束了吗？”

“差不多了。”晏阑抓起车钥匙把苏行推出了办公室，“回家给我做好吃的，我要累死了。”

“这刚几点你就下班？”

“你看看哪还有人！”晏阑说道，“都回家休息了，你要再不回来我就要去王老家里抢人了！”

苏行笑着从晏阑手里拿过钥匙，说：“师父说明天上班要找你聊聊人生。”

“聊什么？谁告密了？！”

苏行举起一根手指向上指了指：“江局说的。”

晏阑吞了下口水：“江局说了多少？”

“那我可不知道，反正师父见到我的第一句话就是骂我不随身带着药，然后开始历数我这些年的不听话，要不是机场离师父家不远，他快要把我小学时候的事情都翻出来说一遍了。”苏行撇了撇嘴。

“王老应该不会把我捆在解剖台上吧？”晏阑不确定地问道。

苏行耸了下肩，拉开驾驶室的车门说：“我不管，我也管不了。明天我不上班，你自求多福吧。”

“周一不上班？你干吗去？”

“当着师父的面给淳叔叔打了电话，约好明天去复查，看看是不是因为老跟你这个过敏源在一起药才失效的。”

晏阑：“王老平常也没这么厉害，你这个牙尖嘴利的模样是跟谁学的？”

“野蛮生长。”苏行把车开出市局，“晚上想吃什么？”

“随便做点就行。”晏阑说。

“你歇会儿吧，到了我叫你。”

从市局到晏阑家，就算堵车也不过半个小时的车程，不过晏阑确实累得够呛，几乎在苏行话音落下的一瞬间就歪头睡了过去。被苏行叫醒之后，他赖在车上不动，懒洋洋地伸了个懒腰，然后慢悠悠地说：“我们有时间可以放松一下了。”

“你这什么癖好？”苏行转身下了车。

晏阑扒在车门上：“我是说咱俩可以看个电影之类的，你想什么呢？”

“我是说你到家了还不下车，在车里赖着不动这癖好，你又想什么呢？”苏行飞快地按开房门跑了进去，留下晏阑一个人在车库里。晏阑慢吞吞地拿好自己的手机和钥匙，一转头看到苏行连包都没拿。

“丢三落四！”晏阑嘟囔了一句，回身把苏行的书包从后座上拽了过来。书包的拉链并没有完全拉上，被晏阑这么一拽，里面的东西稀里哗啦地掉了出来。晏阑叹了口气，下车绕到后座上把东西都捡起来放回包里。

“药、笔记本、签字笔、钥匙、钱……”晏阑在看到苏行钱包里的照片时愣了一下，然后对着照片轻声说道，“叔叔阿姨好。”

他把钱包合上装进包里，晃晃悠悠地走进了家门：“小刺猬，你书包都不要了？！”

苏行的声音从厨房传来：“给我放门口就行。你去睡觉吧，做好饭我给你端上去。”

“今天我这个待遇是真好啊！”晏阑拎着书包往楼上走去，“包给你拿楼上去了。”

过了二十分钟，晏阑走进厨房，看见砂锅已经摆在了灶上，里面传来“咕嘟咕嘟”的声音，阵阵香气顺着锅盖的缝隙钻了出来，和袅袅的蒸汽一起在厨房中四处飘散。晏阑耸了耸鼻子，伸手要去掀锅盖，被苏行抓了个正着：“不许动！”

“干吗呀！”晏阑悻悻地收回手。

“你不睡觉跑下来干什么？！不困了？”

“不好意思看你一个人在厨房忙。”晏阑说，“我来陪你。”

“你看。”苏行把手臂抬起来，“你看看这鸡皮疙瘩，被你恶心的。”

晏阑笑着把苏行的手臂拉下来：“我晚上早点睡就好了，白天睡觉不舒服。”

“别动！”苏行又一次把晏阑伸向锅盖的手打落。

“我又不偷吃，我就看看。”

“你舅妈说你进厨房就没有空手出去过。”苏行用手臂挡了一下，“刚放进去还没熟，吃了生的会拉肚子的。”

“……我舅妈还说什么了？”

“也没说什么。”苏行说道，“就是说了点儿你跟人打架的事情，没想到你小时候就那么能打，以一敌十不在话下啊。”

“都说了不许提，还提！我回家要找柳清莹女士严肃地聊一聊了。”

“你又打不过她，聊能聊出什么结果？”

“这也跟你说？！”

苏行笑道：“女特种兵啊，真的不是一般人！领导，你认命吧。”

晏阑知道自己这点儿家底怕是全被舅妈给抖落出去了，他只好转了话题：“你能不能别老叫我领导？”

“那叫什么？叫你……阑阑？”

“靠，舅妈到底都跟你说什么了！”

“这个真不是你舅妈说的，这是乔副说的。”

晏阑恨恨地说：“这货嘴上就没个把门的！”

苏行憋笑憋到直发抖：“你赶紧出去吧，再逗我一会儿就切着手了，别跟这儿捣乱了。”

“那我去楼下调一下投影仪，吃完饭看个电影放松一下。”

“行。”

苏行正在厨房专心地准备晚饭，门铃突然响了起来，他有些茫然又有些无助，愣在原地不知该如何行动，最后只好扬声喊道：“领导，有人按门铃！”

“可能是保安——你开一下——”晏阑的声音悠悠扬扬地飘了过来。苏行放下菜刀走到玄关处，轻轻拉开了门。

“……”

“……”

他和门外的人四目相对，场面尴尬到无以复加。

“谁啊？”晏阑的提问伴着脚步声由远及近。

苏行结结巴巴地张嘴：“阑……阑……”

“你就不能跟乔晨学点儿好？”说话间晏阑已经走到苏行身边看见了站在门口的人，苏行也在这个时候终于不再卡壳，两个人的声音叠在了一起——

“兰局？”

“爸？”

站在门口的不是别人，正是晏阑的父亲，也是公安部刑侦局局长，兰正茂。

“打扰了吗？”兰正茂看向晏阑，“我不知道你家里有人。”

苏行本想说不打扰，但觉得自己在这对父子面前貌似没什么资格以主人的身份说话。晏阑想说打扰了，但当着苏行的面把自己的父亲轰走好像不太好。

兰正茂今早接到晏阑的电话后立刻动身，先于调查组赶回平潞，就是为了晏阑那个“当面说”的事情。他刚一落地，江淆洋就告诉他案子差不多了，把刑侦的人都放回家休息，于是他就“不请自来”地到了这里，想趁着调查组来之前把事情说一说，不然之后就要按照回避原则避免和晏阑单独相处了。兰正茂多年不跟儿子相处，不知道儿子的生活习惯，他一时不知是该进还是退。

“那个……”苏行往后退了一步，“我、我再去加个菜。”

晏阑恰到好处地接住了苏行抛出来的台阶，他用三个人都能听见的声音说：“我爸不爱吃姜。”

“知道了。”苏行飞快地转身进了厨房。

晏阑把兰正茂让进屋里：“进来坐吧，我去给你沏杯茶。”

晏阑走到厨房，翻找茶叶的同时跟苏行说：“我不知道他今天会来。”

苏行低头专心地切着菜，回答道：“别把你爸一个人扔在客厅，不用管我，我没事。”

晏阑找到茶叶，快速走回到客厅。

晏阑把茶杯推到兰正茂面前：“怎么来也不打声招呼？”

“没想到你家里有人。”兰正茂也有些别扭，他抿了口茶，“这是你同事？”

“他叫苏行，是王军的徒弟。上次在墓地时我跟您说过。”

“原来是他。”兰正茂偏头看了一眼苏行的背影，说，“本来想着你有事问我，我就提前回来跟你聊聊，没想到还打扰你了，既然这样，还是等他走了再说吧。”

“他现在住我家。”晏阑直视着兰正茂的眼睛，“从我们调查这个案子开始，他就被人跟踪、窃听、追尾，昨天在他家门口还按了一个偷窥的，他家不安全。江叔让我保护他，在没查出谁要害他之前暂时都住在我这里。”

“从调查这个案子开始？”兰正茂皱了下眉，“怎么回事？”

“或许跟他的一个朋友有关，那个人叫陆卉梓，是二院的医生。我们上一个案子里陆卉梓是我们的证人，跟踪苏行的人是从陆卉梓那边转过来的，但是放窃听器和追尾的人一直还没查到，上次找你借车也是因为车上带着他。我盯着手头这个案子，暂时还没分出精力查这件事。”

兰正茂从沙发上站起来，背着手在屋里踱步，半晌，他说道：“我要打几个电话，你先去跟他解释一下吧，我看他好像不知道咱俩的关系，别让人家误会你。”

晏阑长吁了一口气，起身走到了厨房跟苏行说：“我来帮你。”

“不用。”

晏阑诚恳地说：“我不是故意要瞒着你的。”

苏行转身靠在料理台旁：“没事，就是觉得挺逗的。”

“什么？”

“之前兰局下来视察工作，你们俩就这么当面演戏，竟然没被发现？”苏行用略带玩味的语气说道，“我现在想起你们俩在市局公事公办的样子就觉得好笑，那是你爸，你怎么能忍得住？”

“习惯了。”晏阑低声说，“我从小到大跟他相处的时间总共加起来都不到一年。”

“你们……”

“他当年因为要下地，在我出生前就跟我妈离了婚。”

“下地？”

“去南边参与一项卧底任务。”晏阑解释道，“他回来的时候我已经四岁了，我以为他会跟我妈复婚，但是没有，他还是不见人影。后来曦曜集团越做越大，官商结合一直都是个敏感的事情，他可能是有顾虑吧，反正到我妈去世他们俩都没复婚。我妈一直跟我讲他们谈恋爱的时候有多好，可我看不出来，最起码从他身上看不出来。”

苏行突然明白了当时晏阑跟他说到周建兴和前妻薛小玲结婚又离婚的事情时，那不屑和鄙夷的语气是从何而来，原来晏阑还在怪罪到最后都没有复婚的兰正茂。

“领导，想想你的名字。如果不是真的相爱，他们怎么会用双方的姓氏给你起名？”

晏阑叹了口气：“我知道。其实后来我舅舅告诉我，当年如果我跟了他姓，我应该叫兰砚，砚台的砚，也是两人姓氏的同音字。我知道他们俩相爱，也知道他们俩都爱我，但我还是过不去自己那道坎儿。”

“珍惜吧。”苏行轻声说道，“最起码你还有个活着的父亲。”

晏阑道歉：“别生我的气，我原本是要告诉你的。”

“我没生气。”苏行说，“之前你说你家人在部里我就猜到是你爸了，只是不知道他是什么职位。我没问过你，你当然不会闲的没事突然跟我说你爸是谁。领导，你放松一点，我没那么大气性。”

“那就好。”晏阑松了口气。

苏行：“要不我今晚回家去吧？你们俩肯定有话要说，我在这儿你们说话不方便。”

“我家这么多间屋子是不够你睡的吗？”晏阑又道，“再说了，昨天刚在你家门口抓了一个鬼鬼祟祟的，今天要是再有怎么办？！不许回去！”

“……好的领导，我不敢。” 苏行看了眼手表，“我要做饭了。”

“我陪你。”

“把手从锅盖上拿开！”苏行把晏阑推出了厨房，“不许进来！”

苏行手脚麻利地做了一桌子饭菜，他把最后一个盘子端上桌，然后站在旁边说道：“你们先吃吧，我——”

“赶紧坐下。”兰正茂直接把苏行按在了椅子上，又替他摆了餐具，和蔼地说道，“辛苦你了，非工作时间就叫叔叔吧，叫局长听着怪生疏的。”

这顿饭三个人吃得都有些食不知味，吃过饭后苏行就躲回了自己的客卧，晏阑和兰正茂则在一层的客厅说事。苏行在心里暗暗感激了一下当初被他评价为“奇葩”的户型，最起码客卧里也有卫生间，他可以不出房门就解决必要的生理活动。

苏行刚躺下没多久，卧室的门就被推开了。他压低了声音问：“你干什么？”

“来找走丢的小刺猬。”晏阑说。

“你爸还在呢！”

“那怎么了？”

“你回去！”

“我不！”

“怎么了？”苏行问。

“没怎么。”

“不说拉倒。”苏行翻了个身，抬手把床头灯按灭，“睡觉！”

“你不是睡觉不关灯吗？打开吧。”晏阑把灯调到最低档。

“嗯。”苏行应了一声便不再说话。

晏阑一直盯着苏行的背影，似乎是要将他看穿一样。是你吗？晏阑在心里无声地问，当年那个小孩，是你吗？如果真的是你，那我宁愿你永远不要知道这件事，太痛了，真的太痛了……

针对丹卓斯一事的调查组已经进驻西区分局，剩下一部分调查员到市局对当事人进行讯问，晏阑在会议室里翻来覆去地重复当时发生的事情和说过的话，把细节一遍又一遍讲述给调查员听。哪怕他是支队长，哪怕他爸就在隔壁的局长办公室里坐着喝茶，他也没办法绕过这个程序，规矩就是规矩，向来如此。

“谢谢你的配合，晏支队长。”为首的调查员站起来伸出了手，“我们这边应该没什么要问的了，你可以继续你手头的工作，这段时间保持手机开机状态，方便我们有问题随时联系你。”

晏阑挂起一个客套的微笑：“不客气，这是我应该做的。”

走出会议室的晏阑长出了一口气，乔晨立刻凑了上来：“完事了？”

“再不完事我就要死了……”晏阑问，“何浩明那边怎么样？”

“胖儿带着神兽在做笔录，细节让他们去问，正好让神兽练练手，那天你审讯的时候把他唬得够呛，你没发现他看你的眼神又多了几分崇拜吗？”

“去你的。”晏阑翻了个白眼，“我去趟法医室。”

“今儿小苏没上班，你去干什么？”

“谁说我去法医室就是找苏行了？我是去找王老聊人生。”

乔晨愣了一会儿，然后笑着说：“明年的今天我会记得给你烧纸的！”

“滚！”晏阑笑骂道。

第7章

经历了近两周的高温暴晒，一场雷雨终于姗姗来迟，然而雨水并未缓解夏日的焦躁，反而让人更加难受——单双号限行结束的周一晚高峰遇上持续不断的暴雨，城市交通压力激增数倍，拥堵路段轻松破百，显示车流量的电子牌全线飘红。晏阑仗着自己的大G皮实，走了一条别人都不敢走的尚未完工的土路，用了不到二十分钟就开回了家。

“我回来了！”晏阑走进屋里，偌大的客厅安静得只能听到雨水打在落地窗上发出的闷响。

晏阑往楼上走去，二层的客厅同样一片安静，他站在楼梯口有些晃神，甚至不知该先迈哪条腿。吧台上的杯子已经倒扣了过来，茶几上那本还没看完的原版书也不见了踪迹。

“苏行……”晏阑轻声说，“你睡了吗？”

无人应声。

晏阑轻轻推开客卧的门，一套睡衣安安静静地放在床的正中央，卫生间里所有的东西都已经归了原位，整洁得仿佛从来没有人来过一般。晏阑走到床边，睡衣上面放了一张纸条，那纸条他认得，是今早上班前他留给苏行的：“我去上班，你的车停在车库了，钥匙在楼下的餐桌上。”

只是此时那张纸条的背面多了一行字：“感谢晏队这段时间的照顾，不便打扰，我回家了。”

晏阑拿出手机，拨通了苏行的电话——

“您好，您拨打的电话已关机……”

微信通话——

“您还不是对方的好友……”

“啪！”晏阑把手机摔在了床头柜上，双手插进自己的头发里，手背上暴起青筋，全身的肌肉紧绷得好像一块铁板。片刻之后他抓起手机拨通了另外一通电话，对方几乎是秒接：“喂？怎么了？”

“江叔，苏行是不是跟您在一起？”

“苏行？”江淯洋回答道，“没有啊，怎么了？”

“他今天没上班，回家也没见到他人。”

“哦，这事啊。”江淯洋平静地说，“这不是你爸回来了吗，他说住你家不方便，就回自己家了，他说会跟你说啊！这孩子，估计是忙忘了吧，你不用着急，我找人看着呢，出不了事。”

晏阑攥着手机的手骤然松了力，他轻声回答道：“好的江叔，我知道了。”

晏阑挂断电话，按出了另外一个号码。

“喂，老李。”晏阑的声音有些沙哑，“那个定位器还在吗？”

“晏阑？”李志诚还在晚高峰的巨大停车场里趴着，他用一种十分无奈的声音说道，“我正想跟你说呢，那定位器今天跑了大半个平潞，我都怀疑是坏了，还是你们又有案子了？”

“他现在在哪儿？”晏阑立刻说道，“你把那个定位器的追踪信号共享给我。”

“什么事啊这么急？喂？”

晏阑已经挂断了电话。

几分钟后，定位消息送达到手机上：万明嘉筑。

晏阑松了口气，苏行确实回家了。他拿出手机，调出很久都没用过的短信界面，给苏行发了条短信：好好休息。

他知道这条消息肯定会石沉大海，但他也知道苏行一定会看到。他不信昨晚还在一起吃饭聊天的两个人今天就可以彻底断了联系，他也不信苏行在自己面前怼天怼地的模样是装出来的。那个扎手的小刺猬只是又害怕了而已，可能这次让他害怕的事情比较严重，所以才会让他落荒而逃。

这一夜，无人入眠。

次日晨起，市局。

“老大早！”林欢最先蹦到晏阑面前，“老大，何浩明招得七七八八了，你要不要再去看看？另外孙铭睿说在整理物证的时候发现了点问题，想跟你汇报一下，还有……”

“知道了。”晏阑往楼梯处走，“还有什么一会儿整理好一起发给我，我先去找孙铭睿。”

“孙铭睿搬下来了！”林欢连忙打断，“他跟小苏换了办公室。”

晏阑停住脚步，转过头看向林欢：“你说什么？”

林欢有些被吓住了，她怔怔地说：“今早他们就换了。小苏说要准备申请医大的研究生，平常一层来来往往的人太多打扰他复习，就跟王老打招呼换到楼上去了。”

“哦。”晏阑转身往办公室走，“那让孙铭睿半个小时之后来找我，我先回去有点事。”

“……好。”林欢弱弱地回了一句，连大气都不敢出。

乔晨把林欢拉回到椅子上，冲她微微摇头。林欢低声问：“老大这是怎么了？”

乔晨瞥了一眼晏阑的背影，回答道：“不知道。”

“你都不知道？”

“我哪能什么都知道啊？”乔晨敲了下林欢的脑袋，“我又不是神仙，别把我想得太万能。”

林欢压低了声音：“老大从来没这么吓人过。”

“那是他从来没这么跟咱们说过话。你看他跟外人的时候不都这样吗？”乔晨安慰道，“放心，老大不会影响工作的，一切照常就好。”

另一边，晏阑回到办公室锁好门，呼出一口滚烫的浊气。他靠在墙上冷静了一会儿，拉开门往刑科所走去，还没走到孙铭睿现在的办公室就听到一阵撕心裂肺的咳嗽声，他对那个声音太熟悉了，立刻循着声音找去，一推开门就发现苏行扶着桌子在咳嗽，旁边的孙铭睿焦急地给他拍背。

“怎么了？”晏阑问。

孙铭睿说：“昨天不知道跑哪儿淋雨去了，今儿一来嗓子也哑了，人也没精神了，还一直在咳嗽，喷了药也不管用，让他回去休息也不听，刚把王老给气得够呛。”

晏阑叹了口气，说：“案子都结了，王老也回来了，不行就回去休息几天，我没那么剥削人。”

苏行用喑哑难辨的声音说：“没事的晏队，咳咳咳，我就是刚才呛住了。你们、你们说吧，我回去了。”

孙铭睿看着苏行出去的背影，无奈地摇了摇头：“本身就有哮喘，这一感冒肯定更难受了。”

晏阑问：“你说物证怎么了？”

孙铭睿立刻把两个物证袋举到晏阑面前：“你左手边这个，是丹卓斯那晚现场提取到的。你右手边那个，是两年前城中村现场的。”

“城中村？我摔下来那次？”

“对。”孙铭睿说道，“我刚才做了一个分析，这两枚弹壳从材质到重量到工艺都是同样的水准。”

“这不是老余击毙罪犯时候留下的弹壳？”

“不是。这我要是能弄错就别干了。”孙铭睿指了一下编号，“余支击毙罪犯时用的是从市局领用的92式，当时的毒贩和那天晚上魏屹然用的都是小砸炮。两年前那批物证都是省厅痕检员直接现场取证拿走的，我没见过。这次是因为你说魏屹然提到了城中村那事，江局才顶着压力把物证给我拿了出来。两年前现场的这枚弹壳以及子弹都达到了专业标准，绝对不是野路子来的。我现在只跟江局和刘副局还有你说了这事。”

“我知道了。”晏阑轻轻点头，接着问道，“苏行这是怎么了？”

“不知道啊，病成这样还来上班，谁说都不听，我都怕他晕过去。”孙铭睿说，“我今早一进门就看见他在屋里咳，当时他咳得感觉肺都要出来了，吓死我了。”

“我上去看一眼，你先忙。”

“好嘞。”

从一层到二层一共十八级台阶，晏阑的每一步都走得无比沉重。终于还是走到了那间办公室门口，他轻轻推门进去，苏行正趴在桌上，时不时地咳嗽几下。

“那个……”

听到声音的苏行猛然站了起来，大概是动作太快让他有些头晕，他下意识地扶了下桌子，晏阑连忙上前扶住他，却被他轻巧地挣脱开了：“晏队您来找我什么事？”

“你……病了还是回去休息吧。”

“谢谢关心，我不用，您要是没事就回去吧。”

“你别这么跟我说话。”晏阑叹了口气，“我们还要一起共事的。”

苏行直视着晏阑：“暂时不会了，我现在跟着缉毒办案子，刑侦的案子师父带队。之后几个月我准备考研初试，初试过了后大概会请长假复习。”

“你到底怎么回事？”晏阑有些生气，“有什么事不能直接说？！非得把自己折磨成这样！有意思吗？”

苏行喝了口水，缓缓地说道：“只是感冒而已，我没有折磨自己。”

“你……”晏阑已经看不到苏行眼里的那种光芒了。以前两个人相处的时候，苏行的眼里总是闪着光，那是轻松张扬，是一种要溢出眼眶的明媚与活力。可是现在，晏阑只看到了冰冷，让他根本无法继续看下去的冰冷，仿佛下一秒就会被抛入万尺深渊一样。

苏行冷冷地说道：“晏队，如果有工作上的事情可以说，如果没有，我就要送客了。”

“你一定要把话说得这么绝吗？”

“我一直都说我不喜欢活人，晏队您忘了吗？”

“你别说了。”晏阑向后退了一步，“我虽然不知道发生什么了，但你这么说话心里一定不好受。我不想你难过，我走就是了，你好好的，注意身体，别再折磨自己了。”

晏阑离开了办公室。到底为什么会这样？晏阑下意识地开始分析情况。昨天自己在局里被调查组问话的时候，苏行应该是去医院复查了，然后他干什么去了？这段时间里一定是发生了什么足以让苏行改变态度的事情！晏阑的理智迅速归位，他点开手机找到李志诚发来的定位，决定循着昨天苏行的路线走一遍。

乔晨正准备去审讯室，一抬头看见了晏阑，他连忙把晏阑拽到楼道的角落里：“何浩明刚才招出了一个案子，我觉得你可能想去听听。”

“什么案子？”晏阑回过神来。

“十五年前的一起车祸，死者叫冯颖。这个冯颖有个女儿，叫陆卉梓。”

“走，去看看！”晏阑立刻迈开腿往观察室走去。

晏阑走到观察室时，何浩明正好在讲述他所知道的情况：“……他说那是他第一次接活，没想到人死起来还挺容易的。”

庞广龙问：“你怎么确定他说的是真的？”

“他连那女的当时穿的衣服都能说出来，而且还知道那么多细节，应该是真的。”几天的连续审讯让何浩明迅速消瘦下来，看起来多了几分阴鸷。

晏阑的心里骤然一紧，那时被自己定义为“天真”的想法竟然是真的。他立刻问乔晨：“何浩明说的这人叫什么？”

“蒋虎。”乔晨回答，“在恒众兴时化名为蒋洪，现在在审讯二室……欸你别急啊！”

晏阑一阵风似的跑到楼上，推开办公室的门对苏行说：“把陆卉梓她妈当年的资料给我！”

苏行一只手撑着头，另一只手从抽屉里拿出一个文件袋放在桌上，继续对着电脑屏幕，根本没有看晏阑。

“她妈的死是恒众兴做的。”晏阑拿过那个文件，“你就不想知道当年到底发生什么了吗？！”

苏行的嗓子沙哑到几乎失声，勉强挤出了一句难辨语气的话：“谢谢晏队告知，审讯我就不去听了，我一会儿给卉卉打个电话通知她一下。”

晏阑拿着文件袋转身就走。苏行盯着晏阑离开的背影，直到听到他走下楼的脚步声才终于松了口气。他咳嗽了几下，勉强撑着自己站起来，想去接杯水喝，刚迈出一步就眼前一黑。他只觉得自己落入一个怀抱里，接着就彻底失去了意识。

晏阑去而复返，是因为回想起苏行连拿文件时都在发抖的手，以及身上那件与炎炎夏日完全不相符的长袖外套。他意识到苏行不仅仅是感冒这么简单，很有可能现在已经发烧，甚至早就体力不支没有办法挪动。果然，在他狂奔回办公室的时候就看到即将摔在地上的苏行。

“别嘴硬了行不行？”晏阑低喃道。

乔晨看晏阑一阵风似的下楼又上楼，怕有什么事，就跟了上来，结果一进门就看到晏阑抱着苏行跪坐在地上的场景。

“这是怎么了？”

“烧……”晏阑清了一下喉咙，“烧晕过去了。”

“我靠！赶紧送医院啊，你发什么愣呢？！”

晏阑的理智迅速归位：“先把桌子上那瓶酒精给我，我帮他擦一下，然后你去医务室叫人来，等他醒过来再通知王老。”

乔晨立刻照做。晏阑把苏行安放在办公室的躺椅上，用酒精帮他擦着额头和腋下，不一会儿医务室的大夫就跑了过来，晏阑把苏行交给大夫便带着乔晨离开了。

乔晨叹了口气：“到底什么情况啊？”

“我都不知道为什么。”晏阑回头看了一眼身后紧闭的房门，“昨天回家的时候他已经搬走了，电话微信都给我拉黑了，我倒是想问问原因，可他一副拒人千里之外的态度。”

乔晨怒其不争：“那你倒是问啊！”

“案子不查了？”晏阑用手指关节敲了一下手里的文件袋，“这是陆卉梓和她爸私下查到的当年冯颖车祸的资料，我一会儿给交管局的老韩打个电话，看还能不能找到当年的案卷记录。”

“工作狂！”乔晨翻了个白眼。

晏阑轻声说道：“不是的。把这个案子查清楚，或许就能知道他到底怎么了。”

“什么意思？”

“他从这个分尸案开始就没单独行动过，他跟我提过陆卉梓一直怀疑冯颖的车祸不是意外，当时我说等分尸案结了之后把陆卉梓约出来见面细说，那个时候他手上什么东西都没有，现在却能直接把这么多资料交给我，只有可能是他昨天拿到的。”

“……”乔晨有些没理清其中的关系，“他因为陆卉梓闹别扭，你帮陆卉梓查完案子他就能好？这都什么乱七八糟的？”

“一时半会儿说不清，查查就知道了。”晏阑拿出手机，一边打电话一边往楼下走去。乔晨回头看到苏行已经醒来，犹豫了一下还是决定“多事”一回。

他走到苏行身边，轻声地说：“小苏，去医院吧，你这么扛着也不是个事。”

大夫在一旁说：“必须去医院，他这种情况得去拍胸片排除肺炎，而且这么严重的咳嗽必须得尽快治疗，不能拖。”

“听话。”乔晨劝道，“去吧，你这样我们都不放心，你看你这都烧晕了，要不是刚才……那个……你就得受伤了知道吗？”

苏行轻轻点头，然后对乔晨说：“我知道，谢谢。”

乔晨明白苏行这个谢谢是说给晏阑的，他摸了下苏行的额头，说：“烧得太厉害了，真得去医院才行。你放宽心好好养病，晏阑已经把资料拿走去审了，不管怎样我们都会一查到底，等病好了有什么话慢慢说，你这样谁都不好受。我先下去审讯，有事一定给我发消息，不许任性，听见没有？！”

“好……谢谢乔副。”

“瞧你这嗓子哑的，快别说话了，我去跟王老打声招呼，你们赶紧去医院。”

晏阑坐在办公室里，从文件袋中把那些一看就是多年累积下来的资料拿出来仔细读过，越是这样的时刻，他越要心无旁骛地去梳理这件事——

恒众兴豢养的杀手，一定不止七年前杀害唐倩倩的方宗宇和最近错杀丁义的何浩明，那些在册的“司机”，有哪些是杀手，有哪些又是真的司机？当初方宗宇杀害唐倩倩之前是从恒众兴离职了的，所以又有多少这种“已离职”的杀手接了所谓“有去无回”的活儿？现在恒众兴的人确实都被扣住了，但是外边呢？还有那些和葛文亮一样的顾问呢？都毫无头绪。在何浩明进入恒众兴之前，恒众兴已经营业了十多年，这十多年间接了多少暗地里的生意尚未可知。现在既然从何浩明这里挖开了一角，就必须顺着继续挖下去，不管有多深，总会有全部露出来的那一天。

“晏阑，小苏他已经去医院了，你放心吧。”乔晨说道。

“嗯。”晏阑把那些资料递给乔晨，“你看看。”

乔晨翻看资料，半晌，他有些难以置信地看向晏阑：“这都是真的？”

“这是刚才苏行给我的资料，你看看那上面的年份，有些事情确实是对得上的。”晏阑站起身来，“而且苏行说陆卉梓一直就怀疑冯颖的死和周建兴有关，现在看来不一定是陆卉梓胡说。陆卉梓当时跟苏行差不多大，肯定是什么都不知道，但她爸是个思维正常的成年人，而且还是个调查记者。那个年代的调查记者手上有人脉有关系有资源，他能查到的东西不亚于警方，你能看出来这些资料的时间跨度，中间有一段时间很明显暂停了下来，再后来更新的资料很多就是来自于陆卉梓，我想不是她爸中途放弃，而是因为在这过程中受到了威胁，毕竟冯颖已经去世，如果他再出什么意外，陆卉梓就成孤儿了。苏行之前跟我说过，如果这个案子被贸然翻出来，很有可能再来一个车祸把陆卉梓和她爸一起送走。我当时觉得他想太多，现在看来是我想太少。还有……”

——如果冯颖是被谋杀的，那么苏行的母亲呢？会不会也是被谋杀的？她们同样在二院工作，又是好朋友，一年之内相继“意外”去世，这事怎么看怎么不正常。还有李婉琴那天在医院说的“死状凄惨”又是什么意思?

“还有什么？”乔晨追问。

“没什么。”晏阑从乔晨手中把资料抽走，“去审审那个叫蒋虎的。”

乔晨关切道：“你行不行啊?你现在脸色太差了。”

“再差也不会比苏行差。”晏阑拉开办公室的门，“这事我查定了！”

晏阑接到交管局发来的案卷资料时才知道当年蒋虎是肇事逃逸，至今还在通缉名单上，他在脑海里迅速理了一遍已知信息，然后走进了审讯二室。蒋虎是个膀大腰圆的糙汉子，看着挺憨，但一双鼠目暴露了他的油滑。晏阑随意地拉开椅子坐了下来,旁边的记录员是被临时抓来的,见到晏阑紧张地向他打招呼:“晏队好！”

“嗯。”晏阑朝他轻轻点头，“干活吧。”

蒋虎上下打量了一番晏阑，然后带了几分轻蔑地说道：“看不出来啊，还是个小领导呢！”

“这个不需要你看出来。”晏阑公事公办地说,“蒋虎,四十九岁,平潞市人，十五年前在平潞医科大学附属第二医院门口开车与在辅路正常骑行的受害者相撞，导致其当场死亡，后肇事逃逸。”

“对，是我。”蒋虎直接承认了。

“说说原因。”

“没什么原因。”蒋虎一副满不在乎的表情,“撞着玩儿,就觉得还挺酷的。”

旁边的记录员不由自主地抖了一下，引得蒋虎一阵嘲讽：“哟，当警察的就这点儿胆啊，你也太差劲了！”

记录员原本以为晏阑会对自己发火,正准备接受狂风暴雨,却听见晏阑说道:“正常人的五感六识对你来说是跨维度的事情，你理解不了也是理所当然的，毕竟单细胞生物和复杂生命体之间有着十几亿年的进化鸿沟。”

记录员和蒋虎都有些发蒙。记录员以前只听说晏阑是做事严谨认真到不留情面，没想到说起话来也这么犀利。这种说犯罪嫌疑人是单细胞生物的行为算不算是人身攻击?如果写进记录里会不会给晏阑造成困扰?记录员小心翼翼地瞟了一眼晏阑，又看蒋虎的表情似乎是压根没听懂。正在他犹豫的时候，就听晏阑轻哼了一声，道：“说降维打击都抬举你了，你压根就算不上维度。”

蒋虎张着嘴，半天都没憋出一个字。

晏阑面无表情地问：“你的顾问是谁？”

“什么顾问？我听不懂！”蒋虎依旧嘴硬着。

“好，那我换个问题。”晏阑说，“撞死冯颖你拿了多少钱？”

“没钱。”

“蒋晓伊已经毕业了吧？是继续读研还是回国工作？金融专业大热，但也得自身实力过硬才行。我看她的英语好像不怎么样，出去读了一年半的语言课才入学，各科基本都是擦边过，我估计留在国外的可能性不大。回国的话，进国企央企就别想了，你梦寐以求的‘女孩子找个铁饭碗’这件事从一开始就不成立，因为她有个杀人犯爹。”

“你……你……你……”蒋虎“你”了半天也没“你”出个所以然来。

“我说的都是事实。”晏阑不带一丝感情地说道，“‘父亲蒋虎，因故意杀人被判处死刑，剥夺政治权利终身’。这会是她一辈子的噩梦，永远摆脱不掉。”

“你……她没犯错，你不许抓她！”

“我没说我要抓她，我只是告诉你一件事。你这个案子肯定会被报道出去，到时候你的照片传遍街头巷尾，每个人都能从手中一方屏幕上看到你的高清照片。蒋晓伊的朋友、同学、邻居，那些知道你是她父亲的人都会认出你来，也都会知道原来这些年她挥霍掉的钱全部都是一条条人命换来的。你或许不明白什么叫人言可畏，但你一定知道‘一人一口吐沫能淹死人’的道理。”

蒋虎那双小眼睛已经憋得通红，他没想到自己藏了这么多年从未向外人提过的女儿竟然就这么被抬到了明面上。女儿一直挂在她生母的户口本上，当年自己被通缉的时候网络还不发达，并没有多少人知道，又因为他跟女儿的生母并没有结婚领证，所以户籍信息上根本看不出来。他知道自己做的事见不得光，这些年给女儿的各种花销都是把现金直接交给她生母。他从被抓到现在满打满算都不到七十二个小时，怎么会这么快就被查了个底儿掉？

其实这些都是陆卉梓和她父亲这些年查到的资料，他们父女二人从来都没放弃过对冯颖死因的追查。之前陆卉梓对晏阑的敌意或许也是源于警方在这一案上的草草了事，亲人疑似被谋杀，而警方则判定为交通事故，这也就意味着哪怕抓到凶手，案件的性质也不一样，肇事逃逸罪和故意杀人罪在量刑上有很大区别。

晏阑继续着他的攻心战术：“俗话说‘祸不及妻儿’，法律上讲‘不承担连带责任’，这也只是理想情况下而已。法律确实不会对蒋晓伊做什么，但舆论是不可控的。杀人犯的孩子最后基本都会沦为社会的边缘人，这事你从一开始就应该想得到。又想留下所谓的‘传承’，又不想让孩子因为你做的事情而受到牵连，天底下没这么便宜的事。我不跟你谈什么坦白从宽之类的，反正你坦不坦白我们也都能查得到。如果你觉得自己早晚都是一死，已经无所畏惧了，那我也不多跟你废话，到时候新闻一曝光，蒋晓伊后面的日子也不是我们能决定的。”

“不行！”蒋虎暴怒而起，却被约束椅死死困在了原地。

晏阑冰山一样的脸终于有了松动，他挂起一副怜悯的表情说道：“都到这一步了，行不行也不是你说了算的。”

“曹钦。”

“什么？”

“我的顾问叫曹钦。”

晏阑侧头看了一眼旁边的记录员，示意他别再发呆了，同时对蒋虎提问道：“说说他的详细情况。”

“你得先答应我，不给我曝光出来，不要让伊伊以后的生活受到影响。”

晏阑轻轻点了下头。

蒋虎用双手搓了下脸，说：“曹钦今年可能快五十了，挺高挺瘦的，左手臂上有一个刀疤，大概得有……一拃长。他有一家汽修厂，平常没事的时候就在那里，有活儿的时候他会过来。”

“汽修厂的名字和地址。”

“就在汽配城，叫金宝天雅。”

“说说你肇事逃逸那个案子。”

“那个挺简单的。”蒋虎说，“那人是二院的医生，每天回家的路都一样。曹钦告诉我那天她下夜班，让我提前到医院门口去蹲她，后来我看见她出来之后就开车撞过去了。”

“为什么选在二院门口？离医院那么近如果人被救活了不是很麻烦吗？”

“不知道，时间地点都是曹钦告诉我的，我负责去撞就行了。”蒋虎继续说道，“我们都是最底层的，就负责拿钱做事，上面怎么安排就怎么做，其他的事不归我们管。”

晏阑问：“你接一单多少钱？”

“这得看类型。一般偷个东西啊，弄个警告什么的也就几千块钱。要是弄残弄伤就得上万，如果是杀人的话就最少十万，当然也得分是谁。”蒋虎甚至有些炫耀地说，“像我这种身上背着通缉的，起步就二十万，小偷小摸的我不干，要干就干大的。”

晏阑强压着内心想暴揍他的冲动接着问道：“你一共干过几次？”

“大概有那么个六七回吧。二院那女的是第一次，所以印象深，后来就麻木了。”

“你都用的什么方法？”

“都是车祸。我们的顾问各有所长，曹钦因为对车特别了解，所以设计的都跟车有关。”

“这么多车祸就没人查到你们？”

“这些年满大街的都是车，小剐小蹭之类的太多了。而且我撞死那女的之后他们可能觉得在市区开车撞人太明显，后来选的都是没摄像头的小路。”

是啊，满大街都是车。四个轮子的铁壳子用来杀人可比其他工具顺手得多。没什么技术含量，成功率还高。谁也不知道在车流中行进的某辆车的某个司机手里握着的到底是方向盘，还是化形为方向盘的武器。

“你怎么就记住她叫冯颖了？”晏阑问。

“嗐，这不是我闺女她妈也叫冯颖嘛，而且被我撞死的这个冯颖也有个闺女，我知道之后就觉得有点儿别扭，后来就尽量不去接杀女人的活儿了，造孽。”

晏阑并没有心情去跟这种人掰扯什么叫造孽，他继续问道：“为什么要去杀冯颖？”

“那我可不知道，我都见不到出钱的老板，这帮老板都变态，没准就是看她不顺眼呗。”

之前何浩明也说不知道为什么要杀人，看来恒众兴在做这种事情上确实十分谨慎，不同级别的人能接触到的东西不一样，这样一来哪怕是这些人被抓，也不会把幕后真正授意的人交代出来。就算事到如今恒众兴已经彻底暴露，光审这些“司机”也只能审出他们所做的案子，还是不知道为谁而做。哪怕日后成功抓到了肖鹏飞和肖鹏跃，按照他们的情况，很有可能就是咬死不认，幕后老板依旧非常安全。

晏阑思考了一会儿，转而问起了另外的话题："你对这些顾问有多少了解？"

"我只认识曹钦。"蒋虎说道，"我们基本都只有一个顾问，但是顾问应该不止对一个司机。因为有一次我看到曹钦来公司，但后来并没有给我派活儿。"

"你没打听一下？"

"我不打听。"蒋虎摇头，"我们司机平常私底下喝酒聊天都不提顾问的事儿，打听多了还容易引火烧身，人家是靠脑子挣钱的，我们这种卖命的玩不过人家。"

"那平常你不接活儿的时候都干什么？"

"开车啊。"蒋虎说道，"公司正常做生意，给那些保洁员开车，一个月挣得不多，也就四千左右，但我没有额外花销，吃住都是公司花钱，四千块钱基本就是白拿。"

"你多久没接活了？"

"得有两三年了，这几年没什么大活儿，而且闺女那边的钱我也都攒够了，就光给公司开车了。这不是刚从那个破会议上回来就被你们抓了吗，我连衣服都没来得及换。"

晏阑脑内突然闪过一件事，他连忙问道："这次会议你们公司出了多少车？"

"基本都出了，就留了几辆应急。那破会议级别还挺高，我们进场做开荒保洁的时候，你们警察也进场做前期工作来着，这次是不是因为我们这些司机里头哪个人被认出来了才出事的？"

"你跟哪些警察一起进场的？"

"西区的吧？"蒋虎偏着头回忆了一会儿，"我记得听他们说了一句，是西区分局的。不过我也搞不懂你们这局那局的，反正开会那地儿在西区，估计就是西区的。"

"你背着案子还敢在警察面前晃悠？"

"都十五年了谁还能认得我？而且当时那通缉令上的照片本来就不怎么像。不过后来我们还是小心了一些，用的都是最近没做事的，或者是没留过痕迹的司机。"

"你们的司机都是干这个的吗？"

"应该都是，后来的这些我都不太熟悉，也就跟何聪走得近一点儿，还是因为老方的原因。"

——何聪就是何浩明在恒众兴的化名。

“那以前的那些呢？”

“最开始一起来的没剩几个了，有的进去了，有的接了‘有去无回’的活儿，有的悄无声息就消失了。”蒋虎轻笑了一下，“说起来我算是命好的了，捞了好几笔钱，人还能活着。”

“你刚才说的‘老方’是谁？”晏阑问。

“方宇宁，真名应该叫方宗宇吧。他是我们中间第一个被抓的。”蒋虎陷入了回忆之中，“老方他手艺好，也不挑活儿，那会儿的生意好多都是他接的，我估计他最有钱的时候手里可能得有大几十万。要说起来老方他人是真不错，讲义气，他临走时还给我留了十万块钱，他看出来我当时手头紧，就说那钱是借我的，但我知道那钱我不用还，因为他已经离职了。”

“离职之后他去哪儿了？”

“还在公司。他接了个‘有去无回’的活儿，当时给他设计的应该就是你们查到的，被开除之后走投无路，没钱回家过年所以抢劫杀人。其实我一直不明白他为什么非得接这种活儿，他不差钱，家里又没什么急事，按说不至于就这么把命扔出去。”

晏阑心底一阵阵地发寒，就连警方当年的办案思路和侦查结果都是被人提前设计好了，这恒众兴和它背后的人也太嚣张了！方宗宇跟他们是一伙的，所以当年“2·03案”根本就不是随机杀人，如果现在重启这个案子，或许真能直接挖出背后的事。死者唐倩倩是科大化学系的学生，她的导师齐铭现在是瑞达生物研发部门的首席。瑞达生物和红升医药背后的关系，红升医药和丹卓斯剪不断的联系，还有葛文亮跟红升医药内部早就存在的瓜葛……从分尸案查到现在，一张巨大的阴谋网已经渐渐露出了端倪。如果晏阑的猜测没有错误，这会是一张从上到下，覆盖了许多方面的关系网。而且晏阑隐隐有一种感觉，这件事的复杂程度还远不止于此，再挖下去，很有可能就是影响巨大的“大地震”。江局那天在医院意味深长的话，父亲特意跟着调查组下来巡视，省厅把刘青源直接插进了西区分局，这段时间每一件事都不对劲。

第8章

这边晏阑的审讯还在继续，那边苏行在医院已经挂上了点滴，王军气得直接把化验单摔在苏行身上：“你自己看看，白细胞都高成什么样了？！你就不听话！我一不在你身边你就不听话！”

苏行把报告单放到一旁，哑着嗓子说：“好了师父，就是感冒，您别这么激动。”

“雾化不要钱啊！给我戴上！”王军一边说一边把雾化面罩给苏行戴好，“昨天让你去找你淳叔叔复查，今天你就给我玩儿这么一出！你是嫌他不忙还是嫌我不累？”

“王叔……”苏行难得地撒起娇来，“别生气了，您再气出个好歹来我可就罪孽了。”

王军叹了口气，坐到苏行的床边给他掖好被子，又用毛巾给他擦了汗，然后才说道：“我知道你昨天干什么去了，小行，你还是放不下吗？”

苏行把头扭到另一侧，沉默不语，一直到雾化结束他才轻声说：“我放不下。”

王军怜惜地摸着苏行的头发：“那就去找老江聊聊吧，他知道的比我多。”

“江局并不想让我知道。”苏行说，“否则他也不会临时把您叫回来，让我去机场接您。他不想让我听审讯，不想告诉我现在案子牵扯到了什么，更不想让我知道我爸到底是怎么死的。”

王军沉默。

“你们都在用你们觉得对我好的方式来对待我，可你们从来不问我需不需要这种保护，也从来不知道什么才是我真正想要的。”苏行轻轻侧过身背对着王军，“我想知道我爸当时到底为什么会扔掉他引以为傲的警徽，我想知道他在我妈墓前说的那些话是什么意思，我想知道我现在当一名警察到底是不是我爸希望的，我想知道……我想知道他到死都在坚持的东西是不是真的根本就不存在……”话到此处，苏行本就嘶哑的声音又带上了几分哽咽。

王军轻轻拍着苏行：“小行，你别这样，你这样我们都跟着你难受。”

“叔，我长大了，有些事情我可以知道了，有些真相我也能承受得住。”苏行缓了缓，接着说道，“我一直都知道我爸的死有问题，我那个时候虽然小，但不是什么都不懂。我明白你们想保护我的心，但我不能一直当个傻子。我不在意我爸到底是因公死亡还是因公牺牲，我想查这件事也不是因为需要你们给他追授烈士。躺在烈士陵园还是跟我妈一起躺在西山陵园这对我来说没什么区别，我只是想知道当年到底发生了什么。我是他的儿子，我不能连他是怎么死的都不知道。”

王军轻声解释道：“不是我不想告诉你，是我真的不知道。你以为老江后来拼了命往上爬是为什么？级别越高，能看到的档案就越多，可是他一个正局级的市公安局局长都查不到，我们还能怎么办？”

“我累了。”苏行闭着眼睛说道，“我想睡会儿。”

“睡吧。”王军从隔壁床拿了个枕头轻轻送到苏行怀里，“先养病，你想知道什么也得等身体好了再说。”

晏阑趁着午饭时间匆匆赶到医院，彼时苏行还在睡着。王军把他拦在病房外：“小行刚睡踏实，你别进去打扰了。”

“他怎么样？”晏阑问。

王军轻轻叹气：“上呼吸道感染，炎症还挺厉害的，先打点滴消炎。就他这个样子怎么也得休息一个礼拜才行。”

“那就歇着。反正现在没什么重要的事，您劝劝他，别让他来上班了。”

“放心吧。”王军拉着晏阑往旁边挪了一步，“正好问你点儿事。”

晏阑点头：“您说。”

“你们案子查到什么了？”

晏阑把目前掌握的情况大概跟王军说了一下，王军听后沉默了片刻才说道：“我得去跟老江聊聊，小行这边等他病好了再说。”

“他昨天到底怎么回事？”

“那得看他愿不愿意跟你说。”王军拍了拍晏阑的肩膀，“小行现在心里脑子里乱成一锅粥了，估计得冷静一阵子，你多担待吧。”

“王老，您——”晏阑的余光瞟到床尾似乎有动静，他连忙掐断了要说的话走到门边。苏行刚刚翻了个身，此时正紧紧抱着枕头蜷缩在床上，眉头皱得几乎要拧出水来。

王军拦住晏阑，道：“没事，他一生病就这样，应该是做梦了，不用叫他。”

“我让人做了点儿清淡的。”晏阑把手里的保温桶递给王军，“他醒了您给他吧。我那边还有事，得赶紧回去，辛苦您照看他了。”

王军接过保温桶说：“行了，这么多年都是我照顾他，不用你教我。忙你的去吧，查案最重要，没事别瞎跑了，下午我就送他回家。”

“那我先走了。”

王军等晏阑走远之后才回到病房，他把保温桶放在床头的柜子上，轻声说：“走了。”

苏行缓缓睁开眼看向王军：“他说什么了？”

“除了担心你还是担心你。”王军指着保温桶问道，“吃不吃？”

苏行点了下头。王军把保温桶打开放在小桌板上：“你啊，跟我嘴硬也就算了，怎么跟晏阑还嘴硬？有什么事不能坐下来好好说？”

苏行盯着桌子上那些全都按照自己口味做的小菜，愣愣地说：“这件事真的不能跟他说。”

“那你跟我说说？”

苏行舀了一勺粥，半晌才轻轻开口：“叔，您还记得我妈出事那天吗？”

王军看着苏行，许久未曾再开口。

另一边，晏阑回到市局，正好碰到兰正茂带着武卫阳一起来了。武卫阳是兰正茂的“大徒弟”，当年卧底任务结束之后从南边带回来的。晏阑调整了一下心绪，上去打了个招呼：“武副局。”

“局你大爷，叫哥！”武卫阳直接一个手刀劈向晏阑。晏阑立刻抬起左手格挡，撤步向后调整重心，接着右手出拳直奔武卫阳腋下。武卫阳转身绕到晏阑身后抓住他的肩膀，晏阑直接回手扣住武卫阳的手腕向前一拉，接着猛抬肩膀把他的手肘托起。武卫阳吃痛，连忙喊道：“停！你这大高个儿，撅我一下我得疼一下午！”

"你缺练了。"晏阑松开武卫阳的手臂，"动作都慢了。"

"对对对，就你最厉害！"武卫阳拽了一下衣服，"你老哥我今年都奔五了，能跟以前一样吗？"

"四十二就奔五？你也太夸张了。"

兰正茂走到俩人身边，说："行了，进去说吧。"

"好嘞师父！"武卫阳跟在兰正茂身后，悄悄拽了一下晏阑，低声问，"欸，还没缓和呢？"

"跟你没关系。"晏阑回答。

武卫阳"啧"了一声："我说阑阑——"

晏阑瞪着眼睛说道："你再叫我阑阑我撅了你信不信？！"

"得得得，晏支队长！"武卫阳说道，"差不多得了，父子哪有隔夜仇啊！我跟你说啊，师父这些年念叨你的次数可越来越多，你都三十好几了，师父也奔六十去了，别再怄气了。"

晏阑翻了个白眼："我说武副局长，我看您是真的岁数大了，怎么越来越唠叨？"

"得，不爱听算了！哎哟，这不是我家小乔乔嘛，快过来！"

乔晨满脸黑线地走到武卫阳身边，说："您现在好歹也是个副局长了，怎么还这么没正形！"

"等我正经起来吓死你！"武卫阳一手拉着晏阑，另一只手拉着乔晨，直接走进了市局大楼。

走到副局长办公室门口，兰正茂转过身说："乔晨，还有晏阑，你们俩先去忙吧，之后有的是时间叙旧。"

"好的，兰局。"乔晨拉着晏阑就往回走。一直把晏阑推回到支队长办公室，乔晨才松了口气，"晏阑同志，你知道你现在脸上明晃晃地写了'我不高兴'四个大字吗？"

晏阑："我觉得你是瞎了，我现在脸上应该只有三个字。"

"什么？"

"我胃疼。"

"靠！"乔晨连忙跑到晏阑办公桌前翻找起来，不一会儿就从抽屉里拿出一盒药扔给晏阑，"赶紧吃药！下午有一堆事等着你呢——你这是什么东西啊？"

晏阑抬起眼皮看乔晨拎出来了一只已经瘪下去的医用橡胶手套，说道：“拿药就拿药，怎么还随便拿我东西啊！给我放回去。”

“德行！谁愿意碰你东西啊，赶紧吃药！”乔晨把止疼药扔给晏阑。

晏阑吃完药之后就窝在沙发里，懒懒地说道：“乔妈，来说说情况吧。”

“那个曹钦，真名曹金宝，二十五年前因为过失伤人蹲过牢，出来之后通过当年的‘刑满释放人员回归社会计划’开了这个汽修厂。”

“人呢？”

“跑了。”乔晨说道，“周日就消失了，店里的员工也不知道他去哪儿了，说是联系不到。已经问过铁路和航空那边，没有出入境记录，没有购票记录，各高速路口的监控还在查。不过我倾向于他没出咱们市。”

“理由？”

“他老婆还在医院住着，他这些年挣的钱都给他老婆看病了。医院那边也说曹金宝经常来探病陪床，我觉得他应该不会就这么丢下他老婆不管。一组已经在医院布控了，一旦出现立刻就按。”乔晨继续说道，“这个曹金宝和肖鹏飞兄弟二人以及恒众兴都没有任何往来，怎么查都查不到他们之间的关系。”

晏阑手里玩着装药的锡箔板，缓缓说道：“葛文亮也是。葛氏中医和恒众兴也没有任何关联，但他却是何浩明的‘顾问’。从现在我们知道的情况来分析，恒众兴内部的阶层还是挺明显的。杀手就是纯粹的杀手，拿钱杀人，其他一概不知。而且他们之间还有某种默契，对自己的‘顾问’都闭口不谈。他们跟‘顾问’都是单线联系，一个‘顾问’可能只对一个杀手，也有可能对好几个杀手。‘顾问’都有自己谋生的职业，并不是专职的。说白了，我们现在按住的都是小碎催，就算审出他们这些年做过的案子也没什么太大用，顶多是知道哪个案子是谁动的手，对背后的人还是一无所知。”

“他们怎么敢！”乔晨义愤填膺地说道，“这都是人命啊！”

晏阑摇了摇头：“行了小愤青，你也看出来了，他们不止敢，而且敢了二十年。这些年他们手上到底还沾了多少血，咱得一点一点查清楚。现在这些‘司机’都按住了，接下来就得从这些人口中问出他们的‘顾问’是谁，肯定不止葛文亮和曹金宝这俩人。先挑那些有案底的来突破吧，看看这些人当年犯的案子有没有疑点，会不会也是他们接的活儿。”

“哦对，那个溜冰瓶是何浩明擅自做主的，老板说伪造吸毒，他就想起之前从张格家里拿出来的那个瓶子，顺手给扔在了现场。他不吸毒，搞不清楚这些东西，所以闹乌龙了。但是担架他不知道，说是一直在车上的。”

“魏屹然干的。”晏阑说道，“魏屹然早就挑好了何浩明去干这件事，他知道何浩明的‘顾问’是葛文亮，也知道要伪造吸毒何浩明一个人完不成，肯定得叫上葛文亮。葛文亮有基础的医学知识，能完成注射，但是他又怕葛文亮那个身体搞不定孟建广一个壮年男性，所以提前在何浩明的车上放好了担架以防万一。那担架毕竟是公物，魏屹然又是擅自做主挪用，所以弄完了之后又找人给拿回分局了。”

“他撂了？”乔晨问。

“撂得差不多了。调查组进驻，他也知道这事扛不下去了，昨天就都撂了。”晏阑叹了口气，“不过他知道的也不多，曾诚那废物又是被扔出来填坑的，审不出太多东西。现在调查组也正头疼呢。”

“怎么就没一件好事！”乔晨起身给晏阑接了杯热水，“小苏怎么样了？”

“说是上呼吸道感染，我看做了雾化也挂了消炎药，应该没什么大事。”晏阑喝了口水，“他明明醒了还装睡，王老也拦着不让我进去。”

“到底为什么啊？就因为陆卉梓？资料我看了，这跟他也没什么关系啊！”

“你没发现资料少了一部分吗？”晏阑指了一下桌子上的那个文件袋，“你再仔细看看，这些资料整理得十分用心，虽然少了一部分，但并不影响冯颖案子的完整性。他那点心眼全用在我身上了。”

“那你还查吗？他明显是不想让你知道。”

“我更得查了。”晏阑说道，“就算死也得让我死个明白才行。”

“呸呸呸！别乱说话！”乔晨坐到晏阑身边，“那你打算怎么查？用不用我帮你？”

晏阑摇头：“我得自己查。之前我怕他有危险，在他车上装了个定位器，我已经把他昨天去的地方都找出来了，打算抽时间自己去走一遍，没准有发现。你别管了，这事我自己来。”

“那你安排吧。”乔晨说，“别耽误正事就行。”

“知道了老妈子！”晏阑推了一把乔晨，“赶紧出去，让我歇会儿，下午还得继续审讯。”

晏阑歇了一会儿，等药起了作用，胃里不再翻江倒海之后就跟乔晨一起进了审讯室。对蒋虎的审讯一直持续到后半夜，蒋虎把这十五年来他做过的七起案子全部交代了出来，七次车祸，七条人命。除了冯颖以外的其他受害者的家属全部都没有怀疑过自己亲人的去世，他们只认为那是飞来横祸，是命。

乔晨给苏行发了条消息告知他情况，只得到了一条简短的回复：知道了，谢谢。

晏阑看着那条回复，毫不意外地说道："看吧，我就说没用。在他心里咱俩是一头的，咱们整个刑侦都是一头的，他有事也不会跟你们说的，不用白费力气了。"

乔晨："我怎么觉得你已经不着急了？"

"我急有用吗？"晏阑揉了下额头，"他现在自己都是一团乱麻，你问他什么他都想不清楚。"

"随你吧，搞不懂你们。"乔晨抬了下手，"我回去了，你抓紧时间休息吧。"

何浩明杀人一案已经审结移交，现在刑侦的重点在于攻破那些从恒众兴抓回来的司机们，没日没夜的审讯把刑侦支队的人熬得都脱了层皮，就连晏阑也已经在值班室住了四天。苏行请了一周的病假，一直没来上班，王军和乔晨每天适时地送来一些关于苏行的消息。

熬过一周，乔晨实在是看不下去了，他走进晏阑的办公室："今天你还不回家？"

晏阑埋头于成堆的案卷之中，连头都没抬："不回。"

乔晨把双手按在晏阑眼前的案卷上，阻止他继续看下去："老大，今天是你生日。"

"我又不过生日。"晏阑把乔晨的手挪开，"干什么？提醒我又老一岁？还是提醒我现在比你大两岁了？"

"往年不过就算了，今年你爸在，你还能不过？"

晏阑终于把头抬了起来，他轻轻叹了口气："我都忘了，这几天好像他也没回家。"

"行了，你们爷俩赶紧回家去吧。"乔晨把晏阑推出了办公室，"好好休息一晚上，你再这么熬下去就要成仙了。"

当晚，晏阑和兰正茂坐在餐桌前，一人面前一碗面条。晏阑说："冰箱里都空了，凑合吃吧。”

“没事。”兰正茂说，“这样就挺好的。对了，这两天没看见苏行，怎么了？”

“他那天淋了雨，病了。”晏阑顿了顿，继续说道，“我这边查到了恒众兴这些年的事，太忙了没办法照顾他，就让王老先把他带回家了。”

兰正茂叹了口气：“苏行这孩子以前吃了太多苦，他性子可能别扭，但绝不是不讲理的孩子。”

晏阑：“我知道。过两天等他病好了我再去跟他说，现在实在是顾不上。”

“吃吧，一会儿面凉了没法吃了。”

“嗯。”

“阑阑……”

“爸……”

两个人都停住了。晏阑抬了下手，示意兰正茂先说。

兰正茂清了下嗓子：“我是想问，这么多年了，你能不能原谅爸爸？”

晏阑低头挑着碗里的面，轻声说道：“我都理解，但我还是想不通为什么。”

“当年其实是你妈不同意跟我复婚的。”兰正茂说，“我回来之后没多久就调去了部里，我想带你们走，但她一直不肯。我以为她是舍不得你姥爷，但后来我才知道是因为有人从中作梗。我调去部里之后老部长一直挺喜欢我，也暗示过他想把我收进家，我当然不可能扔下你们不管，就明确拒绝了。当时老部长的女儿背着我找到你妈，说只要她放弃，以后我就接老部长的班。你妈怕影响我的仕途就答应了，我也是很久之后才知道的。后来你妈生病那段时间你找不到我，其实是因为我知道了真相，跟老部长闹翻了，他用了点手段，我就被隔离调查了。”

晏阑一直不知道这件事还有这样的隐情，这么多年兰正茂从来没跟他说过。

“那后来呢？”晏阑追问。

“我本来就没问题，隔离调查也查不出什么来。后来上边也意识到老部长是故意给我穿小鞋，就把我调到五局当副手，算是给了我一个补偿。我出来之后第一件事就是回来找你们，才知道你妈当时已经……”兰正茂叹了口气，“说到底还是我的错，你怨我也是应该的。我当年不够坚定，也没发现你妈的难言之隐，就这么把你们娘俩扔在这儿了。”

“为什么不早告诉我？”

“老部长五月份去世了，这事应该不会对你有影响了。”兰正茂给晏阑抛去一个安慰的笑容，“都过去了，你刚才想说什么？”

“我想问，当年医院那个人是不是您招来的？”

“应该不是。”兰正茂回答，“我当年经手的毒贩全部都是重罪，最轻的都判了二十年，那时候还没出来。而且那个时候距我回来已经过去十二年了，隔着十二年报复到你们娘俩头上，我觉得不太可能。”

晏阑轻轻点了下头。兰正茂拍了拍他的手臂，说：“行了，吃完长寿面就三十三了，别再跟个孩子似的，也别重蹈我的覆辙，得学会抓住对你来说重要的人和事。”

“我知道了。”晏阑低声回答道。

吃过晚饭，晏阑带着满肚子的心事回到自己房间，乍然接收了这么多信息，让他本就塞得满满当当的大脑几乎要炸开了。他躺在床上，脑海里开始不停地浮现各种片段。一会儿是恒众兴那些司机，一会儿是多年前跟父母相处的片段，一会儿又是和苏行说话聊天的场景。

太乱了！他翻了个身，把头埋在枕头里，双手顺势放到了枕头下。下一秒他就一跃而起，手里多了一个盒子。

他打开盒子，里面是一对精致的袖钉。他把袖钉转了个角度，最终确认他没有看错，那是一个颇有艺术感的刺猬图案——这一定是苏行送他的，这只能是苏行送他的！苏行离开的那晚晏阑是在客卧睡的，之后这几天他都没回过家，所以一直没有发现这个盒子。他是忘了拿走，还是故意留下的？又是什么时候准备的?

晏阑起身，准备去找苏行。他走出卧室，正准备跟在客厅里坐着的兰正茂打声招呼，手机却在这时响起。

晏阑接起电话，问：“什么事？”

乔晨：“西区发现男尸，让咱们去确认一下是不是命案。”

“在哪儿？”

“万明嘉筑 7 号楼。”

“……”

“晏阑？你听着呢吗？”

兰正茂发现晏阑脸色不对，起身接过电话说：“乔晨，我是你兰叔叔，我们现在就过去，详细资料路上发过来。”

“好的。”

兰正茂挂断电话，拽了一把晏阑：“怎么了？”

晏阑一把抓住兰正茂的手臂，颤抖着说：“苏行……住在万明嘉筑……7 号楼……”

兰正茂几乎是把晏阑拖上的车：“系好安全带，现在给苏行打电话！”

“您好，您拨打的电话已关机……”

“您好，您拨打的……”

“您好……”

兰正茂把自己的手机扔给晏阑：“用我的打！”

“您好，您拨打的电话已关机……”

乔晨把详细资料发了过来，晏阑立刻点开消息读了起来：“万明嘉筑 7 号楼 503，青年男尸，报案人是邻居，死者常年独居，其他情况不明。”

兰正茂一边开车一边问道：“苏行住几零几？”

“我不知道。”晏阑哽咽着回答，“我只知道他住在 7 号楼……”

兰正茂冷静地分析道：“万明嘉筑小区内都是二十层的塔楼，一层 4 户，7 号楼应该有 80 户人家，只有 1/80 的概率是他，你先别自己吓唬自己。”

“他身体不好，又是一个人住……”

“我说了你别自己吓唬自己。”兰正茂说，“继续给他打电话，同时让人从系统里把他详细的家庭住址调出来发给你。”

一遍、两遍、三遍……苏行的电话一直处于关机状态。发出去让人调档案的消息也没有得到回复，晏阑整个人都开始控制不住地发抖。

“爸……不会是他对不对？”

兰正茂腾出手轻轻拍了下晏阑的肩膀：“不会是他。”

“到了。”兰正茂把车停到警戒线外，晏阑踉跄着抬起警戒线就往楼上跑。

“不会是他，一定不是他！”晏阑一边念叨着一边冲到了五楼。

乔晨一把拽住要冲进现场的晏阑：“干什么你？！小苏在里边呢！”

“他……在里面……什么叫他在里面？”晏阑双眼通红地抓住乔晨，“什么意思？！什么叫他在里面？！”

“吃错药了？！”乔晨抬起手指了一下屋内，“现场尸检没完呢，你冲进去干什么？找骂啊？”

晏阑顺着乔晨手指的方向看去，三个熟悉的身影正在现场认真地工作着。他骤然脱力，直接蹲在了地上。

兰正茂在这时走到了503门口，对乔晨说：“苏行也住这楼里。”

乔晨恍然大悟道：“我说小苏怎么到的这么快！那晏阑他这是……”

“吓着了。”

碍于兰正茂在这里，乔晨只好摆出了一副“你这个傻子”的表情看向晏阑。

兰正茂读懂了乔晨的目光，他看着蹲在地上的晏阑无奈摇了摇头，问乔晨道：“你通知的苏行？”

“对。”乔晨点头，“我给他打的电话。”

“那他手机怎么关机了？”

“兰局好。”苏行在这时从屋里走出来，“我手机前两天进水了，动不动就关机，得一直插着电源才行。刚才接了乔副的电话就下楼来了，没拿充电宝，所以才关机了。”

乔晨说：“坏了就赶紧换新的。”

“我正跟家倒腾新手机呢，还没换卡。”苏行笑了一下，“谁能想到周日晚上还要出现场啊。”

乔晨：“我听你这嗓子好多了，病好了？”

“好了，明天回去销假。”苏行点头。

兰正茂说：“那就行。说说现场什么情况吧。”

苏行立刻回答：“死者男性，年龄在二十至三十岁之间，初步推断死因是失血过多。死者右侧颈动脉附近有一块玻璃碎片嵌入，嵌入深度在三厘米左右。尸体周边散落了许多碎玻璃，屋内还有大量水渍，根据现场情况分析有可能是在清扫碎裂的鱼缸时脚下打滑摔倒，被玻璃扎到了颈动脉上。但暂时还不能排除他杀的可能，要把鱼缸碎片都捡回去重新拼接分析才行。”

“明白了。”乔晨说道，“我找几个人帮小孙弄碎片，你赶紧回家去把新手机给换上，不许再失联了。”

“知道了乔副。”苏行边说边脱下勘查服，准备坐电梯上楼。

晏阑扶着墙站起来，直接把苏行拉到了楼梯间。

“晏队，你这是干什么？有什么话不能在外面说吗？”

晏阑沉默着注视苏行。

苏行被那目光盯得发慌，只好挪开目光，说道："想说的话我之前都跟你说过了。"

晏阑长长地出了一口气，低声说："我错了，我应该当天晚上就来找你，我不应该放你自己一个人熬着。苏行，无论发生什么都有我跟你一起面对，你别自己憋着了，行吗？"

"晏队，现在这是工作场合。"

晏阑低着头说道："今天我接到乔晨的消息时，真的很怕那是你。我知道这话不该是我一个刑警说出来的，但真的，刚才我看到你穿着勘查服的时候，我真的觉得庆幸，幸好那不是你，幸好你没出事。"

苏行叹了口气，说道："领导，我先出去了。"

晏阑拉住苏行的手说："带我去你家。"

苏行问："你不查案了？"

"我要上厕所！"

"哦……"苏行转身走出了楼梯间。

乔晨看他们俩出来，正要上前说话，就听苏行说："兰局、乔副，我上楼去拿点儿东西，你们累不累？要不去我家喝杯水？"

"不了不了。"乔晨连忙说道，"那个，小孙这边还得有一会儿才能完事，一会儿完事我给你发消息，你给小孙带瓶水下来就行。"

"我要喝可乐！"孙铭睿的声音从屋里传来。

"知道啦！"苏行冲孙铭睿喊道。

第9章

苏行带着晏阑走进电梯，按下了十六层的按钮。等电梯门关上之后，晏阑开口说：“你要不跟我回家住吧？”

苏行轻轻摇头：“不了。”

“那你能不能搬回到一层办公室？”

“我要复习考试。”

“你……”

“再说吧，我现在不想谈这事。”苏行话音刚落，电梯就已经载着二人到了十六层。苏行带着晏阑走到自己家门口，说：“我住1602，不是503。”

“嗯。”晏阑应了一声。

苏行打开房门，把晏阑让进屋：“不用换鞋，直走左手边第二个门就是卫生间。”

苏行没再管晏阑，而是走到厨房里，从冰箱里拿出两听冰可乐，然后回到客厅把电话卡换到了新手机上。

晏阑从卫生间出来的时候，苏行正坐在沙发上摆弄着新手机，他坐到苏行身边，还没开口，苏行就把可乐递了过去，说：“喝吧，不收你钱。”

“能不能告诉我怎么了？”

“没怎么。”苏行走到客厅的香案前，擦了一下挂在墙上的相框，然后转过身看向晏阑，“厕所上完了，我家你也看了，可以下楼了吗？”

“那是你父母吧？我给他们上炷香。”晏阑说。

“不用，我家没香，他们也不需要。”

“苏行！”晏阑站起身来，“你别这样好不好？”

苏行盯着晏阑看了片刻，然后猛然转过身，背对着他说道：“你先下去吧。”

“你怎么了？”晏阑快步走到苏行身后，才发现他的肩膀在微微颤抖。

苏行强忍着情绪说道：“不用管我，一会儿就好，你赶紧回去查你的案子。”

“我不问你了，不想说就不说。”晏阑连忙道。

苏行终于压抑不住自己的情绪，背对着晏阑，崩溃地喊道：“你走！我不用你的心疼，也不用你的怜悯！你赶紧走！”

晏阑吓了一跳，他用力把苏行掰过来面对着自己，紧紧攥着他的手臂说道：“我不走，你越这样我越不能走了。”

苏行低着头，抽噎着说道：“你赶紧走，我求你了，你放过我吧……”

“你别这么激动。”晏阑连忙给他拍着后背，“我不问了，我真的不问了，你病刚好，别再折腾自己了。”

苏行掰开晏阑的手，直接跑到了卫生间里，水声掩盖了其他响动，晏阑不知道此时苏行到底在干什么，但他知道苏行一定是不想让他进去。他站在客厅里开始回忆刚才的对话，到底哪里出问题了？为什么苏行会突然之间这么激动？刚才苏行情绪的转折点好像不在自己提问的时候，而是……晏阑抬起头看向墙上挂着的相框，问是苏行的父母吗？

“领导，”苏行在这时打开门，扶着门框喘息着说道，“帮我拿下药……”

晏阑一个箭步冲到门口玄关处的桌子上，抓起药就奔了回来，他把药送到苏行嘴边：“赶紧喷药！让你别这么激动，就怕你这样！”

“去坐会儿。”

“好。”晏阑扶着苏行坐回到沙发上，“怎么样？好点没有？”

见苏行终于平稳了呼吸，晏阑才起身向卫生间走去，不一会儿就拿了湿毛巾出来递给苏行：“擦擦吧。”

苏行接过那还温热的毛巾，低声说：“对不起啊，我刚才失态了。”

“该道歉的是我，我不该逼你，以后不会了。”晏阑轻声问道，“还难受吗？”

苏行摇了摇头，把脸埋在毛巾里，过了足足有五分钟才站起来，说道：“我去把毛巾挂好。”

苏行从卫生间出来的时候已经调整好了自己的状态，他走到摆放牌位的桌子前，拉开抽屉拿出一个小刷子，对晏阑说道：“家里不点香，就扫尘，你自己来吧。”

晏阑走到他身边，拿起小刷子在两个牌位上轻轻扫过，然后说：“我们下去吧。”

苏行的目光一直紧紧跟随着晏阑，好像要从他身上看出什么东西似的。

“你别这么看着我。”晏阑说，“我说过不问就不问了。”

苏行喃喃说道：“领导，你给我点时间，等我下定决心之后就都告诉你。”

“好。”晏阑轻轻笑了一下，安抚道，“别再这么激动了，难受的是你自己。你最近确实发作得太频繁了，复查结果怎么样？”

“上次留你车上那药是临期的，大概是失效了吧。”

“你可真行！”晏阑说道，“那你能不能给我一瓶新的备着？你丢三落四的，万一把药弄丢了怎么办？”

苏行：“刚才那瓶你收着，那是新的。”

“好。”

“领导，生日快乐。”苏行低声说道，“还没过零点，不算晚。”

“今天这个生日过的，我这辈子都忘不了。”

“真吓着了？”

“我这几天老做噩梦，不是你被人撞，就是你自己在家里犯病没有药。”晏阑叹了口气，“我又不知道你家住几号，看到跟你同一楼的地址当然会害怕啊……刚才我腿都软了，你领导我可从来没这么怂过，回去肯定得被乔老妈子嘲笑好久。”

苏行低声笑了笑，说：“下去吧，别让他们等急了。”

“我的苏啊——”孙铭睿见到苏行之后立刻跑了上来，“你要跟我们回去工作了吗？！你真的不歇病假了吗？！”

苏行从袋子里拿出可乐塞到孙铭睿手中：“下次直接喊你的冰可乐，不用喊我。”

孙铭睿“嘿嘿”一笑，拿过可乐说道：“你这病好了，人也活泛了，咱们铁三角又可以开工喽，是吧郭哥？！”

郭俊杰点了下头，接过苏行递来的可乐：“谢谢。”

“郭哥，我终于听见你说两个字了！”孙铭睿拿手里的可乐碰了一下郭俊杰手中的可乐，紧接着就对苏行说，“这礼拜你不在，郭哥比捧哏的话还少，跟我基本都说语气词。”

“那是你话太多！”苏行看了一下周围，“我去把饮料给乔副他们，你们先上车吧。”

苏行把袋子递到乔晨面前：“乔副，这是给你们拿的。”

乔晨接过袋子看了一眼，笑着说道：“怎么着？没来现场的也有？”

“家里就这么多，刚好够，我就都拿下来了。”

“还是我家小苏贴心啊！”乔晨说道，“不像某人，加班停休一礼拜，别说可乐了，连多余的矿泉水都没有！”

“滚！”晏阑不知何时走到了乔晨身后，“恒众兴的司机审完了吗，你就在这儿贫？赶紧回去继续审！”

乔晨翻了个白眼：“审，这就回去审！我开车带着兰局，不打扰你们了！”

晏阑在现场安排了一圈，确认没有问题之后才回到车上，苏行闭着眼睛靠在副驾的座椅上，听见他上车之后也没有动。

晏阑问：“怎么了？”

“有点儿累。”苏行轻声回答道。

晏阑抬起手摸了一下苏行的额头，这才放下心来：“没发烧，是不是刚才情绪太激动了？”

“可能吧。”苏行说，“我想睡一会儿。”

“要不你回家吧？需要尸检的话我叫别的法医来做。”

“不用。”苏行自己从后座上拿出毯子盖好，“到了叫我。”

晏阑选了一条最绕远的路，让苏行睡了足足有半个小时。车缓缓停到市局的院里，晏阑熄了火。和第一次在他车上睡着的时候相比，苏行确实瘦了不少——下颌角的轮廓更加明显，脖子和锁骨的线条也更加瘦削了。不过此刻苏行的眉间没有了当时的抗拒和冷漠，而是变得安静柔和了。就算再嘴硬，身体还是诚实的。苏行已经把这辆车和身边的自己划进了安全范围内，所以才会毫不设防地安心入睡。

晏阑轻轻拍着苏行的手臂：“醒醒觉，到了。”

苏行睁开眼，直直地盯着前方发呆。

晏阑没忍住笑了一下，说：“睡迷糊了？小刺猬，咱们回市局了。”

“哦。”苏行解开安全带伸了个懒腰，然后把毯子叠好放回后座。临下车的时候他揉了揉鼻子，对晏阑说，“领导，毯子该洗了。”

“你个小刺猬，活过来了是吧！”

“我回去了！”苏行关上车门走回了刑科所。

苏行陪孙铭睿拼了半宿的碎玻璃，又做了几次实验，最后证明玻璃是从里面碎开的，非外力人为造成。他们在网上搜了一下，这个品牌的鱼缸之前就有过几次炸裂伤人的情况，根据手头的证据可以确定为意外身亡。

死者家属闻信赶来，在悲伤之余竟还能思路清楚地要求尸检，准备搜集证据起诉鱼缸的厂家。苏行只好连夜尸检给出鉴定报告，之后将整个案件移交给辖区。虽然西区分局的主要领导几乎都被停职调查，但办事的人还是有的。同时因为武卫阳已经来市局熟悉工作，刘毅也就轻松了不少，他现在接过西区分局的摊子，带着下边的人梳理工作，同时给分局重新架构领导班子。

苏行累了一宿，正趴在办公桌上放空自己，晏阑直接推门进来：“跟你说件事。”

“领导，咱能不能敲门？”苏行把头支起来看向晏阑，“我要被你吓出个好歹来，你负责吗？”

“我肯定负责啊。”晏阑拉开椅子坐到苏行对面，“你现在清醒吗？”

“清醒，说吧。”

“蒋虎已经交代出了冯颖，也就是陆卉梓她妈当时车祸的细节，但是因为我们一直没有抓到设计这场车祸的曹金宝，所以现在还不知道到底是谁要杀害冯颖。你手里还有没有关于冯颖案子的资料？”

“没有，我都给你了。”苏行回答

晏阑叹了口气：“现在是在查案子，这是公事。如果你有别的证据，我们或许就能重新开始调查当年的案件，很多事情也会变得顺利。如果还是现在这样，我们一天不抓到曹金宝或是肖鹏飞，就一天不知道谁要害冯颖，那对你的保护和对陆卉梓的保护都不能撤。你也看到了，西区分局黑了一片，我不能保证市局就没有黑的，如果市局里面有内鬼，我们查案的进度被透露出去，当年杀害冯颖的幕后人害怕事情暴露选择灭口，可能又是一桩命案。苏行，这不是你任性的时候。”

苏行沉默了一会儿，从抽屉里拿出另外一个文件袋递给晏阑，说："冯阿姨当年怀疑二院的主任违规操作，给卫生局写过举报信，举报信送出没多久她就出事了，这件事也就石沉大海了。当时被她举报的主任叫黄新，现在是二院的常务副院长。当年在卫生局负责处理这些事的正好是周建兴。"

晏阑张着嘴，半天才回过神来："陆卉梓是因为这个才怀疑周建兴？"

苏行点头："对。举报信发出后不久，冯阿姨就跟陆叔叔说她开始被黄新针对。按照正常的处理进度，黄新不可能那么快就知道消息。更何况冯阿姨的信是在家里写的，又是她亲手送到的卫生局，全程不假人手，更没有跟任何人提起过。如果黄新知道，那就一定是卫生局有人看到了这封信然后告诉了他。"

晏阑："……"

苏行继续说："冯阿姨死后陆叔叔家报过一次失窃，警察来看过之后说只是普通入室盗窃，后来也就没了下文。陆叔叔觉得不对劲，但也不敢再继续坚持。"

"哪里不对劲？"晏阑问。

苏行解释道："陆叔叔喜欢摄影，也喜欢收藏相机，当时他家客厅里放了许多相机，随便抱走一台就比丢的现金价值高，但是相机都完好无损，甚至连柜子都没被打开过。另外，卧室床头柜里有两千块钱现金，小偷只拿了几百块，难道小偷还知道见好就收？还有，屋里被翻的最乱的是书柜和写字台，谁家小偷不盯着钱财大件儿而去翻书？这根本不符合偷窃的行为逻辑。"

晏阑抓住了重点："所以他怀疑那个小偷是去找举报信和证据的？"

"是，我也这么怀疑。"苏行说，"陆叔叔一直非常小心，从冯阿姨去世之后他就一直随身带着证据，所以并没有被翻出去。不过冯阿姨刚走那两年，陆叔叔自己也遇到过几次危险，好在都逢凶化吉了。这些年陆叔叔明面上已经放过了这件事，所以后来对方也就没再盯着他们。陆叔叔暗中调查出来的结果都在之前那个文件袋里，你应该看过了。"

"我看过了。"晏阑用手指关节敲了敲桌上的文件袋，"那这个是？"

"举报信和证据。"苏行补充道，"不过都是复印件，原件在陆叔叔那里。"

晏阑说："我就说之前陆卉梓和你被人跟踪窃听一定是有原因的！之前我们把陆卉梓请来配合调查，可能当年那些人又想起了这件事，怕陆卉梓跟警方举报。"

苏行："很有可能。"

晏阑松了口气："最起码现在知道跟着你的人是为什么，我们也就知道该怎么防范了。对了，你刚才说二院那个主任，叫黄新是吧？他做了什么违规操作？为什么院内都解决不了，要直接捅到卫生局去？"

"用病人试药。"苏行顿了顿，说道，"不同剂量的芬太尼对人体中枢神经的影响。"

"芬太尼，又是芬太尼……"

苏行："对，这也就是我担心的，又是芬太尼。红升医药、瑞达生物、丹卓斯，到处都跟芬太尼有关系。我觉得这就是同一件事——有人利用工作之便，借用职务权力在本市搭建起了一个违法贩卖芬太尼的网络。从试验到制药到贩卖，这里面牵扯了许多人。恒众兴只是这个网上最末端的一环，负责清扫那些挡路的人而已。真正的大鱼可能……可能超乎我们的想象。"

"多大的鱼我也得给它捞出来宰了。"晏阑说道。

"哪有你说得这么轻松？"苏行却不太乐观，"恒众兴成立了二十年，如果说它的成立就是为了清扫障碍，那么在它成立之前这件事就在酝酿，甚至已经开始了。不管是什么力量，盘踞了二十余年，不说是根深蒂固，也一定是扎得非常深了。而且，你相信只有一个恒众兴吗？狡兔还有三窟呢，他们这么大的手笔，不可能只把赌注压在恒众兴一家公司上。"

"你想告诉我我们可能会有危险？"

"不是可能，是一定有危险。"苏行喝了口水，接着说，"在什么都没查到的时候，他们就敢在我身上装窃听器，还敢找人制造车祸试图灭我的口，足以证明他们根本就不在乎杀一个警察。魏屹然敢在大街上直接开枪射击，你说他是真的梁静茹附体，还是因为上面有人能兜得住他？警察持枪杀警察这种事都能兜得住，谁在他背后一手遮天？或者说谁给他的错觉，让他觉得自己在平潞可以无法无天了？我一直就觉得我们查到这一步还没出现什么太大的意外是件挺奇迹的事情，直到那天我知道你跟兰局的关系我才明白，这不是奇迹，是他们不敢动你。魏屹然敢拿枪跟你硬刚，是因为他不知道你爸是谁。你虽然一直避讳着提及你跟兰局的关系，但事实就是如此。我说现实一点，省厅的几位领导按照年纪算已经到头了，除非重大立功表现，否则肯定上不去了。可按照兰局的年纪和资历，很有可能再往上走，他现在是五局的一把手，再往上走会不会进办公厅，甚至成为常务？在这种情况下，'得罪一个很有可能成为未来大领导的人’和‘忍痛断腕让你查到一部分事情就此收手’这两个选项摆在面前，换做是你，你选哪个？”

晏阑看着苏行，无奈地摇了摇头：“有时候你真的聪明得让人害怕。”

“分析极端情况而已。”大概是一口气说了太多话让他嗓子不舒服，苏行咳嗽了几声，又端起水杯喝了一口水才继续说道，“你查到丹卓斯，他们就把丹卓斯扔出来，顺便把曾诚和魏屹然抛出来。你查到了恒众兴，他们就把恒众兴放在那儿，只有肖鹏飞和肖鹏跃跑了，剩下的都打包送给你。这几天你们加班加点审恒众兴的那些司机，顺着线索追过去，却发现那些顾问都消失了。他们跟你们打了个时间差，抛弃一个恒众兴，保了后面所有人。如果说最开始他们还跟在咱们后面擦屁股，那现在他们已经占据主动权了。他们太厉害了，而且消息非常灵通。你说市局不一定干净，我现在觉得市局一定有黑的。领导，你被人设计了。”

“我没有。”晏阑笑了一下，“咱俩在丹卓斯出事那晚，我临上救护车前让乔晨通知了我爸，我爸知道消息之后立刻给吴厅打了电话。这件事从一开始就是自上而下的压力迫使对方不得不把曾诚和魏屹然抛出来。至于市局不干净，我早在去丹卓斯之前就意识到了，我一直将计就计，就是为了看后面的发展。”

苏行看着晏阑云淡风轻的模样，不由得咽了下口水：“你才是聪明得让人害怕。”

“不然你以为我真的是靠着我爸才当上这个支队长的吗？”

“那你们为什么这么大张旗鼓地审那些司机？”

“审是肯定要审的，这些人身上背着案子，必须得审出来。”晏阑压低了声音说，“其实在发现恒众兴也是被扔出来的时候我就意识到这事很复杂，而且我们已经失了先机，所以我现在揪着那些司机不放是个烟雾弹，目的是让对方以为我没办法了。他们松懈了，就会露出破绽，有破绽，我就能顺着查下去。那些顾问确实都消失了，但其实他们也不是重点。就像冯颖这个案子一样，如果知道根源，知道这些受害者为什么被害，事情就顺出来了。我已经找人在暗中接触那些受害者的家属，看有没有像陆卉梓一样对自己家人去世心存疑虑的，有些事情只有非常亲近的人才能知道。小刺猬，你别把我想得那么傻。”

“好吧，你最聪明。”苏行把下巴放在手臂上，趴在桌上说道，“你既然都知道，我就不说了。”

"说点儿别的。"

"什么？"

"那个袖钉。"晏阑问，"什么时候放过去的？"

苏行说："那是我的东西，我没说要送你。"

晏阑却说："不许耍赖，给我了就是我的，不许往回要。"

"我没说给你。"

"你把衣服都留在我家了，唯独剩下那个，还说不是给我的？"晏阑指着苏行说，"闹脾气也该有个度，那套睡衣我拿去干洗了，取回来之后你给我拿走，要是再敢还回来，我就吃了你！"

"吃人犯法。"苏行面无表情地怼了一句。

"阎王吃人还犯法吗？我就是法。"晏阑回道。

沉默片刻，晏阑看着苏行那空荡荡的衣衫，无奈说道："这几天是不是没有好好吃饭？你瘦了好多。"

"吃得挺好的，西西每天都跑来给我送饭。"苏行掀起眼皮看了一眼晏阑，"领导，我先不回你家住了，兰局在，我觉得别扭。"

"可以，但你得每天给我报平安，不许失联，不许关机。还有，把我从黑名单里放出来，动不动就删除拉黑这习惯可要不得！"

"知道了。"苏行把手伸到晏阑面前，"袖钉什么时候还我？"

"不还了。"

"挺大的领导抢别人袖钉，丢不丢人？"

"你挺大个人，跟熊孩子似的一生气就离家出走，你不丢人？"

"我那叫回家！"

"你再说一遍？！"

"本来就是！"苏行伸手在旁边的桌子上摸了片刻，然后抓过一个盒子扔到俩人中间，"胃疼要吃胃药，别老吃止疼药。"

晏阑愣了一下，旋即说道："乔晨就是个大喇叭！"

"你还有事没？"苏行说，"没事赶紧下去，别在我这儿晃了。"

"你是不是不舒服啊？从昨天晚上你就不太对劲，平常熬夜也没见你这么累，怎么了？"

"大病初愈身体虚。"苏行推了一下晏阑放在桌子上的手臂，"你赶紧下去吧，让我歇会儿。”

“累了就回家，王老又不会卡你考勤，别把自己弄得跟被剥削了一样。”晏阑看了一眼手表，“中午别去食堂了，我给你带饭回来，吃完饭就回家去。”

“嗯……”

“歇着吧，我先去忙了。”晏阑把门关好，站在楼道里透过玻璃看着苏行。苏行稍稍换了个姿势，从旁边拿起衣服披在肩上，然后把头埋在了手臂里。晏阑心里发紧，他想不明白苏行怎么会累成这样，刚才一个劲儿地跟他开玩笑都没能提起他的兴致。苏行现在给他的感觉很不好，就像是人还在，但是魂已经被抽走了似的。虽然他说话做事看上去跟以前没什么两样，甚至还像以前开玩笑怼人，可晏阑就是觉得现在的苏行是一个躯壳，里面已经被掏空了。

“一猜你就在这儿！”乔晨气喘吁吁地拉住晏阑，“快走，曹……曹金宝出现了！”

“走！”晏阑三步并作两步下楼上了车，一边把车开出市局，一边问乔晨道，“什么情况？”

乔晨：“一组说在医院看见了曹金宝，但是不知道怎么回事就惊了，现在他们开车在追，叫咱们支援。”

“方向。”

“东五环外。”

“路况。”

“全绿。”

晏阑把警灯扣在了车顶上，一脚油门就蹿了出去。

乔晨和晏阑十余年来的默契让他们之间沟通毫无障碍，简单的词汇就能理解对方的意思。两个人配合得很好，一个人追着信号开，另一个人紧急联络交通队架设路障。在这个时候就只能感叹一句有钱真好，晏阑的巴博斯一路狂飙，竟然追上了一直咬在曹金宝车后面的警车。晏阑听到乔晨挂断电话，立刻拿起手台对旁边的车喊话道：“前方十公里收费站路口已设卡，最外侧车道，注意安全！”

“收到！”

几辆警车和顶着警灯的出勤车一路逼着曹金宝，晏阑的车则绕到了曹金宝的车前，渐渐形成了包围的态势。周围的社会车辆看到这个场景也都下意识地躲避，交通队已经开启紧急交通管制，防止伤及无辜。

乔晨紧盯后视镜，问道："你撞不撞？"

"不撞，修车太贵。"晏阑说道，"为了他不值得。"

"没个实话。"乔晨翻了个白眼，把自己身上的钥匙手表等尖锐物品都摘下来放在椅子下面。

"我真不撞。"

乔晨："对，你上次也说不撞，结果呢？你那是不撞吗？你那是不撞一次。"

"骗你是小狗。"晏阑再一起拿起手台喊话，"还有三公里！"

晏阑已经看到了前方的路障，他瞟了一眼后视镜，胸有成竹地说道："这次真不用撞。"

"变态。"乔晨已经拉好了扶手。

一公里。

乔晨咽了咽口水，道："大哥，你不是不撞吗？！"

五百米。

晏阑回答道："你还不信我？"

一百米。

"我不信！"乔晨的声音已有些发涩。

五十米。

乔晨："你大爷的阎王！你不撞倒是刹车啊！"

十米。

晏阑沉声道："抓稳了。"

在距离路障还有三米的时候，晏阑猛地打轮，让车子横着开了出去，后面传来一声闷响，紧接着就是几声急刹车的声音。

周围拦截的警察立刻围了上去，晏阑和乔晨也解开安全带持枪上前。

乔晨喊话道："曹金宝，你已经被围住了，别做无谓挣扎，现在下车，双手放在头后。"

曹金宝并没有理会，而是再一次启动车子，试图闯卡。站在左侧的警察立刻用警棍敲击前风挡，试图阻止曹金宝的行为。曹金宝不为所动，猛轰了一下油门。晏阑打了个手势，立刻有其他警察在更远处的地方重新摆放关卡。

"曹金宝，想想你躺在病床上的媳妇。"乔晨继续喊话，"现在下车跟我们回去，别让你媳妇跟着着急。”

晏阑示意乔晨不要再说，拿起旁边警察的警棍直接砸向车窗：“他不吃这套！”

乔晨见状也不再废话，立刻抄起旁边的警棍加入了破窗。几下之后，副驾这一侧的车窗应声而碎，曹金宝也被逼急了，试图暴力冲撞前方的警察。晏阑直接从右侧伸手进去，一把就将曹金宝拽了起来。与此同时驾驶室一侧的车窗也被破开，另一边的警察飞快地打开车门把曹金宝的腿从踏板上踹开，然后熄火拔钥匙。晏阑已经把副驾车门拽开，用手铐把曹金宝铐在了窗框上。曹金宝手臂抓着敞开的车门，上半身斜躺在副驾座椅上，腰部卡在中控区，一条腿耷拉在座椅下，另一条腿搭在驾驶室这一侧的门上，被三根警棍死死别住动弹不得。从远处看去，曹金宝整个人像被抻直了一样。

晏阑看曹金宝已经无法挪动，就松开了手站到一旁，等着手下把他从车里挪出来。乔晨掸了掸身上的土，走到晏阑身边递给他一根烟：“行啊英雄，宝刀未老！三十三岁的第一天，徒手抓凶犯！”

晏阑推开乔晨的手：“不抽，戒了。”

“哟，怎么了？这一路回去得一个小时，抽一根没事。”

“苏行过敏。”晏阑说。

“过……过敏？”乔晨停住了点烟的手，“对烟过敏？”

“尼古丁过敏。”

“那他怎么不说啊！”乔晨立刻把烟塞了回去，“咱们几个身上那么大烟味，有时候抽完就跑回去开会，那他岂不是经常因为这个难受？”

“没那么严重，他吃药。”晏阑把烟盒打开，拿出烟塞到乔晨嘴里，“我不抽就行了，你们又不天天跟他在一起。为了他一个人集体戒烟？我可没那么不讲道理。他就是怕说了之后影响你们才不说的，你就当不知道。”

“难怪你最近抽的少了。”乔晨点上烟，“来，英雄，分享一下，为什么不让我提他媳妇了？”

“我估计他已经把他媳妇送走了。”

乔晨眨了眨眼，问：“送哪儿去？”

“送走。”

“啊……”乔晨后知后觉地说，“不至于吧？那是亲媳妇啊！”

“回去看看吧。”晏阑拍了一下乔晨的肩膀，“你开回去。”

“干什么？你怎么不开了？”

晏阑把手臂伸到了乔晨面前，上面赫然是一道足有一拃长的血淋淋的伤口。乔晨吓了一跳：“你行不行啊？！这么长一口子你还跟我这儿臭贫，走走走，赶紧去医院！”

“又死不了。”晏阑溜达到车旁，从后备厢拿出一个医药盒，递给乔晨，“给我裹一下就行。”

“我可不敢碰，万一里边有碎玻璃呢？”乔晨手脚麻利地从医药盒里翻出纱布垫到晏阑胳膊上，然后把他推上了车，“就近处理，别挑医院了。”

“那不行。”晏阑说道，“这要是需要缝针的话，我得找个技术好的医院，别给我缝得歪七扭八的。这个又盖不住，到时候夏天一伸手，胳膊上一大长虫，多吓人啊。”

乔晨开着车往市区方向飞奔：“真变态。那您打算挑哪个医院？”

晏阑拿出手机快速按了几下，然后说道：“三院吧，劳烦乔老妈子陪我去趟三院急诊部。”

“靠，真去三院啊？”

“去。”

乔晨用余光瞄了一下晏阑，开口问道：“你要查什么？”

“我胳膊上这么长一口子，你问我要去查什么？！你有没有人性？”

“没有！”乔晨没好气地说，“你最好只是去看这个伤。”

晏阑沉默了一会儿，坚定地说：“去三院。我必须要知道为什么。”

乔晨叹了口气，还是把车开到了三院。处理伤口没费什么工夫，只是后来晏阑把乔晨打发到车上等，自己又去了呼吸内科。乔晨没再多问，尽职尽责地当司机。回到市局后，乔晨先去敲了苏行办公室的门。

第10章

苏行听到敲门声，从桌子上爬起来，说道："进。"

乔晨推开门走进屋内，被苏行的样子吓了一跳，问："你怎么了，怎么脸色这么差？"

"没事，昨天熬了一宿，困的。"苏行搓了搓脸，"又有案子了？"

"没有。"乔晨走到苏行身边，关切地摸了下他的额头，然后说道，"不发烧啊，怎么还这么没精神？"

"真是困的。"苏行解释道，"这两天本来睡得就不好，昨天又熬了一宿，我感冒也没好利落，现在确实没什么精神。"

乔晨这才放心下来："那就好。我来也没什么事，就是跟你说一声，我们刚才去抓曹金宝的时候晏阑胳膊上被碎玻璃划了一道，刚带他去缝了针。"

"他人呢？"

"给你买饭去了。"乔晨说，"我怕他一会儿回来吓着你，提前上来跟你说一声。"

"我知道了。"苏行轻轻点头，"谢谢乔副，你也赶紧吃饭去吧。"

"那我下去了，你要还是难受就回家吧，别撑着。"

"好，我知道了。"

乔晨把晏阑拦在楼梯口，低声说道："他好像一直在睡觉，看起来特别累，脸色也很差，什么情况啊？"

"昨天晚上就这样了。"

“你干什么了？”乔晨说，“昨天晚上在现场的时候还挺好的，带你回了趟家就这样了？”

晏阑拿胳膊肘打了一下乔晨，说：“他昨天晚上情绪就特别不对，有点儿歇斯底里的感觉，后来安静下来就这样了，所以我才担心啊。行了，你赶紧下去吧，我上去找他聊聊。”

“哎！”乔晨叫住了晏阑，“你悠着点儿，别犯你那狗脾气。”

“知道了。”

晏阑站在门口深呼吸了一下，轻轻推开门，发现苏行正坐在椅子上发呆。

“饿不饿呀小刺猬？”晏阑把饭盒放在桌上，“赶紧吃饭吧。”

“乔副说你受伤了？”苏行抬起头看向晏阑，“让我看看。”

“没什么大事，就缝了五针。”

晏阑的手臂已经被包扎好了，苏行用手在无菌敷料上比画了一下，然后说道：“5 厘米左右，还挺长的。怎么弄的？”

“吃饭吧我的苏大法医。”晏阑把旁边的消毒纸巾递到苏行面前，“擦擦手，边吃边说。”

晏阑把饭盒打开摆好，又把餐具放到顺手的位置，然后才说道：“曹金宝开车拒捕，我破窗之后伸手去拽他，被窗框上的碎玻璃划的。”

“别的地方没受伤？”

“没有。”晏阑说道，“放心，我去医院查过了。”

“那就好。”

晏阑看苏行这状态实在不好，便说道：“我问你个问题。”

“嗯？”

“你到底是情绪不好还是身体不舒服？”

苏行扒拉着饭盒里的菜，半晌才回答道：“都有。我确实情绪不高，也确实觉得身上难受。”

“那我能帮你解决哪一个？”

“不用。”苏行轻轻摇头，“我回家睡一觉应该就好了，这几天我……我睡的不太好，昨天熬夜之后就觉得特别累，有点儿缓不过来。”

“好，那你下午就回去休息吧。”晏阑把椅子挪到了苏行身边，“你以前情绪不高的时候也没有这样过，我是真的怕你出事。”

“怕我想不开？放心吧，我不会的。”

晏阑轻声说道：“你是法医，你知道很多别人不知道的关于死亡的知识，所以我才害怕。”

“除了安乐死以外，现有的所有死亡方式都很痛苦。然而我国安乐死不合法，所以你放心好了。”

“等等！”晏阑说道，“什么叫安乐死不合法我就可以放心，那要是合法了你就要去安乐死？”

“领导，你大脑皮层是不是没沟了？你是怎么把一句正常的话理解成这样的？”

“你仔细想想你刚才那句话的逻辑，明明就是你表达有误。”

“是你理解有问题。”

“不，就是你表达有问题！”晏阑接着又说道，“这个话题结束！”

苏行无奈地笑了一下：“我真的不会想不开，要不我给你写个保证书？”

“这个可以有。顺便再写一份卖身契，签字画押，你就归我了。”

“我又不傻！”

“不傻吗？”晏阑说道，“我觉得你挺傻的。”

苏行夹了一块肉塞到晏阑嘴里：“闭嘴！”

晏阑笑着把那块肉咽下：“再给我一块，我手受伤了……”

苏行把肉夹到晏阑的饭盒里，轻声说：“下次别再受伤了。”

“好。”晏阑答道。

两个人安静地又吃了一会儿饭，晏阑终于下定决心，开口说：“我得跟你坦白一件事。”

“什么？”

“我去三院找淳教授了。”

“嗯，然后呢？问出什么来了？”

“他说你身体挺好的，之前那次可能只是意外。”

苏行继续吃着饭：“所以现在你信了？”

“我不是不相信你。”晏阑解释道，“我就是怕你查出什么问题不跟我说，打算一个人自己扛着。”

苏行偏头看向晏阑：“领导，你到底看了多少韩剧？这种得了绝症的剧情你也想得出来？！我当年被误诊脑瘤就已经够狗血了，怎么着？现在还打算让我真的得个绝症？”

晏阑吞了下口水：“你怎么还急了？”

“是你太离谱！”

“那还不是因为你什么都不说，突然就闹脾气！”

苏行避开了晏阑的眼神，说道：“我会告诉你的，只是现在还没想好怎么说。”

“你说与不说，什么时候说，都由你决定。”晏阑把肉夹回到苏行饭盒里，“你多吃点儿，赶紧胖回来，都瘦脱相了。”

“我基础代谢率高，不容易胖。”苏行说道，“领导，你现在比我大九岁了，你得注意饮食啊。”

“我算是发现了，你心情好不好都照样说我！”

苏行笑了笑，放下筷子说道：“我吃好了。”

“你这才吃了多少？！不行，再吃点儿！”

“真吃不下了。”苏行推了一下饭盒，“跟我出来一下好吗？”

晏阑立刻跟着苏行往外走，两个人走到了二层的更衣室，苏行在确认里面没有人之后把门落锁，轻声问道：“是不是无论发生什么，你都可以接受？”

“只要你不杀人放火违法乱纪。”晏阑说。

苏行呼出一口气，走到更衣柜前：“我换衣服，你出去吧。”

“怎么了？不让我看啊？”

“随便。”

晏阑坐在椅子上看着苏行结实紧致的后背说道：“细皮嫩肉的，身上一点伤都没有，真好。”

“伤疤是警察的徽章，你不是觉得自己身上的伤很荣耀吗？”

“我有说过吗？”

“那天晚上你不就是故意露出那些伤给我看吗？还遮遮掩掩的，欲盖弥彰。”

“我才没有！”晏阑嘴硬道，“我那是刚洗完澡，热。”

“领导，以后腹肌没练好就别拿出来招摇撞骗了。”

“我那还叫没练好？你是不是要求也太高了？是打算让我练成巨石强森那样才——”晏阑收了声，因为他看到了苏行身上非常标准的六块腹肌以及人鱼线。

苏行指着自己的腹肌说道：“这样才算合格。”

“我靠！”晏阑忍不住感叹道，“你是妖怪吗？你这么瘦怎么还能有腹肌？”

“瘦和肌肉没有必然联系。”苏行把更衣柜锁好，“而且我也不瘦。我回家睡觉去了，领导你加油练，我相信你！”

晏阑下意识地扯了一下自己的衣服，感觉自己那隐约可见的四块腹肌确实拿不出手。大概是因为队里其他人的身材都一般，他稍稍保持一下就能“傲视群雄”，让他有了一种自己身材很好的错觉。他正暗自后悔那天晚上的“班门弄斧”，苏行却去而复返，推开更衣室的门说道：“我不是嫌弃你，别放在心上。腹肌的块数是天生的，而且你只要把体脂降下来很快就能练出来了。”

“怎么着？良心发现了？”

“那倒也不是，就是怕你心情不好去折磨你们队里其他人。”

“……你赶紧回家睡觉去吧！”

“走了！”

晏阑回到苏行办公室，看着那几乎就没动过的饭菜无声地叹了口气，收拾好东西回到楼下。

苏幕遮：别浪费粮食，帮我把饭吃了。

晏阑：不管。

苏幕遮：……

晏阑：喂猫了。

苏幕遮：喵？

晏阑拿着手机笑出声来，他直接发了语音过去：“别操心了，到家给我发个消息。”

苏幕遮：好～

“大傻子，别淫笑了！”乔晨推门进屋，直接说道，“曹金宝的老婆死了。”

“你才淫笑呢！”

乔晨又重复了一遍：“我说，曹金宝的老婆死了。”

“我听见了。”晏阑把饭盒推到乔晨面前，“帮我吃一份。”

乔晨按住晏阑的饭盒，严肃地说：“曹金宝的老婆死了，要！尸！检！”

“尸检就尸检吧，去请王老。苏行已经回家了。”晏阑打开饭盒，“赶紧帮我吃一份，要不浪费了。”

“王老去省厅开会了，现在法医室剩下那三个没有主检资格。”

晏阑手中停了下来，抬起头看向乔晨，问：“什么叫没有主检资格？”

“你傻啊！你看过他们上手吗？哪次不是跟在王老后面做记录打下手？那三个今年升法医师的职称考核都没过，要不然你以为王老为什么这么着急把苏行从鉴定中心调过来？之前的法医辞职之后法医室没人干活了！”

“我去接他！”晏阑快速地扒拉两口饭，走出了办公室。

晏阑在中途的地铁站接到了苏行，看他上车之后直接说：“杯架上有咖啡。”

“剥削啊……”苏行喝了口咖啡，“连家都不让回。”

晏阑没有接话，而是问道：“为什么骗我？”

“我骗你什么了？”

“你搬到二层去也一样跟着我们处理案子，其他法医根本没资格主检。昨天孙铭睿也说你们一起工作，你就是为了气我故意那么说的。”

苏行抠着手里的杯子，轻声问：“你生气了？”

“我很生气。”晏阑说道，“你这是公私不分，搬办公室是那么容易的事吗？你闹脾气就要刑科所的其他人陪着你一起折腾，你觉得这样合适吗？”

“对不起……”苏行低声说。

晏阑：“你应该跟王老和孙铭睿道歉。个人情绪不影响工作，这是最基本的职业道德。”

苏行自知理亏：“你别生气，我回去就跟他们说。”

“烦死了！”晏阑启动了车子，“折腾我一个礼拜，结果从头到尾都是个骗局！什么搬办公室，什么跟着缉毒干活，什么要考研复习，全都是骗人的！我问过孙铭睿了，根本就是因为孙铭睿和郭俊杰都要搬到一层来，怕收拾屋子的时候土太大你过敏难受才让你先上去待着的！直到刚才你还不跟我说实话！你气死我了！苏行，你真的气死我了！”

苏行轻轻拽了一下晏阑的袖子：“真生气了？”

“你说呢？！”晏阑抬了下手臂，躲开了苏行的手。

“领导……”

“别叫我！”

“我跟你道歉好不好？”苏行说。

“不接受！”晏阑没好气地说。

“你别这样……”苏行低声说，“我不是故意的……”

“不是故意的你就已经把我骗成这样了，你要是故意的，我是不是得被你骗得倾家荡产啊？！”

苏行把头扭向窗外：“领导，我已经很难受了，你别再说我了。”

“你难受？我还难受呢！”

苏行把头抵在车窗上，轻声说：“我真的很难受。”

“你——”晏阑用余光瞄了一眼苏行，连忙抓住他的手，“你怎么了？手怎么这么凉？！苏行？！”

“你太吵了。”苏行挣脱晏阑的手，从车门的储物盒里拿出矿泉水喝了一口，“让我安静一会儿。”

“你到底怎么了？”

“闭嘴！”

“……”晏阑噤了声。

车快开到市局的时候苏行才慢慢坐直身子，他把咖啡举到晏阑面前，说：“喝一口。”

“啊？”

“让你喝一口。”苏行还贴心地把吸管的位置摆好。

晏阑不明所以，但还是吸了一口咖啡，还没来得及说什么，就听苏行问：“苦吗？”

“不、不苦啊……”

苏行把杯子放回到杯架上，说道：“知道为什么不苦吗？因为这杯叫拿铁咖啡。给你讲一个冷知识，拿铁是音译自意大利语 Latte，意思是牛奶。”

“靠！”晏阑猛地拍了下额头，“我忘了让店员换成豆奶了！那你现在感觉怎么样？难不难受？要不要去医院？”

“好好开车吧。”苏行喝了一口水，“回去我还要尸检。”

“你还行吗？”

“我不行你行？”

晏阑：“你行，你最行，你都叫苏行了你肯定行……”

车停稳之后，苏行对晏阑说道：“一会儿我尸检，你不许进去打扰。”

“哎！”晏阑一把拽住苏行，“我不跟你吼了，别生气。”

“我没你那么大气性，到底是谁公私不分？”苏行掰开晏阑的手，“我要去解剖了！”

晏阑无奈地抓了一把自己的头发，他一边担心苏行过敏难受，一边又懊悔自己怎么会忘记让店员换豆奶，接着又开始反思刚才是不是话说得太重，苏行会不会生气了。

他觉得自己刚才太失态了。苏行一而再再而三的隐瞒确实让他特别搓火，但再生气他也不应该那么跟苏行说话。他知道苏行心里一定比他难受千百倍，那些欲言又止的背后是一颗纠结到极致的心。晏阑无声地骂了自己一句，整理好情绪之后才下车往楼里走去。

乔晨见他回来，立刻迎上来问：“审不审？”

“审。”晏阑边说边推开了审讯室的门。

白泽看到晏阑进入审讯室，立刻站起来问好：“晏队。”

“嗯。”晏阑朝他轻轻点头。

“晏队。”曹金宝跟着白泽叫了一声，随后把目光定在了晏阑贴着纱布的手臂上，“刚才就是你把我铐在车门上的？”

“是我，怎么着？想找我报仇？”

“你劲儿真大。”曹金宝笑道，“现在这年头像你这么好体力的警察可不多见喽。”

“那是你见得太少。”

“看来市局还是不一样哈，你们这些人看着就比下边的人精神。”

“闲聊到此结束。”晏阑翻开桌子上的案卷，“曹金宝，五十四岁，平潞市人，二十五年前因为过失伤人入狱，服刑三年。出狱后开了一家叫‘金宝天雅’的汽修厂，对吧？”

“没错。”

晏阑问：“你是什么时候搭上恒众兴的？”

“二十年前。”曹金宝坦然地回答道，“我在号里的狱友跟我前后脚出来，他出来之后先搭上了肖总，我当时为了结婚急用钱，就跟着他一起干了。”

“你那个狱友叫什么名字？”

“贾昭。”曹金宝说完之后又接着补充道，“不过他死了。接了个‘死活儿’，给家里捞了一笔。”

晏阑知道这个“死活儿”就是之前何浩明和蒋虎说的那种“有去无回”，简单来说就是自杀式袭击。他道:“别浪费时间,把你这些年的事情都说出来吧。”

“可以。”曹金宝非常痛快，“先给根儿烟。”

晏阑拿出烟递给他。

“谢了！”曹金宝接过烟愣了一下，“哟，黄鹤楼？你们小警察还抽得起这烟？看来现在待遇不错了。”

“跟你可没法比。”晏阑说道，“挂着‘顾问’的名头，怎么也不能比杀手挣得少吧？”

曹金宝缓缓吐出了一口白烟，缭绕的烟雾让他那本就涣散的眼神显得更加飘忽。少顷，他开口道：“其实我们还真没司机挣得多，毕竟他们是把脑袋别在裤腰带上的人。他们杀个人到手应该六位数起，我设计一次事故基本也就五位数。”

“你们接活儿也分档次吗？”

“当然分。”曹金宝交代道，“小打小闹的也就一两万，像那种撞死人还得伪造成意外的，五万起步。要是后面需要收尾清扫的特别大的活儿才能给十万块。我在公司这么多年只接过一次十万的。”

“你一共设计过几次命案？”

“23 次。”

“记得这么清楚？”

“嗐，”曹金宝弹了一下烟灰，“毕竟是过手的人命，记得清楚点儿，到了阴曹地府也好知道找谁磕头赔罪。”

“知道要赔罪还干这种营生？”

曹金宝无所谓地笑了一下，说：“那也是死了之后再说，活着的时候就想活着的事。你不懂，那个时候都是国有制，连违反计划生育都能被开除，还得在档案上留记录，更别说我这种蹲过大狱的了。那会儿自己单干哪有那么容易？挣了钱的那是‘个体户’，自己从国企辞职出来的叫‘下海’，像我这种的都是‘盲流’，谁都不待见。就算有了个汽修厂又有什么用？欸，你这个年纪的是不是都不知道‘盲流’是什么意思了？”

“知道。”晏阑打断了曹金宝的东拉西扯，“你的客户都有哪些？”

“我们不见客户。”曹金宝指了一下审讯室一侧的玻璃，“就这玩意，只能单面看见的这种，我们会议室里也有一个。客户在那头提要求，我们在这边记录，然后做设计，设计好之后有人送进去给客户看。客户能看见我们，但我们看不见客户。”

在观察室里的庞广龙忍不住骂了一句：“太鸡贼了！”

林欢拽了一下庞广龙的衣服示意他噤声，因为现在观察室里站了一排领导——在刚才知道曹金宝一共设计了23起命案之后，乔晨就去把领导都请来了。

审讯室内，晏阑说：“23起事故，一个一个慢慢说吧，咱有的是时间。”

“成，那就从最近的开始吧。”曹金宝交代的十分细致，或许是他真觉得自己死后得下去赔罪，所以把每一次事故受害人的姓名、年龄、体貌特征都记得很清楚。这也给之后的侦破工作降低了不少难度。

苏行敲门进入观察室的时候被里面的“排面”吓了一跳，以兰正茂为首，旁边依次坐着江洧洋、刘毅和武卫阳。乔晨带着庞广龙和林欢躲在角落里，几乎看不到人。

“那个……”苏行小心翼翼地开口，“我来送田雅的尸检报告。”

兰正茂扭头看向他：“田雅？”

“曹金宝的妻子。”苏行说，“死因是窒息。口鼻处发现的纤维和医院枕套上提取到的纤维一致，可以确定是被人用医院的枕头捂住口鼻导致的窒息。有一部分抢救伤，结合诊疗记录确认没有问题，具体的情况都在报告里。”

“好，给我吧。”兰正茂接过报告。

审讯室内的晏阑对窗户另一侧发生的事情一无所知，只尽职尽责地审讯：“你刚才不是说接过一次十万的单吗？什么时候的？”

“十六年前。”曹金宝喝了一口面前的水，“死的那个还是你们同行。”

十六年前，警察。晏阑突然有一种特别不好的预感，他连忙用手指敲着桌子给乔晨打暗号，但为时已晚。曹金宝已经顺着把话说了出来：“那人叫苏荣。”

“砰！”审讯室的门被踹开，苏行两步就冲到曹金宝面前，一把揪住他的领子，怒吼道：“你再说一遍！”

曹金宝被这突如其来的变化吓傻了：“我、我我我……”

“你再说一遍！”苏行的手紧紧扣在曹金宝的喉咙上，“叫什么？！”

“苏苏、苏荣……”曹金宝已经被苏行拎了起来，整张脸涨得发紫，手脚拼命地在空中划动挣扎着。

没有人见过这样的苏行。在一瞬的惊愕之后，旁边的刑警一拥而上，却都没能解除苏行对曹金宝的钳制。晏阑直接拦腰抱住了苏行，喊道：“苏行，你冷静！”

旁边此起彼伏的喊声也响了起来——

“快来人！”

“赶紧来人帮忙！”

“快叫人来，快快快！”

观察室里的人蜂拥而至，武卫阳和乔晨一左一右，用尽了全力才掰开苏行的手。然而苏行就像被激怒的困兽，挣扎着又要扑向正在努力倒气的曹金宝。

“苏行！”晏阑一声暴吼，把苏行死死按在了墙上，“冷静，你给我冷静！”

苏行直直地盯着曹金宝，如果眼神能杀人，曹金宝现在已经死了千万次了。

“看着我，苏行！”晏阑双手扶住苏行的头，“这是在审讯室，你是一名警察！”

苏行在晏阑的眼中看到了自己瞋目裂眦的倒影，像是从梦魇中惊醒一般陡然卸了力，上半身挂在了晏阑的手臂上，晏阑连忙用脚把刚才慌乱中被带翻的椅子勾到身边，扶着苏行坐下。

江洧洋见状快速安排道：“乔晨把人带到审三接着审，其他人出去。”

一群惊慌未定的警察拖着死里逃生的曹金宝去往审讯三室，江洧洋等所有人都离开之后轻轻拍了拍苏行的肩膀，也转身走出了审讯室。随着房门的关闭，周遭安静了下来，屋里只剩下了两个人深深浅浅的呼吸声。

“没事了，苏行，我在。”晏阑轻声安抚道。

苏行用已经噙满泪水的眼睛注视着晏阑，半晌，他缓缓闭上眼睛，呼出一口滚烫的气，同时一颗豆大的泪水滑落，滴到了二人挨着的手背上。

林欢和庞广龙躲在办公区窃窃私语，他们就算再傻，此刻也知道了苏行暴怒的原因。庞广龙叹了口气，说：“十六年前苏行才八岁，太残忍了，真的太残忍了。”

“胖胖，你知道小苏他妈也没了吗？”

“啊？”

林欢说：“之前徐絮那个案子完了之后，有一天小苏十点多才来上班，我问孙铭睿，他告诉我小苏去给他妈扫墓去了，那天是他妈妈的忌日。”

“我这嘴啊！”庞广龙懊恼地拍了一下自己的脸颊，“我就是个傻缺！我之前还跟他开过家里人的玩笑，还说过什么‘你爸妈没告诉过你吗’这种话。你说小苏他八岁就父母双亡，听见这种话得多难受啊！我真是，哎哟我可真是！”

“行了。”林欢连忙拉住庞广龙的手，“你不知情，咱们都不知情，小苏不会怪你的。”

庞广龙把手插在头发里，半晌才抬起头看向林欢：“欢姐，你还记得之前李……李什么玩意那女的来警局闹的时候，小苏说的那话吗？他说他八岁就离开家了，难不成是……”

“我估计是。”林欢轻轻点头。

庞广龙气得拍了下桌子：“这还是人吗？！这还是人吗？！”

“你轻点儿！”林欢拦了一下庞广龙的手，“手是自己的，你为这种畜生伤了自己，得不偿失。”

“我替小苏觉得难过。”庞广龙皱着眉，指着自己胸口说，“我这心里跟坠了块石头似的，我心疼他啊！”

林欢：“要是真心疼他，咱就得帮他查出来当年苏叔叔为什么会死。”

“这怎么查啊！”庞广龙十分颓然地说，“这些顾问都不知道客户是谁，光知道杀手管个屁用！”

林欢微微皱眉：“你冷静点。虽然调查组不管风纪的事，但你也别在办公室里骂人。”

庞广龙撇了下嘴：“你说小苏这……唉……这也就是文职不配枪，不然照着小苏刚才那样，我估计真得犯错误了。”

“胖胖，我觉得这事深了。”林欢语气难辨地说道。

“谋杀警察，能不深吗？！”

“不是。”林欢指了一下电脑，“我刚才在系统里看了一下，咱们查不到档案。不是查不到当时那个车祸的案卷，而是连苏叔叔的档案都无权查看。”

“啊？什么情况啊？卧底？还是特情？”

林欢想了想，回答道：“估计是特情，而且我看江局一直知道这事。”

“嗯？”

“刚才在观察室里，曹金宝那边话音刚落，江局就已经伸手去拽小苏了，要不是中间隔着兰局，我估计小苏也不至于直接冲进审讯室。”

庞广龙猛地喝了口水："可是你说如果江局知道，那这么多年他就没想着调查？还是说他也没办法查？如果他也没办法查的话，那还有谁能查这事？"

"兰局在这儿。"林欢顿了顿，"而且现在我们有了曹金宝的口供。之前蒋虎交代的那些案子都已经准备重启调查了，现在曹金宝交代的是谋杀一名警察，这事肯定会重启调查的。"

一辆出勤车在这时冲到了市局院内，不管不顾地停在了正门口，王军从车上下来，把钥匙随便扔给了旁边的一名小警察，边走边问："他人呢？"

"还在审一，"江淯洋拽了一下王军，"晏阑跟他在一起。"

"我不管他跟谁在一起。"王军径直向审讯一室走去，"他是我半个儿子，这个时候他需要我！"

"砰！"审讯一室的门再一次被推开。

"小行！"王军急切的声音响起。苏行在听到王军的声音之后把头抬起来，像在外受了极大委屈的孩子见到亲人一样，再也无法控制自己的面部肌肉，泪水近乎决堤般涌了出来。王军一把搂住苏行，把他的头埋在自己的腹部，轻轻抚摸着他的头发，"乖，不哭了啊，一会儿哭完该难受了。"

"叔……"苏行抽噎着说，"我爸是被人害死的，我爸真的是被人害死的……"

"我知道，我都知道了。"王军一边安抚苏行，一边对晏阑说道，"你去法医室，把我办公桌抽屉里的一个方形铁盒拿过来。"

"好。"晏阑立刻起身照做。

待房门被关闭，苏行立刻抬起头来看向江淯洋，抽泣着说："江局，我之前的猜测是对的，是不是？"

江淯洋轻轻点了下头。

苏行抹了一把眼泪："可不可以重启调查？我不能让他们冤死！"

"先查这件事。"江淯洋说道，"兰局和调查组都在这儿，这件事比较好查。至于其他的，还需要契机。刚才兰局已经准备向上面打报告了，你放心，既然现在我们有了口供，就一定要把这件事重新翻出来。这不只是你的心病，这也是我们的心病。这么多年了，终于等到这一天了。"

王军坐到苏行身边，轻轻拍着他的后背："别太激动了，你这两天本来就不舒服，一会儿再犯病就更难受了。像以前我教你的那样深呼吸。"

晏阑拿着盒子走回审讯室的时候，看到王军一手托住苏行的额头，一手随着苏行的呼吸，来回抚摸着他的后背。这让晏阑有一瞬间觉得自己特别失败——自己一直在让苏行难受，从心理到身体。这么长时间了，晏阑甚至都没有好好想过怎么能让苏行舒服，每一次在他犯病的时候，自己能做的只有手足无措地让他用药。晏阑走到苏行的身边，把盒子递给王军。苏行按住王军要打开盒子的手："别。"

"没关系，都是自己人。"王军说着就把盒子打开，从里面拿出一块水果糖塞到苏行手里。苏行刚才情绪过于激动，现在双手发麻，动作有些不太利索。晏阑伸手帮他剥开水果糖外面的玻璃纸，把糖塞到了他嘴里。晏阑看着那早就归属于"童年记忆"的水果糖，突然想起当初陆卉梓在苏行耳边的那个提问。原来是从小就爱吃酸三色，难怪当时听到那个问题时苏行有一瞬间的错愕，毕竟这种喜好只有亲近的人才会知道。

江淯洋看了一眼表，说道："这也快到下班时间了，晏阑你把苏行安全送回家，一定确保他没问题再离开。老王你跟我回办公室。"

王军把盒子放到苏行腿上，拍了拍他的手，然后起身跟着江淯洋离开了审讯室。

晏阑蹲到苏行身边，轻声问道："你还好吗？"

苏行轻轻点了下头："送我回家吧。"

"能自己走吗？"

"可以。"苏行慢慢地站了起来。

晏阑护着苏行从刑科所的侧门离开，尽量避免与其他人接触。

"回我家。"苏行在说完这句话之后就不再出声，晏阑安抚地拍了下他的手，安静地把车开到了他家楼下。在走进卧室的一瞬间，苏行就彻底松了神，任凭晏阑把他拖到了床上。在晏阑帮他擦脸换衣服的整个过程中，苏行都没出过声，让干什么就干什么，仿佛一个提线木偶。一直到躺在床上，苏行才轻轻碰了一下晏阑的手，用轻得几乎听不到的声音说："别走。"

"好。"晏阑答应道，"我陪你。"

第11章

苏行在一个又一个接连不断的噩梦中来回挣扎，父亲的脸不停出现在眼前，温柔的、慈爱的、严厉的，到后面全部变成了带血的、残缺的，惨不忍睹。他觉得自己陷在无尽的漩涡之中，不同的景象在眼前快速闪过，从一片纯白变成火光冲天，甚至远处还有爆鸣声响。

“轰隆——”

苏行脚下一空，猛然惊醒。他深呼吸两下，平复了狂跳的心脏，扭头看向窗外，外面暴雨如注，天空暗沉得仿佛已是黑夜一般，然而此时墙上的挂钟却刚刚指到六点。

他走了，这很好，苏行想，又是我一个人了。

卧室的门却在这时被轻轻推开，晏阑端着碗走了进来：“醒了？”

“你……”由于刚刚睡醒，苏行的嗓子还有些发紧，他清了下喉咙，问，“你没走？”

“我走哪去？”晏阑把还冒着热气的碗放到床头桌上，“我饿得不行，看你还睡着，就先去煮了碗面，想着等你醒了再给你做。你醒了就你先吃，我再去做一碗。”

“不用。”苏行说道，“我不饿，你吃吧。”

“你今天中午就吃了那么一点儿，不可能不饿。赶紧吃！”晏阑说着就要离开。

“真不饿。”

“咕噜……”

晏阑指着苏行的肚子说道：“身体是诚实的。赶紧吃，我很快就回来。”

五分钟后晏阑端着另外一碗面走了进来，看苏行正挑着面条发呆，他叹了口气，走到苏行身边说：“小刺猬，你是打算把它重新织回去吗？”

“啊？”苏行回过神来，“什么织回去？”

“方便面啊！”晏阑用自己手中的碗把苏行的碗换了过来，“我这碗刚出锅，趁热吃。”

“方便面你还煮？”

“煮的比泡的好吃。”晏阑说，“凑合吃吧，你家冰箱空得跟新的没区别，这几天你都吃什么了？不会是生生饿了一礼拜吧？”

“没有。这几天都是西西给我送饭来，她还没开学，跟家待着没事干。”苏行又补充道，“她男朋友平常上班，只有周末才出去约会。”

晏阑笑了一下，说：“我知道，那是你妹妹。”

苏行吃了一口面，含糊着问道：“你一直都没走？不审讯了？”

“我现在的头等大事是陪着你。”

苏行不为所动：“讲道理，你现在应该去审讯。”

“讲道理，那个案子已经轮不到我审了。”晏阑说道，“刘副局亲自上了。”

“啊？”

“我爸紧急打报告申请权限调阅卷宗，临下班的时候上面的口头指示已经下来了。”

“什么？”苏行急忙追问。

“重启调查。”晏阑补充道，“原话是‘务必将苏荣同志的死因彻查清楚，不能让我们的战友白白牺牲’。正式手续过几天走完之后就下发到省厅和市局。江局亲自带队，刘副局和武副局一起配合。”

原本是意料之中的答案，此时真的听到，却还是让苏行的心情难以平复，他低着头，强忍泪水，最终还是没有忍住。“啪哒”一声，豆大的眼泪落到了苏行的碗里。晏阑连忙放下碗，从桌上抽了张纸巾递给苏行，说道：“觉得淡也用不着自己加料啊，厨房里的酱油又不是摆设。”

苏行破涕为笑，拿过纸巾擦了一下眼睛：“不哭了，丢人。”

“不丢人。”晏阑道，“跟我面前不用逞强，我不嫌弃你。”

“那也不哭了，”苏行说，“下午哭得我头皮发麻。”

“你今天吓得我头皮发麻。”晏阑轻声说，“你怎么那么大劲儿？！我都差点脱手。”

苏行像突然想起来什么似的，放下碗一把抓过晏阑的手臂，反复确认之后才放下心来。晏阑说：“没事，我伤的是左手，拽你的时候用的右手。不过确实有点儿疼，要不一会儿你再给我看看？”

“现在看。”

“吃完再看。”晏阑把碗塞回到苏行手里，“汤也喝了，一滴不许剩。”

“咸……”

晏阑“扑哧”一声笑了出来，说：“咸也是你自己加的料。”

“你水放少了。”

“我的就不咸。”

“那是你口重。”

“你活过来了是吧？”晏阑说道，“刚才还哭哭啼啼地不让我走，现在就又开启了教训人模式？”

“谁哭哭啼啼了？谁不让你走了？”

“你再嘴硬我就吃了你！”

“吃人犯法！”

“我是阎王。”

苏行一时跟不上，只好转移话题：“我去刷碗。”

“行了。”晏阑打断道，“你歇着吧，我去。”

苏行：“我家没有洗碗机。”

晏阑翻了个白眼：“洗碗机没发明之前难道人们都不刷碗吗？”

苏行看着晏阑离开的背影，犹豫片刻，跟了上去。

晏阑：“干什么来了？吃饱喝足，又有精神了是吗？”

“对不起。”苏行轻声说。

“嗯？”

“上周，是我不好，我不该一声不响地就离开，也不该拿搬办公室骗你，更不该说那么难听的话。”

“知道就好。”晏阑手脚麻利地把碗筷洗干净放到沥水架上，拉着苏行往客厅走。

苏行让晏阑坐在客厅的沙发上，又从柜子里拿出医药箱，蹲到了晏阑身边，小心翼翼地揭开他手臂上的敷料。伤口不算长，但和周围的瘀青挫伤混合在一起，看起来还是让人心惊。

“疼不疼？”苏行问。

“不疼。”晏阑说，“跟你那些扎心的话相比，这根本不算什么。”

“以后不说了。”苏行轻轻地把晏阑伤口周围清理干净，“渗出了一些组织液，还好，线没崩断，不用重新缝。我帮你换一块敷料，你今天洗澡的时候最好裹上保鲜膜，这伤口已经够多灾多难的了，别再欺负它了。”

“那你也别再欺负我了。”

“嗯，不闹了，我真的累了。”苏行坐回到沙发上，“太伤神了。”

“你还知道伤神啊！”晏阑打了个哈欠，懒懒说道，“我今晚不走了行不行？”

苏行回答：“我家没地方睡。”

“你这明明就是三居室，我都看见有客卧了。”

“你什么时候看见的？”

“到一个陌生场所先观察环境，这是我的职业习惯。”晏阑说道，“我不打扰你休息，你需要的话就喊我一声。”

苏行：“你睡得惯吗？你一个平常睡两米五大床的人。”

“说的好像我真是没吃过苦的富二代似的。”晏阑笑道，“休息室那一米九乘九十的反人类上下铺我都睡得了，怎么到你家就睡不了了？”

“那我去给你铺床。”

“待会儿再说。”晏阑拦住苏行，“先给你看样东西。”

“什么？”

晏阑把手机解锁递给苏行，说道：“这是后来审出来的口供，关于当年车祸的详细情况。”

“你跟我说说吧，”苏行把手机推了回去，“不想看屏幕，眼睛疼。”

“那我先问问你，你知道你爸去世的大概情况吗？”

苏行：“我当年背着师父偷偷看过照片，尸体表面呈黑褐色，几乎全部炭化了。但我不知道是烧死还是死后焚尸，当时我年纪太小，还不懂这些。师父这些年没跟我提过，尸检报告我也调不出来，所以具体情况我不清楚。你说吧，我现在挺冷静的。”

“好。”晏阑开始讲述，“曹金宝知道的也不多，他并不知道是谁指使的，但具体实施人是他选定的，叫作贾昭，是他的狱友，也是把他带进恒众兴的人。这个贾昭五年前已经死了，车祸，驾驶着大货车和一辆小轿车迎头相撞，他和那辆车的司机当场死亡。”

“也是接的活？”苏行问。

“是。原因不知道，也不是曹金宝设计的。”

“继续说吧。”

晏阑点点头，继续说道：“那场车祸的时间和地点都不是曹金宝定的。当时他原本是要设计车祸，但他的客户不同意，说现场不能有第二辆车存在过的痕迹。最后的设计是找人在你爸的车上动了手脚，把刹车片换成了并不耐高温的材质。你爸出事当晚开车进了山，连续行驶超过两个小时，高温使用后刹车片断裂。”

苏行轻声说：“我爸是受过专业训练的，就算刹车片断裂他也不应该出事才对。我后来在他的遗物里看到了当年他出去受训时的笔记，里面有行驶途中刹车失灵的处置办法。怎么还会……”

晏阑回答：“因为贾昭和曹金宝一直开车跟着他，在发现他的车失控之后反复多次别车，最后在那段山路第七个胳膊肘弯的地方把你爸的车挤下了山路。车翻下去之后你爸其实还有意识，贾昭用早已经准备好的一个方向盘把你爸砸晕，然后把那个方向盘换到了你爸的车上，伪造了头部撞击方向盘的假象。之后他们又将油箱的油放了出来，点了火……”

苏行问：“然后呢？当时的痕检没有发现可疑的？”

“目前看来是没有。”晏阑划了一下手机，“曹金宝他们很小心，放的汽油量和后来又倒在现场的汽油量刚好符合从市区满箱油开进山之后的余量。那天夜里刮大风，车所在的地方又全是干树枝。等江局和王老意识到你爸出事之后带人赶到现场已经是第二天上午了，车的框架都快烧散了。现场痕检如果有问题的话王老和江局不可能放过的，不过也不一定，这个要等案件正式重启之后调出来当年的物证和卷宗才能确认。”

苏行沉默片刻，缓缓呼出一口气，说道：“他们把一切都算计好了。时间、地点甚至是天气，就是为了把我爸送上路。”

晏阑关切道：“你还好吗？”

“没事。”苏行说，“我现在没有别的想法，我就想知道是谁在背后指使的，我想知道那人跟我爸到底有什么深仇大恨。”

“当年的事，你还记得多少？”晏阑斟酌着措辞问道，“那天晚上你爸临出门时有什么不同往常的行为吗？或者说过什么话？”

苏行轻轻摇头：“我不记得了。当年师父和负责办案的警察就问过我，但是我什么都不记得。而且人的记忆是会自动修正的，所以我现在就算回忆起什么也不一定就是真的，很有可能是我在自己理顺逻辑的过程中修正了记忆。这个你应该更了解，重大事故的幸存者和目击者往往会出现记忆偏差，有时甚至会误导你们破案。”

“我知道。”晏阑轻轻叹了口气，试探着问，“那你知道你爸那段时间在查什么案子吗？”

“不清楚。那个时候我才八岁，他不会跟我说工作上的事情。而且因为李婉琴，那会儿我爸基本只是回家睡个觉。”

晏阑说：“我们暂时还不知道你爸那晚为什么突然开车进山，但我觉得他进山的原因应该是破案的关键，所以如果你能想起什么，或者找到什么东西，一定要第一时间交给我。”

“我明白。”苏行掀起眼皮，直视着晏阑，轻声说道，“领导，我有一个请求。”

“什么？”

“如果真的找到了幕后的人，你们抓捕的时候带上我。”

“抓捕现场会很危险。”晏阑本能地要拒绝，但在对上苏行那双炽热的眼睛之后还是松了口，“带上你也不是不可以，但你不能再像今天这样冲动了，你今天差点儿就把曹金宝掐死了。”

苏行用力地点了下头：“我保证会克制自己。”

晏阑说：“之前你说小时候跟人打架，心底里有点儿阴暗面，我还觉得没那么严重。今天我算是真的见识到什么叫要杀人的眼神，你太吓人了。”

“我当时失控了。”苏行说道，“可是换作是你，你不会崩溃吗？我举个不恰当的例子，如果你知道你妈是被人害死的，你会怎么样？”

“我？”晏阑偏着头想了想，“那得看我当时身上有没有枪了。”

苏行：“……”

“开玩笑的！”晏阑看苏行脸色变了，连忙说道，“我怎么可能随便开枪？我又不是魏屹然那货。不过你说的对，如果是我的话，我不一定会比你好到哪去。骨肉至亲血浓于水，旁人再怎么安慰都是隔靴搔痒，你那话怎么说的来着？这世上根本没有什么感同身受，对吧？”

苏行轻轻点了下头。

晏阑说：“今天的事情我爸替你拦住了，但是你还得做个样子，写份检讨，不多，八百字就行。不用当众读，也不放进档案，就给现场的其他人一个交代，在公示栏里挂一个礼拜。”

“知道了。”苏行站起来说道，“我先去洗个澡。”

“好。”

“哗哗”的水声持续了近半个小时才结束，氤氲的水汽混合着沐浴露的清香飘飘忽忽地从门缝中钻了出来。苏行头顶着毛巾，在门口的地垫上蹭了下拖鞋底的水，径直往卧室走去。晏阑的声音从身后的客厅传来：“你平常在家都不穿衣服吗？”

苏行动作一顿，把毛巾抓下来搭在肩膀上，勉强盖住前胸：“平常家里没人，而且我又没光着，我穿内裤了。”

晏阑打趣道：“这么好看的腹肌，以后还是得藏起来。”

“真够变态的。”

“说谁呢？！”晏阑起身。

苏行回到卧室门口，把干净的内裤睡衣塞到晏阑手里：“你去洗吧，毛巾和浴巾我都给你放好了。”

晏阑看着手中的衣服，说道：“你的我穿得了吗？”

“能穿！”苏行翻了个白眼，“你就比我高两厘米，还真把自己当巨人了？我们普通人的睡衣是有大小区间的，不像你们那种差一点儿都穿不进去的量体裁衣。”

“好的小刺猬，知道你又活过来了。”晏阑边说边往卫生间走去。

“回来！”苏行叫住晏阑，用手指了一下他的手臂，“去裹上保鲜膜再洗。”

“得嘞，现在你跟我爸和乔老妈子彻底站在同一阵线来管着我了。”

“有人管你还不乐意了！”

“非常乐意。”晏阑拿保鲜膜把自己的左臂裹好，走进了卫生间。等他洗完澡出来的时候客厅的灯已经熄了，只有些许灯光从苏行的卧室里漏出来。卧室的门没有关，苏行正靠在床上看书，看起来安静平和。晏阑走过去敲了敲门。

苏行抬起头来看向他，问："有事吗？"

"没事，来看看你。"晏阑说，"这就要睡了？"

"嗯。"苏行轻轻点头，"有点累了，看会儿书就当催眠了。"

"用不用我陪你？"

"不用。"苏行微笑道，"我又不是小孩子了，你今天也挺辛苦的，还受了伤，早点休息吧。"

"那……我帮你关门？"

"不用，我一般不关门。"苏行说，"好了领导，我答应你，如果我睡不着的话就去骚扰你，绝对不憋着自己。"

"那你早点休息。"晏阑顿了顿，又问，"明早吃什么？我去给你买。"

"我还没想好。"苏行说道，"明天起来再说吧。"

"好，那我回去了。"晏阑把客卧的门关好，身心俱疲地躺在床上，这一天过得太漫长了。他摸出手机，删除了微信里无聊的推送，然后点开乔晨的头像，发了个句号过去。

乔晨很快回复：在，说。

晏阑：能确认曹金宝说的吗？

乔晨：当年尸检是王老做的，不可能有问题。痕检员现在已经退休，暂时还没联系到。你在怀疑什么？

晏阑犹豫了一会儿，打字道：7・27。

乔晨：你没事吧？！

晏阑：明天见面再说吧。

晏阑发完这条消息之后就锁了屏。

晏阑并不是个择席的人，出外勤的时候甚至连地板都睡过，但今晚他躺在床上却怎么都睡不着，脑海里来回往复各种片段，混乱且没有逻辑。就在他被大量回忆挤压的时候，房间的门被轻轻推开，苏行缓步走到了床边。晏阑刚要睁眼翻身，就听到一声极轻的叹息，他心念一动，决定继续装睡。不久，晏阑感觉到苏行的手在自己后颈处那一片伤疤上停留了许久，在他即将忍耐不住的时候苏行却站了起来，悄无声息地退出了房间。晏阑翻了个身，平躺在床上，扭头盯着已经被再次关闭的房门发愣，心里默默地想：我当年救下的那个孩子就是你对不对？你是因为这个才跑的吗？因为我说了一句“熊孩子”，因为你发现我不想让别人碰这个伤，所以就认为我到现在还对那件事耿耿于怀？是觉得对不起我？你为什么不直接来问我呢？你当年还那么小，我怎么会怪你……

晏阑有些躺不下去了，他准备去找苏行把话说清楚，却在门被拉开一道缝的时候就停住了手——苏行正抱着腿坐在客厅的沙发里，直直地盯着对面的墙壁，那个角度应该是他父母的照片。算了，今天不适合说这个。晏阑又悄悄把门关好回到了床上，开始盘算着怎么确认当年那个孩子到底是不是苏行。

这一夜辗转难眠，晏阑几乎是到了早上才合眼，被闹钟叫醒的时候，他甚至觉得自己根本没有睡。苏行起得早，已经买了早饭回来，他把煎饼放在桌上，问：“昨晚睡得好吗？”

“还不错。”晏阑咬了一口还冒着热气的煎饼，含糊地回答道，“你家床挺舒服的。”

“不用勉强，豌豆公主。”

“什么就豌豆公主？！”晏阑拿脚在桌下轻轻踢了一下苏行，“你哪来这么多莫名其妙的比喻？！”

“你不是吗？”苏行说道，“我特意给你铺了三床褥子，结果你今早还是揉着腰出来的。如果不是床不舒服的话……那就是你昨晚偷偷带人回来做了什么不可描述的运动？”

晏阑翻了个白眼：“去你的！”

“你赶紧回自己家去住吧，我真伺候不起你。”苏行说，“你手里那煎饼 25 块一个，按照这种消费水平，我半个月就得破产。”

晏阑说：“你这早餐标准也太超过了吧？”

“怕您饿着，特意买了双蛋双薄脆还加了肠。”

晏阑低头看了一眼手中那个厚了不少的煎饼，缓缓地说：“你这还真……真是怕我饿着啊……”

“不然呢？”苏行说道，“我平常餐标只有 5 块，你这一个煎饼吃下去我五天的早饭，你再在我这儿多住两天，我就打算啃墙皮了。我半年工资买不起你一套睡衣，你车库里最便宜的车比我这套房都贵，你一个胸针我三辈子不吃不喝都买不起。豌豆公主，您还是回您那六室三厅的‘大别野’里去吧！”

“德行！”晏阑笑着说，“心情好点了？”

“还行吧。”苏行说，“我上班去了。”

“一起走啊！”

“把门给我关上就行了！”苏行已经抓着钥匙走了出去。

晏阑优哉游哉地吃完煎饼走出家门，发现苏行还在电梯间站着，他笑着说道：“这个时候体现出独栋的好处了吧？实在不行以后换个电梯入户的公寓，逃跑还能快一些，不然现在这样多尴尬？”

苏行：“……”

“你别开车了。”晏阑说道，“咱们俩坐一趟电梯开一辆车，这叫节约能源，保护环境人人有责。”

苏行：“……”

电梯门在此时缓缓打开，因为电梯里还有其他住户，两个人也就没再说什么，一直安静地站着直到电梯停在了一层。苏行最终还是坐上了晏阑那辆巴博斯，他系好安全带，问道：“你打算在我家住多久？”

“那得看你什么时候跟我回家住了。”晏阑说，“我爸发话了，让我把你接回家住。苏叔叔的事情刚重启，我们不说你其实心里也清楚，这事背后并不简单，跟着你的人没有达到目的，你现在还是危险。淞苑那里一般人进不去，门口的安保比你家这里好太多。之前跟踪你的人，最多也就是在小区外面的超市。”

“还有吗？”苏行问。

晏阑：“还有就是，我得出趟差，现在知道这里面的事情的人不多，尽量不要扩大影响。这段时间你住在我家里是最安全也是最省事的。”

苏行想了想，说：“好，我听你的。”

“那我就跟我爸说一声。”

“那倒不用，兰局住在家里也没关系。”

“不是。”晏阑解释说，“这是我爸交给我的任务，我完成任务得跟他汇报一声。”

“哦。那你出差去哪里？什么时候走？”

“去邻省，下午就走。当年负责苏叔叔车祸现场痕检的同志已经退休了，现在在邻省跟着儿子生活，我去找他了解情况。”

“那你注意安全。”苏行说。

晏阑笑了笑：“又不是去抓犯人，不会有危险的。这次快的话两三天，慢的话要一个礼拜才能回来。你有什么事就跟乔晨说，或者去找我爸，不用觉得不好意思。”

“知道了。”苏行回答。

二人到了市局就各自忙开，到下午时，晏阑直接去了邻省，而兰正茂则敲开了苏行办公室的门。

“兰局。”苏行有些拘谨地站起身来。

兰正茂摆了摆手，说：“坐吧，找你来了解点儿情况。”

“是关于我爸的？”

“嗯。”兰正茂再次示意苏行落座，然后自己去接了杯水，坐到苏行对面，“不用紧张，我不是调查组的，也没什么目的，就是随便聊聊。别把我当局长，就当成晏阑的父亲，是不是会让你不那么紧张？”

“‘阎王’的父亲……好像也没那么好。”苏行低声说。

兰正茂笑出了声：“还行，能开玩笑，证明情绪还可以。”

苏行：“兰局您放心，昨天的事情不会再发生了，我能控制好自己的情绪。”

“我相信你。”兰正茂说，“那我就直说了。苏行，苏荣的事情背后可能有更大的牵扯，你虽然不是当年的亲历者，却是幸存者。我想请你仔细回想一下事情发生的前后，不要放过任何一个细节，这关乎着你父亲的案子，你明白吗？”

苏行点头：“我明白您的意思。但是兰局，我真的想不起来。实际上从我妈去世之后，我的记忆就有大片空白，我现在能记得的就是我爸在医院太平间外崩溃地扔了警徽警帽，等我妈下葬之后我也开学了，我上学，他上班，直到他出事前一晚说第二天带我去游乐场。再之后我的记忆又是大片空白，直到师父在墓地把我捡回家。”

“王军把你捡回家？”兰正茂疑惑。

“嗯，我舅舅一家把我赶出家了，我没地去，就去了墓地，正好碰上师父去拜祭我爸。”

兰正茂叹了口气，问：“苏行，你想跟我谈谈你母亲吗？”

苏行怔愣片刻，最终垂下头去，说：“对不起兰局，我不太想谈。”

“你是不想谈，还是不想跟我谈？”兰正茂问。

苏行沉默着，没有回答。

兰正茂：“没关系，我不是在给你压力。既然你不愿意说就算了，目前为止，这件事还没有查到那么深，如果真的有关联，到时候你再说也不迟。”

“谢谢。”苏行低声说。

兰正茂道：“伤口越捂越烂，外伤如此，心伤亦是如此。有些时候，你需要勇敢一些，也需要试着学会相信。我们是同志，是伙伴，我们是要彼此交付信任的。你会自保，这很好，但过度的自我保护会把你锁在自己的世界里，让你错过许多善意。人是社会的动物，我们做的就是与人打交道的工作。活人也好，死人也罢，那都只是一种生理状态。你觉得死人就真的不会撒谎吗？有查不出的死亡原因，有被掩盖的死亡真相。同样，活人也并非都是居心不良图谋不轨。”

“我明白的。”苏行说。

兰正茂挑了下眉：“点到为止，多了就该嫌我啰唆了，你是聪明孩子，自己能想明白。晏阑出差去了，这段时间你还是先住回淞苑，有事可以找我，后面晏阑舅舅那房子你也认识，找他们也行。一定要注意安全。”

苏行点头：“是，我会小心的，那我一会儿回家收拾下东西。”

“你自己安排就行，不打扰你了，忙吧。”兰正茂说完就起身离开了办公室，没有给苏行再说话的余地。

送走兰正茂，苏行长出了口气，坐回到椅子上拉开抽屉，从里面拿出一个档案袋，他盯着那档案袋沉默许久，才收拾好东西起身回了家。

第12章

晏阑在邻省的调查并不顺利，这一趟用了十天才回来。而乔晨这边也没什么进展，关于恒众兴一案的调查又陷入了僵局。其他“司机”该交代的都交代清楚了，目前还有5名“顾问”在逃。曹金宝被苏行那一吓，又哆哆嗦嗦地抖出了一个细节：有几个案子是同一个“客户”委托的，因为每次只要是那个“客户”，会议室中就会有一种说不上来的味道，像是香水和别的什么东西混合在一起一样，但是这个线索的针对性实在有限。现在只抓到了曹金宝一个顾问，没有其他人的佐证，而曹金宝也没有能够分辨出配方的鼻子，所以只能靠“撞大运”——如果再闻到那个味道，他能认得出来，然而这种概率低到几乎为零。

这十天来唯一的好消息就是在晏阑回来的这一天，上面关于重启苏荣车祸案和彻查恒众兴历年涉案的正式文件终于下发到了市局。隔着近二十年的光阴，即使证据湮灭，也要排除艰难险阻去查出真相，因为每一个生命都值得尊重，每一个人都不该枉死。

一辆巴博斯趴在晚高峰的车流里慢慢向前蹭，坐在驾驶室里的苏行拿着一个几乎只剩下冰的星巴克杯子猛吸了两口。晏阑则躺在那个之前被他嫌弃的零重力座椅上，双手放在头后，慢悠悠地说道：“前边路口右转还有一家星巴克，要不我再给你买一杯去？”

“再买一杯拿铁是吗？”

“你怎么这么记仇啊！”晏阑说道，“我那天是真的忘了，说起来还是怪你，要不是被你气糊涂了，我怎么会忘？”

“领导，咱俩犯的错误根本就不是一个量级的。”苏行转头看了一眼晏阑，“我是骗了你，可是你生气和我骗你之间没有什么必然联系，我骗你之后你生不生气那是主观选择，你可以生气也可以不生气。但是‘你给我喝拿铁’跟‘我喝完拿铁之后会有生命危险’是有直接相关的，我喝了就会过敏，过敏就有危险，这不是我能选择的。你把这两件事画等号，使我不得不重新思考我这条命在你眼里的价值。”

晏阑抓起自己手边的咖啡喝了一口：“几天没见你怎么又跟开了挂似的？我是越来越说不过你了。”

“那只能证明你本来就理亏。”

“好，我理亏，我错了，我不该跟苏行同志犟嘴，更不该跟苏行同志赌气，更更不该忘记苏行同志对牛奶过敏。我保证以后一定打不还手骂不还口，苏行同志说往东，我绝对不会往西半步，这样可以了吗？”

苏行笑了一下，说：“手伸过来。”

“干什么？真要打我啊？”

“伸过来。”

晏阑小心翼翼地把手伸到苏行面前，一个带着些许温度的金属物落在了他的手上。

“这是？”

“我家钥匙。”苏行说，“没有你家那个高级玩意儿，穷人只用得起普通防盗门。”

晏阑猛地坐直了身子：“你……你给我你家钥匙？”

“怎么了？不想要可以还给我。”

“要，为什么不要！”晏阑快速地收回手，“以后你躲回家我也能抓到你了。”

“我只是怕我一个人死在家里没人给我收尸。”

“你给我闭嘴！”

“好，不说了。”苏行挑了下眉，“随便说说而已，急什么？”

“你随便说说的话都是这么不吉利的吗？”晏阑瞪了一眼苏行。

苏行轻轻摇头，调侃道：“领导，封建糟粕要不得，吉利不吉利什么的，我可从来不在意。要按照你这么说，我这工作就没吉利过，我这人也不怎么吉利。”

“你又胡说什么呢？！”

“没什么。这不是我爸的案子重启了吗，让我想起来小时候的一些事情。”

“嗯？”

“领导，问你个问题。你说人性本善还是人性本恶？”

“你怎么开始思考哲学问题了？”晏阑把钥匙收好，靠回到椅子上说道，“孟子说人性本善，荀子说人性本恶，两位圣贤都没理出个所以然来，我更不知道了。你到底想起什么了？”

“想起我爸死了之后，我同学说我命硬，克死爸妈，是天煞孤星，谁碰谁倒霉。”苏行笑了一下，“你说如果人性本善，一个小孩子怎么会对同龄人说出这样恶毒的话？”

“你……你小时候都是这么过的吗？就没有人对你好？”

“有啊，师父对我很好啊。”

“你知道我问的不是王老。”

苏行想了想，说道：“其实也有，不过后来也没什么联系了，我懒。”

晏阑无奈地摇了摇头，他不打算让苏行继续回忆小时候过得有多艰难，于是说道：“欸，我问你个问题。”

“什么？”

“你是真不喜欢活人吗？”

“是啊。”苏行把手臂架在窗框上，“活人太麻烦了。有思维有意识的高等生物都麻烦，因为太会撒谎。不过那天兰局找我聊了聊，我大概、应该改改想法。”

“我爸？找你干什么？”

“不告诉你。”

“说啊！”晏阑不依不饶，用手指戳了一下苏行的腰，“快说！”

“别闹，我开车呢！”

“这都堵成停车场了，你开个鬼啊！赶紧说！”

“兰局说，活人也不都是图谋不轨的。”

“本来就是，我们普通人大多数都是善良的。”晏阑说。

苏行拍了一下晏阑的腿：“坐起来，别躺着了。”

“我十天没休息了，你让我躺会儿吧……”

苏行指了一下副驾一侧的反光镜：“右后第二辆车，霁A·78D38。”

晏阑立刻把座椅调直，问道：“跟你的还是跟我的？”

“领导，岁数大了记忆力衰退了？”苏行揶揄道，“你看见这个车型和车牌就不觉得眼熟吗？”

“不就是辆帕萨特——”晏阑猛地惊醒，“等会儿！那天从陵园回来跟着咱们的那辆！我记得那辆车牌号是 73D33，它当时把 8 贴成了 3！”

“还行，衰退得不算太厉害。”苏行说道，“你猜这次是因为什么跟上咱们？”

晏阑分析道：“当时这辆车是跟着陆卉梓的，后来跟着你是因为怀疑陆卉梓把当年的事情告诉了你。现在他跟着你……”

“是因为调查进度泄漏了。”苏行把话接过来，“有人知道我拿到当年事情的全部证据了。领导，趁着你爸还没走，赶紧查查内鬼吧。按照调查组那个进度，等他们查出内鬼，黄花菜都凉了。”

晏阑思索片刻，问：“那些资料你给谁看过？”

“只有你。”

“我只给乔晨看过。”晏阑说，“乔晨绝对不可能有问题。”

苏行轻轻点头，又说道：“但实际上要想知道这件事很容易。上次因为何浩明的文身而回顾‘2·03 案’的时候我就提醒过你们，市局的监控摄像头多得不正常，不过你和乔副都没给我回应。”

晏阑的冷汗已经下来了。

“我想你们应该是习惯了。”苏行继续说，“毕竟这摄像头存在也不是一天两天了，你们已经习惯查到什么暂时需要保密的资料的时候下意识避开摄像头。但是你忽略了一件事，电脑可以借助屏幕反光来制造视觉盲区，纸质档案却很难。现在的摄像头又都是高清的，优化像素这个技术，视侦那里随便一台电脑就能完成，甚至都不用技术员手动操作。只要你和乔副在办公室里打开过那个文件袋，这件事就已经不是秘密。而且在审讯的过程中你们肯定下意识地询问了关于冯阿姨那个案子的更多细节，何浩明或许察觉不到，但审讯中有什么偏向，自己人一看就知道。其实这件事怪我，当时我烧得太厉害，大脑已经转不动了，才会忘记提醒你。”

晏阑：“不怪你，是我的疏忽。刑侦不是你的专业，你的保密意识已经够强的了。”

“但我还有一个疑问。”苏行说，“资料交给你已经半个多月了，为什么今天才有动作？”

“两种情况，”晏阑分析道，“要么是刚刚发现，要么是消息刚刚传出去。其实我觉得无论哪一种，都证明我们确实戳到他们的痛处了，他们现在一定焦头烂额地忙着收尾清扫。而且用以前跟过我们的车再跟踪，只能说明一件事。”

苏行轻轻说了四个字：“黔驴技穷。”

“对。在抓到恒众兴剩下的相关人之前，你和陆卉梓都需要二十四小时严密保护。”晏阑顿了顿，“你通知她吧，现在不能再瞒了。”

“嗯。”苏行应了一声，再向后看去，发现那辆跟着他们的车旁已经站了一名交警。他有些意外，“领导，你够迅速的啊！”

“那是。”晏阑说道，“你不会以为我刚才在玩手机吧？”

苏行：“没有，就是没想到晚高峰时段交警还能这么快就到。”

“今天各路口和车流量大的地方都有交警执勤。”晏阑长吁了一口气，“又是一年开学季啊！每年学生一开学这车就没法开了，太堵了！”

“领导，以后再买车买一辆能自动驾驶的吧。”苏行捏了捏自己的腿，“幸亏你这车不是手动挡的，不然我现在已经残了。”

“自动驾驶也不适合我国路况。”晏阑锁上手机，“对了，律师跟我说成澄一直闹着见你，什么情况？”

“他想要我保护他。”苏行“哼”了一声，“我跟他说何浩明已经被抓了，但他还是觉得有人要害他。”

“真够怂的。”晏阑说道，“你知道他记忆力非常好吗？我怀疑葛文亮招他到中医店就是看上了他这一点。”

“葛文亮已经死了，没人知道他到底为什么要把成澄招过去。”苏行想了想，又说，“不过他要是真的记忆力超群，没准能给我爸的案子带来线索也不一定。当时他五岁，应该记事了，我爸的事对他来说并不算是重大打击，他处于一个旁观者的角度，或许能记住什么细节？”

“那明天我找人去问问他。”晏阑伸了个懒腰，“过了这个路口右转吧。”

“为什么？”

“吃饭啊！我饿死了，等不到回家了，那个商场楼上新开了一家餐厅，咱俩好久没有好好吃顿饭了，择日不如撞日，就今天吧。”

“你刚才不还说累得不行要赶紧回家吗？”

“不累了。”晏阑说道，“我开了三百多公里回来见你，总得跟你一起吃点儿好的犒赏一下自己是不是？”

苏行打下转向灯准备并线，说道：“领导，你这话一点逻辑都没有。你开三百多公里回来是因为你的家和工作单位都在平潞，你必须得回来。而吃好的犒赏自己和跟谁在一起也没有什么必然关系”

晏阑捏了下额头，说：“我跟你商量件事吧。”

“嗯？”

“非工作时间能不能歇一歇？你偶尔逻辑下线一下没人觉得你傻，我的每句话你都要分析一下，这样真的很无趣！”

“好的领导。”苏行从善如流地换了一种说法，“领导辛苦了，我陪领导放松一下。”

“这还差不多。”

“不过我还得让我的逻辑暂时上线一下。”

“你又要干什么？”

“你确定我们能找到停车位吗？”苏行说，“这商场的停车位平常都靠抢的，今天路上堵成这样，肯定有很多人想法跟咱们一样，想进商场吃个饭躲过高峰。”

“这你不用担心，这块地皮姓晏，别人找不到停车位，我这辆车肯定能找到。”

苏行吞了下口水，喃喃道：“你这炫富的方式还真挺特别的。”

晏阑笑道：“是不是我太接地气了，以至于你都忘记我其实是个富二代？”

“你赢了。”

晏阑从副驾的储物箱里翻出一个车证扔到了前风挡附近，说道：“进车库直接开到 B3，下去之后有保安带路。”

“有钱人的特权原来是这样的。”苏行调侃道，“难怪现在的人一边仇富，一边又巴不得自己一夜暴富。”

“调侃我有瘾是不是？”

“确实挺上瘾的。好了我不说了，领导别生气。”苏行笑了笑，没过一会儿，按照保安的引导把车停在了“内部停车场”，之后就跟着晏阑上了楼。晏阑带着他走到一家名为“安”的餐厅，餐厅的装潢十分典雅，还带着一点古风的意味，背景音乐也是十分清雅的古筝曲，跟外面商场里嘈杂的环境格格不入，一踏进来整个人都不由自主地安静了下来。

服务员引着二人落座，晏阑把菜单推到苏行面前，说：“你来点。”

“我也不知道这里什么好吃，你来吧。”

“你点。”晏阑笑着帮苏行把菜单翻开。

苏行看着菜单里的那些菜名，心里渐渐明白了过来，他抬起头看向晏阑：“你……你这是……这是什么意思？”

“没什么意思，吃个饭而已。”

苏行指着菜单上的几个名字说道：“碧云天、寒烟翠、燎沈香、风荷举、叶上初阳、划地梨花还有雨后余清，这分别是苏轼、范仲淹、周邦彦和纳兰性德的四首《苏幕遮》里面的词。你以为我是个理科生就看不出来了？”

“都说了让你别带逻辑，怎么不听话呢！”晏阑无奈地笑了笑，“赶紧点菜吧，我快饿晕了。”

等着上菜的空隙，晏阑抬手在苏行眼前晃了晃，说道：“你别这么看着我。”

“不打算解释一下？”

晏阑叹了口气，说：“这原本是要给你当生日礼物的，现在只是试营业。你生日那天正式开业，先带你来试试菜。”

苏行：“……”

“当然你生日礼物也少不了，不会亏了你的。”

“不是……”苏行喝了一口水，“领导，你们有钱人都是这么送礼的吗？这我还不起啊！”

“谁让你还了？”晏阑说道，“你给了我一个礼物，我也送你一个礼物，这叫礼尚往来。”

“我那袖钉很便宜的。”

“我这也不贵啊。”

“市中心商圈，寸土寸金的地方，最少两百平的店面，你告诉我这不贵？”

“都说了这是我家的。”晏阑解释道，“而且这店也不在你名下，是挂在曦曜的产业里的。”

“那我也不能——”

“晏先生，您点的菜来了。”服务员端着菜打断了俩人的谈话。

晏阑眼带笑意地看向苏行，说：“快吃吧，边吃边说。”

“我真的不能要。”苏行说。

“好，你说不要就不要。”晏阑笑了笑，“我带你来也没别的意思，只是因为这个时间段其他店肯定排队。咱俩现在坐的是还未对外开放的区域，没人打扰。”

“那……你是想跟我说什么？”

“是有件事想跟你确认。”晏阑犹豫着说，“先说好，无论是与不是，都不许急，也不能跑，咱俩心平气和地聊，行不行？”

苏行轻轻点了下头：“你问吧。”

“你……”晏阑停顿片刻，用郑重的语气试探道，“你听说过 7·27 爆炸案吗？”

晏阑话音刚落，苏行整个人就肉眼可见地僵住了，眼里是根本没来得及掩饰的震惊。许久之后，苏行缓缓低下头，用几不可闻的声音说：“我知道。”

晏阑连忙继续问：“当时你在现场吗？”

“在。”

“爆炸现场你是不是被一个人护在了身下，所以才没有受伤？”

苏行的声音颤抖了起来：“是……”

“那个人是我。”晏阑生怕他会被吓跑似的用极快的语速说了出来，“我后背那一大片烧伤，就是当时被炸的。”

“你都知道了……”苏行喃喃道。

“看着我。”晏阑捏了一下苏行，“你之前从我家跑走，是不是因为知道了我就是当年救下你的那个人？”

苏行依旧没有看晏阑，只是轻轻点了点头。

“你个傻孩子！”晏阑晃了晃苏行的手腕，“看着我，我有话要说。”

又是许久的沉默之后，苏行才缓缓抬起头来，小心翼翼地对上了晏阑的眼睛。

晏阑这才开口说道：“那句‘熊孩子’只是玩笑，我早就不在意这件事了。我确实不愿意让人提那个伤，也确实对别人碰我的后背有点过激反应，但不是因为那次爆炸，更不是因为你。是因为那次爆炸间接导致了我妈错过手术机会，而且我当时受伤之后还在病床上躺着的时候我妈就过世了，她去世之前一直在担心我，走得并不安心，所以我才不想提这件事。但这只是我自己心里过不去的一道坎，跟任何人都没有关系。我真的不怪你，如果再来一次，我还是会把你护在身下的。”

苏行沉默着不知该如何回答。

“你不要觉得对不起我。当时我站的位置离爆炸点太近了，就算没有你我也会受伤。”晏阑又补充道，“反而因为我抱着你提前趴下，才只伤到了后背那一片，这么算来其实是你救了我，不然我可能当场就死了。”

“你……真的不怪我吗？”苏行问。

“真的。”晏阑语气十分诚恳，“不信你现在拽我帽子试试，看我会不会暴走？”

“不了。”苏行轻轻地说，“我信你。”

晏阑问：“现在把话说开了，还闹不闹脾气了？”

苏行吸了一下鼻子，然后轻轻摇头道：“对不起。”

晏阑连忙说：“不需要道歉。这事其实也怪我，我早就有猜测，但又怕你把这事看得太重，所以没敢直接问你。看你心里搁着这事，我怕你把自己憋坏了，所以刚才就直接问了。”

苏行盯着盘子里的菜，半晌，长吁了一口气，抬起头看向晏阑说：“抽空带我去陵园好不好？我想给阿姨扫个墓。”

“好。”晏阑点头，“等把你爸的事情查完一起吧。现在轻松了吗？”

苏行浅笑了一下：“轻松了。”

“这有什么不能说的？哪值得你纠结这么长时间！”

“你的伤看上去很严重，我怕你放不下那事，会记恨我。”

晏阑鼻子里轻哼一声，幽幽地说道：“小刺猬，答应我件事呗？”

“嗯？”

“以后有话就直说，别老让我猜了，你领导我这点脑细胞还得留着破案用，真得省着点儿，别我还没熬到退休，脑细胞就死没了。”

“那倒不至于。”苏行吃了一口菜，“成年人的脑细胞大约一百四十亿个，成年后以每天十万个的数量递减，假设从十八岁开始算起，你活到一百岁的话，中间有八十二年，应该差不多三万天，三万天，一天十万，那就是三十亿，离一百四十亿还差得……好的，我让我的逻辑先下线……”

晏阑翻了个白眼：“我真是服了你了，好好吃饭吧！你还得给这餐厅提提意见，别想着随便糊弄过去，曦曜可从来不做赔本的生意。”

“你真的要开这个餐厅？”苏行问。

“当然是真的。”晏阑说，“其实是我妈一直想开个餐厅，不过她没赶上好时候，曦曜的商业盘刚开始没多久她就病了。这次是巧了，这家店的前租户扩张太快资金链断裂，开不下去了。我舅妈问我要不要干脆收回来自己开个店，我在自己家的楼里开个餐厅，赔了赚了都是自家的，这点钱对公司来说也算不了什么。我一想也是，就让我表妹帮我倒腾了。”

“那……菜谱上那些？”

“我当时弄这事的时候想起你的微信名了，就跟她说我就要找跟苏幕遮相关的，那时我还不知道你微信名什么意思，以为你是单纯喜欢这个词牌名。”

苏行看向晏阑的眼神有些复杂：“你知道我微信名什么意思？！”

“不是你爸妈的名字吗？难道还有别的意思？”

“没有。”

晏阑笑着说道：“你要不喜欢可以换，反正还没正式营业。”

“不用麻烦。”苏行连忙说道，“挺好的，不用换。”

“如果你介意的话就直说，这本身就不是什么‘非它不可’的事情。你说我要是费尽心思弄出一个你不喜欢的东西，这多尴尬？”

“没有介意。这挺好的，真的。”

“这事不着急，反正还有三个月，你还有反悔的机会。”晏阑看身边的服务员都走远了之后才继续说道，“现在说点儿眼前的事。”

“怎么了？”

“当年给那起车祸做现场痕检的痕检员死了。”

“什么？！”苏行连忙追问，“怎么死的？是你去的这几天死的？还是早就死了？”

“你先别急。”晏阑开始讲述起来，“我到了那边之后跟他联系，他先开始有些犹豫，在听到我说上面决定重启这个案子之后才答应跟我出来见面。我们约在第二天上午十点在他家附近的小公园里见面，我们俩绕着公园走了一圈，他好像有什么难言之隐，一直没说有用的信息，后来他说要回去再想想，我们就约了第三天同一时间再见面。但是我在第二天傍晚的时候接到当地警方的电话，说他死了。”

“怎么会……”苏行有些难以置信。

“尸体是在他家附近公园的人工湖里捞上来的。尸检结果是溺水，死亡时间是当天早上，警方是在排查监控的时候看到了我前一天跟他一起在公园里溜达过，又从他通话记录里找到的我。他落水地点没有监控，离落水地最近的监控显示他是一个人走过去的，从他走过去到落水这段时间内，没有人经过那个路段，现场的鞋印也没有什么有价值的线索，他身上没有外伤，没有推搡痕迹，也没有任何属于别人的 DNA 组织。”

苏行：“可这并不能排除谋杀。更何况是你找到他之后他就死了，这也太巧合了！”

“你说的没错。”晏阑说道，“所以我把情况跟当地警方说了一下，他们现在那边还在试图找到他是被谋杀的证据，但可能性不大。那边警方在排除了我的嫌疑之后就放我离开了，我一直没回来，是因为我找到了证据。”

“什么？”

晏阑说：“我在酒店房间的椅子上发现了一张纸条，我后来仔细回忆了一下，很有可能是我们俩在公园长椅上坐着的时候他偷偷扔进我帽子里的。那天特别热，我中午见完他之后就回酒店冲了个澡，换下来的衣服就扔在了椅子上，纸条应该是那时掉出来的。那张纸条上写着一个地址，我按照地址找过去，发现是当地的图书馆。当地图书馆有寄存服务，他在那里寄存了一个档案袋，档案袋里放着的就是当年痕检报告的副本。”

“有问题？”

“今天下午不是重启案卷了吗？”晏阑说道，“我第一时间去看了当年的案卷，发现存档案卷里的痕检报告跟他给我留下的那个副本不一样，但是跟咱们系统里的是一样的。当年电子档案还不完善，我查过记录，你爸这案子案卷的录入时间是结案六个月之后，并不是同步记录，也就是说当时侦破过程中只有纸质档案。你明白这意味着什么吗？”

苏行轻轻点头：“意味着要换一份报告太简单了，根本不会留下痕迹。”

“没错。如果说那名痕检员没有出意外，我还会怀疑一下他手里这份报告的真实性。但是他死的时间太巧合了，我现在非常倾向于他手里的那份是真的，而档案里的是假的。”

苏行想了想，问：“这两份报告有什么区别？”

“起火点的位置。”晏阑解释道，“你爸当年开的是一辆老捷达，油箱盖在右侧，也就是副驾这一侧。案卷的报告里写着起火点在右后侧，但我手里这份痕检报告上写着起火点在左后侧。明天我会再去审一下曹金宝，看他能不能确认点火的方向。”

苏行没再出声，晏阑安抚地拍了拍他的手背，说道：“我回来之后已经跟几位局长说过这事了，他们现在对于要不要你参与进来还有争议，你得再等等。”

“嗯。”苏行轻声说，“我已经等了十六年了，不怕再多等几天，一定会查到的，对不对？”

“对，一定会查出真相的。”

因为苏行的情绪不高，晏阑也确实有点累，两个人吃完饭后就直接开车回了家。苏行洗完澡之后溜达到客厅，看晏阑正抱着电脑忙碌，他说道：“你还不赶紧歇着去？”

“弄完这一点就不弄了。”晏阑往旁边挪了挪，示意苏行坐到身边，然后指着电脑屏幕说道，“徐絮抛尸的地点正好是毒贩们的‘根据地’，那天他们在那里交易，崔强负责从系统里清除痕迹，所以当时我们怎么查都查不到徐絮抛尸的监控。”

“崔强他们还干这种事？！”苏行惊得睁大了眼睛。

“西区的几个禁毒先进社区，其实都是毒贩的保护伞。在魏屹然和曾诚那里打点到位的根本就不会被抓。如果西区完不成指标，这些毒贩甚至还会给魏屹然‘送人头’，引诱一些外来的和不在他们这条线上的吸毒人员到西区，然后通知魏屹然他们来抓人。”

“这……这是真的沆瀣一气啊……”苏行感叹道。

“可不是吗！简直无法无天了！”晏阑附和了一句。

水落石出
第二卷
UNDERCURRENT

第1章

清晨，苏行端着早餐上楼，靠在主卧门边说道：“领导，你再不起床就迟到了！”

晏阑抱着被子翻了个身：“五分钟，我再躺五分钟。”

“美式滑蛋、培根和三明治在召唤你。”苏行用手指捏了一小块培根塞到自己嘴里，“领导，都是你爱吃的，我这服务已经很到位了。”

“是挺到位的。”晏阑伸了个大大的懒腰，慢慢从床上爬起来，“我都快让你养废了。”

“那还不赶紧起床？”

“起了起了！”晏阑把苏行推出去，“我洗漱，你先吃，不用等我。”

“我都吃完了。”苏行耸了耸鼻子，皱着眉道，“你这被单得洗了，我鼻子不舒服，快起床，我帮你换了。”

“哦好……”晏阑吐槽道，“你简直是人肉螨虫探测仪。”

“去你的！”苏行撤下了床单被罩，一股脑地塞进了洗衣机里。晏阑已经快速地洗漱完毕，盘腿坐在二层客厅的沙发上吃早餐。

“怎么不下楼去？”苏行问。

“想跟你聊聊。”

“真的快迟到了，你别磨蹭了，有什么话路上聊，聊不完的话晚上回家接着聊，行不行？”

晏阑蓦然抬起头看向苏行，说：“你……今晚还跟我回家？”

“不然呢？”苏行一副见了鬼的表情，“难道你看出来我在占你便宜，现在决定驱赶我了？”

“你哪占我便宜了？”

“住你的豪宅还不付钱啊。”苏行笑道。

晏阑边往下走边说：“就这？占就占了，你看我在意吗？”

“果然是土豪。”苏行调侃了一句，跟着上了晏阑的车。

车开上路没多久，晏阑的手机就响了起来，他看了一眼屏幕，直接开了免提，玩笑道：“怎么了大小姐？今天又想改善伙食了？你乔妈没给你们——”

“乔副出事了！”林欢的声音带了几分颤抖，“我们在三院，老大，你快来……”

苏行看了一眼旁边的晏阑，立刻插话道：“欢姐，我是苏行，晏队在开车，你先说说详细情况。”

林欢清了清喉咙，说：“今天早上乔副接到电话，说发现疑似恒众兴‘顾问’的踪迹，他开车去追，半路上跟一辆货车相撞，货车直接把他的车顶翻然后冲向了路旁的电线杆，他和那辆车的司机都被送进了医院，现在都还在抢救室里。”

晏阑虽然面色紧绷，但语气却没有任何改变，他问道：“现在谁在医院？”

“我们都在。”林欢回答。

“电话开免提，听我说。”晏阑顿了顿，等估摸着几个人都凑到手机旁之后才说道，“庞广龙去通知交通队，这不是交通事故，是刑事案件，让他们移交过来，然后去调事发现场的监控。白泽带着一组去查肇事司机，往深了查，所有的人物关系都要查。林欢去把乔晨和肇事司机的手机找到，查通话记录，看他们出事之前都分别跟谁联系过。另外，给孙铭睿打电话，去现场找物证，把肇事车和乔晨开的车全部查一遍。”

“可是乔副还在——”

“你是医生吗？”晏阑打断道，“你在医院帮不上忙，只能让自己的情绪更糟糕，去查案！”

“是！”林欢干净利落地挂断了电话。

苏行紧接着就拿起自己的手机拨通了另外一个号码——

“淳叔叔，您今天在医院吗？我有一个同事出了意外现在在三院抢救，能不能麻烦您……好，谢谢淳叔叔，我现在在去三院的路上，那一会儿到了说。”

苏行的这通电话让晏阑翻涌起来的热血渐渐平静了下来，飞到天外的三魂七魄也终于勉强归位，他把车开进医院停车场的时候发现周围已经停了许多辆警车，一拨又一拨的警察往急诊楼的方向跑去，看样子整个市局都知道了。

巴博斯虽然显眼，但在成群的警车面前也不那么引人注意了。晏阑默默熄了火，却没有下车，只是闭着眼把头靠在了头枕上，没头没尾地说道："我第一次见他的时候是警校入学，我一进宿舍就看见他坐在上铺，两条大长腿挂在床边晃悠，他看到我进屋跟我说的第一句话是'你好啊，舍友'，我当时心想，这人还真自来熟……刑院的训练特别苦，每天都累得跟孙子似的，我有时候都会偷懒不去加练，可他一次都没落下过，然而每次考核总是我第一他第二。专业课也是一样，我们俩霸了四年榜，刷新了好多纪录。最开始的时候他还去看分，到后来大家都习惯了。那时候学校里都说我们这一届是'铁打的状元，不变的榜眼，流水的探花'。在刑院四年，他就拿过一次第一，还是因为我突发心肌炎缺考了。我以为他终于可以扬眉吐气一回，结果这货跑到医院，把我从床上揪起来骂了我一通，说就算要让他拿第一，也不能拿自己的身体开玩笑。他说当第一的感觉并不好，他还是习惯我在他前面替他顶着，反正无论别人是羡慕还是嫉妒哪怕是报复，都有我扛着，只要有我在，天就不会塌。我们俩认识到现在都十四年了，中间只有一年半的时间不在一起，说我们是彼此的左右手一点都不为过。乔晨他……他如果……"晏阑的眼眶微微发红，喉头像堵着一块巨石一样再也说不出一个字。

"不会的，不会有事的。"苏行轻轻拍着他的后背，"你是领导，你得立住了，队里甚至局里的人都看着你呢。"

"我知道，我们进去吧。"晏阑很快调整好了自己的情绪，带着苏行一起走进了急诊。

他还没来得及看清围在急救室旁边的警察到底都有谁，就听到护士的声音："……我们尽力了……"

他脑子里"嗡"的一下，几乎就要站不住了，苏行连忙在身后撑住他。

"……送来的时候瞳孔已经散大，生命体征全部消失，我们抢救了半个小时，确实是没希望了。我知道他是你们的嫌疑人，但也请理解，医生真的尽力了……"

是嫌疑人，不是乔晨！

"那另一个呢？！"晏阑三步两步走到护士面前，"乔晨他怎么样？！"

被这么多五大三粗的男人团团围住，护士姑娘有些头皮发麻，她本能地后退了一步，说："你们的那个同事主要是肋骨骨折合并肺损伤，其他主要脏器倒没什么问题，刚才胸科的老师说手术已经结束，需要在 ICU 里观察一晚，只要不并发严重的血气胸就应该没有生命危险。"

相比晏阑这个"阎王"，乔晨绝对是更招人喜欢的。他业务好、脾气好，人缘也好，全局上下就没有不喜欢他的。差不多年纪的开玩笑叫他"乔乔"，他从来不恼，笑呵呵地接受；年纪小一些的就把"乔副"当做官称，有事没事叫一嗓子"乔副"，他也不生气，顶多象征性地打一下，说一句"没事别老叫魂儿"，就算是林欢天天管他叫"乔妈"，他都欣然答应，没有任何意见。所以在得知乔晨出事之后，局里的人几乎都放下手头的工作赶来医院，那些没办法离岗的，则一直抱着手机，焦急地等待着从医院传回的消息。如今听见乔晨没有生命危险，所有人都松了一口气，甚至有几个年轻警察躲到一旁偷偷抹泪。

"扑通"一声，晏阑听到自己的心重重地落回胸腔里，他清了下嗓子，说道："都别跟这儿围着了，该上班上班去吧，一会儿刘副局来了又该骂人了。"

听得晏阑这么说，周围的人也都三三两两地散去，只留下支队下面几个组的组长和组员。晏阑拍了一下离他最近的那人的肩膀："真阎王爷不敢从我手里抢人，你们乔副命大，都放心吧。"

"那……我们去给欢姐和胖哥帮忙？"

"嗯。"晏阑轻轻点了下头，然后又补充道，"都注意安全，你们别再出事了。"

"知道了老大！"

晏阑这才发现苏行不知何时已经不在他身边了，他连忙四下寻找，原来苏行此时正在远处跟淳日松教授说话，他不好打扰，于是坐到旁边的椅子上安静地等着。

"乔副没什么事。"苏行递了瓶水到晏阑面前，"进 ICU 只是术后程序，淳叔叔说乔副断掉的肋骨只刺破了右肺第三叶下缘的一小部分，不会影响以后的肺功能。但是恢复期绝对禁止抽烟，你得让乔副忍忍了。还有，手术创口和胸腔闭式引流管会在身上留下几个疤，会影响美观。"

"他又不去选美。"晏阑松了口气，"活着就行，只要活着就好。"

苏行沉默了一会儿才又一次开口说话："领导，我想问个问题。"

"说。"

苏行试探着问道：“乔副真的是查到了恒众兴的‘顾问’吗？”

晏阑苦笑了一下，说：“幸好你是我们这边的，不然就你这个脑子，要是去干点儿什么坏事，一定会给警方造成很大麻烦的。”

苏行轻声说：“昨天案子才正式重启，今天乔副就出了车祸，你们还是有事瞒着我，对不对？”

“不是要瞒着你。”晏阑说道，“而是因为还没来得及跟你说。”

苏行：“如果不方便就算了，我没别的意思。我就是觉得挺对不起乔副的，我爸的事情都过去那么久了，本来这事也跟你们没有关系，现在却把你们都卷了进来，还让乔副出了意外，我——”

“别胡思乱想！”晏阑拍了一下苏行的手，打断他道，“就算没有你这层关系，我们也一样会努力去查案的。乔晨的这场车祸反而证明了我们的调查方向是正确的，也是有用的。事到如今他们还想用和当年同样的手法来阻止我们查案，已经是不可能的事情了。”

“小行，”淳日松在远处招手，“来一下。”

“我先过去。”苏行向晏阑示意，起身走到淳日松身边。晏阑的视线一直跟着苏行的背影，他看到淳日松把一个牛皮纸文件袋交给苏行，又嘱咐了几句，最后还有些沉重地按住苏行的肩膀，而苏行则神色认真，似乎是要把淳日松的每一个字都记住似的。

等苏行走回到身边，晏阑指着他手中的文件袋问：“这又是什么秘密？”

苏行把文件袋打开，从里面抽出一张纸递给晏阑：“自己看。”

晏阑一接过来就立刻皱起眉头：“这都是什么东西？”

“淳叔叔跟国外的专家有合作，这是他们合作之外讨论的一些学术内容，关于支气管哮喘的治疗和改善，以及一些临床数据和药物配伍实验。”

晏阑把那张全是英文单词的纸塞回到苏行手里：“看不懂。英语就够难的了，你这全是专业的，我更看不懂了。”

“那你还问。”苏行把那张纸放回到文件袋里。

晏阑：“被你骗怕了。刚才看淳教授挺严肃的样子，以为跟你说了什么重要的事情。”

“治我的哮喘难道不重要吗？”

“很重要！”晏阑立刻说道，“这是非常重要的事情！”

“别贫了。”苏行拉着晏阑站起来，“乔副已经醒了，淳叔叔给你开了绿灯，可以进去看看他，走吧。”

“这么快就醒了？！”

“只能看，别的什么都别说，也别刺激他，别让他情绪激动，等过几天情况彻底稳定下来再说。”

“我当然知道。”

乔晨的麻药劲儿刚过，还有些犯迷糊，晏阑没跟他多说话，只是看了看他，便带着苏行一起回了市局。

“行车记录仪和监控调出来了！”

“这是肇事司机的所有联系人和关系网。”

“视侦正在做延展追踪，三组在盯。”

“晏队，这是两辆车的痕检报告和DNA匹配结果。”

各种报告和档案像雪片一样堆满了晏阑的办公桌。苏行没有回法医室，而是在办公室里陪着晏阑，他一边一目十行地看过那些资料，一边帮着整理分类，很快晏阑办公室沙发前的茶几上就分出了三沓不同高度的文件。

苏行拿起杯子喝了一口，微微皱眉，问道：“你这喝的是什么啊？”

“苦丁。”

“咱能不能喝点儿正常人喝的东西？”苏行说着就从一旁的纸箱里拎出一瓶矿泉水灌了一口。

晏阑：“苦丁是正常人喝的东西，你不喝不代表别人不喝。”

“正常人喝茶不会放半杯子茶叶。”苏行站起来走到晏阑桌前，“领导，你心里难受就更不能喝苦的了，你得吃甜的。”

“谁告诉你我心里难受了？”

“你是不是查到什么了？”苏行问。

晏阑轻轻叹了口气，还没回答，办公室的门就被重重推开，余森直接闯了进来，满脸焦急地冲到晏阑面前：“什么情况？！乔晨人呢？！”

晏阑安抚道：“没生命危险，你别紧张。”

“在哪家医院？！我去看他！”

“老余！”晏阑叫住了余森，“现在还不能探视，你去也没用。”

余森指着晏阑说道：“你说说你，你自己不要命也就算了，现在还把乔晨送进医院了！查个案子查成这样，我真不知道该夸你还是骂你！”

“好了老余，我之前那个案子还有点儿东西需要你配合一下，你现在有没有时间？”

“你心真大！”余森拉开椅子坐下，“你家乔乔都住院了，你还能坐得住，我是真服了你了！有什么事赶紧说！”

苏行见状悄悄退出了办公室，一转身就撞上了孙铭睿。

“我说睿哥，你是不是又壮了？！差点儿给我撞一跟头！”

“是你重心太高，不稳。”孙铭睿指了一下办公室，“什么情况？”

“余支在里面，你等会儿再进去吧。”

“正好，我先问你一件事。”孙铭睿把苏行拉到了茶水间锁好门，确认门口没有人之后才开口问道，“你和晏队是不是都发现咱们身边有问题了？”

“睿哥你……这是什么意思？”

“回答我。”

“是。”苏行点头。

孙铭睿继续问：“那你们有怀疑对象吗？”

“我心里有，但是没跟晏队没说过，我不知道他是不是也有怀疑对象。”苏行问道，“睿哥你是有什么发现吗？”

“有。”孙铭睿把手里的报告递给苏行，“我觉得你应该看一看这份报告。就算有回避原则规定你不许参与案件的调查，但你作为受害人家属也是有知情权的。”

“你这么严肃有点儿吓人啊！”苏行接过报告翻开来看，脸色蓦然变得阴沉起来。

孙铭睿拍了拍苏行的肩膀，说：“为了防止误会，我特意将当年档案中的报告全部取出来进行检测，只有这份痕检报告上出现了这个指纹。我又去系统里看了履历，当年他是分管刑侦没错，但这个案子是有调查组介入的，当年市局除了王老作为首检法医参与了整个案件以外，其他相关人员全部回避，所以按照正常情况，这份报告上可能出现所有调查组成员的指纹，甚至是王老的指纹，却不应该出现他的指纹。”

“怎么会是他……”

孙铭睿把报告从苏行手中拿了回来，说：“我不知道你怀疑的是谁，但看来一定不是他。如果说市局里还有他的帮手的话，那你们就真得小心了。你是最有可能接触过真相的人，所以你现在也是最危险的人。”

“笃笃笃——”茶水间外有人敲门。

苏行顺着声音望去，发现晏阑正透过茶水间门上的玻璃往里看，他连忙走过去开了门。晏阑在看到苏行脸色的那一瞬间就皱起了眉，问道：“怎么了？你们俩躲在这里边干什么坏事呢？”

“我不跟你抢人。”孙铭睿把报告拍到晏阑胸口，“看看这个。”

“什么叫跟我抢——”晏阑看着手中的报告愣住了。

孙铭睿说道：“你们俩聊吧，我先回去了。当年现场的物证还有一部分没有看完，有事去楼上找我。”

“领导。”苏行苦笑了一下，“咱们还查吗？再查下去出事的可能就不止乔副了，下一次我们估计就没这么走运了。”

“查！”晏阑把报告合上，郑重地对苏行说道，“必须查！红头文件已经发下来了，现在再说不查是不可能的。无论是谁，只要他犯了法，就必须受到制裁。我说过了，不管是多大的鱼，我都得给他捞出来宰了，更何况这条鱼也不算大。”

“可是……”

“没有可是。”晏阑打断道，“你不用担心，我不会出危险，更不会让你有危险，你跟我出来。”

苏行跟着晏阑上了车，问道：“去哪里？”

“去你家。”

“啊？”苏行看着车行进的方向，“这不是回我家的路啊！”

“箭海那个。”晏阑解释道，“今早乔晨是见完成澄回来的路上出的事。不过你放心，成澄那边我昨晚就安排好人严密看守保护，他没有危险。我要去问问他都跟乔晨说什么了。”

“那你带着我干什么？”

“怕你有危险，市局也不安全。而且我上次把成澄吓得够呛，有你在他还能冷静点儿。”

苏行轻轻点了下头。

晏阑又说道："我现在需要你的小脑袋转一转，仔细回忆从分尸案到现在为止都有哪些不正常的情况，市局的所有人都包括在内。"

苏行深呼吸了一下，把脑内多余的事情暂时抛开，专注地回忆这段时间发生的每一件事。

"我们在丁义被杀的现场带回了孟建广和马有才，通过他们的口供发现了张格和一名警员的私下交易，接着在查张格的时候发现他已经死了，根据现场指纹确认了何浩明，按照死因推测走访了葛氏中医，又通过葛氏中医门口的监控录像发现了成澄、何浩明和葛文亮之间的联系。接下来又通过何浩明的交代引出蒋虎杀害冯阿姨的事，然后从蒋虎口中查到'顾问'曹金宝，曹金宝又交代出当年受雇谋害我爸，这才让当年的案件重启。"苏行简单地顺了一下事情发生的经过，然后总结道，"我没发现有什么问题。"

"不对。"晏阑说，"事情的触发点不对。"

触发点？苏行沉吟片刻，明白了晏阑的意思，他说道："是丹卓斯！是你在丹卓斯出事之后，一切才被拱了出来。如果没有丹卓斯那晚的事，我们不一定会查到这一步，就算查到也没这么快。但是……"

"但是这事逻辑上说不通，对吧？"晏阑接过话来，"你是不是觉得有人选了一条特别蠢的路？"

苏行点头："是的。如果是我的话，当这个案子已经处于不可掌控的时候，我会选择安静下来，在暗中悄悄抹掉自己存在的痕迹。但事实却正好相反，从丹卓斯那晚之后，证据就跟长了腿一样自己跑到了咱们面前。咱们刚有怀疑对象，就有证据出现，紧接着嫌疑人被抓，审讯还非常顺利。就好像……"

"就好像有人在带着我们一步一步重启案卷一样。"晏阑脸上那转瞬即逝的局促还是被苏行看见了。

苏行把晏阑伸到自己身边的手推开，转头看向窗外，冷冷地说："你怀疑我。"

"没有。"

"你有。"

"真没有。"

"你就是怀疑我。"

"别生气。"晏阑连忙解释，"我真的没有那个意思，我就是胡思乱想了一下。"

苏行"哼"了一声，闭着眼靠在座椅上，半晌才出声说话："我爸妈躺在陵园都十多年了，他们早已无知无觉，即使翻案对他们来说也毫无意义，告慰亡灵这话都是说给活人听的。对我来说，就算给我爸追了烈士，我没爸没妈的童年经历不会就此变得不再灰暗，在性格塑成阶段受到的伤害也都已经刻在骨髓里，很难再改变。死了就是死了，迟到的正义对当事人来说没有丝毫用处，只是做给旁人看的。我确实想知道我爸到底是怎么死的，但也只是想而已。陆卉梓那么坚持查冯阿姨的死，是因为冯阿姨死得冤，但我爸是警察，他怎么死都不算冤。每年在办案中丧命的警察有上千人，因公死亡的占大多数，我没觉得委屈。”

“我真的不怀疑你。”晏阑心里愧疚不已。

苏行继续说：“第一，我对我爸的死确实有疑虑，但无论是师父还是江局都不让我碰当年的事，所以我知道的并不多；第二，我如果真的掌握了这么多证据，早就直接交给江局了，没必要绕这么大一个圈子。以江局跟我爸的交情，一点证据他都会咬死不放追查到底，我何苦舍近求远地给你设局？”

“我知道。”晏阑连忙说，“所以我说我是胡思乱想。”

“不过你倒是提醒我了。”苏行说道，“除了我，师父和江局，看来还有人想知道我爸当年是怎么死的，师父说当年坚持这件事有问题的只有他和江局，现在看来不一定，得查查我爸当年的那些同事，或者是其他关系。”

“我知道。”晏阑说，“你不许生气了。”

“我没生气。”苏行把晏阑的手放回到方向盘上，“注意驾驶安全，我可不想被警察叔叔教育。”

晏阑把车停到路边熄了火，说：“走吧，我车开不进去了。”

“终于也有陆地坦克做不到的事情了。”苏行揶揄了一句，跟着晏阑下了车。

二人并肩往胡同里走，碍于刚才车上那让人尴尬的对话，晏阑开启了没话找话说的模式：“我都不知道你小时候在这儿住过，现在想想，没准更早的时候我们就擦肩而过过。”

“乔副说你以前在这片长大的？”

“十六岁之前。”晏阑说，“我妈去世之后就搬走了，你知道贤成胡同5号吗？”

“你别告诉我那个三进带跨院的大宅子是你家的？！”

“嗯，祖宅。”

“……”苏行吞了下口水，“你那院子市值上亿了……你还说我？”

晏阑笑了笑：“那个不是我的，是我表弟的，上亿也跟我没关系。”

“那也是你家的。”

晏阑：“行了啊，你那个才是真正属于你的，咱俩这不是一个概念。”

苏行没再反驳，带着晏阑走到了那个十多年没有再涉足过的院子外面。他停住脚，沉吟片刻，唏嘘感叹道：“还跟以前一样……”

晏阑拍了拍他的肩膀，率先一步去敲门。李婉琴那特有的破锣嗓子在门里边响了起来：“敲敲敲，就知道敲！说了多少遍了，不带钥匙就别回家！”

苏行仿佛要给自己捏出一副耐心似的掐了掐自己的眉心。人家王熙凤“未见其人，先闻其声”，那是当家媳妇儿的做派和气场。而李婉琴这样的，活脱脱就是一个骂街的泼妇。苏行在李婉琴开门前的一瞬间把晏阑拉到身后，下一秒晏阑刚才站的地方就被浇出一摊水迹。苏行双手环于胸前，自上而下地看着李婉琴，嘲讽道：“李婉琴，你这开门先泼水的毛病还真是多年都没变啊。”

李婉琴阴阳怪气地说：“哟，这不是苏大少爷吗？怎么着？来收房吗？告诉你啊，我就没打算搬！这房子就是我的，你拿不走！”

“我不找你。”苏行推开李婉琴往屋里走，晏阑立刻要跟上去。

“苏行进去也就算了，你又是哪位啊？”李婉琴一手撑在门框上拦住了晏阑。

晏阑直接掏出一张纸挡在李婉琴眼前，说道：“调查十六年前苏荣被害案，请配合。”

“苏……苏荣？”李婉琴愣了几秒，“苏荣又不是在家死的，你凭什么搜我的房子？！”

晏阑：“第一，死者生前住宅是关联现场，搜查是办案过程中的必要手续，你不懂没关系，配合就行；第二，这套房子是在苏行名下，他作为业主已经同意了我们的搜查，你只是住户，没资格拒绝；第三，关于你们侵占房产的案卷已经提交法院，我想律师函和传票你都已经收到了，法律只相信证据，到时候搬不搬不是你说了算的；第四，如果你再拦着不让我进，就涉嫌妨碍公务，是违法的。”

成澄在这时听到动静赶了出来，把李婉琴拉到旁边，然后一脸谄媚地看着苏行和晏阑，说道：“哥，还有晏警官，你们进来，快进来！”

晏阑挑了下眉，把搜查令收好走进了院子。成澄带着苏行和晏阑走到了西厢房，局促不安地说：“哥，那个……你……你别介意，这屋子到时候我一定给你恢复成原来的样子！我保证！”

苏行面无表情地坐到沙发上，说：“我还以为李婉琴会把这边都租出去挣房租，毕竟我爸妈死了之后，你们那一个月两千多的生活费就没处要了，难不成这些年她还出去上班了？”

“没……”成澄尴尬地说，“这屋子之前是租出去了，后来我成年之后才给我住的。”

“我就说嘛。”苏行丝毫不感到意外，“在她眼里，钱比人重要多了。”

“哥，你打算什么时候收回这房子？我……我这最近也没找到什么工作，手头确实挺紧的，能不能……”

苏行打断道：“房子的事有律师来跟你们谈，我今天来是想问你两件事。”

成澄倒了两杯水放在桌上，晏阑只稍稍示意了一下，而苏行则连碰都没碰。他尴尬地搓了搓手，说道：“哥，你问吧，我一定都告诉你。”

“今早我同事来找你，你都跟他说什么了？”苏行问。

成澄迟疑了一下，然后嗫嚅着说：“乔警官是来问我关于姑父的事情。我只记得那天吃饭前我在胡同口玩，看见姑父的时候他手里正举着电话，他还胡撸了一下我的头。其实我也不确定当时他是不是真的在打电话，当时我太小了，真的不敢保证自己记得就是对的。”

苏行跟晏阑对视了一眼，接着问道：“这件事你还跟谁说过？”

“没有。”成澄摇了摇头，旋即又补充说，“不过我今早跟乔警官是在外面街上说的，当时我们俩周围应该都是平常在我家附近保护我的警察，我认识他们，他们听没听到我就不确定了。”

“好。第二个问题。”苏行神色不变地说，“你在葛氏中医上班期间有发现什么异常的事情吗？任何事情都可以。”

成澄认真地思考了一会儿，回答道：“我不知道什么算异常，但确实有件事挺别扭的。老葛和大花臂不止一次地打听我上学时候的成绩，尤其是化学成绩。我理科都不行，这几年没上学，基本都还给老师了。”

“那你怎么回答他们的？”

“我就实话实说。”成澄说道，“我跟他们说我就没长理科那根弦，是真的学不会。后来他们给我看过几个化学方程式，我说我看不懂，这事就过去了。”

“方程式还记得吗？”晏阑问。

成澄点头，立刻拿纸笔把方程式写了出来，晏阑接过来看了一眼，又递给了苏行。苏行说：“这就是最普通的苯和氢气加成的方程式，你看不懂？”

成澄小心翼翼地说：“我认识苯环，也认识氢气，后面那个不知道了。”

“好吧。”苏行接着问，“那之后呢？”

“过了得有快一个月，他们让我写这个方程式。我当时没写出来，大花臂好像还挺生气的。”

“你为什么没写？”苏行追问。

“我怕……我怕他们找我是因为我能记住别人记不住的东西。”成澄搓着衣服下摆，“我虽然上学的时候没怎么好好学，但我也知道化学是个挺危险的东西，我怕他们要弄炸药之类的违法的东西，所以就跟他们说我记不住化学式，后来他们就没再提这事。”

晏阑意识到葛文亮和何浩明准备倒腾的一定不是炸药，而是毒品。他问道：“上次在警局你为什么不说？”

“上次……被被被你吓得……忘了说了……”

苏行看成澄快吓尿了，终于还是缓和了一下语气，问道：“你记性这么好，为什么高中毕业就不上了？就算你学不了理科，文科那些死记硬背的东西对你来说应该不难。”

“我妈不让我上了。”成澄低着头说，“我妈觉得我上大学就是浪费钱，所以高三拿到会考成绩之后就给我退了学，让我出去挣钱去了。”

苏行知道李婉琴这人不靠谱，但他没想到李婉琴连自己儿子的前途都这么不在意。他叹了口气：“成家栋也不管你？”

成澄摇头：“我爸他不管，他一直以为我学习成绩特别差。”

“那就没人帮你？”晏阑实在听不下去了，插嘴道，“你老师呢？最了解你成绩的应该是你老师啊？你退学之后老师就没找过你？”

“我妈把老师轰出去了……”成澄说，“而且我妈跟我班主任说是要送我出国，等班主任发现的时候我的学籍档案已经全都被放回街道，不能按照应届生的方式跟着学校报考了。其实我到后来也确实不打算学了，我觉得就算我上了大学，也得被我妈折腾到退学，还不如不去受备考那罪了。”

苏行和晏阑一时都不知道该说什么。成澄小心翼翼地抬头看了一眼苏行，说：

“这次我被你们带回警局才明白没文化真的挺可怕的，被人利用了都不知道。哥，如果我现在去读书，还来得及吗？”

“什么时候都不晚。”苏行说道，“不过有李婉琴在，你读得下去吗？”

“我……”

苏行拿起杯子喝了口水，说：“他们就算再不好，也是给你生命的人，你跟我不一样，我可以这辈子都不再理他们，你能吗？”

“我现在宁愿当初被扔出家门的是我……”

“说这些没有用。”苏行冷静地看向成澄，“如果当年被扔出家的是你，你都不一定活得下来。”

“哥，我知道我爸妈对不起你，你恨他们也是应该的，但是……但是我当年那么小，还不懂事。你能不能看在姑姑和姑父的面子上帮帮我？我的名字都是姑姑给我起的，我不想对不起姑姑，我也不想被我爸妈拖累到死。”

苏行站起来说道：“晏队，我们走吧。”

“哥……”成澄红着眼圈看向苏行。

苏行轻轻摇头，走到门边说：“你成年了，不能再指望别人帮你，能帮你的只有你自己。当然，如果你遇到危险还是可以给警方打电话，保护人民群众的安全是警察的责任。”

苏行没再去看成澄，带着晏阑离开了那个“家”。

第七章

走出胡同，晏阑说：“请你喝杯东西？”

“干什么？”苏行转头看向晏阑，“上班时间喝酒？违反纪律的事我可不干。”

“你等着！”晏阑小跑着离开，“五分钟，等我五分钟！”

苏行看着他的背影笑了笑，走到一旁树荫下，盯着箭海来来往往的人群发呆。七月底的时候，他就是在这里跟晏阑说了第一句话，当时被晏阑身上的烟味呛得几乎要晕过去了，现在竟然已经感觉不到那浓重的烟草气息。

“想什么呢？”晏阑的声音在耳边响起，把苏行吓了一跳。

“你怎么不出声啊？！”

晏阑笑着把饮料塞到苏行手中，说道：“是你想事情想入神了，没看到我回来。”

苏行低头看了一眼手中的杯子，问：“这是什么？”

“我的童年记忆。”晏阑指了一下远处一家很小的店面，“我小时候老在他家买冷饮喝，后来搬走之后就没再喝过了。”

“走吧，该回去干活了。”苏行吸了一口饮料，说道，“这还挺好喝的。”

“那是。”晏阑正了下神色，“苏行，我欠你个道歉。”

“啊？”苏行茫然地看着晏阑。

晏阑低着头说：“我真的不是在怀疑你。”

“你有怀疑我的理由，我也向你解释了为什么不需要怀疑我。”苏行把手中的饮料杯举到晏阑面前，“喝一口就翻篇吧。”

晏阑就着吸管喝了一口饮料，问道："那你刚才在想什么？"

苏行说："我在想……人都挺健忘的。七月底箭海发现河漂儿到现在也不过一个多月，人们就已经忘记了这里发生过的事情。"

"因为那条人命跟他们没有关系。不信你去问段卓的家人，他们绝对忘不掉箭海这个地方。"

"是啊。"苏行长出了一口气，"刀得割在自己身上才知道疼。"

"边走边说。"晏阑拍了一下苏行的肩膀，"那说说你的想法吧。"

"虽然成澄说他不确定当时我爸是不是在打电话，但乔副出事了，就证明他说的很有可能是真的。"苏行分析说，"而且我爸接的那个电话很有可能就是故意引他出去的。我想你应该知道了，我爸出事的第二天就是我生日，那天晚上我爸回家告诉我第二天请了假要陪我一整天，他不会食言的。"

晏阑突然想起那一晚江局的话，他问道："你爸跟7·27爆炸案有什么关系？"

"没关系啊，"苏行说，"除了他宝贝儿子我差点儿死在那场爆炸里以外。"

晏阑在心里骂了一句自己——这么简单的逻辑都没捋出来，儿子差点儿死了，他作为警察当然得查了！

苏行笑了一下："我算是知道乔副为什么说你是阴谋论专家了。"

"别老听他瞎说！"

"说回正事吧。"苏行说道，"那通把我爸叫走的电话应该就是关键。"

"但是案卷里的调查显示没有问题。"

苏行反问："你还信案卷？痕检报告都是假的，还有什么不能造假？！"

"也对。"晏阑说，"按照正常情况推算，那个电话有几种可能。因为你说你爸这边没有什么亲戚了，所以可以排除家里突发事情的情况。那么就只剩下两种可能，突发大案和线人提供线报。我查过，那段时间市局没有接到大案，而且你爸最后出事是在山里，不是去案发现场的路上，所以这个可以排除，那就只剩下了线人这条路。你知道他有哪些线人吗？"

"不知道。"苏行摇头，"我再说一遍，领导，当年我才八岁，你别把我当神童好不好？"

"好的小刺猬。"晏阑笑了一下，"那就得回去问问江局了。但是线人也分几种，你应该知道，除去我们自己的卧底以外，还有一部分是黑色线人。这些年来黑色线人也有一部分被收编，在系统里有备案，一查就能查到，还有一种就是像宁伟那样没有备案的。每个警察手中都有几个这样的关系，当时联系你爸的那个，很有可能就是没有备案的线人，这种人的流动性很大，找起来很难，只能先查查看。”

“嗯。”苏行轻轻点了下头。说话间两个人已经走到车旁边。

晏阑坐上驾驶室，问道：“故地重游，就没想起什么来？”

“想起来第一次见面就差点儿过敏死过去。”苏行把安全带系好，“这算吗？”

“你就不能想点儿好事吗？！”晏阑翻了个白眼，“比如我当时怕你晕车特意给你开了窗户？”

“比如乔副在车上一直调侃你和白泽？”

“……”晏阑闭了嘴，他觉得自己以后肯定是说不过这只小刺猬了。

苏行指了一下晏阑放在支架上的手机，问：“有消息了没？那些保护成澄的人都是哪来的？”

“还没有，没这么快。”晏阑说，“乔晨不在，我只能让我爸去查。我现在谁都不敢信了。”

“连队里的人都不信了？”

“当年报告里的那个指纹，如果是真的，那你爸就是被自己人害死的。”晏阑叹了口气，“有时候，自己人才是最可怕的。因为你根本不会设防，甚至发现了疑点都宁愿不去相信。”

苏行敏锐地察觉到了晏阑话里的意思，不过他没有追问，他知道晏阑如果愿意说的话，一定会在第一时间告诉自己的。他伸手在储物箱里翻找片刻，从里面拿出一包烟扔给了晏阑，说：“抽吧，我没事。”

“不要诱惑我。”晏阑推开苏行的手说，“我已经半个月没抽了，你别让我破功，放回去。”

“你不用为了我戒烟，你们办案子需要提神，我理解。”苏行揉着自己的手说，“领导，你是不是有暴力倾向啊？至于用这么大劲儿吗？再这样我不理你了。”

“你说什么？”

苏行侧头看向晏阑，晏阑的语气和脸色似乎不像开玩笑，他犹豫着问：“生气了？”

“没。”晏阑回答。

“你这反应有点儿过度啊……”苏行眨了眨眼，说，“领导，你不会被抛弃过吧？”

晏阑沉默了许久才又一次开口，说道：“我要是说出来，你不许笑话我。”

“你真被人抛弃过？”

“小时候我妈经常把‘再淘气就把你扔了’挂在嘴边。我印象中有一次，大概是我刚上学那会儿，我放学回家发现我妈不在，然后我问我舅舅，他说我妈不要我了，去找我爸了。其实他就是随口一说，但是我当时就崩溃了，哭了一晚上，我妈回来怎么哄都不管用。其实我小时候因为我爸不在，一直觉得心里缺一块补不上，所以一直都挺——哎你怎么回事！都说了不许笑话我！”

苏行捂着脸说道：“我不是笑话你，我真不是笑话你。我就是想象不出来你哭了一晚上是什么场景……”

“都说了是小时候！”

苏行憋到满脸通红，强忍着笑意说道：“你因为兰局不在身边就觉得心里缺了一块，那你要是像我这样，岂不是早就活不下去了？”

晏阑轻声说道：“所以我才心疼你，我都不敢想你这些年吃了多少苦。”

“其实没怎么吃苦。”苏行说，“没你想得那么严重。领导，共情太过也不是什么好事，你这个心理阴影可够大的，给你介绍个咨询师吧？”

“就知道你得嘲笑我！”

“真不是嘲笑，真的。”苏行终于成功地控制住了自己的表情，“我就是觉得，你这么大一人，心理阴影竟然是来自你妈，也是挺……挺可爱的。”

“你是想说我是‘妈宝’吗？”

“不是。”苏行轻轻摇了下头，“你这才哪到哪啊！你跟你妈应该感情非常好，所以才会在她去世之后一直过不去自己心里那道坎儿。不过我没嫌弃你，我这一梦到我爸妈就会不受控发抖的人，没资格嘲笑你。这年头谁还没点儿心理疾病啊，没事，真不丢人。”

“好，不提了，咱们好好查案子。”晏阑说道。

晏阑的车还没拐进市局，就被早早等在门口的兰正茂拦了下来。兰正茂拉开车门坐到后排，说：“开车吧。”

苏行连忙说：“兰局您坐前面来吧。”

“没事。”兰正茂拍了拍苏行的肩膀，“你坐着吧，晏阑开车。”

“去哪？”

"随便去哪。"

晏阑没再出声，把车又开上了主路，苏行伸手关掉收音机，车里一下子安静了下来，半晌，兰正茂开口说道："你让我查的事情我已经查出来了。那些负责保护成澄的人中，有一个人在今早乔晨离开之后用手机拨出了一个电话，那个电话是打往市局的，号码是刘毅办公室的座机。"

兰正茂话音刚落晏阑就脱口而出："不可能，绝对不可能是刘叔！您跟刘叔是同期，您还不了解他吗？！绝对不可能是他！"

兰正茂平静地说："我了解的他确实不会，但他是不是还存在着我不了解的那一面，我不知道。"

苏行心里也不相信是刘副局，他说道："兰局，局里都是监控，到底是谁接的电话，调一下监控就知道了。"

"调了。"兰正茂说，"那段监控被删了。前后都在，只有接电话的那段时间没有，而且视侦说恢复不出来。"

晏阑问："刘叔他怎么说？"

"他当然不承认自己接过电话。"兰正茂的声音有些苍凉，"他就说自己在办公室里看文件，电话根本没响过。楼道的监控显示他从进了办公室就没出来过，那通电话又确实是打到那部座机上的。打电话的同事说是刘毅交代的，如果有任何人接触成澄都要向他汇报，他也已经确认今早接电话的就是刘毅。"

"那也说明不了什么。"晏阑说，"如果是有人教他这么说的呢？您是相信一个普通警员的话，还是相信跟您同期受训的同学的话？！"

兰正茂缓缓说道："我只相信证据。"

晏阑："现在没有直接证据显示刘叔接了那个电话。相比口供而言，我更相信监控。而且监控消失就是最大的疑点，您不能因为一份根本没有监控佐证的口供就说刘叔跟乔晨的车祸有关系！"

兰正茂："在证据面前，一切所谓的'信任'都是没有道理的。感情上你可以相信刘毅，理智上我们只能相信目前的证据。我已经让刘毅暂停手中的工作，等我们调查清楚之后再说。"

晏阑反驳道："现在的证据根本就没什么说服力。"

"那你给我找一个更有说服力的证据出来。"兰正茂说，"晏阑啊，我知道今天乔晨出了事你心里发慌，但你也太着急了点。"

晏阑：“……”

兰正茂并没有继续关于刘毅的话题，而是问道：“小苏，乔晨今天查到什么了？”

苏行回答说：“我们怀疑当年我爸是接了某个线人的电话才开车进山的。我不记得我爸在家接过电话，但是成澄说他记得我爸在离开家门口的胡同时是在跟人通话的。成澄记忆力非常好，很有可能是真的。不过当年的案卷里并没有提到这通电话，这么多年过去了，已经不可能调出通话记录，现在没有人能确定当年我爸是不是接过电话，除非找到当年的线人。”

“当年调查组里就不干净，这事没出现在案卷里很正常。”兰正茂叹了口气，“调查组的组长五年前已经被双开了。当时他处理过的案子全部翻出来重新审查，但可能因为苏荣这个案子时间过长，或者是别的什么原因，在审查过程中并没有发现问题。”

“调查组组长是省厅的人对吧？如果他是省厅下来的，当年很有可能就是沆瀣一气糊弄了事。”晏阑说道，“刚才我们出来之前，孙铭睿给我看了一份报告，他在当年的痕检报告上检出了金厅的指纹。”

兰正茂惊讶道：“谁？金志浩？”

“是的。”晏阑补充说，“金厅当年是负责刑侦和缉毒的副局长，而苏叔叔是刑侦的副支。江局和王老都说当年这个案子除了王老参与其中以外，其他人全部回避。金厅的指纹出现在档案文件上已经很奇怪了，更奇怪的是只出现在了那份我们怀疑是被调包过的痕检报告上。”

“确认是他吗？”兰正茂问。

苏行回答说：“基本不会有错。虽然指纹在纸张上存留的时间过长会因为油脂干燥而形成模糊团块，但因为档案的保存环境非常严格，绝对恒定的温度湿度和避光环境不仅保护了纸质档案，也保护了上面的指纹。睿哥用了最先进的化学显影方法给出的结果应该不会有误。但不能确认那个指纹就是当时办案的时候留下的，也有可能是后来审查的过程中金厅查看过那份文件。”

“不过鉴于那份报告和电子档案里的内容一致，我倾向于就是当时留下的。”晏阑接着说道，“无论这个指纹是什么时候留在那上面的，金厅都绝对有问题。如果金厅有问题，那刘叔就绝对没问题，您明白我的意思吗？”

兰正茂捏了一下眉头，说道：“省厅都已经乱成这样了吗？”

“您这么多年没回来，已经不知道咱们市的水有多深了。”晏阑顿了顿，继续说，“我之前跟您说过，省厅把刘青源扔到西区分局这事就透着不对劲。上面谁不知道刘青源是刘叔的儿子？这种情况不照顾一下也就罢了，反而让他直接进火坑，毕业实习在城中村，后来又派到西区分局，职业生涯一上来就开启了地狱模式，而且刘叔事前根本就不知情，您觉得这正常吗？我知道您心里也是不信刘叔会害乔晨的，不然您不会让我开着车在路上乱转。”

“老刘啊……”兰正茂无奈地说，“老刘这脾气，也难怪别人挤对他。”

“这已经不是所谓的仕途上的排挤和站队了。”晏阑说道，“这是对一名从业三十余年的老刑警的污蔑，是对他人格和职业的双重侮辱。刘叔辛勤了大半辈子，受的伤没有百次也有八十次，难道最后要让他带着这个污点退下去吗？”

兰正茂沉默了片刻，说：“这些事不是你能管得了的。”

“您可以管，就看您想不想管。”

“咳……”苏行怕这父子俩要吵起来，连忙出声说道，“那个……天气热，都别激动，我说句话行吗？”

兰正茂：“你说吧。”

“我刚到市局没多久，对刘副局没有那么深的感情，我觉得我应该可以稍微客观一点分析这件事。”苏行扭过头看向坐在后座的兰正茂，“兰局，我觉得这事真的有疑点。我们现在几乎可以确定乔副就是因为成澄提供的线索而出的意外，而成澄说的这件事跟我爸的死有关，无论行凶的人是谁，他的目的都是扰乱我们对于当年事情的调查。”

兰正茂看着苏行，轻轻点了下头。

苏行继续说道：“当年我爸出事时刘副局根本不在平潞，他跟我爸也没有任何交集，如果今天乔副的事真的是他做的，理由呢？为了一起十六年前与自己毫无关系的案子而下手谋杀一个自己亲手培养起来的刑侦副支，这根本不合逻辑。退一步来讲，如果真的是刘副局，他为什么要这么着急？乔副天天在他眼皮子底下，他如果真想下手，何必这么大张旗鼓弄得所有人都知道？同样的，如果不是刘副局，那凶手为什么要这么着急？而且他只找人去撞了乔副，并没有动成澄，如果说他不想让人知道当年我爸接了电话便离开，那么他最应该谋害的是成澄。那个打电话回市局的同事既然都可以听到乔副和成澄的对话，那他要想在暗中对成澄做点儿什么岂不是非常容易吗？但我和晏队刚从成澄家出来，他家里没有任何动静，在周围负责保护的同事也说没有发现异常。另外，乔副出事之后我们势必要循着乔副的足迹再走一遍，成澄跟乔副说的事自然也会告诉我们，不是晏队也会是支队的其他人，这件事根本就瞒不住。”

晏阑开口说：“你直接说想法。”

“我觉得我们应该换个思路。”苏行说道，“我觉得凶手似乎并不是那么在意这件事会被我们知道，他最大的目的是想转移视线，或者说让事情变得对他有利。负责保护的警员可能被买通说假话，但那个电话肯定是打到市局的，这个做不了假。那么也就是说市局里肯定有人接到了这个电话，所以这个临时给乔副制造车祸的人一定是市局内部的，那么现在应该考虑的是内部因素，也就是刘副局停职之后谁最有可能受益。我爸这案子重启是板上钉钉的事情，红头文件已经下来了。上面只指定了兰局您带队，调查组那边现在追着查魏屹然和曾诚，能腾出手的可能性极低，所以这种情况下，市局的几位领导再加上从刑侦抽调出来的侦查员一起来调查这件事是合情合理的选择，事实上您也是这么做的。江局当年就回避了这件事，这次您明面上虽然没让江局再次回避，但碍于他和我爸的关系，您不会让他过多参与进来，我师父也是同理。所以实际上主要负责协调和统筹这件事的还是刘副局，现在刘副局出了事，晏队手头上恒众兴的案子还没彻底完结，他一个人盯着两个案子很有可能顾此失彼，而且就算您不顾忌着您二位的私人关系，晏队现在的级别也不可能直接负责这个案子。所以您在这个时候会选择谁暂时顶替刘副局的位置——”

晏阑一脚刹车把车停在了路边，车里安静得落针可闻。苏行这段话即使不算醍醐灌顶，也绝对算得上是通透理智了。再公正的人心中都是有亲疏远近的，这不是过分的信任，而是心理盲区。在晏阑和兰正茂的心中，有些人从来就不是怀疑对象，比如乔晨，比如苏行，比如刘毅，比如……武卫阳。晏阑回头看向兰正茂，还不待开口问，兰正茂就说道：“这些年他一直在地方上，我确实不了解。”

“可是他刚来半个月。”晏阑说，“而且当年的案子跟他也没什么关系，那个时候他应该在北京受训。”

苏行轻声说了两个字：“金厅。”

兰正茂：“什么？”

“我在俞江市局见习的时候，听那边刑侦的前辈抱怨过，说咱们霁州三个最大的地级市，平潞是省厅亲儿子，淮永是省厅嫡长子，只有俞江最不招人待见。”苏行解释说，“平潞是副省级市，在级别上比俞江和淮永要高，有资源倾斜，被说是省厅亲儿子也无可厚非。淮永市一直并没有什么突出表现，也没有什么省级明星产业，是武副局到任之后才渐渐有这个名声传出来的，而且这个所谓的‘嫡长子’也只限于咱们系统内。我记得师父跟我说过，吴厅偏爱晏队，金厅更偏爱武副局，师父都能知道，这应该不是什么秘密。”

晏阑：“是，这事不是秘密，而且那个亲儿子、嫡长子的说法我也听说过。”

兰正茂面色上看不出什么变化，他平静地说道：“先回去吧。卫阳的事到此为止，我不希望有第四个人知道。刘毅没洗脱嫌疑之前还是得停职，这是必需的手段，他自己都接受了，你们就别替他喊冤了。该查什么就查什么，别有负担。”

“知道了。”晏阑再一次发动车子，把车开回了市局。

一路上谁都没有说话，直到车停在市局的院里，兰正茂才出声道：“晏阑，你先下去。”

“怎么了？”

“下去，我有话跟小苏说。”

晏阑极不情愿地蹭下车，站到了车前等着。

兰正茂挪了个位置，换到驾驶室后面的座椅上，这样苏行回过头来的时候，从前面只能看到苏行的背影，看不到两个人说话时的表情和口型。

晏阑看着兰正茂的动作，心里暗自无奈：怎么防儿子跟防贼似的，都用上卧底时的手段了。

车内，兰正茂率先开口：“他这车隔音好，我们说话外面听不见。”

“兰局您有话就直说吧。”苏行说。

兰正茂深吸了口气，说：“我想让你回答我一个问题。”

“嗯。”

“你之前从晏阑家里离开，折腾那一礼拜，是不是因为知道了当年的事？”

苏行紧张得搓着手，嗫嚅着问：“兰局您说的‘之前’，是多久之前？”

“十六年前，7 月 27 号，医大二院。”

最终还是到了这一刻，苏行抬起双手，用手捂住脸，没有说话。

“小行，我没有逼你，但是现在这件事关系到你父亲的案子——”

“兰局。”苏行打断了兰正茂的话，他抬起头，眼里已噙出了泪，“兰局，对不起，真的对不起。”

“不用道歉，小行，这些年我们从来没有怪过你。”兰正茂轻声安慰道，“我想你应该是知道阑阑和他妈关系很好，所以心里难受。”

苏行憋着一口气，只连连点头。

“小行，现在不是领导和下属，我是你朋友的父亲，或者，也可以是你父亲的朋友。”兰正茂说。

苏行低着头，咬牙忍了片刻，再抬头时总算把眼泪憋了回去，他抿了抿嘴，长出一口气，说道：“叔叔，我明白您的意思，这件事我会找个时间和晏阑说清楚的。”

“好。”兰正茂和蔼地笑了笑，“这就好。”

苏行这才发现，晏阑和兰正茂其实很像，冷着脸的时候很严厉，但笑起来却很温和。

兰正茂接着说：“那这就算是咱们俩的秘密了？”

苏行点头：“嗯，我自己会跟晏阑说清楚，您别告诉他。”

“收拾一下心情吧。”兰正茂安慰说，“如果你现在还没决定要告诉他，那就别让他看出来。我这儿子，在这点上随了我，一般人骗不了他。”

“所以他是个好警察，您也是个好警察。”苏行说。

兰正茂：“你也是个好警察。”

十分钟后，苏行和兰正茂一起下了车。晏阑压根就没打算从兰正茂脸上看出来什么，当年在毒窝里卧底四年，差一步就能接管整个贩毒集团的传奇人物，根本就不会让别人看出任何破绽。可是苏行的神色也没有任何不一样，好像两个人在车上叙了个家常一样。是真的没说什么重要的事吗？晏阑心里直犯嘀咕，这一老一少神神秘秘的，弄得他心绪不宁。

晏阑带着苏行回到办公室，关好门之后问道：“他跟你说什么了？”

“你去问兰局不就知道了？”

“我就想听你说。”

苏行笑道：“领导，你觉得如果能让你知道，兰局还会把你轰下车吗？”

“不会。”晏阑冷静地说，“但我觉得无论什么时候，咱俩都应该是一头的，你跟我爸一起瞒着我，这事是不对的。”

苏行整理着手中的文件，说：“也没什么不对吧？你跟你爸说悄悄话的时候我也没打听过啊。”

晏阑指着苏行说道：“你真是转移话题的高手！确定不打算告诉我了是吧？！”

苏行把右手食指和拇指捏紧放到嘴边，从左到右划过，做了个“锁住嘴”的动作，然后笑着看向晏阑。

“服了你了。”

“领导，先干正事吧。”苏行示意晏阑坐下，指着上午出去前摆在茶几上的三摞文件说道，“你左手边这些是丁义被杀案的资料，右手边这些是恒众兴那些司机交代出来的以往案件，而中间这些则是我觉得可能有关联的资料。”

晏阑用手指关节敲了敲中间那一摞，说道：“说重点。”

苏行从茶几下面拿出一张白纸，首先在左侧写下了“恒众兴”三个字，接着从恒众兴引出几条线，分别写下了方宗宇、何浩明、蒋虎和曹金宝的名字，然后说道：“这次的丁义和张格可以暂时放在一边，他们虽然有关系，但关联并不大，在何浩明交代出来的受害者里面，最值得注意的是这个杨灵昌，按照何浩明的交代和后面发生的事情，杨灵昌是那种‘必须得死’的，所以在一击未中的半年之后又来了一起车祸。”

晏阑点了下头。苏行在杨灵昌的名字后面写下了“瑞达生物”四个字，接着分析道：“杨灵昌曾经是瑞达生物研发部的主管，他死了之后瑞达生物一路走高，很快就拿下了芬太尼的生产批文。在他之前是方宗宇，当年杀害的唐倩倩是科大化学系的学生，而她的导师……”

晏阑拿起笔在唐倩倩的名字旁写下了一个新的人名，说：“她的导师叫齐铭，是瑞达生物研发部的总监。”

“那这条线也通了。”苏行把齐铭的名字和瑞达生物也连在了一起，“剩下两个是还不确定的，就是冯阿姨和我爸的这两起车祸，这俩我先写在下面。”

苏行把冯颖的名字对应写在蒋虎后面，然后又将黄新写在了冯颖的后面：“冯阿姨的死跟举报肯定是有关系的，因为牵扯芬太尼，所以我怀疑她举报的对象黄新也在这条线里面，只是暂时不清楚黄新和瑞达生物之间的关系。”

“接下来是你爸的事。”

“对。”苏行接着在纸上写，“我爸是被贾昭和曹金宝一起设计的意外，但是他跟冯阿姨并没有什么联系，这个我可以确定。因为那时候我妈已经去世了，冯阿姨跟我爸没有联系的必要，而且陆叔叔也说那段时间冯阿姨跟我爸没有沟通过，所以这条线还没接通。”

“别忘了还有它。”晏阑拿起笔在这几条线下面写下了“红升医药”四个字，“红升医药相当于瑞达生物的亲爹，而恒众兴的创始人肖鹏飞曾经是薛小玲的司机。”

“那这样就多了一种可能。”苏行说着就在黄新和红升医药之间画了条虚线，并且打上了问号，“黄新有可能跟瑞达生物有关系，也有可能跟红升医药有关系。”

晏阑盯着那张纸思索片刻，说道：“我们要换一个方向了。”

“从上往下查？”苏行问。

“对。”晏阑说，“之前我申请调查薛小玲，上面说在没有确切证据的时候就开始调查红升医药，社会影响不好，一直不给批。这种冠冕堂皇的理由谁说都没问题，但偏偏是金厅说的。现在他在你爸那件事上不清不楚，他说的其他话我也得打个问号了。”

“金厅只是副厅长，他上面还有吴厅，难道吴厅也？”

晏阑轻轻摇头，压低了声音说：“不是。这几年金厅已经快把吴厅架空了，他们上面互相博弈站队，还牵扯着市委的很多关系在里面，所以非常乱。”

“那你？”

“我？”晏阑敲了一下苏行的头顶，“我就查案子，他们随便怎么玩跟我都没关系。你之前不就说过吗，谁敢动我，那就是跟未来的大领导结下梁子。这帮把仕途看得比什么都重要的人，就是看我再不顺眼，也得忍着。”

“这才是背靠大树好乘凉啊！”苏行把那张纸叠起来放在口袋里，“我回法医室了。”

“干什么去？！”

“我又不是你们刑侦的人，你再扣着我，师父就该过来抢人了。”苏行站起来说道，“我回去看书了，有事你再叫我。”

晏阑端起杯子喝了一口已经凉了的茶，然后也皱起了眉——确实太苦了。他拿着杯子往茶水间走去，一抬眼瞟到远处苏行离开的背影，不知怎的，他从那背影之中看出了一丝疲惫，就好像和半个月前那个“大病初愈身体虚”的苏行一样。

这不对，晏阑想，当时苏行的样子就绝对不是单纯的身体虚，现在就更不可能了。苏行的“魂”还没回来，而自己一直没有发现，大概是因为他又开始在自己面前演戏了。晏阑叹了口气，他知道不能再逼问了，如果现在去问他，他一定立刻就会离开。事到如今，苏行还是不肯说的事情，究竟会是什么？晏阑想起苏行请假去医院那一天，技侦老李说他跑了大半个平潞，应该是跟那个有关系。

“晏阑，来一下！”江洧洋的声音打断了晏阑的思绪。

晏阑立刻调整好状态走到江洧洋的办公室内，问道：“有什么安排？”

江洧洋把一份名单交给晏阑，说：“这是苏荣当年登记在册的线人名单，后面有一些是我知道的但没在系统里的线人。他肯定还有别的线人，但我只知道这么多。当年跟他最好的除了我和王军，就是刑侦的支队长杜默，杜默在你来刑侦的前一年牺牲了。当年杜默和苏荣手底下的那些警察，退休的退休，辞职的辞职，进去的进去，基本都散了。能联系到的人放在了名单的最后面，你可以去找他们问问。”

“您这动作可够快的，乔晨今早刚查到这个消息，您这就把线人的名单都列出来了。”

江洧洋立刻拿起手里的文件打了一下晏阑的手臂：“你爸来了你说话都硬气了是不是？！”

“我爸不来的时候我也一样硬气。”晏阑把那张名单收好，看向江洧洋，“江局，您如果知道什么，最好尽快告诉我，我们这刚查到一点东西，乔晨就出了车祸，紧接着刘副局就被暂时停职。我要是按照您这个名单查下去，下一个出事的是不是就该咱俩了？”

“暂时停职不是什么坏事，对谁都不是坏事。”江洧洋喝了口茶，“回去踏踏实实查你的案子，我说过了，无论你查到了什么，我们都兜得住。”

“您这说话的艺术快赶上我爸了。”晏阑站起来往外走，“走了，出了事您管埋我就行！”

江洧洋喊道：“闭上你那乌鸦嘴！”

第3章

晏阑在外面查了一整天，一直没有抽出空来去追查那个定位器，到下班时间回到市局，看到苏行时，他还是决定暂时隐瞒下来，接上苏行回了家。

“你脚怎么了？刚才看你走出来有点儿慢。”晏阑问。

“坐了一下午，脚麻了。”

晏阑笑道：“你还真是毛病多。欸，箭海那次，你到底是真的脚麻了还是故意想看我？”

“真够自恋的。”苏行揶揄了一句，接着解释说，“真的脚麻了。当时是后半夜，我压根没看清楚你长什么样子。”

“那你之前在局里就没跟我打过照面？”

“见过，但是没注意，我不认人。”

“不认人？！”晏阑侧头看向苏行。

苏行解释说：“也不是不认人，就是反正都是活人，都一样，没什么区别。”

“那死人就有区别？”

苏行点头：“对啊。每具尸体的体表变化都是不同的，哪怕是相同的死因，也会因为死者的性别、年龄、现场环境等存在不同的差异，所以每具尸体都是独一无二的。”

“……”晏阑吞了下口水，“每个活人也都是独一无二的，身高体重外貌特征都不一样啊……”

“我是研究死人的，不用观察活人。”

晏阑拍了拍苏行的手，略显郑重地说："答应我，以后这话别跟别人说，人家会把你当怪物抓起来的。"

"知道了。"苏行转了话题，问道，"兰局这段时间都住哪儿？我看他也不回你家住，在平潞还有别的家？"

"老房子租出去了，没住。"晏阑说，"他有差旅费，住市局合作的宾馆。让他住这高档小区他也不舒服，天生不是享福的命。"

苏行："人都是愿意享乐的，不过兰局身在高位，跟你的关系又冷了这么多年，你们俩住在一个屋檐下彼此都别扭，所以他才不回家住吧。"

"或许吧。别分析他了。"晏阑说，"想想晚上吃什么。"

"不知道，没想法，不想做。"

"小刺猬，我看你是飘了。"晏阑笑道。

苏行："我真不想做，今天累了，随便吃点儿就行，不吃也行。"

"你干什么了就累了？"晏阑问。

"我帮师父翻译了两篇文献，头疼。"苏行说，"你外边走访调查是费体力，我这是费脑力。"

"那我就让人做完送过来。"晏阑用余光瞄到苏行已经闭上了眼睛，便没再说话，把出风口向上推了一下，然后安静地往家开去。

"醒醒吧。"晏阑轻轻拍着苏行的手臂，"你再睡下去天都黑了。"

"嗯？"苏行揉了下眼睛，"到家了？"

"到了都快半个小时了。看你睡得太香，不忍心叫你。梦见什么了？睡着觉还把眉头皱那么紧。"

苏行伸了个懒腰，说："不记得了，乱七八糟的。"

"下车吧少爷。"

"哦……"苏行缓缓下了车，跟着走进屋里，说，"我再醒醒觉，吃饭时叫我。"

"现在就可以吃。"晏阑指着吧台上的几个饭盒说，"我是等饭送来了才叫醒你的。"

苏行眨了几下眼睛，努力让自己清醒过来，道："那就吃饭吧。"

"洗手去！谁知道你今天下午在法医室有没有玩尸体！"

没一会儿，苏行甩着手回到桌前，说："没有尸体可让我解剖，我只能看文献玩标本。”

“我怎么觉得你还有点遗憾呢？”晏阑给苏行碗里夹了一大块肉。

“确实是遗憾。”苏行说，“我半个多月没碰过新鲜尸体了，基本都是做伤情鉴定。”

“那你之前在鉴定中心不是更没有尸体可碰？”

“有啊，鉴定中心承接第三方尸检，车祸界定、医疗纠纷之类的尸检都可以做，而且鉴定中心和几大律所都有合作，委托人申请第三方介入的时候基本都会直接送过去。”苏行继续说，“我在那边的时候基本每个月都能有尸检做，没想到来这边之后工作量这么不稳定。”

晏阑：“忙的时候根本没休息时间，闲的时候又天天无所事事，对吧？”

苏行说：“倒也不是无所事事，伤情鉴定也是工作之一，但我还是喜欢解剖尸体。赶紧给我个尸体让我练练手吧！”

“你快别说了。”晏阑连忙打断，“你个乌鸦嘴，上次张格那事就是让你念叨出来的。”

“张格都死了好几个月才被发现，跟我有什么关系？”

“那天早上谁念叨尸体来着？！”

“我那个算吗？”

晏阑：“当然算了！”

苏行摇了摇头：“你个无神论者怎么老这么迷信？！”

“玄学，这真的是玄学。”晏阑说，“我刚进刑侦的时候也不信邪，那个时候老队长给我们每人办公桌下面都压了一张‘无事发生’的签，我收拾桌子的时候嫌那东西难看就给拿出来了，结果自从我拿出来之后，支队一个礼拜之内接了四起大案，当时忙到人仰马翻一片混乱。后来老队长发现我桌子上那符不见了，骂了我一通，盯着我把符放回去。结果那之后还真就踏实了，一直到年底都没再有大案。”

“……巧合而已。”

“这种事情宁可信其有不可信其无。”晏阑话音刚落，手机就响了起来，他立刻接起来问，“怎么了？”

听完电话那头的叙述之后晏阑立刻说：“地址发过来，我现在就去。”

苏行连忙问：“怎么了？”

“挟持人质。”晏阑挂断电话，拍了下苏行的头，“好好吃饭，困了就睡，晚上别等我了。”

“你注意安全！”

“知道啦——”晏阑已经跑了出去。

苏行走到窗边，看到巴博斯已经“飞”出了车库，几个眨眼间就消失在了视线里。他转身回到桌前，一个人安静地吃饭收拾，并没有任何异样。这样的场景他早已习惯了——小的时候家里电话一旦响起，走的不是父亲就是母亲，“有手术”和“有案子”成为他为数不多的关于父母的记忆中最深刻的一部分。后来跟着王军一起生活，王军作为全市乃至全省的“第一法医”，饭桌上被叫走出现场更是常事，如果赶上师娘带晚自习，家里就只剩下他和西西两个孩子，依旧是家里没有大人，他有时反倒觉得这样的生活状态才是正常的。

苏行自己吃完饭收拾好，就回到屋内刷着内网和新闻，查看挟持人质事件的最新消息，直到后半夜才迷迷糊糊地睡着。

翌日清晨，晏阑被闹钟叫醒，在拉开门的一瞬间就跟正准备推门进屋的苏行撞了个满怀。苏行退了两步，站定之后才说道：“领导，你早起都是这么醒觉的吗？”

“你上来干什么？”

苏行一边铺床一边说：“怕你没起来，上来叫你。”

晏阑撇了撇嘴，说：“昨天还不是赖你！”

“我昨晚说我想解剖尸体，可是你出去又不是因为命案，这也太牵强了吧？”苏行推着晏阑走到卫生间，“赶紧洗吧，你要是每天早上都这么磨叽，闹钟还得提前半个小时才够！”

十分钟后，晏阑闲庭信步地从楼上下来，拿起桌上的牛奶杯走到开放厨房的中岛旁，苏行见他过来，便问道：“昨天那个挟持案是什么情况？我看到一半就睡着了。”

“讨薪的。”晏阑简明扼要地介绍说，“装饰公司拖欠工资，工头带着底下的工人围了公司，从中午谈到晚上还是谈崩了，一个工人直接拿刀挟持了老板，僵持不下。谈判组谈了两个多小时还是不行，最后直接上了特警。”

“有人受伤吗？”

晏阑：“没有。我们到现场只是程序上必须在，这种影响严重的案子都得市局出面。现在市局属于自顾不暇，兰局说让我们去走个过场。那人被按了之后直接被带回灵岩分局，不用我们管，最后结案的时候上报一下就行，所以我昨晚才能回来睡觉。”

“都是苦命人啊……”

“你最近怎么这么多感慨？”

“嫌我话多？那我不说了。”

“你又歪曲我的意思。”晏阑一把拽住苏行，“小刺猬，你最近这刺可有点儿硬，别以为我看不出来。我觉得咱俩得好好聊聊了。”

苏行笑着说道：“晚上回家再说，该上班了。”

“你大爷的！”晏阑笑骂着跟上去，走到了车库里。

他刚把车开出小区，就接到了庞广龙打来的电话：“老大，事情有点复杂。”

“捡重点说。”

“全是重点。”庞广龙的语速飞快，“今天早上接到海关消息说肖鹏飞入境，我们让机场那边配合抓捕，但非常寸的是那个时间点周副市长恰好在机场准备出差。武副局就说把肖鹏飞引到机场外面再抓捕，结果这肖鹏飞愣是从严防死守中溜了。排查监控发现他做了伪装之后上了一辆车，我们又立刻去追车，在机场高速进城方向第一个出口出去大概五百米的地方发现了那辆车，开车的司机和他一起消失了。刚才经过面部比对和车上的指纹采集确认司机就是之前从医院逃走的丁理。”

“丁义的弟弟？”

“对。”

晏阑问：“他俩人呢？”

“不知道——等等！老大你等一下……”电话那头传来一阵嘈杂的脚步声和人声，紧接着庞广龙的声音就再次响起，“恒众兴，他们俩在恒众兴出现了！丁理挟持了肖鹏飞！”

“我立刻去！”

“我们也出发了！”庞广龙说完就挂断了电话。

“来不及送你回市局了。”晏阑对苏行说道，“一会儿坐在车上别下来。”

“放心，不给你添麻烦。”

“你别再像上次那么激动了。”

“肯定不会的。”苏行说，“肖鹏飞也只是拿钱替人办事，他不是那个要杀我爸的人。不过我有点想不明白，他都跑了，还回来干什么？丁理又是怎么找上他的？”

“到现场看看就知道了。”晏阑说。

苏行冷笑了一下，道：“周副市长出差，肖鹏飞回国，武副局说在机场外布控，你相信这么巧的事吗？”

“不信，但是没证据。”晏阑平静地说道，“昨天兰局说得对，现在这种情况下，我们不能再感情用事了，猜测也好，第六感也罢，这些都不是证据。”

“你怎么也叫兰局？”

“习惯了。”晏阑说，“这些年我见到他大多数都是正式场合，别人也不知道他是我爸，就一直这么叫的。说起这个，你昨天到底跟他说什么了？真不打算告诉我吗？”

“昨天……”苏行猛然转头看向晏阑，“昨天咱们俩在办公室画的那张图！”

晏阑轻轻摇头：“不是那张图。当时我的角度正好挡住了监控，看不到的。但是我办公室没锁，咱们出去的时候那三摞文件就摆在了茶几上，如果有人趁我不在的时候看到了你挑出来的那些，或许能推出这里面的关系。”

“所以肖鹏飞是回来顶包的？”

“有可能。”晏阑把车停到了路边，“先不猜了，一会儿回去看一下监控就知道了。”

苏行环顾了一下四周，问：“这是哪儿？”

晏阑指着窗户外面说：“恒众兴。”

“这么快就到了？”

“走了条小路。”晏阑把安全带解开，四下查看了一下，然后对苏行说，“胖胖他们估计再有五分钟也差不多到了，你一会儿把车开远一点，找个安全的地方等着。”

“嗯，知道了。”

还不到五分钟，警车就把恒众兴的院子围了起来。要说恒众兴也算是“家大业大”了，在这上市公司都恨不得“拼盘”商业楼的现代化城市里，恒众兴一家保洁公司竟然独占了一个院子，这些年来肖氏兄弟捞的脏钱可见一斑。

晏阑已经走到院子里了，他拿着大喇叭冲里面喊道：“丁理，你把肖鹏飞带出来，咱们聊聊！”

没过一会儿，丁理就推着一把转椅走了出来，坐在椅子上的赫然是已经快被捆成木乃伊的肖鹏飞。肖鹏飞的嘴被胶带封住，只能发出呜咽的声音，见到警察竟跟见到亲人似的，拼命地想往警察身边挪。从他慌张的表情来看，他和丁理并不是一伙的。

“挟持者只有一把刀。”

“挟持者身上未发现可疑武器。”

“人质身上未发现可疑武器。”

“人质没有可见外伤。”

“挟持者和人质后方有遮挡。”

晏阑的耳机里接连传来隐藏在周围的狙击手的声音。他再次确认了一下周围的环境，又向前迈了一步。

“站着别动！”丁理大喊。

晏阑立刻停住脚，站在原地说道：“丁理，肖鹏飞已经在我们警方的通缉令上了，你把他交给我们，他会受到应有的惩罚的。”

“应有的惩罚？”丁理把刀靠近了肖鹏飞的脖子，“我不需要惩罚，我只需要他偿命！”

“肖鹏飞并没有亲手杀害你哥。”晏阑说。

丁理喊道：“对，但杀手是他养的！你以为我不知道吗？让他杀人的就是你们这群警察！为什么我哥的案子到现在还没结论，还不是因为你们想包庇同事？！”

晏阑皱了下眉头，内部调查结果还没出，这丁理是从哪里知道的这消息？他稍稍偏头，通过耳麦与指挥车联系：“内部调查进度泄露，我想换个方式跟丁理谈判。”

“可以。”耳麦里很快传来了兰正茂的声音。

晏阑还没来得开口，耳机里就接着传来庞广龙的声音：“老大，有现场直播！丁理开了现场直播！”

旁边隐约传来江洧洋的声音：“技侦网警现在就给我把信号掐了！”

“先别掐。”兰正茂出声阻拦，“找人把调查函给晏阑送过去。”

与耳机那一头的忙乱相比，晏阑这一边显得非常冷静，他瞬间就理解了兰正茂的意图，自然地将话题引了过去，说道：“不公开办案细节是因为案件尚未完全侦破。我们有派人通知过你案件进展，只是因为你私自从医院离开之后自行切断与警方的联络，所以才没有接收到信息。由公安部部长亲自签发的调查函已经在上个月19号下发到市局，而对于涉事警察的调查组则在更早的时候就进驻开启了调查。”

“你骗人！”丁理喊道。

一名警察小跑着到晏阑身边递给他一张纸，晏阑接过来之后立刻举起来说道：“丁理，文件在这里，你自己看。这红头文件不可能造假，伪造公文是要蹲监狱的。”

“你别拿刚申请下来的文件糊弄我！我知道你后面那警车里坐着领导，他们当场签字都可以！”

“关于霁州省平潞市‘803特大分尸案’及相关涉案警员的调查令……”晏阑一字一句地把文件上的内容读了出来，一直读到签发日期时他才抬头看向丁理，“……8月19日。”

“不可能……不可能……”丁理的喉咙已经嘶哑。

“丁理，你被人骗了。”晏阑又试探着向前走了一步，继续劝说道，“你放下刀，现在收手还来得及。你想让你哥死不瞑目吗？他为了给你治病花了那么多钱，你得好好活着才对得起他！”

“我根本就没打算活着！”丁理吼道，“我哥死的那天我就已经死了！你们不懂，你们根本就不懂！”

“我懂。”晏阑立刻说，“你跟你哥相依为命，他的死对你来说不亚于天塌了，你觉得孤独无助，觉得这世界上再没有人关心你，你觉得你未来的生活肯定是一片黑暗。唯一爱你、呵护你、无条件包容你的人不在了，你觉得自己像孤魂野鬼一样飘在这世间……”

丁理骤然安静了下来，露出了不可思议的表情，握刀的手也微微颤抖起来。

晏阑知道丁理的心理防线已经松动了些，立刻趁热打铁说道：“丁理，不是没有人懂你，而是你从来不肯向你哥之外的别人袒露自己。你把自己关在只有你和你哥的世界里，哪怕别人对你施展出善意，你也接收不到。你低头看看自己的手，你的手攥成了拳，还怎么去拉别人伸过来的手？”

苏行坐在车里，听到晏阑这句话之后下意识地低头看了一眼自己的手。他心想：之前你拉住我的时候，大概费了很多力气吧。

在恒众兴院内的晏阑又向前走了一步，接着说：“你哥只是换了一种方式来陪伴你。他看得到你，你也能看到他。你还记得你哥跟你说过什么吗？他说人只要活着就有希望，你的病不过是一场心理上的感冒，按时吃药，听大夫的话，就一定能好。你哥的日记还没有交还给你，你过来，我把他的日记给你，就算你要杀了肖鹏飞给你哥报仇，你也得先看看你哥想跟你说的话，对不对？”

丁理哽咽得说不出话来，直直地看向晏阑，手中的刀也慢慢放了下来。然而就在所有人都以为丁理已经被说动的时候，他却像受了刺激一样突然拿着刀扎向了肖鹏飞的大腿，血登时就喷了出来。苏行见状快速地下车跑到指挥车旁，拉开门说道：“好像扎到股动脉了！再拖下去肖鹏飞会有生命危险！”

江淆洋立刻通过对讲机通知晏阑，晏阑似乎也已经意识到了问题，他在江淆洋说话的同时就开口说道：“丁理，你杀了他他就交代不出来怎么谋害你哥的了，你这样并不能让你哥瞑目！只有法院判了他死刑，他才是真的罪有应得，不然他死后见到你哥还会耀武扬威一番！”

“他杀了我哥，我杀了他，这仇就了了。”丁理突然笑了起来，他挪到了肖鹏飞的椅子后面，说道，“晏队长，谢谢你当初没让我自杀，不然我也没机会亲手报仇。我相信你是个好警察，至于其他的人，算了吧。”

“所有人立刻往外撤！”兰正茂已经意识到丁理的状态不对，他抓起对讲机说道，“狙击手确认位置！”

“一号视线被遮挡，无法执行击毙。”

“二号无法锁定。”

“三号无法锁定。”

……

此时丁理已经蹲了下去，宽大的老板椅挡住正面射击的可能，他的左侧是一根两人合抱的柱子，后面不远处就是玻璃门，整栋楼只有一个出入口，特警还在想办法从后面突入。更要命的是恒众兴这个院子的右面没有高层建筑，狙击手攀在院墙上无法从右面进行射击，也就是说在特警从后方突入之前，丁理所在的地方就是一个死角，只要他不出来，狙击手就拿他没有办法。

场面陷入了僵持。

“狙击手确认，丁理身上有没有与外界联系的东西？”晏阑问道。

狙击手汇报："二号报告，丁理戴着蓝牙耳机！"

"立刻掐断信号源！"

"立刻追踪！"

晏阑与兰正茂几乎是同时下了命令。

肖鹏飞的血还在源源不断地往外喷，目测失血量已经达到了1000毫升，这个时候如果再不采取行动，他的生命安全就无法保证了。苏行盯着地面上那一摊血迹，仿佛看到了血迹映出的一闪一闪的倒影。那是警灯的倒影吗？可是为什么那么弱？又为什么频率会越来越快？那是……

"欸，你听见什么没有？"旁边警察耳语的声音传入了苏行的耳朵。一瞬间，十六年前的记忆和此刻耳边的问话交叠在一起，回忆与现实的冲撞让苏行汗毛竖了起来，他的瞳孔骤然紧缩，几乎是本能地向晏阑所在的地方跑去，快一点，再快一点，苏行一把拽住晏阑的帽子用力地把他向后拉去。晏阑只觉得自己被拽得几乎要飞起来，他还没来得及骂人，甚至连他那个不能碰帽子的bug都还没被触发，就被扑倒在地，紧接着就是一声巨响。

同归于尽有很多种方式。丁理虽然有双向情感障碍，但他不是反社会人格，更不是表演型人格，他大可以一刀捅死肖鹏飞再自杀，为什么要搞直播？又为什么会弄出这么一场惊天动地的爆炸？肖鹏飞已经上了通缉名单，为什么非要在这个时候冒险回来？能逃脱警方在机场的布控却被丁理无声无息地拐走，肖鹏飞到底是聪明还是傻？丁理是怎么知道肖鹏飞跟丁义的死有关的？他又是怎么知道航班信息的？在看到那个微弱到连狙击手都没有察觉到的光斑时，苏行的逻辑终于下线了，他没有去思考上面任何一个问题，甚至都没有想过万一这是场乌龙，之后要怎么收场，电光石火之间，他没有任何想法，也没有任何感觉，只是遵从本能行动。

晏阑在丁理态度突然转变的时候就察觉到了不妥，他虽然还在跟丁理对话，但身体已经做好了后退的准备。兰正茂通过耳机命令全员后撤的时候，"会不会有炸弹"这个念头在他脑海里一闪而过，只是这个念头刚一出现，整个人就被苏行拽了起来。他骤然失去重心，脚下踉跄了几步，没来得及做任何保护就被苏行按在了地上。苏行这用尽全力的一拽一摔，让晏阑的后脑直接磕在了地上，接踵而至的爆炸又给他造成了二次伤害。一阵如金属碰撞般刺耳的鸣叫让他根本听不清周遭的声音，然而就在这巨大的耳鸣声中竟有断断续续的人声："晏阑……我、我……还你……一条命……”

晏阑伸手去找声音的来源，只觉得身上一沉，那人已经倒在了自己怀里。

“苏行……”手中温热黏腻的触感让晏阑空白的大脑和失灵的心脏在同一时间归位，胸腔里那个泵血的器官像是突然醒过来一样狂跳不止，三魂七魄早已经不知去向，意识却瞬间回笼——

“苏行！”

苏行觉得周遭的声音渐远，自己仿佛变成了电压不稳的老房子里的一颗灯泡，忽明忽暗。周围似乎有人在叫他，但是太远了，他懒得去回应。有人在挪动他，好像也不怎么疼。转眼之间，他站在了一条走廊里，左边是一片白光，右边是一片漆黑。他应该要选一条路走的，但是左边那条路看起来好远，大概要走许久。右边完全不考虑，他怕黑，从小就怕。苏行懒得走，生与死好像没那么重要，于是干脆坐在了这黑白交界的地方，他不想动，也不想思考，就那么静静地坐着。过了不知多久，左侧的光渐渐暗淡了下去，苏行的意识也坠入了更深层的地方。

“小行，”一个温柔的女声响起，“妈妈去做手术了，你乖乖待在这里。”

“好。”苏行下意识地回答了一句，却发现声音不是从自己的喉咙里发出来的。他睁开眼去看，这一次，他成了旁观者。

“妈……”苏行张了张嘴，却发不出声音，只能看着母亲走出了值班室。

“不能去！妈，你不能去！”苏行在心里喊着，追着母亲出了值班室。这是全新的，十多年来从未出现过的视角。

苏行一路跟随着母亲往前走，看着母亲和同事打招呼，进入更衣室又走到刷手池旁，遇到了一个对苏行来说既陌生又熟悉的女人——冯颖，陆卉梓的母亲。

“幕慕，你今天几台啊？”冯颖问道。

成幕慕回答：“就一台，你呢？”

“我临时加了一台，一共三台。”冯颖说。

成幕慕：“够辛苦的。对了，你家卉卉退烧了吗？”

“没有，她爸带着她在楼下输液，我一会儿两台之间抽空下去看看她。你家小行呢？”

“值班室里写作业呢，下了这台就带他回去。”

冯颖无奈道：“以后可别让孩子当医生，太熬人了！”

成幕慕：“也别当警察，你看我家那位，又十多天没着家了！”

“欸，我听说你家那位升二督了？升衔了，今天还不回家庆祝一下？”

“能见到他再说吧！我准备上台了。”

“顺利啊！”

“顺利！”

两个人都已刷完手，互相碰了下手臂。

苏行跟着母亲走到了准备间，巡回护士来为她穿手术衣：“成医生，您爱人升官了，是不是该请客了？”

“你们都哪听说的？”

“小行说的啊！他说他爸今天之后就是二级警督了，可厉害了！”

“小孩子乱说话你也信？我家那位是年头到了升个衔而已，还是副支。”

“这我们也不懂，反正是往上升了，对吧？”

“知道你们什么意思，不就是吃饭吗？没问题，这周末我请客！”

“那我可就觍着脸参加了？”

“都来，不值班的都来！到时候让丽红去张罗。”

“李医生最喜欢张罗这种事了……成医生？成医生？你怎么了？”

苏行站在一旁看到刚才还跟巡回护士有说有笑的母亲骤然变了脸色，已经完全不顾无菌操作，用手拽下口罩，捂着胸口用力地倒气，半天才艰难地挤出两个字：“过敏……”

“快，来人！推平车！”

“过敏性休克！”

“氧气！”

“肾上腺素 0.5 毫克肌注！”

“上监护！”

“成医生！听得见我说话吗？成医生！”

“肌注没缓解！”

“4 毫克肾上腺素，5% 葡萄糖静滴！”

“把呼吸内的三线都叫来！”

苏行想上去帮忙，却像被定住了一样怎么也迈不动脚。

“妈……你当年……就是这么走的吗？”苏行在心里问道，“为什么？这里为什么会有……”

还没等想明白，苏行就觉得眼前突然出现一片光亮，似乎有人在掀开他的眼皮。太晃眼了，我不要醒，我要回去看清楚，苏行这样想着，竟然真的又回到了梦中。

手术室外，林欢的电话已经快被打爆了，她刚刚挂断白泽的电话，江洧洋的电话就打了进来：“你那边怎么样？”

林欢：“江局，晏队那边没什么事，轻微脑震荡，应该是爆炸时摔在地上磕的。刘副局替青源挡了一下，医生说是有内脏出血，正在紧急手术中。”

“苏行呢？”

“还在手术，不知道什么情况。”林欢举着手机走到楼梯间，压低了声音说，“江局，乔副已经转出 ICU 了，我按照您的吩咐没让人跟他说，但是他出来之后看不到自己人，一定会起疑的。”

“我知道。”江洧洋说，“反正都在三院，一会儿你替晏阑去看一眼他，等所有人都稳定下来再跟他说。”

“好的江局。”

林欢正准备挂断电话，就听江洧洋又开了口：“林欢，接下来我说的话你记在心里。”

“您说。”

“我现在在去省厅的路上，如果中午十二点之前我还没给你打电话，你就立刻报告兰局，然后无论他说什么都听他的。晏阑和乔晨都出了事，现在你是队里资格最老的，你得稳住了，最重要的是，无条件相信兰局。明白吗？”

林欢虽然觉得江洧洋像交代后事一样嘱咐她不太吉利，但还是立刻回答说：“明白！江局放心！”

“嘟——”江洧洋已经挂断了电话。

林欢攥着手机从楼梯间回到手术室门口的时候，正好看到晏阑扶着墙走到了她面前。她脑袋“嗡”得一下就大了，三步并作两步走到晏阑面前扶住他：“老大，你不在床上躺着跑这儿来干什么？！”

“我没事。”晏阑坐到椅子上，“我得来陪他。”

“我的老大啊，咱能不能别添乱了？！你在这儿我还得照看你——”

“不用你照看我。”晏阑把胳膊撑在大腿上，用手扶住头，“忙你的去，你电话响了。”

“那你在这儿坐好了，别乱跑！”林欢走到一旁接起电话，刚说两句她就听不进去了，因为有护士从手术室里走了出来。

“苏行的家属？”

“在。”晏阑勉强撑着自己站了起来。

“你是家属？”

晏阑突然不敢应声了。严格意义上，苏行已经没有家属了。他父母都已经去世，成年之后王老和他的监护关系也自动解除，成澄一家子说是仇人还差不多。关键时刻，苏行竟然连个能给他签字的人都没有。

“我是他爸。”兰正茂的声音在晏阑身后响起，晏阑都没回头就被兰正茂按在了椅子上。

护士不疑有他，立刻说道：“您儿子的情况比较严重，颅内出血已经得到控制，还有多发骨折和脾脏破裂正在处理，医生现在在尽可能地保留脾脏，但如果损伤累及脾蒂，就需要进行切除。另外，刚才手术过程中他突然不明原因的呼吸心跳骤停，我们进行了一轮急救才把他拉回来。你们家属最好有个准备。”

“不明原因？”

“是。”护士公事公办地说，“不过已经救回来了，现在手术还在进行中，你们少安毋躁，有情况我会再来通知的。这是刚才的病危通知，现在签不签都行。”

“谢谢护士。”兰正茂签了字，礼貌地向护士点了下头，然后坐到了晏阑身边。

林欢脑子打结到完全没有意识到兰正茂刚才“认儿子”的行为有什么不对，她机械地拿起手机，后退了两步，对着电话那头说道：“我还在，你接着说。”

庞广龙：“欢姐，现在咱们怎么办？我手里这监控烫手啊！老大、乔副和刘副局全在医院，江局去了省厅，武副局还在，其他副局也不插手，现在就我跟神兽俩人……”

兰正茂拍了拍晏阑的肩膀，站起来对林欢说：“林欢，跟庞广龙说，我现在就回去。”

林欢像是找到主心骨一样，立刻对着手机说：“兰局这就回去，你再扛一会儿！”

“太好了，甭管是谁，赶紧来一个能拿主意的，我真是要疯了！”庞广龙顿了顿，问道，“老大怎么样？”

“应该还……”林欢抬眼看去，晏阑头上裹着纱布，衣服上到处都是土，脸色更是白得跟他旁边的墙快融为一体了，这个样子怎么都不能算“好”。她换了个措辞：“别瞎想了，没事，好好干活，老大能走能动能说话。”

——确实，能走、能动、能说话。但其他的，林欢不知道，她也不敢去问。这么多年一直像个保护伞一样照顾他的大哥，那个站在那里就如定海神针一般的领导，现在竟给人一种摇摇欲坠的感觉。再加上刚才江局那个“临终托孤”似的嘱托，林欢简直一个头两个大，恨不得把此生听过的知道的各种语言的脏话全都骂一遍才解气。她挂断电话，走到晏阑身边说：“那个……老大，乔副已经出来了，那边得有人去照应一下，你……”

“你去吧，这里有我。”一个让人能安静下来的，带着笑意的女声由远及近。林欢循声看去，那女人穿着一件十分有设计感的白色衬衫，修身的西服长裤和高矮适中的高跟鞋衬得她整个人挺拔又有气质，西服外套搭在左臂上，右手则拎着一个爱马仕鳄鱼皮 Birkin。

“阿……阿姨。”

“都说了叫舅妈。”柳清莹捏了一下林欢的脸，“小姑娘别老皱眉头，会长皱纹的。晏阑不懂怜香惜玉，又拿你当男人用了吧？”

“没……”

“乔晨已经转到三层普外病房去了，你去看看他吧。”柳清莹说道，“别着急，天塌下来也砸不到你头上，有晏阑这个大高个儿替你顶着，不用担心。”

“好的阿……舅妈，那我先上去看一眼乔副。”

“去吧。”

柳清莹原本是跟着晏凌堇一起来看乔晨，结果听说晏阑和苏行出了事，又连忙跑到手术室门口来。

林欢刚走，晏阑就自言自语道：“我今天不该带他去现场……不是，是我不该逼他跟我住在一起……他之前都回自己家住了，是我死皮赖脸地要他住过来……如果他不住过来，就不会跟我一起上班，也就不会为了救我而……”

柳清莹心说你这就是现实版佟湘玉啊！当然她没有表现出来，端住了长辈该有的慈爱样子，摸着晏阑的头发劝道：“你在这儿坐着也没用，先回去躺一会儿吧。”

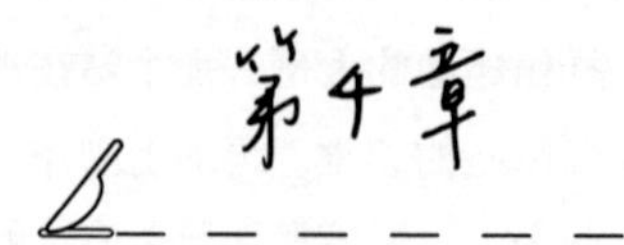

“有用。”晏阑说，“我要是不在这儿等着，他就不会回来了。我知道他从小就不是个乐观的人，他不止一次地想过跟他爸妈一起走。如果我这个时候不拽着他，他就真的没有什么求生意志了。”

在手术台上的苏行进入了另外一个梦境，医院的走廊里，他看到了还不到八岁的自己。手术室的门被猛然推开，耳边是杂乱无章的话语——

“快给副院长打电话！”

“这病人怎么办？”

“一助能顶上吗？”

“不行，这手术难度太大！只有成老师能做，一助只跟过三台，绝对不行！”

“四院！四院可以做移植！给四院打电话，病人紧急转院！快去！”

“带上供肝！”

“呼吸科！叫淳医生来！他今天值班！”

“叫心内的来！”

“三线！所有三线立刻来！”

……

李丽红在赶往手术室的途中差点撞到小苏行，她停下来说道：“哎哟宝贝你怎么在这儿呢？快来个人把他带走！”

年幼的苏行问道：“红姨，我妈妈在哪？”

“你妈妈在忙，乖，先回值班室啊！”

“为什么这么多医生都进去了？是有大手术了吗？”

“对的宝贝儿，有个很大的手术，红姨也要去救人了，你乖乖地回值班室，好不好？”

“好。”

苏行看着小时候的自己转身往后走，他本能地跟了上去，耳畔又响起了那熟悉的响声：“滴、滴、滴……”

“什么声音？”

“什么什么声音？”

“阑阑，有危险，别去！”

“砰——”

然而这一次，那个叫作“阑阑”的少年并没有把他护在身下。爆炸带起的烟雾遮挡住了视线，许久之后，苏行才看到那少年从腰间掏出一把手枪，他下意识地挡在“自己”身前，和那个少年对峙着，耳边凭空出现曾经的对话——

“如果你知道你妈是被人害死的呢？”

“那要看我当时手里有没有枪了。”

“你都知道了？”苏行问。

“是，我都知道了。”

“你还是放不下，对不对？”

“我放不下。”

“我就知道……”苏行低着头笑了一下，说，“母债子偿，天经地义，你开枪吧。”

“你都不辩解一下吗？”

“没什么好辩解的。”苏行说，“是我妈引来的这场爆炸，导致你失去了最疼爱你的母亲。你还为了救我而伤了自己，我们一家人给你造成了双重伤害，我补不回来。我没办法让你忘记这场爆炸，更没办法让你妈死而复生……”

苏行顿了顿，接着说道：“我等这天等了很久，晏阑，你开枪吧。扣下扳机，我还你一条命，前尘往事一笔勾销。”

“好。”

苏行如释重负地闭上眼睛。

一声枪响，他彻底坠入了深渊之中，无知无觉，无悲无喜。

护士推门而出，直接走到晏阑身边说：“病人又一次心脏骤停，现在还在抢救，病危通知签一下。”

柳清莹接过那张单子飞快地签了字，护士转身就要走，却被晏阑叫住，他把一个东西塞到护士手里，说：“帮我把这个放在他手里。”

“这不符合——”护士犹豫了一下，还是接过了那枚造型独特的袖钉，“好吧，还有别的要求吗？”

柳清莹说：“我们不怕花钱，一定要把他救活。”

“我们会尽力的。”护士说完转身回了手术室。

一个小时后，手术室门口的指示灯终于灭了，医生走出来说道：“苏行家属？”

“在！”柳清莹立刻迎了上去。

“手术挺成功的，我们保住了病人的脾脏，没有切除。只是病人术中两次不明原因心脏骤停，建议之后做个系统的检查来排除一下心脏方面的问题。另外，病人的颅内出血现在只是暂时被控制住，还需要密切观察，所以要在 ICU 住一段时间，如果血肿不消或者有扩大的趋势，可能要进行二次手术。我看他有公费医疗，但这 ICU 的费用不全包括在内，你们家属的意见是？”

“我们不缺钱。”柳清莹适时地把名片递给医生，“只要能把他救活就行。”

医生看着名片上那明晃晃的“曦曜集团”四个字没再出声，把名片收好之后朝柳清莹点了下头就离开了。

晏阑靠在墙上长出了一口气，摸出手机打了个电话。

“喂？晏阑？你没事吧？”接电话的是技侦支队长李志诚。

“没事。”晏阑说，“老李，帮个忙，之前那个定位器……”

“我就知道你得要，我都替你准备好了。”李志诚说，“发你手机上了，你看一眼。”

晏阑：“多谢。”

李志诚：“行了啊你，踏踏实实养伤吧，别想那些乱七八糟的了。”

“知道了，挂了。”晏阑挂断电话，点开李志诚发来的，苏行情绪突然崩溃的那天的定位记录。少顷，他看向柳清莹，说，“舅妈，带我去个地方。”

柳清莹皱着眉道：“你还想干什么？！脑震荡需要休息知不知道？！”

“我有件事必须要现在查清楚。”晏阑慢慢站起来，“非常重要的事情。”

“磕傻了？”

“磕清醒了。”

柳清莹叹了口气，扶着晏阑往外走：“去哪儿？”

“西山陵园。”

一路无话。到了陵园后，晏阑亮了身份，顺利地调出苏行离开家那天的监控，他快进着看过，果然在监控里看到了熟悉的身影。滂沱的暴雨之中，苏行独自一人没有撑伞，一路往陵园最深处的方向走去，拐进了一片“豪华墓地”中。

柳清莹疑惑着说道：“他……他爸也安置在那一片？”

“不是。”晏阑说，“如果我猜得没错，他是去看我妈的。”

“看你妈？为什么？”

“他妈是成幕慕。”

“成幕慕？怎么那么耳熟？”

“成医生。”晏阑的声音有些颤抖，“我妈的主刀，成幕慕医生。”

“他？！”柳清莹蓦地提高了音量，“他是成医生的孩子？！怎么会……怎么会这么巧？！”

“还有更巧的。那场爆炸里我救下来的孩子，就是他。当时你们通过医院的关系去找他，医院大概是怕你们把我妈的死归因到成医生身上，对苏行做出什么事情，所以才没有告诉你们。”

沉默片刻，柳清莹拍着晏阑的肩膀说道：“阑阑，你不应该因为这个就跟小苏闹别扭。我知道你这些年对你妈的死一直放不下，但成医生也是那场爆炸的受害者，她没错，你妈没错，小苏更没错。这件事没有过错方，只有受害者，所有人都是受害者。”

“舅妈，我是那样的人吗？”晏阑轻轻摇头，“但我确实做错了，我伤了他，是我给他的错觉，让他以为我一直对那场爆炸耿耿于怀，所以他才会纠结，才会在刚才说……说他要还我一条命……”

“你早就知道？为什么不跟他坦白说？”

“我不知道。”晏阑说，“我是见过他父母的照片，也确实早就知道他妈叫成幕慕，但我真的没认出来。那个时候我们都只叫她成医生，虽然知道她的名字也不会直接叫她大名。已经过去十六年了，而且照片和真人本来就有差别，再加上我天天都能看见苏行，自然会认为看他妈眼熟是因为他长相随妈。”

“那你现在这是？”

"我想起来了。"晏阑扶了一下头，"我的接诊大夫叫程敏，刚才我听见护士叫她'程医生'的时候突然就想起来了。刚才我看了同事发来的，他那天的行动路线，看到他来过墓地，就把所有事情都想通了。"

晏阑在来陵园的路上回忆起这段时间两个人的相处，试着从旁观者的角度去分析，这才发现苏行的行为有许多不合逻辑的地方——

那晚第一次到苏行家，他突然的歇斯底里是因为自己提到给他父母上香；在得知苏荣车祸详情后，苏行突然用一个"不恰当"的例子来试探自己对母亲去世的态度；半夜他又偷偷到屋里看自己后背的伤，接着就坐在客厅里对着父母的照片发呆。当时自己并没有把这两件事联系到一起，只是认为苏行乍然得知往事，思维混乱。在餐厅那天，说到爆炸案时苏行明显过分紧张，在提到他微信名含义时，他的表情是慌乱大于意外。而当时他用"怕你放不下那事，会记恨我"这样的话给之前的逃离找了个看似合理的理由，在那种对话状态下，自己的第一反应是安抚，而不是继续探究他那天的行踪。苏行可以说把自己吃得透透的，在对话和相处中能预判到自己接下来的反应从而有意地进行引导。

还有最重要的，从目前掌握的资料来看，苏荣跟瑞达生物和红升医药没有直接联系，昨天在分析情况的时候苏行却并没有反驳，而是直接把苏荣的死放到了瑞达生物的逻辑环中。自己昨天那么说，只是因为这几件事交叉在一起可能有联系，但苏行却非常笃定，甚至都没有问过为什么，好像从一开始就知道他爸的死跟这件事有关。

其实在得知冯颖死因的时候，晏阑曾经怀疑过苏行他妈的那场"意外"。但苏行非常巧妙地用"冯颖举报黄新滥用芬太尼"这件事把他的视线转移开了。芬太尼、恒众兴、瑞达生物、红升医药，这哪一件事都比语焉不详的"意外"更值得晏阑去关注。现在查到了苏荣的线人，很快就会知道苏荣是追着"7・27爆炸案"出的事，接下来应该会调出"7・27爆炸案"的卷宗，这件事就肯定瞒不住了。所以苏行才会在这段时间里表现得很"正常"——演出来的，晏阑认为的那种"正常"。

晏阑觉得自己这次真是迟钝得可以，明明苏行骨子里就是个"丧"到极致的人，却突然一反常态地乐观了起来。这种在别人眼中的正常对苏行来说就是最大的不正常，而自己却没有发现，甚至还以为是自己改变了苏行。

晏阑几乎都要抬起手抽自己一巴掌。这段时间他都在干些什么？！几次三番提到自己跟母亲关系好，甚至还说自己的心理阴影是母亲去世带来的，完全没有发现昨天白天苏行隐藏在笑容里的苦涩。

柳清莹抓住晏阑的手，说：“你就是现在捅自己一刀，也没有办法改变过去的事情。等小苏醒过来，你们得把话说清楚。这孩子心思重，想的多，他把事情都藏在心里不说，实在是太苦了。阑阑，你别再欺负他了。”

“我不是故意的……”

柳清莹拍了拍晏阑的肩膀，说：“差不多该回去了，你还有事情要做。”

“我真的不是故意的……”

“晏阑，你还记得你是一名警察吗？！”柳清莹一把拽起晏阑，“爆炸为什么会发生？肖鹏飞为什么回国？炸药哪来的？丁理是怎么找上肖鹏飞的？恒众兴之外还有没有别的组织？当年那场爆炸跟今天又有什么联系？为什么查苏行他爸的死因会让乔晨出车祸？当年成医生到底是怎么死的？！现在不是你沉溺个人情感的时候！给我回去查案子！”

晏阑被柳清莹劈头盖脸一通骂，终于彻底醒了过来，他抹了一把脸，头也不回地走出监控室。

当年“7·27爆炸案”的结论是“患者因对治疗结果不满意自制土炸弹对医院进行报复”。苏荣一定是对这个结果有所怀疑，又因为他作为受害者丈夫必须遵守回避原则，所以只能私下调查。他在调查途中被恒众兴的人杀死，冯颖在成幕慕出事之后也被杀害，这不是巧合。所以当年那场爆炸很有可能也是恒众兴策划的……但是不对，爆炸发生之前手术室就已经乱了，晏阑记得当时几乎全院的医生都赶到了手术室里，成幕慕应该不是被炸死的，实际上真正在爆炸中受伤的只有他和他妈。爆炸发生的地点在手术室外的走廊，所以攻击的目标不是成幕慕吗？不，一定是！那爆炸是为什么？示警？威胁？掩盖？对！是为了消灭证据，那附近有什么证据要消灭？

晏阑的大脑飞速运转着。

Penicillin！盘尼西林！青霉素！昨天在医院时苏行从文件袋里抽出来递给自己的那张纸上出现过很多次青霉素，但是苏行对青霉素并不过敏，甚至在平医大的时候还碰过装青霉素的安瓿……平医大……青霉素……

“舅妈，先去趟万明嘉筑！”晏阑对正在开车的柳清莹说道，“我好像知道怎么回事了！”

晏阑直接用钥匙打开苏行家的门，他在屋里观察了一会儿，径直走到摆放牌位的桌子前，打开手机的手电筒功能，仔细观察着桌上的痕迹。片刻之后他拉开桌子第一层的抽屉，在里面摸索起来。

“舅妈，帮我一下！”

“笨死算了！”柳清莹走到晏阑身边，轻巧地从抽屉上方的暗格里拿出了两个文件袋递给晏阑，“这种暗格不要用蛮力。”

晏阑直接打开了最上面的一个文件袋，一目十行地看过之后又拆开了另外一个，等把两个文件袋里所有的内容都看完，他也终于明白了当年到底发生了什么事情。

二十年前，平医大附属第二医院实施了全省首例肝移植手术，那也是成幕慕进修归来第一次主刀的肝移植手术。

十八年前，晏阑的母亲晏曦因为肝炎继发肝硬化，到以肝胆外科出名的二院就诊，后又转入肝移植科进行治疗，成了成幕慕的病人。

十七年前，冯颖意外发现黄新在用病人试药，她将这件事告知了她最好的朋友成幕慕，两个人开始在工作中搜集黄新违规用药的证据。在肝移植科的病人都是等待肝源的，无论是肝硬化晚期还是肝癌，病人都会出现难以缓解的疼痛，这个时候一定会给病人开强效镇痛剂，比如吗啡、杜冷丁、美沙酮，还有当时并没有引起过多关注的芬太尼。成幕慕作为肝移植科的一把手，自然有权力决定给病人用什么药，所以她在发现黄新的意图之后，就开始严格控制手下的主治医生和住院医生给病人开芬太尼，也正是这样太过严苛的控制引起了黄新的注意。

十六年前，晏曦的病情恶化，在等待肝移植的病人中成了最优先级。7月26号凌晨，一名脑死亡患者的家属决定捐献器官，那名患者的所有指标都与晏曦完全匹配，如果没有发生那场爆炸，这颗肝脏本该被安放在晏曦的体内。

成幕慕确实不是死在爆炸里，她在爆炸之前就已经出了事。事故调查报告显示当时从成幕慕的无菌口罩内侧提取到了少量残存的青霉素粉末，而成幕慕“恰好”对青霉素过敏。按照当时的手术流程，穿好洗手衣之后就要戴上无菌口罩，然后去刷消毒液。在刷消毒液的过程中，成幕慕碰到了好友冯颖，两个人在相隔的刷手位刷手说话，没有肢体接触，更不可能触碰到彼此的口罩。之后进入准备间戴手套穿手术衣，更不会有人接触到口罩内侧。

在戴上口罩的二十分钟内，成幕慕一直在吸入带有青霉素粉末的空气，青霉素通过呼吸道进入体内，最终引起了过敏反应，严重的喉头水肿和难以纠正的支气管痉挛导致她很快窒息、休克，最终死亡。

同时，在全院医生竭尽全力抢救成幕慕的时候，一个携带着炸弹的“病人”走到了手术区外的走廊附近。当时的苏行被李丽红哄着正准备回到值班室继续写作业，而晏阑恰好跟迟迟不肯出现的兰正茂吵了几句，气鼓鼓地离开，两个孩子就这样在楼道里不期而遇。晏阑和苏行几乎是同时听到了炸弹倒计时的声音，当时苏行还小，并不知道那是什么；晏阑因为从小被晏曜灌输一些乱七八糟的知识，对这种声音有一定的了解，所以他意识到了危险；兰正茂做警察多年的直觉告诉他那个在药房附近徘徊的人不对劲，但他只来得及喊了一声，爆炸就发生了。晏阑不是没听到兰正茂的预警，只是他通过声音判断自己大概已经跑不开了，那个时候他唯一能做的就是拉着身边的小孩子趴下——晏曜说过，爆炸发生的时候趴下更安全。

后来晏阑伤愈、转学、考警校、当警察，在得知缉毒警是最容易被毒贩报复的警种之后，就误以为当年那个所谓的医闹是兰正茂带去的。这些年来，他难过的是兰正茂对母亲的不闻不问；放不下的是母亲本可以活下去却因为自己的父亲而受到伤害；耿耿于怀的是自己当时力不能及，没有更早发现异常。从头到尾他都没有怪过那个同样在事故中丧生的成医生。然而换一个角度，晏阑也非常能理解苏行。

这一段近似于“我妈害了你妈”的往事对苏行来说肯定难以接受，他不敢轻易说出真相，害怕真相带来一系列他承受不起的后果。苏行独自熬过没有父母的童年和满是歧视欺辱的青春期，从没对任何人完全放下过戒备。他认为人性本恶，会下意识地给所有事情做出最坏的预测。在苏行的概念中，这件事最坏的情况就是晏阑会将那台没有如期进行的手术归因到母亲身上。事实上如果不是因为发现黄新的违规操作，就不会有青霉素过敏，更不会有爆炸，这一切确实跟母亲脱不了关系。肝移植患者术后可以长期存活，所以晏曦本应该活着，晏阑也不会有后背那一大片不愿让人触碰的伤疤。

多年的思维惯性让苏行不敢说出实情，即使他明白晏阑不是那种人，他也不敢去赌那个“万一”。他让自己做了一回恶人，生硬且粗鲁地推开晏阑，说出那些难以入耳的狠戾话语。但他又被晏阑拽了回来，把他好不容易筑起的心理防线砸得分崩离析。在那之后的每一天对苏行来说都是煎熬，他一边贪婪地享受着晏阑对他的好，又一边给自己做心理预设，反复告诫自己这不过是一场梦，等晏阑发现真相的那一天，梦就该醒了。

十六年前，爆炸发生之后，晏阑的后背伤了一大片，成幕慕不治身亡。晏曦因为在爆炸中被碎裂的门板砸伤，错过了肝移植的最佳手术期，在一周之后带着遗憾和不舍离开了人世。四个月后苏荣车祸，十个月后冯颖被撞死。一年之后，淳日松申请调到三院，李丽红去首都进修，黄新坐稳了大外科主任的位置。

这十六年间，医大二院依旧以肝胆外科驰名，医大三院在淳日松的带领下把呼吸内科发展到了全国领先的水平，李丽红进修之后又回到了二院，黄新从大外科主任一路走到了常务副院长。似乎所有人都忘记了那场爆炸，一场明明改变了所有人生活轨迹的爆炸，却被所有知情人共同埋葬了起来。没有人深究，没有人愿意再提起。

当年苏荣出事之后，神经敏锐的江洧洋意识到事情背后另有隐情，但他身为缉毒警察，不能过多暴露社会关系和亲属关系，于是利用权限派人暗中保护苏行。或许当年王军并不是恰好去的墓地，而是接到消息连忙赶往墓地把苏行带回了家。这些年苏行就像半个特情一样，学籍和户籍都被保护了起来，如此才能安稳长大。

苏行或许真的不知道，但江洧洋一定知道。还有，兰正茂也一定能查到。

晏阑晃晃悠悠地回到市局，推开兰正茂临时办公室的门，把两个文件袋放在桌上，问道："您是不是早知道了？"

"知道什么？"

"苏行他妈就是成医生？"

兰正茂掀起眼皮看了一眼晏阑，面色不变地说道："没比你早多少。"

"他什么态度？"

"这孩子心里有谱，他说会自己跟你说清楚。"兰正茂用手指拿起最上面的一张纸看了一下内容，平静地说，"这份事故报告是二院内部出的，但我在当年'7·27 爆炸案'的案卷中没有看到，应该是有人扣下了这份报告，故意模糊掉成医生真正的死因。当时这个案子被囫囵结案，有些事情案卷里写得根本不清楚。苏荣又是在追查这个案子的过程中出了意外，足以证明这是有组织有预谋的谋杀。你这两份资料显示成幕慕和冯颖的死都是因为发现了黄新违规操作，黄新当年只是大外科的主任，冯颖却选择越过医务部和常务院长直接向卫生局举报，说明当时二院的领导层也不干净。这个黄新……我觉得他会是我们的突破口。肖鹏飞和丁理的尸体现在在解剖室，王军在进行解剖，正好你回来了，去跟王军说一下苏行的情况让他安心。”

“爸……”

“现在在局里。”兰正茂站起来正视着晏阑，“我认为十多年来一直拒绝我帮助的晏阑应该是个分得清场合地点、拎得清公私关系的，合格的人民警察。”

晏阑沉默了片刻，抬起头说：“我知道了，兰局。”

“你嗓子都哑了，喝口水。”兰正茂把桌子上的杯子推到晏阑面前，接着说道，“我们现在面临着更大的难题。不仅是案子的真相，更是这么多年来除了相关人员以外，为什么就没有人再去追问一句‘为什么’。证据不足的案卷能顺利结案而且被封存，追查真相的警察会被谋害，沉寂了十六年的事情再一次被翻出来，我们面对的最大阻力竟然是来自内部，这才是最可怕的事情。”

“那我们现在怎么办？”晏阑问。

“等。”兰正茂说道，“当然只是表面上等。”

“等会儿！”晏阑抬手指了一下天花板的角落。

兰正茂：“这个屋子里的监控我掐了，桌子下面有反监听，没有人敢在我眼皮子底下玩这种东西。”

晏阑坐到椅子上，撑着自己的头说道：“姜还是老的辣。”

兰正茂没理会他的玩笑，接着说：“现在有几件事要去做。第一，去找当年苏荣的线人，让他们着重回忆爆炸案前后的事情。第二，调查丁理从医院离开之后的行踪。第三……诶，你听没听见我说什么？”

“听着呢。”晏阑说，“兰局长，脑震荡的恢复期是两周，不是两个小时，我现在没晕过去已经是给您面子了。”

兰正茂那波澜不惊的脸色终于有了松动，他坐回到椅子上说：“你还是回医院吧，让林欢和庞广龙去查。”

“倒是也可以。”晏阑说，“然后我们整个支队全部在医院团聚。”

兰正茂：“……”

晏阑揉着太阳穴说道：“您就没觉得奇怪吗？我们的对手仿佛人格分裂一样。一会儿阻止我们查案，一会儿又推着我们查出真相。”

"你想表达什么？"

"我脑子转不动了。"晏阑说，"如果按照昨天苏行的分析，撞乔晨是为了拉下刘叔，从而让他自己能够在这件事中处于更关键的位置，那他的目的已经达到了。今天这一出又是为什么？现场直播，逼着我们把曾诚魏屹然的事情公之于众，把这事闹大了有什么好处？"

"好处很多。"兰正茂指了一下自己的电话，"你看看我的通话记录，我接的不是秘书的电话，而是部长直接给我打的。现在不仅是我们内部自查自纠的事情了，这已经成了公众事件，网上铺天盖地，说什么的都有。'限时限期把事情查清楚，给公众一个交代，维护警队的形象'你觉得这还不是好处吗？"

"这就是最大的问题啊！"晏阑说道，"这对我们来说是好事，但是对他们呢？把曾诚和魏屹然甩出来，又把丹卓斯和恒众兴拱手送给我们，这是很明显的壁虎断尾，他们在求生。但是自从查到苏叔叔的死之后，事情就变了味道，不是求生，而是求死，而且还有一种嫌我们查得太慢，手动帮我们加速的感觉。您说他们铺了这么多年的一张大网，里面的人环环相扣利益共存，怎么突然就疯了呢？"

兰正茂喝了口茶，缓缓说道："不是疯了，是闹掰了。"

"没错，最近的事情根本就不是同一个人做的。"

兰正茂笑了笑，说："晏支队长终于活过来了。"

晏阑："……"

"回医院去吧。"兰正茂说，"你被停职了。"

"您这是……"话未说完晏阑就明白了——只有把现在支队的人彻底打散，才能知道到底谁是内鬼。内审也好，设局也罢，把有嫌疑的人放在他们所期望的位置上，才是真的化被动为主动。

"您早说啊，早说我就不回来了。"晏阑扶着椅子站起来，"我现在开不了车，还得打车回去。"

"你又不是打不起。"兰正茂说，"别忘了跟王军说一下小苏的情况。"

"知道。"

晏阑从办公室出来，一步一挪地往刑科所走去，在楼梯口碰到了余森。

"哎哟我去！你不在医院待着怎么跑出来了？！"余森一把架住摇摇欲坠的晏阑，"你上哪去？"

“厕所……”

晏阑扒在马桶上吐了个昏天黑地，余森则插着手站在旁边说：“我可好久没见过你这么怂的样子了。”

“岁数大了，”晏阑干呕了几下，“上次脑震荡还没这么难受。”

“你岁数大？好意思吗？！”余森哼了一声，“吐得跟怀了似的，真够丢人的。”

“说得跟你怀过似的。”晏阑扶着墙站起来，慢慢走到洗手池旁洗了把脸。

“你怎么回事？真难受啊？”

“废话！”晏阑撑在水池上，“老余，麻烦你送我回医院吧，我是真不行了。”

“我呸，别咒自己！”余森把晏阑的手臂架在自己肩膀上，“我说你小子是不是又长个儿了？！怎么感觉撑不住你了？”

“那是你缩水了。”晏阑把自己的重心倚在余森身上，“从刑科所那边走，我去跟王老打个招呼。”

王军还在解剖尸体，晏阑敲门进去，直接说道：“王老，苏行手术挺成功的。”

“那就好。”王军手中的动作未停，“辛苦你了，脑震荡得注意休息，你也别太逞强。”

“您放心，我没什么大事。”晏阑看到解剖室内还有其他法医，便没再多说，只是道，“您先忙，一会儿解剖完咱们电话联系。”

“好，你去吧。”王军依旧没有抬头。一直到法医室的门被重新关好，王军才缓缓放下解剖刀，对身边的法医说道，“我目镜脏了，去换一个，你们先看看有没有不懂的，等我回来分析。”

王军走回到准备室，飞快地摘下那已糊满泪水的目镜，打开更衣室的柜子，摸着里面一直被他珍藏着的，属于苏荣的肩章，轻轻埋下头，安静地整理着自己的情绪。

另一边，晏阑被余森塞进车里：“我说阎王，你这次怎么回事？”

“什么怎么回事？”

“以前你是越难越兴奋，这次怎么这么颓废啊？”

晏阑闭着眼睛靠在副驾上，说：“老余啊，我被停职了。”

“停职？！凭什么？！”余森不由自主地提高了音量，“炸弹不是你放的，人也不是你绑的，你都把自己弄出脑震荡了，不安慰鼓励也就算了，凭什么停你的职？！”

“你小点儿声。”晏阑揉着耳朵说道，“出了这么大案子，我是责任人，停职调查没毛病。”

“什么叫没毛病？！停了你的职谁来查案？！”

“这地球又不是离了我就不转了。”晏阑说，“正好我也歇歇，苏行和乔晨还在医院躺着，我是真没心思再查下去。”

“你怎么回事？！这不是你风格啊！”

“我什么风格？查案子不要命就是我的风格？”晏阑叹了口气，“我可以不要我的命，但我不能害了别人啊……乔晨刚出 ICU，苏行又进去了，再查下去我身边还有人吗？”

“你是不是有什么想法？”余森看向晏阑。

晏阑回答得很干脆：“没有。”

“你跟我说说。”

长久的沉默之后，晏阑微微睁开眼睛，问道：“你还相信刘副局吗？”

余森没有回答，而是反问了回去：“你信吗？”

“我不愿意怀疑。”

“但你还是怀疑了，对吧？”余森说，“乔晨的车祸不明不白，刘副局说没接电话，但电话就是打到了他办公室，有权限调取监控记录的都得是主任以上级别的，而能从系统里抹去痕迹的只有几位局长，这事说不清。其实我不止怀疑刘副局，我现在是谁也不敢信。”

晏阑没再表态，又闭上了眼睛，余森皱着眉说道：“你真的只是脑震荡吗？你还有哪儿难受？这不是闹着玩的，你要是哪不舒服就赶紧跟医生说，别瞎扛着！”

“我没事。”

“你上次从四层掉下来也没这么虚过……”

“那可不，我住进医院一礼拜你才来看我，当然不虚了。你再晚点儿我就能追着你打了！”

“翻篇，这事翻篇！”余森立刻止住了这个话题。

“开车吧，回医院。”晏阑系好安全带，没再说话。

路上余森几次想开口，但见晏阑脸色不好，也知道他现在身体难受，脑子也乱，最终还是没开口，只是把车停在了急诊楼门口，问道："我送你上去吧？"

"不用。"晏阑说道，"现在局势莫测，你自己小心。"

"你养好伤再替我担心吧！"余森挥了下手，"走了！"

晏阑穿过急诊大厅拥挤的人群，走到走廊尽头的电梯前，按下了按钮。半分钟后，电梯门打开，他走进电梯直接按下了二十层。

"叮——"

晏阑径直走到护士台前，对护士说："你好，我来住院。"

"您好，这里是特需病房，住院部在三层。"

"我是晏阑。"

旁边的护士长听到名字侧头看了他一眼，对接待的护士说："我来吧。"

小护士听话地挪到一旁，就看护士长隔着台子把一张纸递给晏阑，说道："最下面签个字。"

晏阑接过纸看了一眼，笑着问："这什么啊就让我签？"

"卖身契。"护士长把笔扔到台子上，"你舅妈说了，不签就打。"

旁边的小护士一脸震惊。就算在普通病区也不能这么跟病人说话啊！更何况这里是特需病房，平常护士长三令五申强调，对待病人要耐心、细心、贴心。能住特需的不是有钱就是有权，一定要专业且周到，今天护士长这是怎么了？

"殴打病人可还行？"晏阑一边签字一边说道，"您就不怕我投诉？"

"你还敢投诉我？那是真的欠打了。"

"谁又惹您不高兴了？您这脸都快掉地上了。"晏阑笑着把纸递了回去。

"你惹我了。"护士长把那张纸放到一旁，从护士台走出来，"第几次脑震荡了？刚才还从急诊留观跑了，你胆儿肥了是不是？出了事怎么办？！多大人了还这么让人不省心！"

"小姨，我这不是特殊情况嘛。"晏阑跟着护士长往病区走，"您看我 CT 也做了，核磁也做了，内脏都没事，就是磕了……"

在护士台里的小护士松了口气，原来是护士长的家人。

"……你舅妈说了，你跟这位好得能穿一条裤子，绝对不能分开。"护士长推开门，"这是三人套间，等另外一个跟你能穿一条裤子的从 ICU 出来之后也挪上来。"

“谢谢小姨！”

“现在有没有不舒服？”

晏阑回答：“还行，就是有点头晕。”

“那就躺着吧，有事按铃。一会儿还得做一遍例行查体，你别乱跑。”

“知道了，您忙吧！”

晏阑把护士长送出门，转身推开了乔晨的病房：“怎么样啊老妈子？手术疼不疼？”

乔晨因为还带着引流管，只能采取半卧位，他看见晏阑进屋就挣扎着要坐起来，晏阑连忙把他按在床上，说：“你别乱动，我这也晕着呢，咱俩踏踏实实地歇一会儿。”

“护士长……”因为术中插管，乔晨的喉咙一直发紧，声音也有些沙哑。

“你没看见她胸牌吗？柳清蔚，她是我舅妈的亲妹妹，就是凌堇的小姨。”晏阑说，“以后也是你小姨。”

乔晨送了晏阑一个大大的白眼。

晏阑躺在沙发里说：“晨儿，死里逃生的感觉怎么样？”

“不……嘶……不怎么样！”

“疼啊？”晏阑笑了一下，“疼就好好养着，别操心了。”

“我那……”

晏阑打了个哈欠，直接打断了乔晨的话：“你那断的肋骨怎么没扎别的地方啊？要是能扎到你嗓子让你说不出话来就好了！我真的晕，让我歇会儿。”

晏阑仰头靠在陪护的沙发床上，手指在大腿上敲了几下，看似随意，实际却大有深意。乔晨盯着他的手看了一会儿，先是吃惊地睁大了眼睛，随即又像是觉得合情合理一般恢复了平静，他喘了几口气才开口说：“老大，住院就要有住院的样子，一会儿护士长来了又得骂你，好歹去把病号服换上行不行？”

“我就歇一会儿，马上就到探视时间了，我要去看苏行。”晏阑把脸埋在沙发里，轻声说道，“晨儿，你和苏行，你们两个人，谁都不能有事。”

“大傻子！”乔晨无奈地说了一句，“小苏不会有事的。”

第5章

苏行在无边的梦境中来回穿梭，最开始还有剧情和逻辑，到后面就什么妖魔鬼怪都有了，不过这些梦里出现得最多的还是晏阑。有些是发生过的，有些是他臆想过的，还有一些，则是他最害怕的。他睁不开眼，分不清梦境和现实，有时觉得自己应该是醒了，能听到周遭的脚步声，甚至能感觉到有人在摩挲他的手，但他做不出任何反应，紧接着又会坠入另外的时空。

大约过了三天，苏行才勉强能做出反应，比如在护士和医生来检查的时候稍稍动一下手，或者拼尽全力发出一点若有似无的声音。只是对那个每天固定时间来给他按摩的人，他还没想清楚要怎么回应。他虽然睁不开眼，也总是昏昏沉沉，但却清楚地知道那人是谁。那种按摩的手法和力度他很熟悉，就连那人手上老茧的位置都是烂熟于心的。

今天那个人没来，苏行在这难得清醒的时候竟然还能带着逻辑去思考——应该是去查案子了，他一个刑侦支队长，不可能天天赖在医院不走。就在苏行决定再睡一觉的时候，防护服来回摩擦时发出的窸窸窣窣的声音由远及近，一只温热的手覆在了他的手上。

“小刺猬，我今天来晚了五分钟，别生气哈。”晏阑抓起苏行的手，一边按摩一边说道，“我今天去见了你爸当年的一个下属，他说你爸有一个笔记本，上面都是案情分析。我找人去问了曹金宝，他们在车祸现场没有拿走东西，也根本不知道有这么一个笔记本。后来我又问了王老和江局，他们也都不知道。那位前辈说他也是偶然发现的，可能没几个人知道。当年你爸的遗物是王老帮着你一起收拾的，应该都还在你家，所以一会儿看完你，我要去你家一趟。放心，不会给你翻乱的。”

虽然苏行现在的精力根本维持不了高强度的脑力活动，但他还是尽力去回忆了一下以前的事情。

“你说你怎么就不醒呢？再不起来锻炼，你那腹肌就都没了，到时候你还怎么嘲笑我身材不好？医生说给你检查的时候你有反应，怎么你搭理医生就不搭理我啊？我跟你说，你手术的时候几次危险，我爸和舅妈都替你签过通知单了，我爸还说你是他儿子。你看你，替我挡了一次炸弹，就跟我一样有钱又有权了，你可得赶紧醒过来。”晏阑的声音越来越远，苏行知道自己又要睡过去了，在意识坠入混沌的一瞬间，他在心里怼了一句：有钱有权的明明是你！

乔晨坐在轮椅上，等晏阑从ICU出来之后抬起头道：“大傻子，苏行醒了没？”

“你才大傻子！”晏阑翻了个白眼，“这乱糟糟的，你下来干什么？赶紧回去！”

“我出来放放风，劳烦大傻子推着我去外边溜达一圈呗。”

“谱真大！”晏阑推着乔晨往医院的花园走去。两个人坐在花园里，看似轻松随意。周围来来往往的人都不知道，现在坐在这里的两个人，正在谈论着几天前轰动全市的爆炸案。

“当年的线人我问了一圈，出事那段时间苏叔叔并没有找过他们。”晏阑把水果糖扔进嘴里，“那个电话到底是不是真的还是不能确定，但是现在我们有另外一条路可以走，从‘7·27爆炸案’入手。”

“你那天晚上跟我说‘7·27’，我还以为你脑袋被门挤了，没想到真的有关系。”乔晨从晏阑手里抢了一颗糖，“那你查到什么了？”

“黄新打死不认，配合调查之后监视居住，但他也没有要跑的迹象。”

乔晨：“事情都到这一步了，他们怎么还能这么淡定？”

晏阑说：“我也在担心这事，我就怕他们在酝酿什么大的。而且现在更难的是刘副局还没醒，有些事就是说不清楚。”

“不会是刘副局害的我。”乔晨说，“就算那个电话真的是他接的，他要想安排事情，肯定要打电话或者发消息出去，你们查过他的通话记录了，什么都没有，总不能是他用意念通知别人撞我吧？”

“那段时间从市局座机拨出的电话一共34通，市局范围内向外拨出的移动电话一共52通，其中有一通电话有问题。”晏阑把嘴里的水果糖咬得咯咯响，“那个电话号码不属于市局任何一个人，而且只用过那一次。接电话的号码也是个小号，没有登记注册。接电话的地点是在环路上，早高峰时期环路上车流量太大，根本没法查。”

乔晨叹了口气：“我听林欢说今天上午他们在刘副局的办公室里发现了一份银行流水，好像不太妙。”

“这可就太妙了。”晏阑笑了起来，“果然是坐不住了，想趁着刘副局还没醒彻底坐实了这件事。”

“坐实什么？权钱交易？那银行流水作假可是要蹲监狱的。”

晏阑：“一边是彻底败露，一串人一起蹲大狱，一边是做个假的银行流水就能把这件事遮过去，如果是你，你选什么？”

“靠，这帮东西，真够黑的。”乔晨骂道。

晏阑笑了笑：“我还就不怕黑。越是这样，他们最后犯的罪越重。这么快就能做出假的银行流水，证明银监系统里也有他们的人，我可不觉得普通职员能有这胆子干这种事。我估摸着我爸会直接把这事交到经侦去，你猜这次是大鱼？还是另一只大老虎？”

“你可真够变态的！”乔晨无奈说道，“你一个刑侦支队长，查个案子把副市长拉下马还不算，你还想把咱们市的领导班子都撸一遍？怎么着？真打算这案子完了就跟着你爸进部里了是吗？平潞这小庙怕是兜不住你了吧？”

“边儿去！我可是立志要扎根基层的！我才不要去部里坐办公室，我一定会被烦死的。”

乔晨笑嗔道：“瞧瞧你那得瑟的模样！”

二人正说笑着，刘青源拎着一个保温桶走到他们俩面前：“晏队好、乔副好。”

“来看你爸？”晏阑问。

“嗯。”刘青源点了下头，紧接着就红了眼眶。

“来坐会儿。”乔晨连忙伸手去拉刘青源，“我刚才去看过了，你爸虽然还没醒，但医生说已经没有生命危险了，别担心。”

刘青源坐到晏阑旁边，双手紧紧抱着保温桶，低着头不敢看乔晨，只哑着嗓子说：“乔副，真的不是我爸……”

“关于这件事，我从来就没怀疑过。”乔晨拍了拍刘青源的腿，“青源，我像你这么大的时候，遇到过一次挺危险的事，当时你爸也是像这次推开你一样先把我推开，自己冲上去跟歹徒搏斗。这些年他虽然对我们都挺严厉的，但他也真情实感地把我们当自己的孩子一样照顾，我们都能感觉得出来。而且你爸是什么样的人你最清楚，不然你也不会追随着他的脚步当了警察。”

“我知道。”刘青源吸了下鼻子，“他不可能是黑警，他更不可能害你们！但是现在的证据……”

“现在压根就没有铁证。”晏阑说道，“那通电话说不清楚，监控又消失了，只凭一份口供什么都证明不了。”

“但是兰局直接让我爸停职了。”

“兰局还直接让我停职了呢。”晏阑向刘青源解释说，“停职不是什么坏事。青源，看事情不要光看表面，你爸表面上一直骂你，那些话我们这些当哥哥的都听不下去，可是爆炸的时候他还是想都没想就替你挡了，这还不能说明问题吗？”

刘青源点了下头，说道：“是，我知道。当时我吓傻了，如果不是我爸，我可能就……我爸他就是刀子嘴豆腐心，从小他没当面夸过我，以前我也怨过，小时候还因为这个犯过脾气，耍过混蛋。但是后来我偶然间听到我爸跟同事夸我，我才知道，他只是怕当面夸我，会让我太过自傲。”

“你明白就好。”晏阑说，“十对父子九对仇，但大多数心里都是念着彼此的。”

乔晨看向晏阑，眼里带着几分揶揄。

刘青源并没有发现，只接着说：“晏队，乔副，我有一个怀疑，能不能跟你们说？”

乔晨问：“怎么不跟兰局说？”

“我……我不太敢。”刘青源说，“兰局他有点儿让人看不懂，我觉得这件事还是得跟自己人说。”

乔晨用脚碰了碰晏阑，晏阑不动声色，对刘青源说：“那你就说吧。你可别跟我说你怀疑兰局，他要是有问题咱们就彻底掉进贼窝里了。”

“不是的。” 刘青源连忙摇头，“我虽然看不懂兰局，但他现在的调查方向是没问题的，给我们安排的工作也都很有道理，我不是怀疑兰局，我是……我是怀疑武副局。”

晏阑心里一惊，之前车上的那段对话连乔晨都不知道，毕竟那只是苏行的推论。在现在这种混乱的情况下，一个毫无证据的推论很有可能火上浇油，所以谁也没有对外说。

乔晨轻轻蹙起眉头，问道："你为什么怀疑武副局？"

"是这样的。"一说到案子，刘青源似乎就开启了另外一个模式，整个人变得理性且自信，"我爸那间办公室原先是个套间，里面有一扇门通往隔壁的休息室，我记得我小时候在他办公室后面的休息室里睡过觉。后来因为上面提出要求，领导不能搞特殊化，杜绝搞享乐主义奢靡风气，所以就把休息室里的沙发挪出来，然后把休息室也给改成了办公室，在外面开了门，不过一直也没人用，这次武副局来，用的就是那间。原先进休息室的小门没有堵上，只是用柜子挡住了，所以楼道的监控显示没有人进入过我爸的办公室，只是没有人从楼道的正门进入，不代表真的没人进去过。"

晏阑想起自己办公室的柜子后面也有一扇门，只是他隔壁没有人，是个杂物间。他当上支队长的时候已经没有单独休息室，所以他也一直没有在意。

"还真有这么回事。"晏阑轻轻点头，"所以你是怀疑武副局从那个门进过你爸的办公室？"

"是。"刘青源继续说，"乔副出事之后没多久他们就说我爸有嫌疑，我肯定是不信的，就趁乱进了我爸办公室，想看看有没有什么证据，结果发现那个柜子旁边的地面上有一道痕迹，明显是有人挪过柜子。"

乔晨问："你追查了吗？"

刘青源回答："我不太敢。办公室里有摄像头，如果真的有人在盯着的话，我这样可能会打草惊蛇。所以我只是假装进去找东西，然后拿着我爸的水杯就出来了。反正大家都知道我跟我爸的关系，我进他办公室拿杯子不会有人怀疑。"

"这事你跟谁说了？"

"谁也没说。"刘青源几不可闻地叹了口气。

乔晨说道："我现在还在轮椅上坐着，晏队现在处于停职阶段，你跟我们说，我们也得跟领导说，不如你直接去告诉江局，或者兰局。"

"可以说吗？"刘青源终于抬起头看向了乔晨，"我怕我这是添乱。"

"你不说才是添乱。"乔晨笑着安慰道，"就算最后查明没有问题，也没有人会怪你。我们查别人的时候不放过任何一个细节，不能到内查的时候就随便糊弄过去了。而且这事关乎你爸的清白，你更不能糊弄了。"

“那……兰局和江局……不会有问题吗？”

“看来是给孩子吓着了，谁都不敢信了。”晏阑笑了笑，一只手放在衣服口袋里，另一只手臂搭在刘青源的肩膀上，附到他耳边耳语了几句。刘青源嘴巴张得能吞下拳头，一时间忘记了表情管理。

乔晨笑着托了一下他的下巴，说：“这才是真给孩子吓着了。”

“行了，”晏阑把一颗糖塞到刘青源手里，“赶紧去给你妈送饭吧，这段时间你们娘俩辛苦了，如果忙不过来就说话，别生扛着，找个护工做个饭的事我还是能搭把手的。”

刘青源站起来说道：“不用的晏队。如果我爸醒来知道您替我们张罗了这些事情，他一定会骂死我的。”

“我知道，所以我才没让人给你爸挪到高干病房去。”晏阑说，“快去吧，别跟我们这儿待着了，记得我跟你说的话。”

“我记住了！”刘青源磕了一下脚后跟，“晏队和乔副你们好好休息，我先走了。”

乔晨看着刘青源的背影，轻声叹了口气：“刚工作就碰上这事，也是挺难的啊……”

“这事跟工作多长时间有什么关系？”

晏阑又要去拿糖，被乔晨一把抓住：“你怎么突然这么爱吃糖了？”

“我想抽烟！”晏阑说，“这个时候咱俩本应该一人一根烟，现在你是被动戒烟，我是主动戒烟，反正都抽不了，只能吃糖了。”

“那你能不能吃点儿正常的东西？这都什么年代的糖了，过没过期啊？”

“我新买的！”晏阑玩着手里的糖纸，“感谢这些年的复古潮流，好多老东西又被翻出来了。”

“这全是色素，怎么这会儿你又不挑剔了？平常我们吃快餐你都皱眉头。”

晏阑笑着说：“这是苏行爱吃的，他从小就爱吃这个，我也觉得奇怪，你说我跟他差了快十岁，怎么我的童年记忆跟他的好像没什么代沟呢？”

晏阑在乔晨那“关爱智障”的眼神中淡定地把糖放回衣服口袋里，随即一本正经地说道：“你对刚才青源说的有什么看法？”

“我没看法。”乔晨说，“从省厅到市局早就烂透了，要祛毒瘤就得下猛药。只是不知道你爸这剂猛药能不能把他自己身上的毒瘤也一并刮下去。”

晏阑："你对我爸有什么误解？他只是看上去脾气温和而已，实际上他要是发起狠来是真的不管不顾。从毒窝里活着爬出来的，曾经在暗网上悬赏一百万一颗人头的二级英模能是让人随意摆弄的？别的不说，你这辈子见过几个还活着的二级英模？"

乔晨吞了下口水，说："悬赏那事是真的？我一直以为是谣言。"

"是真的。"晏阑说，"三十多年前的一百万，搁现在得有上千万了吧。所以他回来不跟我妈复婚也是有道理的，就算没有人从中作梗，他大概也不会把危险带给我们。"

"我怎么觉得这段时间你跟你爸的关系缓和了不少。想通了？"

"其实也没什么想不通的。"晏阑叹了口气，"他觉得远离我们是保护，我觉得有他陪伴比什么都重要。我们俩站的角度不一样，所以做出的选择也不一样，这没有对错。"

"真难得啊！"乔晨感叹道，"我以为你跟你爸要打到地老天荒去了。"

"你就夸张吧！"晏阑把糖纸扔到乔晨身上，"说正事！我问过了，武卫阳被调来不是我爸做的，是金厅，所以他真的有问题。"

乔晨皱着眉说："可是我想不通，是你爸这条大腿不够粗吗？他为什么要去抱金厅？金厅根本就升不上去了啊！"

"是我爸没让他抱过。"晏阑说，"我家这位兰局长，这辈子就给自己儿子走过一次后门，就是把我塞到了刘叔手底下。亲儿子尚且如此，就别说徒弟了。"

"亲儿子有血缘关系，即使他不开后门，自然也有人会给你开后门。但是徒弟就不一定了，对吧？"

晏阑点了下头："对。之前没有对比，他可能还不觉得。但是这些年我这个'省厅亲儿子'的名头传出去，他肯定心里不舒服。虽然我的业绩配得上我现在的职位，但在他看来，我就是靠爹。"

乔晨叹了口气，说："人啊，是真的会走歪的。"

"今儿还挺热，穿多了。"晏阑说着从口袋里捏出一个窃听器，在外衣上蹭了两下，伪装成脱衣服的声音，而后扔到身后的花坛里，紧接着就推着乔晨换了一个位置。

乔晨脸色黯淡，低声道："你觉得这招有用吗？"

晏阑："试试看吧。"

“可到底我们还是利用了青源。”乔晨道。

晏阑摇头：“我们这只能算是将计就计。谁也不能提前预知青源今天会来跟我们说这些事。而且如果我之前没有发现这个窃听器呢？”

“也对。”乔晨叹了口气，“从那时候你说怀疑他，我就一直不相信，可是现在……好像不得不信了。”

“先别想了，你这伤还没好，想太多不利于恢复。”晏阑拍了拍乔晨的肩膀，“放风结束，该回去了，你一会儿还有药。”

“嗯。”乔晨低低应了一声，没再说话。

晏阑虽在停职，但调查却仍在有条不紊地进行。撞向乔晨的那辆车来路干净，司机的背景调查迟迟没有进展，只在那名司机家中找到了五十万现金。但这五十万现金不连号，没有打捆，全部都是已流通许久的旧币，很难追踪其来源。恒众兴已经被控制住，幕后之人却还能在极短的时间里拿出五十万现金，能找到一名愿意接“有去无回”工作的司机，这足以证明对方手中不止一个“恒众兴”。晏阑把这个分析告诉前来探病的庞广龙，庞广龙一边吃着果篮里的水果一边说：“老大，我觉得我早晚会被你吓死。那天你让我调监控，我看到监控里那人之后吓得魂儿都快飞了。”

“这不是还好好地跟我说话呢吗？”晏阑伸手把果篮挪到一边，“这是给苏行和乔晨的，都让你吃了！”

“行了吧老大，苏行还没醒呢，乔副收的果篮都快堆了一车了，我吃点儿怎么了？”庞广龙把最后一口苹果咽下，拿纸巾擦了手，接着说，“老大，你说的那些事，兰局都已经交给我们了，我们现在在反着查，以红升医药和瑞达生物为原点，发散去查跟他们相关的企业。如果有第二个或者第三个恒众兴，他们之间肯定要大量过钱走账，也就意味着会有明面上的业务往来。经侦那边派了人来协助，我现在就是个跑腿的，负责给你们传递消息。”

乔晨茫然道：“什么监控？”

晏阑说：“你车祸那天，我和苏行在办公室做过分析，后来因为有事，我们俩出去了一趟，到下午才回来。我办公室没锁，中间那段时间，有人进去过。”

乔晨眨了眨眼睛，目光在晏阑和庞广龙之间来回停留，那些没有说出的话化作眼神中的询问和难以置信。少顷，他重重地叹了口气：“我知道了。”

晏阑说：“暂时先别想了，你踏踏实实养伤，最起码医院现在是安全的。

他还不知道自己暴露了，现在不要打草惊蛇。那个窃听器还有电，刚才通过刘青源送过去了个消息，我们再等等看。”

刘青源回到市局后就去向兰正茂说了自己的发现，兰正茂立刻让痕检去将两个办公室仔细检查了一遍，两个办公室之间的文件柜确实被人挪动过，但孙铭睿在柜子背面和刘毅办公室一侧的门把手上提取到了属于刘毅的指纹和掌纹，同样的，在武卫阳办公室一侧的门上也提取到了刘毅的指纹。按照行为逻辑去分析，这反而佐证了刘毅通过两间办公室之间的门进了武卫阳的办公室。孙铭睿看着这烫手的结果唉声叹气，迟迟没有送去给兰正茂。直到兰正茂亲自找到孙铭睿，他才不得已将结果交了出去。

“兰局，这……这结果不对！”孙铭睿在兰正茂离开前脱口而出。

兰正茂转过身看向孙铭睿，问：“是结果不对，还是这结果不符合你心里的答案？”

孙铭睿道：“刘副局不是那样的人！”

“但这结果是正确的，对吧？”兰正茂反问。

孙铭睿咬了咬牙，说：“兰局，您再给我点儿时间，我一定能找出问题来！”

兰正茂又问了一遍：“你现在给我的这个结果，是正确的，对不对？”

孙铭睿眨了眨眼，大脑飞速地运转着，他隐约觉得兰局的这个问题有深意，但却怎么也想不明白。

兰正茂面色未变，只是说道：“纸质报告我拿走了，电子版上传系统，记得抄送给王军一份。”

孙铭睿看着兰正茂离开的背影，呆愣片刻，而后推门而出，往所长办公室去了。他把这件事和刚才兰正茂说的话详细地复述给了王军听，王军沉默片刻，说：“你是痕检员，就做痕检该做的事情。你提取到了指纹，验证了指纹的主人，这就是你所能做的所有事情。但是这个指纹能推断出什么结果，并不受你所控制。而且这指纹究竟是刘副局自己按上去的，还是别人用别的什么方法按上去的，接下来要怎么继续调查，都不是你能左右的。你完成了你的本职工作，即便日后真的有问题，你也不会有问题。可如果你现在就把这个结果按下来，就是你失职，甚至是渎职，兰局是在保护你，明白了吗？”

孙铭睿听后怔愣许久，原本已经黯淡下去的眸子骤然亮了起来：“我懂了！谢谢王老！”

“去吧。”王军说，“记住，人心有偏向，但证据没有情感。”

孙铭睿回到痕检实验室，仔细研究起指纹和现场照片来。一直到这天深夜，孙铭睿再一次敲开了兰正茂办公室的门。听完孙铭睿的分析兰正茂挑了下眉，说：“你的任务完成了，可以下班了。”

孙铭睿长出了一口气：“谢谢兰局！”

与此同时，晏阑放下手机，对乔晨说：“看吧，常在河边走哪有不湿鞋。”

“变态！”乔晨翻了个白眼，“就是可怜了青源，估计好一阵子都缓不过来。”

“不过经历这一回，青源很快就会成长的。”

“阎王手底下没好人啊，我算是看出来了。”乔晨戏谑了一句，接着又说，“不过还是挺悬的，如果不是刘副局右手有伤，推不动那文件柜，恐怕真的就被武卫阳给糊弄过去了。”

晏阑却说：“假的真不了，指纹只能证明刘副局动过，却没办法指出他是什么时候动的。说到底，这陷害的手法一点都不高明，武卫阳这几年削尖了脑袋就想着怎么往上钻，专业技术早就退化了。”

“他还是继续退化着吧！”乔晨无奈，“他要是也跟你似的这么机灵，刘副局这回彻底就栽进去出不来了。”

“谢谢夸奖。”晏阑大言不惭地说道。

乔晨抡起枕头扔到晏阑身上：“臭不要脸！赶紧滚出去吧，我要睡觉了。”

“得嘞，老妈子好好休息。”晏阑笑着站起身，把枕头还给乔晨，然后走出房间关好门。

两天后，苏行终于离开了ICU。在被推着走过两条很长的走廊，换过一次电梯，挨过两次过床，总历时十分钟之后，苏行终于躺到了特需病房里。大概是一路下来太折腾，他觉得身上像散了架一样难受，再加上许久没有见到太阳，照进屋内的光线刺得他不由自主地皱起眉，挣扎着想伸手去挡。

“没事的。”一个熟悉的声音在耳边响起，紧接着眼前就被什么东西遮住了，“我在，你踏实睡。”

这个让人安心的声音一响起，苏行刚才飘在半空中的心一下落了地，连带着身上那种互相撕扯的感觉都渐渐消散，很快就睡了过去。

第6章

苏行毕竟年轻，身体底子还算好，在身体机能趋于稳定之后，他所需要做的只是睡觉，靠睡眠来养足精神。从只能睁眼几分钟到可以醒小半天，不过是十天的事情。这十天里，苏行通过每天清醒时听晏阑和乔晨在他身边说话，逐渐了解了案件的最新进展——

经过反向摸排，在与红升医药和瑞达生物有往来的企业之中找到了一家可疑的装饰公司，已经派了人去仔细调查。

刘毅因为右手腕受过枪伤，根本不可能单手推动文件柜，而那文件柜上的指纹掌纹却恰好是刘毅的，这就有理由怀疑是有人留了刘毅的指纹掌纹，用来嫁祸。刘毅还没有醒，只要他一天不醒过来把事情说清楚，这件事就始终是“可疑”。

苏荣当年的线人都问了一遍，有一名叫作郭树的线人成了关键人，然而这个郭树在十六年前苏荣车祸后不久就“意外”离世。郭树周围的关系和相关人全部在市局接受询问，具体情况还不清楚。

丁理和肖鹏飞在爆炸中已经死透了，尸检发现丁理体内也有残留的芬太尼，而且在出事之前他一直在跟一个虚拟号码进行联系，正是这个虚拟号码向他透露了肖鹏飞的行踪，并且告诉他怎样把肖鹏飞引到恒众兴去的。虚拟号码不好追踪，尤其是这个号码只用了一次，在爆炸发生之后就彻底消失不见。

晏阑的脑震荡已经恢复得差不多了，不过他还在停职期，整天“无所事事”地赖在苏行的病房里，无论苏行什么时候醒来，都绝对能看到他。苏行还不太能说话，醒着的时候大多沉默着，顶多就是“嗯”一声给个回应，极少数时候才会说一两个简单的字。相比而言，晏阑就成了个话痨，事无巨细地给苏行讲每天都发生了什么，刚开始苏行还认真地听，到后来就完全不在意了，直接拿这声音当睡前音乐，只要晏阑一开始讲日常，他就能秒睡。

因为颅内出血还没完全吸收，苏行大多数时间都处于强烈的头痛中，他不太愿意用镇痛药，只有在疼到难以忍受的时候才让晏阑帮他按一下止疼泵。这几天朝夕相处下来，晏阑已经看得懂苏行的眼神和表情了。

“又头疼了吧？”晏阑坐到床边，轻轻给苏行揉着太阳穴，“我妈当年也是浑身上下到处都疼，所以我才特意学了按摩手法，谁能想到现在用到你身上了。”

苏行下意识地要避开晏阑的眼神。

“躲什么躲?！”晏阑顺势扶住苏行的头，“趁着你还不能反驳不能怼我，我得赶紧把话说清楚。”

苏行愣愣地看着晏阑。

“我都知道了。你藏起来的那两份文件我也看到了。”晏阑说，“下那么大雨你不打伞往墓地去，难怪第二天病成那样！想去看我妈就直说，找个天气好的日子咱俩一起去，你自己跑过去干什么？”

苏行张了张嘴，却没有发出任何声音。

晏阑继续给他按着太阳穴，说：“想问我会不会介意？会不会放不下？”

苏行眨了下眼。

“我当然介意啊！”

苏行的心骤然下沉，他闭上了眼睛，等待着预期中的结果。

“我介意你有事不告诉我，连句话都不说就跑走。我还介意你那些拙劣到满是漏洞的谎言，更介意我自己连这种谎言都信了！”晏阑手中稍稍加了力度，“我要是不自己发现，你打算瞒我到什么时候？嗯？”

苏行沉默着。

“我在你心里就是那么不讲道理的人吗？这件事怎么怪也怪不到你头上，也不知道你成天都在想什么！”

苏行依旧沉默着，只是喉头似是被重物坠着，连呼吸都变得不再顺畅。

“还说什么还我一条命？你以为自己是属猫的？！再说你还得了吗？你还

能让我妈活过来不成？”晏阑叹了口气，“你也算是半个学医的，你应该知道手术都是有风险的。就算那天没有出事，就算我妈做了手术，也不一定就成功；就算成功了，术后还有感染、排斥、并发症的可能。如果我妈生病的时候还没有肝移植术，那她的病就是绝症，根本就没得治。所以说到底，命中注定她就是要遭此一劫，没有那场爆炸，或许也会有其他的。我从来就没有怨过那场爆炸，更没有怨过成医生，更不可能怨你。”

苏行纤长的睫毛无法抑制地颤动了起来，晏阑用手指擦过他的眼角，轻声说道：“别哭，你现在不能太激动。”

“嗯。”苏行应了一声。

“乖。”晏阑轻声安慰道，“好好养身体，别再让我担心了。”

苏行稍稍动了一下手腕，晏阑会意，把手放到了苏行手边。苏行弯起食指关节，在晏阑的手心里画了几笔。

晏阑盯着自己的手看了好一会儿，“扑哧”一声笑了出来，他继续给苏行揉着太阳穴，半晌才说道：“光画画可不行，你得亲口说出来才算数。”

苏行没再回应，在晏阑的按摩下沉沉地睡去。晏阑把苏行的手放回被子里，对着他的睡颜轻声说道：“不用谢。”

或许是一直撑着的那口气松了下去，苏行这一觉睡了整整两天，吓得晏阑叫了好几次大夫，最后干脆直接睡在了他旁边。

乔晨这几天已经恢复到不用人扶着就可以走路了，他来到苏行的病房里，坐在一旁的沙发上说道：“我说老大，小苏就是太累了多睡会儿，你至于担心成这样吗？”

“他已经两天没醒过了！”

“知道什么叫静养吗？”乔晨说道，“你天天在人家耳边叨叨，他能静得下来吗？这下好了，成功给人家叨叨没电了吧？”

“你这都什么形容词？”晏阑转过身看向乔晨，“之前查的那事怎么样了？”

“没进展，又卡住了。”乔晨这个从来都把工作放第一位的人，并没有意识到自己又被转移了话题，他拿出手机晃了晃，“不过咱家大小姐说了，没进展就是最好的进展。那天中午江局从省厅全身而退，最起码证明了吴厅并没有被完全架空，金志浩一手遮天的日子快要结束了。”

乔晨顿了顿，接着说：“刚才凌堇带来一个消息，周建兴被分权了。他手里的医疗和食药监都被分了出去，现在只剩下工商质监这一摊了。”

“这么快？”

乔晨伸出一根手指向上指了指，意味深长地说：“站错队的后果。”

“那这也有点儿太快了。”晏阑说道，“七月底的时候才有消息说俞江那边空降一个副市长分他的医疗，怎么现在连食药监都分出去了？”

乔晨：“老大，再过一个礼拜就十一了。”

晏阑这才惊觉此时已经是九月底了。一个分尸案查了半个多月，连着引出十六年前的案子，他从邻省出差回来就已经是九月了。紧接着乔晨出车祸、恒众兴爆炸，苏行在 ICU 躺了五天，转回病房到现在也十多天了，九月就这样过去了大半。

乔晨：“而且这次分走医疗的不是俞江那边来的副市长，而是秦副市长。有人的如意算盘落空了。”

晏阑那不太敏锐的政治神经终于搭了起来，他无意识地攥了一下手，说道：“原来这盘棋是这么下的。”

“咯……”苏行在昏睡两天之后终于又一次发出了声音，他似乎是被呛住了，又勉强咳了一下，接着喘了几口粗气。

“怎么了？”晏阑连忙回过身，轻轻抚摸着苏行的胸口给他顺气，“醒了？哪不舒服？”

苏行闭着眼，只微微动了一下手，晏阑这才意识到自己一直攥着苏行的手，大概是刚才那一捏弄疼了他。

“吵……”苏行轻轻吐出了一个字。

乔晨强忍着笑，说道：“我说什么来着，是个人都觉得你吵，赶紧走吧，让小苏踏踏实实休息。”

晏阑准备起身，却发现苏行并没有松开他手的意思。

“有话要说？”晏阑问。

苏行缓缓睁开眼，用了许久才成功对焦，他把自己的手从晏阑的手中抽出来。晏阑立刻将手掌摊开，看苏行用指尖在自己掌心写下了一个字。

“本？”晏阑看着他，随即理解了，“你爸那个笔记本？”

苏行眨了下眼。

晏阑问：“你知道在哪？”

苏行接着在晏阑手中画了一个箭头。

“箭海老房子里？”

苏行又写了一个字。

“后？”晏阑这次没能理解。

苏行叹了口气，轻轻张开嘴，晏阑立刻把耳朵凑到苏行嘴边，就听苏行用气声，一字一顿地说：“后……罩……房……”

“后罩房里还有你爸的东西？”

苏行喘了几口气，实在是说不动话了，于是又在晏阑手心里写了一个字。

“土？埋地里了？哦不是……墙？在墙上？”

苏行轻轻点了下头。

“你可真棒！”晏阑兴奋地几乎要抱起苏行。

“哎哟我去！”乔晨立刻说，“我说你能不能别那么生猛！你看小苏汗都下来了。”

“我错了。”晏阑连忙停住手，拿过旁边的毛巾给苏行擦汗，“怎么就睡了这么长时间？吓得我以为你要被送进去二次手术了。”

苏行轻轻摇了下头。

晏阑说：“又给你做了一次 CT，瘀血还有，不过比刚进来那天少了，证明在一点一点吸收。你当时的出血量都快达到开颅手术的指征了，幸好是控制住了，不然更得受罪。对了，医生说你可能不止会头疼，其他地方也会疼，是吗？”

苏行眨了下眼。

“怎么不说啊！”晏阑无奈地摇了摇头，“我这么好的按摩手法，你还不趁机多享受享受？！还哪里疼？我给你按按。”

苏行摇了摇头，在晏阑的手心里写：去查……

还没待他写完，晏阑就说道：“早就跟你说我被停职了，没看刚才老妈子一直在看手机吗？他那是让人去你家了，你就别操心了。”

苏行看到乔晨拿着手机正准备出门，就知道晏阑没有骗他。等乔晨离开后，他用眼神瞟了一下旁边的桌子，晏阑立刻就把水杯拿了过来，用棉签蘸了些水给他润了嘴唇。

“你怎么知道我们还在找那个笔记本？难不成这两天你醒过？”晏阑问。

苏行眨了下眼。这两天他确实不是一直睡着，只是身上用不上力气，连眼睛都睁不开，好像又回到了在ICU时候的那种感觉。他醒来的时候大多在半夜，屋里安静得只有他和晏阑的呼吸声，在那种安静到极致的环境里，他可以心无旁骛地整理着自己的思绪——反正只有脑子能自由活动，外界的一切都没办法打扰他。这也让他想起了一些很细碎的小事，其中包括了偶然间看到自己父亲在后罩房的墙里藏东西的场景。箭海的那个平房是套十分规整的四合院，除了正房和东西厢房以外，后面还有一排同样坐北朝南的房子，因为家里人口不多，所以后面那排房子都用来当仓库。他小时候过敏很严重，几乎没去过那个满是尘土的仓库，印象中只有那一次，他看到父亲进了后罩房最里间，拆了两块砖，把一个黑色的长方形物体放进墙里。他记得之前回老房子里找成澄问话的时候瞟到后面那排房子没有什么太大的变动，所以他想碰碰运气，也许父亲当时藏的就是那个笔记本也不一定。

"醒过为什么都不睁眼？是难受吗？"晏阑问。

苏行下意识地想摇头，但转念一想，这个时候就算说不难受晏阑大概也不信，于是就轻轻点了下头。

"你快点儿好起来吧。"晏阑说，"再这样下去我都要神经衰弱了。欸，我偷偷跟你说件丢人的事情，你可不许往外说。"

苏行突然来了兴趣，眨着眼看向晏阑。

晏阑趴在苏行的耳边，轻声说："你的呼吸太浅了，这两天我一直把手放在你身上，其实是怕你突然就过去了。"

大概是扯到了伤口，苏行笑得直皱眉，他上下唇轻碰，发出了一个声音："笨。"

"也就你敢说我笨！我当然知道如果有问题监护仪会报警，但还是不放心。你说都不说一声就睡了两天，真的很吓人。不许跟别人说，听见没有？！"

苏行点了下头。

"医生说你醒来之后就可以开始进一点流食了，有没有什么想吃的？"

苏行在晏阑的手心里画了个叉。

"那我可就让舅妈随便做了，到时候你爱不爱吃都得吃。"晏阑说。

"嗯。"苏行应了一声，又写道：不吵。

"你现在确实需要安静，我不会吵你了。到时候你又一个不高兴就睡两天，我可受不了这刺激。"

苏行笑了笑，半闭着眼写下一个字。晏阑辨认了一会儿，然后用手轻轻盖住苏行的眼睛，说：“困了就睡吧，只是这次不许再睡那么长时间了。”

等苏行睡熟之后，晏阑轻手轻脚地走出房间，乔晨已等在外面，见他出来后立刻说道：“刚才我给王老发了信息，让他陪着林欢和孙铭睿一起去苏行家。”

晏阑轻轻点头：“上次我去苏行家时看到后面那排后罩房确实落着锁，看样子是很久没人动过了，没准能留下什么痕迹也不一定。”

“不一定？”乔晨疑惑。

晏阑：“苏行也没有十足的把握，毕竟那么长时间了，他现在又是这种情况。跟王老说一声，如果没有也别太着急，案子已经过去这么多年了，不是那么容易就能查到的。”

“嗯，不过王老应该心里有数。”乔晨刚要拿手机发消息，就听晏阑说道：“算了，我还是亲自去一趟吧。”

乔晨连忙阻拦：“你停职呢，小心犯错误。”

晏阑：“我不去现场，但是我家律师现在代理着苏行家房产继承的事，我跟律师一起去当事人家里，这总不违反纪律吧？”

乔晨张了张嘴，道：“你这是诡辩。”

“放心吧，我有分寸。”晏阑指了下关好的房门，“你帮我照看一会儿，有事电话联系。”

“行吧，那你自己小心。”乔晨说道。

晏阑开车到箭海时林欢一行人已经进了苏行的家，有调查函和社区工作者陪同，李婉琴就算再跋扈也不可能真的阻拦，更何况王军一露面，李婉琴在气势上就矮了一截。毕竟当初扔苏行出门的是她李婉琴，而把苏行养到这么大的是王军。晏阑想了想，最终还是没有进去，只是给林欢发消息，让她把视频打开，全程“直播”。

四合院的后罩房已经很久没有人进去过了，里面落满了厚厚的尘土，孙铭睿戴好手套，蹲下身抹了一下地上的灰，说：“至少五年没人进来过了。”

“这倒是个好消息。”林欢说。

“进去吧，地上的痕迹不用处理。”王军说完就率先进了屋内。这是一间方正的屋子，没有窗，三面都是砖墙。

晏阑让林欢举着手机在屋里转了一圈，然后直接说道：“西墙柜子后面。”

林欢：“啊？老大你确定？”

王军听见晏阑的声音之后笑了一下，说："杂物间的东西都是随意堆放的，如果那个柜子没有用，前面一定放满东西了。但是现在，整间屋子都堆得乱七八糟的，却给这柜子前面留了一条路。"

孙铭睿朝着手机镜头竖了个拇指："晏队牛。"

"别拍马屁。"晏阑道，"你们找吧，我就在外面等你们。"

挂断了晏阑的电话，林欢立刻和孙铭睿上前查看那个柜子。过了大约半个小时，三个人果然从柜子后面的活动墙砖里找到了那个传说中的笔记本。

晏阑在车上正犯着迷糊，隐约间觉得有人在敲车窗，他勉强睁开眼看了一眼，立刻抬手搓了把脸，推开车门。

"老大啊，你这停职休息怎么还能困成这样？"林欢打趣道，"是不是背着我们干什么坏事了？"

"去你的。"晏阑抬手比画了一下，问，"怎么着？有结果？"

孙铭睿把装有笔记本的物证袋拎起来："这可是个宝贝，不过不能给你看。"

晏阑轻笑了一声："我也没想看。不过这东西烫手，你们留心。"

"知道，我们今天出来没跟任何人说。"孙铭睿说道，"我打算回去之后直接跟兰局申请，在他办公室看这个。"

"随你们吧。"晏阑摇了摇头，"苏行昏了两天，今儿上午才醒，现在还不太能说话，你们尽量别麻烦他。"

"知道了。"林欢回答，然后又说道，"老大要不你带着王老去医院看看小苏吧，我跟孙铭睿直接就回局里了。"

"也行。"晏阑转头看向王军，见王军点了头，便道，"那你们忙，我们先回医院。"

四个人分头行动，等晏阑把车开上主路，王军才说道："这段时间辛苦你照顾小行了。"

晏阑："王老您这是说的哪里话，我反正也是停职，让我在家闲着还不如让我在医院照顾苏行呢。"

王军笑了笑，说："平常连轴转查案子都没见过你累成这样，你会照顾人吗？"

"前两天是有点儿手忙脚乱，但现在已经学会了。王老，您这就是瞧不起人了。"

王军轻叹一声，说："我们也老了，小行这一出事，我连着吃了好几天丹参滴丸，他师娘也是血压高了好几天。我要是去了公大，一年也就能回来两趟，听说那天兰局和你舅妈都给苏行签了字，我就在想，以后把苏行交给你吧。”

“什么？”

王军说：“现在不是有那个什么意定监护吗？你要是愿意，就跟小行商量商量。你们俩这工作都危险，你还有兰局和你舅舅一家，小行可是什么靠谱的长辈都没有了。”

“兰局？什么兰局？”

“行啦，跟我还瞒着？”王军笑了笑，“轮廓骨相几乎都是一个模子里刻出来的，别人看不出来，我还能看不出来？忘了我当年一幅画像把凶手送到你们手中的事了？”

王军的主业是法医，但早年间还曾经兼任过画师，他曾经按照目击者的描述成功画出了嫌疑人肖像，直接帮助刑侦锁定了嫌疑人。那时晏阑刚到刑侦不久，被王军这一手所折服，从此就把王军看作神一样的存在。晏阑知道王军说的是这件事，便说：“是，要不您能被聘为公大教授呢。”

“我说认真的。”王军道。

晏阑：“认真的您也得跟苏行商量，您养了他这么多年，现在扔给我们家，苏行心里能没意见？他心思重，要是再想多了，到时候是您哄还是我哄？”

“臭小子！”王军笑骂了一句，没再继续这个话题，转而问道，“老刘怎么样了？”

晏阑回答：“刘叔这几年血压一直控制得不好，这次多脏器出血，虽然伤得比苏行轻，但恢复起来肯定没苏行那么快。”

“其实老刘不醒，对你们查案是有利的。”王军说。

晏阑无奈说道：“这话也就您敢说。”

王军：“这次的水很深，你虽然不喜欢那些东西，但是送上门的助力还是要抓住。几位副市长的调动都不是随意的，有些话我不方便说，有些事我也不是全都能知道。你要是看不明白，或者摸不清脉，就去问问老江，那老家伙，眼睛毒，脑子也活络。我知道你在想什么，确实，这次的事情无论结果如何，老江肯定就止步于此了，但你也没必要自责。事情早就发生了，你不过是把事情捅出来而已。不是你捅，也会有别人。在某种程度上，我们还很庆幸这件事是被你给翻上来的，因为我们从来不担心你的立场和动机。毕竟你这愣头青，看的永远都是真相，而且你背后的势力太大，没人敢惹你。”

“您这是夸我还是骂我呢？”

“没夸也没骂，说的是事实。”王军语重心长地说，“父子亲缘关系是不能选择的，你其实没必要跟你爸切割得那么干净，承认也并不是什么坏事。点到为止，话说多了你该嫌我烦了。”

“我嫌谁也不敢嫌您啊。”晏阑把车拐进医院，“一会儿您先上去，我去找一趟淳教授。”

“嗯，忙你的去。”

二人下了车之后就分开行动，等晏阑拿着一摞资料回到病房时，王军已经离开了。乔晨接过晏阑手中的资料，说：“刚才小苏醒了一会儿，跟王老说了两句话，王老看他没什么事就先回去了，这会儿小苏应该是又睡了。”

晏阑点头：“那就不吵他了，正好跟你说点儿事。”

“什么？”

晏阑指了一下资料：“这是从医务处调来的，楼层所有医生护士和护工后勤的名单，我刚才记了，你也记一下。我跟小姨打过招呼了，这段时间这个病房的所有东西都要经过二次检查才能送进来。”

乔晨问：“你怕有人要对苏行下手？”

“又或者是你，总之要再小心些。”晏阑说，“你这伤还没好利落，苏行更是还没完全脱离危险。你皮糙肉厚的还算抗造，可是苏行原本身体就不好，过敏的东西多，不能用的药更多，咱们都不是学医的，这医院里的东西弄不好就能致命，苏行他妈当年可就是被‘自己人’和常用药害死的。”

乔晨仔细将那些员工资料看过，说道：“虽然你说的没什么问题，但我还是想抗议一下，怎么我就是皮糙肉厚抗造了？我现在也是病人好不好？！”

“跟苏行比你可不就是皮糙肉厚吗？”晏阑反问。

“哼！”乔晨发出一声轻哼，把员工资料合上，说，“都记住了。这份资料到时候给负责楼层安保的三组也看一遍。”

晏阑笑了笑，说：“还行，没伤到脑子。”

“滚吧你！”

第7章

自从能吃东西之后，苏行恢复的速度就变快了许多。在九月的最后一天，他已经可以在别人的帮助下坐起来说话了。晏阑风尘仆仆地赶回医院时，正看见自家舅妈在给苏行喂汤。

“我来吧。”晏阑洗过手走到床边，从柳清莹手里接过保温桶，旋即就皱起眉头，“怎么是鸡汤？他不吃鸡肉的。”

“小苏啊，咱别跟傻子一般见识啊！”柳清莹摸了摸苏行的头，“我这个外甥吧，小时候被我家那位打得狠了些，脑子不太灵光。”

晏阑：“……”

柳清莹继续说道：“一会儿让他推你出去溜一圈，回来就可以睡觉了。晚上想吃什么？”

苏行轻声说：“不用麻烦了，医院的营养餐就挺好的。”

“那不行。”柳清莹立刻否决了苏行的想法，“不去私立医院养着就算了，饭必须得吃自己家做的。一会儿你想好要吃什么就给我发微信，我先回去了。”

“好，舅妈慢走。”苏行回答。

晏阑坐到床边，抱着手里的鸡汤犹豫着看向苏行，说：“你不是不吃鸡肉吗？”

“又想吃了。”苏行靠在床上，“你家的鸡汤还挺好喝的。”

晏阑舀了一勺鸡汤送到苏行嘴边，问：“你以前逗我的？”

“人都是会变的。”苏行笑了笑，喝了口汤，说，“之前是我太敏感了。”

晏阑疑惑：“你在床上躺这一个月到底都想什么了？”

“不告诉你。”苏行又喝了一口鸡汤，然后轻轻摇了下头，“先不喝了，推我出去走走吧。”

“今天这么有精神？”晏阑掀开被子把苏行抱到轮椅上，然后把床尾的毯子搭在他腿上，临出门时又拎了件外套。

苏行无奈地说：“你也太夸张了。”

“你折腾这一出，掉了小二十斤肉，轻得我一只手就能抱得动你了。”晏阑推着苏行往外走，“入秋了，宁可捂着点儿也不能冻着。春捂秋冻那是说给普通人的，你这个病人就给我好好裹严实了。”

苏行沉默了一会儿，说：“你确实吵。”

晏阑闭了嘴，安静地推着苏行走到了医院花园里。秋日午后的阳光晒得人身上暖暖的，苏行安静地坐在轮椅上，晏阑则坐在旁边的石凳上给他捏着手臂的肌肉，两个人谁都没出声，如果不是苏行还穿着病号服，这个场景可以算得上是岁月静好了。

半晌，苏行轻轻开口问：“怎么不说话？”

晏阑：“你不是嫌我吵吗？”

苏行眨了眨眼，问：“怎么？现在连玩笑都开不起了？”

“我知道你是开玩笑，不过你现在确实需要安静的环境来休养。”

“说说吧。”苏行看向晏阑，“是不是有什么进展了？”

“确实有。”晏阑说完这一句却没有再继续说下去。

苏行想了一会儿，问：“跟我妈有关？”

晏阑没有回答，而是问道：“你现在情绪还好吗？”

苏行长出了一口气，道：“说吧，我没事。”

晏阑慢慢说道：“买凶的人找到了，是……”

晏阑停顿下来，苏行却直接开口询问：“是黄新吧？”

晏阑愣了一瞬，然后点了下头：“对。还有陆卉梓她妈，也是黄新做的。还有……还有你爸也是……”

“果然是他。”苏行叹了口气，旋即又说道，“不对，黄新一个人做不到，肯定还有警局内部的人给他通风报信。陆叔叔这些年的私下调查都没有引起黄新的注意，更别说我爸当年的调查了，我爸好歹也是个刑侦副支，不可能让黄新有所察觉的。”

“我知道。”晏阑带有安抚意味地轻轻拍了拍苏行，“但是黄新还没招，审讯还在继续。他知道我们手里没有实打实的证据，所以还在扛着。”

“还没证据？那怎么抓的？又是怎么确认的？”

“别急。”晏阑说道，“恒众兴那场爆炸直接炸出了一间地下室，从那里面找到一台高度加密的电脑，还记得吗？”

苏行点了下头，这是前几天晏阑和乔晨在讨论案情时说的。爆炸发生之后现场立刻被封锁了起来，在清理现场的时候发现了一个被炸开的地下室。这个地下室的入口应该是在肖鹏飞的办公室内，在第一次搜查恒众兴的时候因为太过隐蔽而没有被发现。侦查员在地下室里面发现了一台电脑和大量现金，在爆炸过程中电脑并没有被波及，所以里面的数据得以保留。不过这台电脑上的数据经过了反复多次加密，还有一部分竟然运用了RSA密码体制，这给破解带来了极大的难度。从取回电脑至今近一个月的时间，技侦也只破解出了其中不到一半的数据。

晏阑继续说：“这段时间技侦一直在加班加点，今天上午破译出来的一部分正好有黄新和恒众兴的交易记录，所以立刻把他带回市局了。之前曹金宝不是说有一个客户身上有一股特别奇怪的味道吗？今天带黄新回来的时候在楼道里跟曹金宝擦肩而过，被曹金宝闻出来了。”

苏行笑了一下：“这可真是个狗鼻子。”

“但是现在除了恒众兴那台电脑里的转账记录和曹金宝的指认之外，确实没有更多的证据能指认他买凶，而且单凭身上的味道也不能证明他就是曹金宝说的那个人。”晏阑怕苏行难过，又补充道，“不过一定会找到的，你别担心。”

苏行点了下头，又问：“我爸那个笔记本？”

“正好要问你，你知不知道你爸有什么惯用的加密方式？”晏阑说，“笔记本是找到了，但是看不太懂，前面记录的一些案件都是用的正常文字，到后面突然就变成了英文字母和数字，我们试了几种排列组合，也用了国标汉字编码，都解不开。因为现在不确定那个本子上写了什么，也不敢轻易拿出去让专家破译，这几天孙铭睿想了好多方法，也问了王老，但都没结果。”

苏行把手臂架在轮椅的扶手上，用手揉着眉头。晏阑见状立刻说：“算了别想了，太伤神，你现在还是得好好休息。”

苏行撑着头沉默了好一会儿，就在晏阑以为他睡着了的时候，他却轻轻开了口：“试过五笔吗？”

“五笔？”

“小时候我爸教过我五笔输入法，那会儿还让我背过字根。”苏行顿了顿，“我现在只能想起这一个跟字母有关的。”

“好，我这就让他们去试。”晏阑连忙说，“你快别想了。”

“没事，我没那么虚。”苏行拽了一下搭在肩上的外套，“这衣服兜里有东西，你拿一下。”

“什么东西？”晏阑边说边伸手去摸，“难不成还有惊喜给我？”

苏行等晏阑拿出来之后笑着问：“够惊喜吗？”

晏阑用两只手指捏着那个透明袋子，无奈地说道：“够，不止惊喜，这已经是惊吓了。”

“舅妈已经把电池卸了，放心。”苏行说，“这件外套是五天前师父给我送来的，我刚才问过师父，他从我家拿完衣服就直接开车过来了，没去过局里。所以现在有两种可能，一种是有人偷偷溜进我家，在衣服里放了这个窃听器，另一种就是这五天中来看我的人放进去的。”

“大概率是来探病的人放进去的。”晏阑分析说，“王老拿哪件衣服是随机的，甚至连他给你拿衣服的行为都是随机的，这里面有太多的不确定性。”

“我也这么想。”苏行喘了两口气才接着说，“我回忆了一下，只有四天前的下午有外人来看过我。我醒来之后只看见了欢姐和睿哥，但他们说我睡着的时候武副局带着几个支队长都来过。”

晏阑：“对。那天他们来看刘叔，顺便上来看乔晨，但是应该只是在外面的会客厅。”

“我衣服就是挂在一进门那里的，谁都能碰到。”苏行说道，“我觉得这人还挺聪明，乔副现在恢复得差不多了，他只要穿上衣服出门肯定就能摸到兜里的窃听器。但我身上没什么力气，出门也都只是像现在这样把衣服披着，能发现的概率很低。”

“那你怎么发现的？”

“是舅妈发现的。”苏行解释说，“刚才舅妈进门的时候正好在打电话，她在门口晃了一圈就出去了，再进来的时候就直接从我衣服里摸出来了这个。不过她没有拿手碰，这个袋子应该也是干净的，你可以直接拿回去给睿哥让他查一下。”

“好。”晏阑把那个透明袋子小心翼翼地收好，又从轮椅后面的袋子里拿出一个口罩给苏行戴上，“有花粉，你注意点儿。”

因为有口罩的遮挡，晏阑只能看到苏行笑得弯弯的眼睛，他有些不明所以：“你笑什么？”

“笑你啊。”苏行说，“之前连我不能喝牛奶都记不住，现在却提前给我备好了口罩。”

“我记得住，我一直都记得。你不能拿我一次的失误说一辈子啊！”

“抓住领导的小辫子可不容易，我当然得一直说了。”

晏阑用手戳了一下苏行的腿，说道：“你现在是仗着我不敢动你，就可劲儿过嘴瘾是吧？之前躺在床上不能说话的时候可乖了，让干什么就干什么。这现在一能说话，就又开启怼天怼地的模式了。”

苏行反问：“那你是想让我一直不说话吗？”

“又开始歪曲我的意思。”晏阑摸着苏行那为了方便打理而被推得毛茸茸的头发说道，“我想让你赶紧好起来。”

“你不是说不让我在你面前装吗？舅妈她们在的时候我还得撑着，现在只有你，别对我要求那么高了。”

“之前说那么多次都没用，非得炸这一下才听话。”晏阑轻轻叹气，“你说你扑过来干什么？让你把车开远点儿躲着，结果你还越跑越近了。”

“没想那么多，不过下次应该不会了。反正欠你的都还了——”

“闭嘴！”晏阑打断道，“没有下次！而且你从来就不欠我什么。”

“好，听你的。”

晏阑看苏行好像有些睁不开眼，于是说道：“累了就回去吧。”

“还好，我想再坐一会儿。”苏行靠在轮椅的靠背上，眯起眼睛，用很轻的声音说，“我这两天一直在想，我们好像漏掉了什么关键的东西。”

“你能不能歇一歇？想那么多干什么？”

“我现在全身上下唯一还能正常运转的就是大脑了，动脑子也不累，没事的。”

“动脑子才是最累的。”晏阑站到苏行身后，一下一下地按着他的头，“都说了让你好好养着，怎么不听话呢？”

苏行笑了笑，问：“对了，舅妈怎么会对这东西那么敏感？你们都没发现。”

“知道‘雄鹰’吗？”晏阑问。

苏行：“雄鹰特战队？”

晏阑点头：“前雄鹰特战队侦查大队教官。”

苏行张着嘴愣了许久，才缓缓说道：“那他们岂不是在班门弄斧？”

“你说对了。”

苏行不知应该给出什么回应，干脆沉默下来。又过了一会儿，晏阑说：“欸，我问你个问题。”

“嗯？”

“为什么又突然喝鸡汤了？”

“没为什么。”苏行闭着眼说，“当时我根本没喝出来那是什么，后来还是凌堇发现乔副喝了本该给我的排骨汤才意识到两个保温桶拿错了。”

“然后呢？”

“我现在这样就别挑食了，给什么就吃什么吧，而且你家鸡汤确实挺好喝的。”苏行的声音已经变得极轻，“我这么多年没吃过鸡肉，再吃起来发现其实根本没有什么记忆中的味道，说到底都是心魔而已……”

“是不是困了？”

苏行迟迟没有回答，少顷，晏阑只觉得手中一沉，苏行刚才还保持直立的头已经歪向了一侧，竟是没来得及说什么就睡着了。晏阑叹了口气，把搭在苏行身上的毯子掖严实了些，又把塞在旁边的枕头垫到了他的头后，推着他慢慢回到了病房。

乔晨听到动静，开门去看，却被晏阑示意先回去等。等晏阑把苏行安放好，走回到乔晨的病房，乔晨连忙递上一杯水，问：“怎么了？”

虽然是坐在自己的病房里，乔晨还是下意识地压低了声音。

晏阑喝了水，才回答说：“说着话就睡过去了，一路推他回来，抱他上床都没醒。”

“怎么回事？”乔晨皱了下眉，“我发现他醒来之后精神一直特别差，感觉随时随地都能睡着似的。”

“他对药敏感，同样剂量的止痛药，你吃完就纯粹止疼，他吃完就能直接昏睡过去。”晏阑叹了口气，“剂量小了不管用，剂量大了他又不清醒。之前他为了醒着就不用止疼泵，好几次被我发现的时候疼得后背都被冷汗打透了。今天这是趁他中午吃饭的时候给他点滴里加了止疼药，刚才在楼下他一直跟我说话就是不想睡，但是药劲儿一上来是控制不住的。”

“药不会有问题吧？”

“没问题。”晏阑说，“我还因为这个特意去找了一趟淳教授，结果淳教授告诉我苏行从小就这样，所以才会一直坚持锻炼身体。其实不是为了练出多好的身材，只是为了尽量不生病。别人生病吃个药就能好，他生病吃完药还得熬过药物副作用才能好。就咱平常吃的感冒药，他吃完都能晕一整天，这次这么大剂量的镇静剂和强效止痛药，肯定更难受了。”

“可怜的孩子啊！”乔晨推了一下晏阑，“多心疼心疼人家吧，人家可是为了救你才受这罪的。”

“不用你说。”晏阑从衣服口袋里把窃听器拿出来扔在乔晨的病床上，“又一个。”

乔晨吞了下口水，说道：“这都第四个了，他们这是拿咱们当傻子了？”

“不是。”晏阑从乔晨床头的抽屉里把另外三个窃听器拿出来摆在一起，说道，“这样就能看出来了。”

乔晨看了一会儿，恍然大悟道：“咱这是被好几拨人同时盯上了！”

“没错。”晏阑指着刚从苏行衣服里拿出来的那个窃听器说，“这个，和八月份出现在苏行身上的那个是同一个型号，所以我比较倾向于这俩出自同一拨人。”

“这三个里面有两个是同一型号。”乔晨接着说，“应该都是从市局出来的，但是另外一个……我还不太能确定，会不会是更上面的人？”

晏阑思索了片刻，然后摇头道：“暂时还搞不清楚。不过不管是谁，对咱们肯定有了解。除了最开始在我身上的那个以外，剩下这三个全都是在苏行身边发现的。在很多人都不知道咱们在这边住着的时候，就已经有人知道咱们挪上来了，而且还猜到咱俩会在苏行的病房里分析案情，这绝对只有亲近的人才知道，或者说通过咱们周围人知道的。”

乔晨说：“内查走了一圈，翻来覆去的质询把人都快磨疯了。”

“我首当其冲被停职，他们有什么可抱怨的？”

“所以说你爸真的是厉害。”乔晨感叹道，“先把你这个支队长停了职，底下人也就知道事情的严重性，所以就算难挨也得硬着头皮配合，昨天所有人的内查都结束了，咱们队里应该是干净的。”

“算是个好消息。”晏阑点了下头，“对了，苏叔叔那个笔记本在吗？”

“原件在神兽手里，那几页的复印件在。”

晏阑：“拿出来，把电脑也拿出来，刚才苏行跟我说了一个思路，咱俩试试能不能破出来。”

“好嘞！”

两个人拿着东西走到会客区的长桌旁落座，开始了工作，这一忙起来就忘了时间，直到晏阑的智能手表开始震动，他才从工作中抬起头来，他看了一眼手表，对乔晨说：“他醒了，我去看一眼。”

凡事有利就有弊。虽然特需病房环境好、空间大，但是这单独的隔间却阻挡住了正常且及时的反馈。苏行不习惯麻烦别人，再加上他们现在把这里当作临时办公室，有外人在不方便，所以一直也没请护工，都是晏阑亲力亲为地照顾。自从把苏行吵得昏睡了两天之后，晏阑和乔晨就不再在苏行的病房里讨论案情了，也就没办法及时看到他醒没醒，无法得知他有没有需求。好在晏阑现在在停职期，没人管他日常的穿戴和配饰，他就把之前一直搁着吃灰的智能手表拿出来，直接配对到苏行最新的私人手机上，这样只要苏行醒来在手机上按一下，晏阑就能知道。苏行那个刚用了半个月的新手机已经在爆炸中“壮烈牺牲”了。柳清莹女士知道之后大手一挥，直接给苏行买了一部最新款手机，手机里还贴心地存好了晏家所有人的电话号码，美其名曰“一家人要随时保持联系”。于是，苏行就这样“登堂入室”，跟身家几十亿的曦曜集团掌门人成了一家子。

晏阑敲了两下门作为提示，然后直接进了房间。

“醒了？”

“嗯。”苏行问，“我怎么回来的？”

“梦游回来的呗。”晏阑扶着苏行坐起来，又把水递给他，问道，“睡得可好？”

“还行。”苏行喝了口水，“你们是不是又给我加药了？”

“不加药难道看你疼得说不出话来吗？与其看你没精神地醒着，不如让你多睡会儿。而且你又不是一直这样下去，等不用止疼药了之后自然就不会这么困了。”晏阑看苏行喝完水就自然地接过杯子放到桌上，“下次困了就直接说，别强撑着，话说到一半就睡过去更吓人，知不知道？”

“笨！”

晏阑笑道：“只在你面前笨就好了。”

苏行直直地看向晏阑，晏阑愣了一下，坐到床边轻声问：“怎么了？”

“我梦见我爸了。”苏行低着头，“准确地说是梦见我妈出事那天的情景了。”

“心里难受了？跟我说说，说出来就不难过了。”

“没有难过，就是想起了一些事情。”苏行讲述道，“那天正好是我爸升二督，我记得他匆匆赶来医院，从太平间出来之后就把他一直引以为傲的警衔警帽都扔在了地上，他当时特别激动地说“那是谋杀”。我还没从爆炸的冲击里缓过来，又被他那个样子吓到，直接哮喘发作，被淳叔叔抱走治疗去了。之后我的记忆就“断片”了，中间那段时间发生了什么我根本就不记得，再之后的记忆就是我妈的葬礼。那天我爸领着我站在我妈的墓碑前，说了一句话。”

“什么？”

“‘今天我亲手埋葬的不仅是我的妻子，更是我职业生涯的耻辱。总有一天我要把这耻辱洗刷干净。’”苏行轻声复述出来，而后抬起头看向晏阑，“我经常能梦见这句话。我一直觉得这句话有点别扭，但又说不出个所以然来。”

“这句话好像没什么问题。”晏阑思考片刻，问道，“你是不是想多了？”

“如果这个‘埋葬’不是修辞手法而是陈述事实呢？”苏行说，“现在回想起来，当时我爸那么笃定地说是谋杀，很有可能是已经知道了什么。”

晏阑诧异地说：“你……你不会是想去开棺吧？”

“什么年代了还开棺？”苏行纠正了晏阑的措辞，“那叫打开墓地。”

晏阑：“你快别闹了。这墓地是说开就开的吗？万一打开之后什么都没有呢？”

“没有就再关上呗。”

“……”晏阑吞了下口水，“这可是你爸妈的墓啊……”

“两盒骨灰而已。”

“你别吓唬人行不行？”

苏行轻声说：“如果我爸真的把什么东西放在我妈的骨灰盒里，而我又顾忌着‘死者为大’的封建糟粕而错过了，那才是真的对不起他们。我爸是警察，我妈是医生，他们俩都比常人更懂生死，就算真的在天有灵，他们也不会怪我的。”

“那要不我先去问问王老？当年你爸的后事是他帮着操办的……”

“师父怎么可能去碰我妈的骨灰盒？而且合葬墓里面有分隔，两个骨灰盒不是挨着放的。”苏行看向晏阑，半是询问半是调侃地说，“领导，你不会是怕鬼吧？”

“怕个头！要不是你爸妈的墓，我才不犹豫呢！”

“那有什么可犹豫的？”苏行笑了笑。

晏阑再次向苏行确认道：“不开玩笑，你真觉得会有东西吗？”

“万一呢？”苏行说，“不管有没有，打开看了总归是踏实的。”

“好，那就开。”

得到了肯定的答复，苏行松了口气，低声问：“我是不是打扰你工作了？”

“没有，我们也忙了快五个小时，是该歇歇了。”

“我睡了五个小时？！”苏行猛地抬起头来。

“你别动作这么猛，会晕的！”晏阑立刻扶住苏行，“睡五个小时怎么了？多睡觉好得快。”

苏行缓了缓，说道：“那也不是这么睡的，我这吃了睡睡了吃，等出院的时候就可以直接拉去屠宰场了。”

“就这么吃了睡睡了吃的你也不见胖，你担心什么？快别闹了。”

苏行轻轻摇头，说：“那这药劲儿也太大了，我……”

晏阑看苏行停了下来，连忙关切道：“怎么了？哪不舒服？”

“我想起来我们忘了什么了！”苏行抓着晏阑的手臂说道，“是李雷磊！李雷磊在用谢瑶试药，他的死是意外，他家的东西应、应该——”

“你别着急。”晏阑看苏行有些气喘，连忙打断道，“我知道你想说什么了，我这就让人去查。你现在是个病人，能不能乖乖休养？！你再这样我就直接让大夫给你加安眠药了！”

“怎么了？！”乔晨在外间听到晏阑的声音，以为俩人吵起来了，连忙冲进来，“晏阑你有话好好说，别跟小苏嚷嚷，他还难受着呢！”

苏行连忙解释道：“是我刚才想到案子的关键信息，有些着急了，晏队没跟我嚷嚷。”

“真的？”乔晨走到床边说，“你可别替他说好话，就他那个狗熊脾气，他要是说了什么你千万别忍着，你现在没力气打不过他没关系，还有我呢。”

“完了，连这货都向着你了。”晏阑扶着苏行靠到床上，“为什么所有人都觉得我会欺负你？”

苏行笑了笑：“乔副放心，晏队真的没有欺负我。”

晏阑瞪了乔晨一眼，然后对苏行说：“你再歇歇，先别睡，一会儿舅妈该送饭来了。我开着门，有事你叫我。”

“好，你去忙吧。”

晏阑拉着乔晨走到外面，问：“之前徐絮的案子是不是还在走手续？”

“对，还没审，怎么了？”

“从李雷磊家里拿出来的东西应该还没归还家属。”晏阑说，“你在这儿盯一会儿，我去联系检方，我们需要再次调取李雷磊家中的物证。”

“跟他有什么——”乔晨也明白了过来，“天呐！跟他有关系！”

晏阑没再多说，拿着手机就出去打电话了。这个电话打了将近一个小时，等他回来的时候，苏行正坐在会客厅的沙发里抱着笔记本打字。

晏阑想都没想就直接脱口而出：“谁让你出来的！”

“有你这么说话的吗？！”柳清莹拍了一下晏阑的后背，“一边儿待着去，这儿没你事！”

“舅妈，他现在是病人！”

柳清莹说：“他是在休养，但他不是残废！我问你，现在这屋子里有人比他更懂他爸吗？他既然有精力帮你们，你就让他干点儿活，不然你们成天在这儿忙东忙西的，他一个人躺在床上，你以为他心里好受？！”

“舅妈，”苏行轻轻叫了一声，“没事的，晏队没有恶意。”

“有没有恶意都不能这么说话！把谁都当嫌疑人，当警察当出毛病来了！”柳清莹指着晏阑说道，“我要是再听见你这么跟小苏说话，别怪我对你不客气！”

乔晨在旁边憋到满脸通红，最后实在忍不住，捂着胸口回自己病房偷笑去了。

柳清莹则温柔地安抚道：“小苏别生气啊，咱们千万不能跟傻子一般见识。要是累了就去休息，一定别强撑着。”

“嗯，我知道了。”苏行又说道，“舅妈您别这么说晏队，给他留点面子吧。”

柳清莹“哼”了一声，对晏阑说：“你看看人家小苏，被你吼了还替你着想，你要再这么欺负人，我就不让你见他了。”

“……”

晏阑心说：到底谁才是亲外甥？

苏行笑了笑，说：“舅妈，我这边有点进展要跟晏队说一下。”

“好。”柳清莹知趣地避开电脑屏幕，站起身往外走，在路过晏阑身边的时候还犹不解气地掐了他胳膊一下。

“嘶……”晏阑揉着刚才被掐的地方走到苏行身边坐下，“怎么还这么大劲儿，舅妈你今年到底五十二还是二十五啊！”

“我十八！”柳清莹瞪着晏阑，“臭小子，你是不是真的欠揍？！”

晏阑立刻“投降”：“我错了，您慢走！”

等柳清莹关上门之后，苏行笑着问道：“疼吗？”

“疼。”晏阑把手臂伸到苏行面前，“你看着吧，明天就得青一片。”

苏行说：“那也是活该，谁让你吼我的。”

“你这是找到靠山了，是吧？”晏阑把电脑从他腿上挪开，“我是怕你累着自己，而且这些本来就不是你的本职工作，就算你身体没问题也用不着你操心。”

“但这是我爸留下的东西，我应该能帮上忙。”苏行调整了一下坐姿，“叫乔副出来吧，我跟你们说一下。”

“不用叫，我自己出来了！”乔晨满脸笑意地走出来，直接坐到了俩人对面的茶几上，“我离你近点，这样你说话还能省些力气。”

“好。”因为此时屋里只有他们三个人，所以苏行也就没怎么撑着，用只能让身边人听到的声音说，“我看了一下这些内容，确实是五笔输入法。”

“但是我们解出来的字都连不成句。”乔晨说。

“有两个问题。第一，我爸用的是86版五笔字根，你们刚才用的是新世纪版的字根，有微小的差距，所以导致有些字拼不出来；第二，拼出来的字还要再解码一遍。”苏行指着电脑屏幕上的几个字解释说，“我刚才看了一下，这一行你们解出来的文字没有问题，所以就拿这个举例。表面上这些文字是‘泼、俔、梏、玨、胄、右、壬、共、斥、恙、亲、徕’，这些字怎么组都成不了句子，是因为不是最终的文字，要把他们再次拆开。”

乔晨：“这还怎么拆？偏旁部首？”

“对。”苏行说，“‘泼’可以拆成三点水和发，‘俔’可以拆成人和见、梏可以拆成木和告，以此类推。”

“我试试！”乔晨立刻从桌上拿来纸笔开始写，“这个玨就是两个王，胄的话就是由和月，那右呢？”

“一横一撇和口。”苏行说。

晏阑盯着那些字看了片刻，说：“我怎么觉得这几个字能拼出一个人名？”

“不是一个。”苏行看向晏阑，“是两个。”

“两个？”乔晨盯着手中那些被拆开的偏旁部首，犹豫着不知该从哪下笔。

晏阑：“亲和斥，去掉‘斥’字的那一点，就是‘新’，‘共’字拆开，中间放上从‘胄’字里面拆出来的‘由’，就是‘黄’，黄新。”

苏行点了下头，继续说：“‘恙’的心字底和‘壬’字去掉一撇的‘士’放在一起，是‘志’，三点水和‘告’加在一起是‘浩’……”

“金志浩？”乔晨看向二人，“是金志浩吗？！”

晏阑点头。

“‘恙’字剩下的部分，把两个点挪下来，再把伣拆出来的‘人’字放在最上面，就是‘金’。”苏行顿了顿，“这几个字重新组合起来是一句完整的话。”

“什么？”乔晨问。

苏行：“发现金志浩和黄新有往来。”

晏阑：“发现黄新和金志浩有来往？”

两个人几乎异口同声。

苏行笑了一下，说：“是一个意思。我刚才大概看了一下，每一句的首尾应该都是做定位用的。你们看，这句话的首字是‘泼’，尾字是‘徕’，破译出来的句子里首字是‘发’，尾字是‘来’。这样中间这些字再怎么拼都不太会影响句意。我爸既然用这种方式留下笔记，肯定会选择简单且没有歧义的语句，防止因为语序不同而导致语意混乱。掌握这个规律之后再破译应该就没难度了。”

“我的天……”乔晨赞叹道，“小苏你也太聪明了！”

“不是我聪明，是我爸教过我拆字，所以我知道他的拆字习惯。”苏行说，“你们继续拆吧，我帮你们看着。”

乔晨：“不用不用，后面的事我们俩来弄就行了，你得好好休息。”

晏阑轻轻摇头：“让他在这儿待着吧，不然他在屋里也睡不踏实。”

“嗯，这样你们遇到不好解的，我还可以帮你们看看。”

“那你盖上点儿。”乔晨立刻把旁边的毯子拿过来盖在苏行身上，“晚上凉，别冻着。”

“谢谢乔副。”

当时针指向十一点的时候，他们终于拼凑出了笔记第一页的内容，乔晨打了个哈欠，正准备发表感想，就被晏阑一把抓住：“你小点儿声！”

“睡了？！”乔晨压低了声音，“什么时候睡的？”

“不到十点就睡了。”

乔晨仔细地盯着苏行看了看，然后对晏阑说：“他这睡得也太安静了，不会有什么问题吧？”

“没事。”晏阑轻声说，“一直都这样，我抱他回去，你也赶紧歇着吧，剩下的明天再说。”

第8章

苏行睁开眼的时候已经天光大亮了。晏阑抱着电脑坐在他的床尾，见他醒来之后笑着说道：“我可不敢再让你动脑子了，你睡了整整十二个小时。”

“……”苏行稍稍动了一下腿。

“怎么还踹人啊！”晏阑站起来把电脑放到一旁，又走回床前，“我看你是睡够了，踹人都有劲儿了。”

“我没踹你。”苏行直接坐了起来，紧接着两个人都愣住了。

晏阑结结巴巴地说：“你、你刚才……怎么坐起来的？”

苏行有些茫然地捏着自己的手臂，晏阑则激动地说：“快好了，真的快好了。”

这是近一个月以来苏行第一次不依靠任何外力自己坐起来。

苏行笑了笑：“怎么感觉你比我还激动？”

“你能感觉到自己身体的变化，我只能通过你每天的外在表现来猜测你的状态。”晏阑坐到苏行身边，关切道，“你现在感觉怎么样？”

“没什么感觉。”苏行回答说，“就是有点儿蒙，大概是睡了十二个小时之后的后遗症？”

晏阑：“我觉得你说话好像比昨天有力气，昨天晚上你睡着之前几乎都说不出话来了，还是不能让你跟我们这么熬着。”

“嗯……”苏行从善如流地答应道，“我争取以后每天睡二十个小时。”

晏阑抬手拍了一下苏行的脑门：“你想变成考拉，我可不想当桉树！”

苏行眨了眨眼，半天才反应过来这里面的逻辑关系，他笑着看向晏阑，问：

“你这都哪来的形容词？”

晏阑把水杯递给苏行：“这是生物知识。你要是能养好身体，今年年底我带你去南半球晒太阳，我舅舅在那边有房子，咱们穿短袖过圣诞节，你还可以直接抱着考拉玩。”

苏行：“我看出来了，你确实不是豪门，你是土豪。”

“你在内涵我土。”

“我这是明示。”

两个人相视一笑，晏阑正打算再说什么，却被电话打断了。两分钟后，晏阑挂断电话，对苏行说：“手续下来了，一会儿林欢会把文件送来，你确认签字，然后就可以去墓地了。你确定要开？现在反悔还来得及。”

“当然要开。”苏行说，“不如你让欢姐拿着东西直接去陵园吧，我到那儿再签也是一样的。”

晏阑原本不想让苏行跟着他乱跑，但那毕竟是苏行父母的墓，无论从哪个角度来说他都应该在场。

“也好。”晏阑把苏行抱到轮椅上，“先推你去洗漱，收拾好了咱们就出发。”

晏阑跟护士再三确认之后才放心地把苏行带出医院，只是车刚一开上环路就被堵住了。苏行有些疑惑：“今天怎么这么多车？”

晏阑：“假期第一天，当然车多了。”

“哦对，”苏行笑了笑，“我都躺了快一个月了。”

“有没有想念外面的世界？”晏阑打趣道。

“说得好像我进去了似的。”苏行在中控台按了一个按钮，“我只是比较想念你这个椅子。”

晏阑看着苏行靠在座椅上慢慢躺下，说：“这几万块钱花得值了。欸对了，我爸和舅舅都说，你出院以后还是住我那儿，也方便他们照顾你。”

“不用吧？”

“用。你是为了救我才受的伤，怎么也不能让你自己一个人度过恢复期。家里有保姆有司机，房间也多，你以后长住都没问题。还有，你要是喜欢这椅子，以后在二层客厅弄一个。”

“好啊。”苏行说，“那以后我可以睡在客厅里了。”

“有床不睡非得睡椅子？你什么毛病？”

“这个舒服。”

“我的床更舒服！”

“商量个事呗。”苏行侧头看向晏阑，“你那客卧留给我行不行？我觉得——”

苏行还没说完就被晏阑打断了：“想要哪间都可以。等你好了之后回去想怎么折腾就怎么折腾，可以把那个客卧改成你的专属书房，把你那个和人等高的骨骼模型摆在门口，再挂个牌子，写上‘闲人免进’，怎么样？”

苏行笑道：“那我估计你早晚会把我赶出去的。”

“绝对不会。”晏阑说，“别想那些乱七八糟的事情了，你现在的头等大事就是赶紧好起来，等你好了想怎样都可以。”

“伤筋动骨一百天，乔副都还没好利落，我哪有那么快能好？”

“等你们俩都好了之后，我绝对要带你们去寺里拜拜，顺便把你们那乌鸦嘴都给我封上！”晏阑说，“说起这个我就来气，让你别乱说话，你就是不听，把自己咒成这样你好受吗？”

“我就随口一说而已。”

“以后禁止你随口一说。”

“好的，我闭嘴。”苏行揉了揉额头，“领导，我想睡会儿。”

晏阑把手搭在苏行的手腕上，说：“你睡觉时安静得吓人，我得攥着你才放心。”

“安静还不好？你这是什么怪癖？”

“不是一般的安静。”晏阑说，“你呼吸又浅又慢，连个声音都没有，你以前可不这样。”

“我那是药物作用。”苏行懒懒地说，“放心吧，我死不了。你不是说过吗？真阎王也不敢从你手里抢人。”

“那倒是。”晏阑腾出手拽了一下毯子，“你好好睡，到了我叫你。”

“嗯……”没过一会儿，苏行就睡了过去。

假期出城人多，从医院到陵园这一个小时的路程愣是开了两个小时才到。与旁边高速上拥挤的车流相比，陵园显得格外安静。三三两两的人群散在偌大的陵园之中，几乎可以忽略不计。

在被推着往墓前走的路上，苏行突然笑了一下，旁边的林欢有些茫然地问：“你笑什么？”

“没什么？”苏行摇了摇头。

“啊？没什么是什么？怎么了？”

晏阑轻哼了一声，说：“他在想，现在这个样子特别像绝症病人亲自给自己选墓地。”

“不是吧老大！正常人谁会这么想啊？！你别歪曲人家的意思！”林欢又转而向苏行确认道，“你不是这个意思对吧？”

苏行笑着说：“没有，欢姐，你别听晏队瞎说，我就是刚才想起了别的。前面快到了，你们先过去吧。”

孙铭睿在旁边拽了一下林欢，低声道：“咱先走吧。”

等林欢满腹狐疑地往前走了几步之后，晏阑才弯下腰在苏行耳边低声说：“听到没有？正常人都不这么想，赶紧把你脑子里那些不正常的想法扔掉。”

苏行反驳说：“你能猜到我在想什么，证明你比我更不正常。”

“这只能证明我足够了解你。”晏阑拍了拍苏行的肩膀没再说话，推着他走到了墓碑前。

墓碑上面写着：慈父苏荣、母成幕慕之墓。

苏行在晏阑的帮助下站了起来，他伸出手，手指轻轻划过墓碑上面的字，而后长出了一口气，轻声道：“开吧。”

孙铭睿率先走到墓碑前鞠了个躬，接着绕着墓基走了一圈，仔细观察了片刻，说：“最起码近几年是没有人动过的。”

晏阑点了点头，林欢立刻示意墓地的工作人员开始工作。苏行已经被安顿到一旁安全且不碍事的地方，静静地看着自己父母的墓基被一点点打开。陵园的工作人员把最外层的封盖打开之后就停了手，其中一人说道：“这两个盖子你们可以自己开，我们就不动手了。”

苏行拽了一下晏阑的手，轻声道：“右边那个是我妈的骨灰盒。”

“好。”晏阑应了一声，戴好手套小心翼翼地把右边的石盖打开，拿出里面的骨灰盒递给苏行。苏行轻轻打开骨灰盒，除了骨灰以外，盒子里面只有一对素圈戒指——是当时苏行怎么找都找不到的，他父母的婚戒。

“看来是我想多了。”苏行有些遗憾地叹了口气。

“不是，没有，你没想多！”孙铭睿却在此时激动地说，“这是压在骨灰盒下面的！”

晏阑抬起头看向孙铭睿，只见他正将一个纸质文件袋打开。孙铭睿从文件袋里轻轻抽出一张纸，稍微看了一下里边的内容，又立刻把纸和文件袋都恢复原状，放到了透明物证袋中，随即说道：“晏队，别跟我抢，这东西我得先做个测定才能给你们！”

“我知道。”晏阑点了下头。

“睿哥，”苏行说道，“既然已经打开了，就把我爸那边也看一下。另外，我妈这个骨灰盒你们暂时先拿回去吧，以防万一。”

“这……不好吧？”孙铭睿有些犹豫。

苏行：“没事，这是查案需要，我理解。你们别那么大心理负担，这就是一个木盒子里边放了一抔磷酸盐，真没什么需要顾虑的。”

“好了，你快别说了。”晏阑连忙打断，“听你的拿回去就是了。”

饶是墓地工作人员见识过各种各样的家属，也配合警察办过案子，还是被这“木盒子里放磷酸盐”的清奇说法震了一下，心里开始好奇这位坐在轮椅上的到底是个什么人物，不由自主地多打量了苏行两眼。晏阑在这时开口道：“林欢收尾，我先带苏行回停车场等你们。这里边又是花粉又是烟尘的，他不舒服了。”

“好好好！”林欢不疑有他，立刻说，“老大放心！你快带着小苏回去吧，我们这边完事了就去找你们！”

晏阑推着苏行往外走，苏行却问道：“你干什么？我哪有不舒服？”

“咱俩得聊聊。”晏阑把苏行抱回到副驾座椅上，收好轮椅之后走回到苏行身边，“以后在外面别老发表你那些惊人的言论好不好？你没看见刚才那些人的眼神吗？看你跟看怪物一样！”

“看就看呗，我又不是活在他们目光里的。”苏行无所谓地说。

晏阑却说道：“我只是不想让别人误解你。我知道你有多好，我觉得这么好的你，不应该被人随意揣测。”

“我并不介意，因为我不需要为了无关紧要的人和事浪费我的时间。”苏行说，“领导，你最近绷得太紧了，再这样下去会出事的，我很担心你。”

晏阑转过身背对着苏行说道：“我一个停职检查的人，能出什么事？！你别想太多。”

苏行说：“从我醒来之后你就一直紧绷着，这样的状态并没有因为我的好转而缓解，反而有更加严重的趋势。”

“你真的想多了。”

苏行摇了摇头，直接戳破道：“我是伤得不轻，可我早就没有了生命危险。你在我身边几乎寸步不离，就算是不得不出去的时候也会有乔副或者舅妈来陪我，我醒着的时候身边永远有人，我睡觉的时候你就会把窗户窗帘都关得死死的，有时候你干脆就在我病房的沙发上窝着睡一宿，你打算这样保护我到什么时候？”

“你……”

“我不傻。”苏行说，“这一个月的时间，加上我衣服口袋里的那个，我身边一共发现过三枚窃听器，还有一次药物出了问题。窃听器你们都拿走去调查了，楼层的护士也逐个排查了一遍，到现在既不知道是谁放的窃听器，也没找到是谁要给我下药。这些事情你为什么不跟我说？”

晏阑不由得问道：“谁跟你嚼舌根了？！”

“我说过了，我不傻。”苏行侧坐着，双脚踩在车旁的踏板上，身子微微前倾，“领导，我很感谢你这样保护着我，但我不希望你一直这样保护我。我希望有任何事情咱们两个人可以一起面对，你确实可以暂时替我扛着、挡着，可这不是长久之计。队里的内查已经结束了，一周之内你肯定要正式复职，乔副虽然还没彻底痊愈，但在办公室里做一些案头工作还是可以的。我知道以你们的关系，你如果开口让他留在医院照顾我，他不会反对也不会有任何怨言，但如果你让他选，他一定是想早点回去跟你们一起并肩战斗的。所以之后你打算怎么办？让师父师娘来照顾我？还是让舅妈或者凌堇凌堃放下公司那一大堆事来保护我？又或者花钱请个私人保镖二十四小时跟着我？”

晏阑叹了口气，转过身来帮着苏行坐正，又把安全带给他系好，才开口说道：“有没有人告诉过你，太聪明并不是好事？”

苏行靠在头枕上轻声说：“那有没有人告诉过你，不要把别人想得太傻？”

“是，是我错了。”晏阑坦承道，“无论从哪一个角度来说，你都不是弱者，我们应该并肩同行，而不应该我把你护在羽翼下，实际上我也根本护不住你。”

“知道就好。”

晏阑：“话说多了累了吧？你脸色不太好，先歇歇，有话我们回去再说。”

“有糖吗？”苏行说，“我有点儿晕，可能是低血糖了。”

“有！”晏阑立刻从兜里拿出一颗酸三色剥开送到苏行嘴边。

“你怎么会有这个？”

“给你备着的，知道你爱吃。赶紧歇会儿，先别说话了。”

“好。”苏行把糖放在嘴里，闭上眼不再说话。晏阑从后面拿过薄毯给他盖好，又将车门关好，按下一半车窗，以免车内太过憋闷。苏行脸色苍白如纸，嘴唇也几乎没有血色，只有微微起伏的胸口透出一点生机。晏阑在无声地叹息，这样的苏行，究竟要什么时候才能彻底痊愈？他还这么年轻，如果就此落下什么后遗症，以后该怎么办？

“傻孩子，你当时扑过来干什么啊！”晏阑在心中诘问，“我是一线刑警，伤与痛都该由我来担着，你这又是何必？如果你真的出了意外，我们即便为你和你父母讨回公道，又有什么用啊！”

“老大！”林欢走到晏阑的车边，在看到苏行正闭着眼睛靠在座椅上时又立刻压低了声音，“安放苏叔叔骨灰的那一边没有什么别的发现，我跟工作人员说让他们暂时把墓地复原，但是先不要封，等我们用完之后这些东西还是要放回去的。另外我已经让人在这里看着了，看会不会有人跟着我们来。”

“不会。”苏行的声音从车内传出来，“不会这么傻。既然我们已经把东西拿走了，他们一定不会再出现在墓地，这几天应该注意谁在盯着睿哥手里的那个文件袋。睿哥现在在一层办公，对你们来说有利有弊。好处是方便观察，坏处是一层来来往往的人太多，排查工作量大。不过好在刑科所虽然名义上归市局管辖，但独立性很高，想调取我们那边的监控，必须要中层以上，最少也得是跟晏队平级才行。如果觉得……”

晏阑看苏行有些喘不上气来，连忙接过话来说：“如果觉得这样等着太过被动，可以先下手。刑科所的监控坏个一两天没人发现是很正常的，与其等着人来探，不如设个局请人进来。对不对？”

“嗯。”苏行轻轻点了下头。

林欢看了看晏阑，又看了看还闭着眼的苏行，最后吞了下口水，把几乎要脱口而出的调侃咽了下去，说：“我知道了，那我们直接回局里开工，老大你先送小苏回医院吧。”

“都注意安全。”晏阑拍了拍林欢的肩膀，转身上了车。

“还晕吗？”晏阑轻声问。

“不晕了，饿。”苏行睁开眼看了一下表，“该吃午饭了。”

晏阑笑了笑，说：“既然都出来了，那就在外面吃点儿吧，也给你开开荤。想吃什么？”

“随便吃点儿就行。”

“那去找楚洋吧。”晏阑说，“他知道你受伤之后一直想看你，都被我给挡回去了。”

苏行问：“不打扰吗？”

晏阑：“那是我家的，小刺猬，你不刚说完我是土豪吗？”

“也对。”

晏阑笑了笑，低头给楚洋发了个消息，然后把车开出了停车场。

因为苏行现在这个样子坐在大厅吃饭难免会招来关注的目光，所以楚洋特意留了一个小包间给二人。等他们进入包厢的时候，饭菜已经全部上齐。

苏行道：“楚总这个服务水平真的不一般。”

“这话是夸我呢？”

“当然是夸奖。”

楚洋指着桌上的菜说道：“这些都是清淡且有营养的，最适合补身体，你可得多吃点。”

“我要是大胃王就好了。”苏行笑着说，“我一定把这些都塞进肚子里，一滴都不剩。”

听苏行这么一说，楚洋立刻笑了起来：“看来你恢复得还不错，还能跟我开玩笑。就是瘦了太多，要不是你跟晏阑一起进来，我都不敢认了。”

“有吗？”苏行下意识地摸了一下自己的脸，“应该还好吧。”

“真的。你上次来的时候还挺精神的，现在这一看就是个病人。”楚洋叹了口气，“不过也是，被炸那一下，做了这么一台大手术，恢复起来不容易。”

“没事，我还年轻，恢复得快。”

楚洋蹲到苏行的轮椅旁边，说：“现在能不能加个微信了？”

苏行拿出手机让楚洋扫了码，笑着说道：“上次见面的时候我说话有些冲，楚总见谅。”

“这事儿早就翻篇了啊，我压根没放心上。”楚洋看苏行通过了好友请求，立刻给他发了个表情包过去，然后低声说道，“以后晏阑要是欺负你了，就来找我，我手里攥着一大堆他上学时候的糗事，还有各种丑照，到时候都给你看。”

为什么所有人都向着苏行？！晏阑翻了个大大的白眼："行了啊楚洋同学，大厅有那么多客人等着你招呼，别跟我们俩眼前碍眼了，赶紧忙你的去。"

"没人性的东西！"楚洋撇了撇嘴，"我去忙了，有事招呼我。"

等楚洋关好包厢的门，晏阑才把椅子往苏行身边挪了挪，又给他盘里添了菜，说道："你今天真的精神多了，怎么感觉睡这一宿比之前睡好几天都管用？"

"因为我没用药。"苏行说，"昨天晚上我没吃药就睡了，今早也没吃。"

"……"晏阑停住手看向苏行，"药还是有问题？"

苏行轻轻摇头："药没问题，是我身体的问题。应该是有人卡着剂量给我用药，想让我一直不清醒。"

"那你现在身上疼不疼？"

"疼，但可以接受。"苏行说，"这种程度的疼痛还能让我更清醒一些。"

"可你这样——"

苏行打断道："不会有问题，我心里有数。"

晏阑无奈地叹了口气。

"别叹气，领导。"苏行喝了口水，说，"这是个好事，如果加药对我无效，那他们就要换别的方法了。"

"你又要以身涉险！"

苏行摇头："不是的。其实我一直都没有危险。无论是谁，这个人既然能悄无声息地在药上动手，那想害死我简直易如反掌，最简单的方式就是给我用吗啡。吗啡是临床常用的强效镇痛药，但它会造成呼吸抑制和支气管痉挛，我这种有哮喘的人是禁用的。如果他真的想杀死我，在ICU里修改医嘱，或者从病例档案里修改我的既往病史，直接换用吗啡，我很有可能会继发呼吸衰竭，就算死不了也得再抢救一回，但事实上我一直都没事。就算是那天被护士发现的所谓有问题的药，也只是曲马多而已。我原本就在用曲马多，只是恰好前一天医生给我换了药，如果没有换药，可能根本就不会被发现。所以我觉得他只是想让我看起来状态不好，从而把你困在医院里。"

"你有什么想法？"晏阑问。

苏行："先等一等，等看看我爸留下的东西都有什么再说。那个纸袋子这些年一直被压在骨灰盒下面，已经有了压痕。刚才我看了一眼，文件袋正面下方有一个近似正方形的薄片状物体。如果我没猜错的话，你们得先去找个十年前的电脑，或者去弄个软驱了。”

晏阑想了一会儿才反应过来：“软盘？”

“我猜是的。”苏行轻轻点头，“那个年代3.5英寸软盘是最主流的便携存储设备，我记得现在我家储藏室里还有一箱我爸留下来的软盘。”

“这可真是时代的眼泪了。”晏阑笑了笑，“现在技侦估计只有老李这个年纪的人才知道怎么破解软盘了。”

苏行：“如果软盘没有损坏的话，我估计应该不用那么麻烦，顶多是里面的文档加了密码而已。”

晏阑盛了碗汤放到苏行面前，说：“你刚才说你家还有你爸留下来的软盘，会不会还有东西？”

苏行：“不会。当年师父全都看过了，里面都是一些图片和无关紧要的文档。如果当年有现在这些证据的话，师父和江局肯定不会放过，一定会继续追查下去的。”

“也对。”晏阑点了下头，“先不想了，好好吃饭吧。”

虽然苏行嘴上说自己不累，但最终还是没撑住，在回医院的路上就睡了过去。乔晨帮着晏阑把苏行安顿好，等医生确认没有问题之后才算松了口气，他坐到会客区的沙发上，对晏阑说：“刚才你爸来了一趟，看你不在就先去看刘副局了。”

“他没跟我说要来啊。”晏阑给自己倒了一杯水，“他说什么了？”

“没说什么，就问了问小苏的情况，然后说你该复职了。”

晏阑无奈地笑了笑，说：“明天我就回去上班。”

乔晨：“那我帮你在这儿盯着。”

“不用。”晏阑说，“苏行说得对，咱们不可能这么无止境地保护下去，放了缺口才能等鱼上钩。”

“嗯？”

晏阑：“他都知道了。刚才我们在路上商量了一下，现在这样确实不是办法。现在我们先于对方找到了苏叔叔留下的东西，终于算是快了他们一步，所以在这个时候他们一定会打探消息。队里自查没有问题，但不代表现在市局就完全干净——”

手机震动打断了晏阑接下来的话，他接通电话，就听到林欢迫不及待地说：“老大，我在刑科所，这份文件里面的东西太惊人了！我拍照发给你，你快看看！”

“好，发过来。”晏阑又补充道，“别通过系统发。”

“明白！”林欢挂断电话之后立刻发来了几张照片。晏阑和乔晨挤在一起把文件内容全部看了一遍，之后陷入了长久的沉默。猜想是一回事，看到有证据支持的事实则是另外一回事。

从冯颖发现黄新违规用药的那一天起，她就已经进入了死亡倒计时，之所以没有立刻被“处理掉”，只是因为相比她而言，成幕慕和她那个作为刑侦副支的丈夫更加危险而已。文件袋里的文件有一部分是成幕慕私下调查黄新违规操作的证据，另一部分则是苏荣当年私下查到的，黄新和警察的私下往来，其中不乏现在已经身居高位的领导。而在这些资料中，有一份文件引起了晏阑和乔晨的共同关注。

乔晨指着那张被林欢用手机翻拍下来的，已经泛黄的照片说道：“我们找到关键了。”

晏阑点了点头，说:“不管男人还是女人，能逃得过‘情’这个字的，都是少数。”

“有想法了？”

“有了。”晏阑嘴角挑起一丝微笑，他思索片刻，划开手机发了个消息。

乔晨：“对了，你刚才没说完，小苏怎么回事？”

“他说他觉得之前给他下药的人并不是想害他，只是想分散我们的注意力。”晏阑一边转着手中的手机一边说，“我觉得确实有道理。无论从哪个角度来说，害苏行都是没有逻辑的。现在这种情况下，傻子都知道苏行是我们的重点保护对象，冒险来加害他无异于自爆，没必要在这种自身难保的时候还给自己雪上加霜。”

“那你的意思是……”乔晨想了一会儿，“你是说对方只是不想让你离开医院？”

“是的。”晏阑点头，“从现在的情况来看，他的目的达到了。我这段时间确实没怎么离开过医院，停职是一方面，但是那些我目前可以做的调查也都尽量找别人去做了。在这一系列事件中我是参与最深的，也是一直对案件和线索最敏感的。我不是说胖胖他们查不到，而是有些事情确实只有在现场亲眼看到之后才会触发我的某些神经。”

乔晨：“我明白，那是一种感觉，说不上来。”

晏阑接着说：“这个人绝对足够了解我们，不然他不会想出用苏行来绊住我这个方式，我觉得跟在苏行身上放窃听器的是一个人。你想，不管我是不是在停职，我对队里的事情还是有足够的掌控权，有些事情就算是我停职了他们也会告诉我。这个人用苏行把我绑在医院里，再加上你伤又没好利落，所以无论得知了什么，我肯定都会在这里跟你讨论案情，这样他不用在局里做任何手脚就能知道我们最新的调查进度。而且就像之前苏行跟我说的，窃听器放在咱俩身上都是不可能的事情，只有放在他身上才安全。这个人一边给苏行下药，让他没有力气恢复到可以自己穿衣服出去的程度，一边通过苏行衣服里的窃听器来实时跟进咱们的办案进度。”

“这可太鸡贼了！”

晏阑挑了下眉：“确实。但他又没有那么了解我，或者说没有那么了解我家的背景。他既不知道我爸当年有个‘人形探测仪’的外号，也不知道我舅妈当年就是搞这个出身的，不然他绝对不会这么班门弄斧。”

“可是这个限定条件并没有什么用。”乔晨分析说，“到现在知道你爸就是兰局的也没几个人，而至于你舅舅和舅妈的出身，外面也没个具体说法，要么说是‘退伍回来的’，要么干脆就说‘有红背景’，除了亲近的人和之前他们的战友以外确实没人知道。”

晏阑：“有用。他曾经试探过我爸的身份。”

“啊？什么时候？谁？”

“很早了。”晏阑的话语间带了几分惆怅，却并没有回答这个“他”是谁。

“嗡——嗡——”因为苏行还在睡觉，所以晏阑把手机调成了震动模式。他划开手机屏幕看了一眼，紧接着就把照片递到乔晨面前，说：“等结果吧。”

乔晨撇了撇嘴：“你们富二代的取证手法还真是……这玩意能用吗？”

“想什么呢你！”晏阑拍了一下乔晨的肩膀，“这是她在美容院做护理时留下的。”

“那也够变态的，谁家美容院没事收集客人的血迹啊！”

“我家的。”晏阑笑了笑，“凑巧她现在正好在美容院做护理。而且这个又不是提供给检方的，只是用来撬开黄新的嘴而已。”

“那现在怎么着？”

“等检验结果。”晏阑伸了个懒腰，“样本很快就会送到刑科所，我估计今晚就能拿到报告，明天我回去跟黄新好好聊聊。”

乔晨：“你还没说呢，谁试探过你爸的身份？”

晏阑直直地看向乔晨，并没有开口。乔晨仿佛是从晏阑的眼中看到了那个名字一般，虽是有了准备，却仍觉得难以置信：“真的是他？”

“试试就知道了。”晏阑顿了顿，“不过这个还不着急，既然他不会伤害苏行，我也就暂时先不跟他计较。他只是最低级的一个部分，我们现在是要捞大鱼，而且我有一种感觉，他好像也想把大鱼捞出来宰了。”

乔晨：“好吧，但是医院这边还是不能彻底放松警惕。”

“那是肯定的，我不会拿苏行的安全开玩笑。”晏阑看了一眼手表，“你盯一会儿，我下去看一眼刘副局，顺便跟我爸聊聊。”

“嗯，放心。”

第9章

第二天上午，正式复职的晏阑拎着两份报告进入了市局审讯室。一进审讯室，晏阑就明白了黄新为什么会被曹金宝闻出来——那是某品牌经典的男士香水混合着医院消毒水的味道，确实够独特，也够持久，以至于他被抓进来两天了这个味道还没有散去。

黄新长得十分周正，虽然眼角和两鬓有了岁月的痕迹，但也不难看出他年轻时一定算得上是帅气的。这是晏阑第一次正式和黄新面对面，他脑海里没来由地蹦出了一句话："你这个浓眉大眼的家伙竟然也会叛变。"

而黄新也在打量着眼前这个据说是全省最年轻的刑侦支队长。

晏阑随意地拉开椅子坐了下来："黄副院长，久仰了。"

黄新不卑不亢地回答道："这话应该是我说才对。晏支队长年轻有为，今天一见果然不一般。"

"看来你的朋友们没少跟你提起我。"晏阑轻笑了一下，"既然如此也省去了麻烦，咱们开门见山吧。"

黄新："律师不在场，我是不会跟你们直接交流的。"

"美剧害人不浅啊。"晏阑似乎料到了黄新会如此说，他拿起手中的笔转了起来，"虽然你确实有权利请律师，但很不凑巧，我们现在怀疑你跟刑事案件有关，而且你所涉及的案子关系到一些暂时不可公开的机密，所以你的这个权利被剥夺了。"

黄新嘴角轻扬，说道："哦？是吗？我一个医生，跟一家保洁公司有一些财务上的往来，怎么就成了涉及机密的刑事案件了？难道你当上这个支队长靠的是颠倒黑白吗？”

“别那么自信，黄新，事到如今你觉得还有谁能保你？是薛小玲还是周建兴？”晏阑拿起桌上的一份文件，“我这里有一份关于调整市政府领导班子成员分工的文件，上面说周副市长和何副市长共同负责食药监部分，而秦副市长接手医疗管理，你应该明白这是什么意思吧？”

黄新：“听不太懂，这跟我有什么关系？”

“这么装傻可就不太好了。”晏阑说道，“你好歹也是二院的常务副院长，咱们市谁负责医疗这一部分难道对你没影响吗？虽然你们是平医大的附属医院和临床医院，但那也只是在教学上归省教育厅管理，实际上正经的主管部门还是市卫计委，而现在卫计委的领导从周副市长换成了秦副市长，你心里就没有一点点恐慌吗？”

黄新勾起嘴角，反问道：“我为什么要恐慌？”

“好吧，嘴还真硬，那我们聊聊私事吧。”晏阑换了一个转笔的方式，“小昌区水竹路 7 号院雪韵华庭 C18 栋，这个地址你应该比我熟吧？”

黄新的嘴角轻轻抽动了一下，旋即又恢复了平静：“雪韵华庭那地方我可住不起。”

“嗯，我先开始也这么想的。”晏阑靠回到椅背上，“不过后来我在业主名册上发现了一个叫作范红的人，户籍信息显示这个范红在二十年前就去世了，她有一个儿子恰好就叫黄新，不仅跟你的名字一样，就连出生日期和身份证号都完全相同。于是我去调了监控，发现你每周都会进出这个小区。”

黄新沉默着，神色冷了几分。

“你心里是不是在想，这个别墅区住的都是非富即贵有头有脸的人物，而且开发商自带的物业这么多年一直以高私密性服务为噱头，怎么会这么轻易让我查到？”晏阑用手指轻轻敲了一下桌子，“其实挺不好意思的，雪韵华庭是曦曜集团早期开发的别墅区之一，而我跟曦曜集团的关系，想必你应该是知道的。”

黄新的眼神里露出了几分鄙夷和不屑。

晏阑恍若不见，继续说道：“黄新，你那个一辈子没有离开过农村的母亲是怎么在二十多年前花费上百万买下雪韵华庭的独栋别墅的？”

黄新终于又一次开了口，他语气中带了几分挑衅："就算我在那里有一套房子，又能证明什么？"

"最起码你得交代清楚你这些钱是哪来的。"晏阑依旧态度平和。

黄新回答："我炒股挣的。"

晏阑立刻就问："你股票账户是什么？"

"我……我注销了。"

"这个借口有点拙劣。"晏阑嘲讽道，"你名下有多少财产，有多少账户，我们早就调查清楚了，要不你再编个理由？"

黄新沉默了一会儿，再抬头时竟然眯起了眼，用带了傲慢与讥讽的语气对晏阑说道："我记得这种事情应该不归你们刑侦调查吧？难不成你调去经侦了？你这种身家，调去经侦是不是得先把你查一遍？比如你开的那全市只有三辆同款的奔驰巴博斯是哪来的，还有你现在住的上千万的独栋别墅是哪来的？我这个级别的医生去外地开个飞刀，挣点儿外快还是很容易的，这事在业内不稀奇。可你们警察是公职人员，你那些钱又是哪来的？"

旁边负责记录的庞广龙实在没忍住笑了出来，晏阑拍了下他的肩膀，然后对黄新说："如果你觉得从别人那里临时抱佛脚学一点反审讯技巧就能对付得了我，那你就太天真了。你这种行为除了给自己按上一个'不配合'的结论以外，对我是一点影响都没有。你也看到了，你刚才那话连我同事听着都觉得可笑，你觉得我会因为这个就气急败坏？你说的那些东西我同事都能替我说清楚。全市只有三辆的巴博斯，我舅妈一辆，我表弟一辆，我一辆，这有什么不能说的？"

"你！"黄新似乎是没想到晏阑如此直白且坦诚地说话，一时语滞。

"我什么？"晏阑换了个姿势，此刻他已掌握了主动，懒洋洋地靠在椅子上，露出了睥睨的神色，挑了下眉，继续说道，"我怎么了？发现我不像你以为的那么草包？黄新，我真不知道究竟该说你是聪明还是傻。曦曜集团是晏曜一手创立的，它不是国企，更不是央企，晏曜只是个普通商人，既没有编制，也不是公务员，你真的以为这个时代有钱就能摆平警务系统里的所有关系吗？我的履历如何不需要向你解释，我为什么放着富二代不做来当警察也不是你需要明白的，但有一点，你得清楚，今天坐在这里的每一个警察，肩上的警衔都是用钱买不到的。你在脏水里泡久了，觉得周边即世界，觉得有钱就能换来为所欲为。如果你认为的通理是真实的，那此刻你就不会坐在这里被我审讯了。"

“晏队，你们警察审讯，难道靠的是诡辩吗？”黄新已恢复了冷静，他直视这晏阑，说道，“就算如你所说，你那个警衔是你自己挣来的，但别的事情呢？你说你是晏曜的外甥，可你这个外甥不仅跟舅舅一个姓，还拿着舅舅家的这么多财产，到底是外甥还是私生子这事你敢说吗？”

如果愚蠢和自负会传染，此刻晏阑和庞广龙一定会立刻逃离这个房间。庞广龙憋笑憋得难受，只好用力掐着自己的大腿，避免自己因为笑出声而影响审讯。晏阑则摇了摇头，淡然说道：“我国法律一没规定警察不能有富豪亲属，二没规定孩子必须跟父姓，你这么替我们家操心干什么？至于我是谁的儿子，查个 DNA 不就行了，你一个医生不信科学信谣言，这很不合理啊！”

黄新刚刚建立起来的自信又被重挫下去，他不由得睁大了眼睛看向晏阑，眼中满是震惊和不解。

晏阑道：“看来坊间对我身世的谣言还是挺多的。不过谣言毕竟是谣言，很多人也都只是当个乐子听过就完事了。可是你……黄医生，黄副院长，你有没有想过，有一种可能，我妈真的姓晏，而我真的是随母姓呢？”

黄新的瞳孔骤然紧缩，紧张地握住了拳。

晏阑立刻抓住机会攻心道：“黄新，你意识到自己被人骗了，对不对？你一定对告诉你我是晏曜私生子的这个人深信不疑，所以才会这么没脑子地来挑衅我。让我猜猜，这个人……是周桐薇吧？”

黄新几乎要站立起来。

“看来还真是周桐薇了。”晏阑把另外一份文件挪到最上面，“我一直在想，你为什么会冒险跟瑞达生物和红升医药合作，而且这一合作就是二十年。他们除了那套房以外并没有给你什么物质上的东西，如果说仕途上的帮助的话，你十几年前就已经是大外科主任了，就算没有他们的帮助，你凭借自己的能力也能走到现在的位置。你和他们之间一定有更牢固的东西，能让你死心塌地、无怨无悔地跟着他们，甚至是事到如今还在维护他们。”

“那又如何？”

“我这里有一份鉴定报告，我读给你听啊。”晏阑拿起报告翻到最后一页，一字一句地读了起来，“综上检验结果分析，检材 01 与 02 之间有 7 个位点的基因型完全不同，符合国际法医届规定的三个及三个以上位点基因型完全不同可排除被检验人之间有亲子关系的标准。”晏阑稍稍停顿了一下，抬眼看向黄新，问："你应该听得懂吧？"

黄新梗着脖子说道："所以呢？跟我有什么关系？"

"不见棺材不落泪啊！"晏阑继续读了下去，"根据检验结果，排除被检人黄新为被检人周桐薇的生物学父亲。"

黄新斜着眼看向晏阑，说道："你拿一份假的DNA报告来诈我，也是挺无聊的。"

"昨天有人给你抽了血对吧？"晏阑合上手中的报告，"昨天下午周桐薇恰好在美容院做护理，我们去采集了一下她的血样。同时我的同事在雪韵华庭C18栋里发现了另外一份亲子鉴定报告，只是那份报告与我手里的这份结果完全相反。"

黄新："对，所以我更相信我自己去送检的样本。"

晏阑笑了一下，说："没想到你这么傻。我提醒你一下，你那份报告是安檀鉴定中心出具的，安檀鉴定中心隶属于安檀健康集团，而安檀健康集团是红升医药做的高端医疗线。"

黄新肉眼可见地慌张了起来，他喘着粗气说道："你骗人！"

晏阑却依旧微笑着："黄新，骗你的到底是谁，你还不清楚吗？"

"不可能！她不可能骗我！"

晏阑身子微微向前，似乎是想看清黄新的表情一般说道："欸，黄新，每次你跟周建兴会面的时候是不是都在心里骂他傻？你说他是不是也同时在心里骂你傻？我觉得他一定会的。你以为他顶着绿帽子浑然不觉，殊不知人家一家三口一直把你当傻子一样看待。不仅薛小玲和周建兴玩弄你，就连周桐薇都骗你，你说说你这二十多年过的，丢不丢人啊？"

黄新那一直挺直的脊背此时绷得像铁板一样，他用仿若淬了毒一般的眼神盯住晏阑，冷着声音说道："薇薇就是我的女儿。"

晏阑神色不变，平静地说："没有哪个做女儿的会在亲生父亲被抓进警局之后还能优哉游哉地去做美容，黄新，你还没想明白吗？"

"不是的，薇薇不知道我被你们带走了，她不知道，小玲不会告诉她的。"

"很好，所以你承认你跟薛小玲有男女关系了，对吧？"晏阑碰了一下庞广龙，示意他赶紧记录。

"有又怎么样？！小玲本来就应该是我的妻子！是周建兴抢走了她！"黄

新终于撕破了他所谓的克制，用力搓了一把脸，“我跟小玲是两情相悦的！要不是周建兴横加干涉，我早就跟小玲结婚了！”

“那他们俩离婚之后为什么薛小玲没有嫁给你呢？”

“因为……因为……”黄新一时语滞。

晏阑立刻接过话来：“因为薛小玲说，公司接下来还要靠着周建兴继续发展，她的心跟你在一起，又有周桐薇这个你们共同的孩子，她不会亏欠你的，对不对？”晏阑目不转睛地盯着黄新，继续说道，“周桐薇逐渐长大，红升医药风生水起，瑞达生物也后来居上，你得到了什么呢？我想你大概是得到了某种暗示，来自周桐薇的暗示，好像她已经意识到了你才是她的父亲，于是你更加心甘情愿地替她和薛小玲做事，我说的对吧？”

“你闭嘴！”黄新喊道，“这只是你的审讯手法，我不信，我什么都不信，我什么都不会告诉你！”

晏阑却没有停下来，而是接着说：“你也不想想，那可是周建兴啊，他怎么可能给自己戴绿帽子？你说你跟薛小玲两情相悦，证据呢？那套房子吗？当年的几百万虽然也很多了，但对她来说并不是什么天文数字，更何况那套房子的实际出资人是她，如果她想拿回来，只需要把当年的购买合同和转账记录交给律师，后面的事情就不用我说了吧？一套随时可以拿回来的房子，一份假的亲子鉴定报告，让你踏踏实实地替她做了二十年的走狗，这买卖可以算是无本万利了。这些年你不可能一点都没怀疑过，你是当事人，你们交往过程中有哪些疑点，你肯定比我这个外人更清楚。”

黄新沉默了下来，过了大约有十分钟，他才再一次开口，用沙哑的声音问道：“薇薇她……真不是我的女儿吗？”

“鉴定报告就在这里，你可以看。”

“我不看了。”黄新说，“你们想知道什么，我都告诉你们。”

林欢在一旁的观察室里自言自语道：“这就破了？也太快了吧……”

兰正茂插着手站在旁边，说：“黄新这辈子都没结婚也没孩子，他这个年纪的人可不像你们现在的年轻人，你们已经不看重所谓传承了，觉得自己活得开心就好。可是他的童年、青年甚至是壮年时期，社会大潮流还是到岁数就结婚，结了婚就得生孩子。能让他在这样的大环境下依旧独身，要么是他内心特别坚定就是不婚主义，要么就是他已经有了家庭，只是出于某些原因没有公开。

之前你们做过背景调查，他长大的地方是个传宗接代观念极重的农村，他也并不是个特立独行的人，甚至上学的时候还有过一段到了谈婚论嫁地步的恋爱，所以他主动不婚的可能性极低。而通过对他周围同事朋友的询问可以得知，每次提到婚姻和家庭的时候，他大多数是呈现出一种自嘲态度，这和他的性格也极度不符，很有可能是以此来掩盖他不可说的家庭情况。昨天你们在墓地发现的那个文件袋里不是有他和薛小玲的照片吗？按照时间推算，那张照片里的小女孩应该就是周桐薇，他在照片里所呈现的就是一个父亲的状态。这种感觉挺难描述的，但当过父亲的人一看就能知道。他现在知道自己这近三十年的时间里一直把别人的女儿当作亲生的去爱护，甚至为了跟他没有任何血缘关系的人去作恶，一定会崩溃的。”

林欢眨着大眼睛看向兰正茂：“啊……兰局您怎么知道的？”

“嗯？”

“不是，我是说您怎么知道昨天我们在墓地发现东西了？”

“你老大跟我说的。昨天我去医院看刘毅，碰上他了。”兰正茂笑了一下，“小丫头，是不是没看出来我也是个当父亲的人？”

“啊……那个……”林欢低声嘟囔着，“确实一直都听说您没结婚。”

“我结过婚，也有儿子，就是我那儿子脾气跟头驴似的，倔的要命——”

兰正茂话还没说完，旁边的刘青源就被水呛住了，他猛咳了几下，然后端着杯子往外走，边走还边说：“兰局、欢姐，我去接杯水，你们先说着。”

“这孩子是怎么了？”林欢看着刘青源出去的背影说道，“怎么喝水都能呛着？”

兰正茂笑了一下，已经猜到晏阑大概是把俩人的关系告诉了刘青源。他摇了摇头，对林欢说：“继续看审讯吧。”

白泽在此时推门而入，上气不接下气地说：“医院！刚才医院打电话说苏哥哮喘发作，被送去紧急抢救了！”

“慌什么慌？”兰正茂看了白泽一眼，冷静地掏出手机拨了个号码。

“我是兰正茂，现在立刻把审一的电脑断网，内网也断掉。”

林欢和白泽只听到电话那头很快就传来一声：“已经切断了。”

“送一个信号屏蔽器下来，放到审一门口。”兰正茂说完之后就挂断了电话。他转而看向白泽，说道，“跟我复述一遍电话里都说了什么。”

白泽喘匀了气，说道：“刚才我接的电话，对方是一个年轻女性，说是三院的护士，问我是不是苏哥单位的同事。我回答说是之后她就说苏哥哮喘发作，被送到了急救室，情况不太好，让我赶紧去医院。”

“然后呢？”兰正茂问。

“然后她就挂断了电话。”白泽回答，“我知道晏队在审讯室，就赶紧跑过来，路上碰到青源，他说您在这儿，我就想着先进来跟您说一声。”

“晏阑还老夸你聪明，怎么一到关键时刻脑子就不够用了？”兰正茂示意白泽坐下，“第一，苏行父母都不在了，他的紧急联系人是王军，就算有问题，电话为什么会打到刑侦的座机上？第二，苏行不是一个人在住院，乔晨跟他同一个病房，如果真的像那个护士说的情况不好，为什么乔晨到现在都没有任何电话或者信息？”

白泽被兰正茂这么一说，瞬间就冷静了下来，他犹疑着说：“那……您的意思是，这是假的？”

兰正茂拍了一下他的肩膀以示安慰，然后对林欢说：“去给乔晨打个电话问问情况。”

林欢点了点头，举着电话走了出去，一分钟后她回到观察室，明显松了口气，说道：“乔副说小苏确实刚才有些不舒服，但用过药现在已经没事了。而且小苏还特意叮嘱了不要跟咱们说，他知道今天晏队在审黄新，不能被打扰。”

兰正茂透过单面玻璃看了一眼审讯室，冷冷地说：“黄新的心理防线刚刚被突破，如果这个时候被打断，再想继续下去就更难了。林欢你和白泽在这里盯紧了，不许有任何人进去打断审讯，我倒要看看这次是谁这么坐不住。”

“好的兰局。”

兰正茂径直上了四楼，李志诚看到兰正茂之后立刻迎了上去，说道：“兰局怎么还亲自上来了，有事您打个电话就成，刚才我已经让人把屏蔽器送下楼去了。”

“把半个小时之内所有从市局往外拨出的电话全部拉出来给我看。”

“您是说所有吗？”

“对。”兰正茂说，“包括座机和移动电话，现在就调。”

另一边，乔晨挂断电话走到苏行的床边，轻声说道：“有人给局里打电话了，不过你放心，有兰局在，审讯没被打扰。”

苏行戴着雾化面罩，不太方便说话，于是在手机上打了一行字：我猜黄新快要交代了。

乔晨："是。刚才林欢说黄新决定交代之后没多久，神兽就在办公室接到了电话。"

先后顺序很重要，我按铃叫护士的时间是十点三十四分。苏行继续打字道。

"明白。"乔晨给苏行掖了下被子，"我这就跟兰局说，你先把雾化做完，不用想别的了。"

苏行轻轻点头，打字道：如果真是医院护士打出的电话，可以查得到，楼道里都有监控。

乔晨："你就别操心了，好好治疗，你再这样我可就让医生给你加药了！"

苏行弯起手指做了个"OK"的动作，然后靠在枕头上开始闭目养神了。

晏阑并不知道外面发生了什么，他继续在审讯室里对黄新进行着审问："接着说吧，成幕慕是怎么回事？"

"成幕慕……"黄新叹了口气，"她是个好医生，只是她发现了不该发现的东西。"

"发现你用病人试药？"晏阑问。

"不止如此，她还发现了我偷拿芬太尼出去。我提醒过她，不该管的别瞎管，但她却义正词严地说我这是犯罪。我知道她丈夫是警察，所以最开始也不太敢对她做什么，但是后来薛小玲跟我说，警队里也有她的人，不会有人挡路的。"

"然后你对她做了什么？"晏阑问。

黄新回答道："我按照薛小玲的安排，到恒众兴找了肖鹏飞。肖鹏飞给我带到了一间会议室里，然后有一个顾问来跟我见面。"

"顾问叫什么？"

"我不知道。"黄新回忆了片刻，补充道，"不过这个人比我岁数大，而且应该有一定的医学常识。"

晏阑用手指轻轻敲了下桌子："说详细点。"

"那是我第一次去恒众兴。"黄新说，"我当时什么都不懂，都是肖鹏飞和那个顾问在说。顾问当时问了我一些关于成幕慕的细节，他问我成幕慕有没有什么基础病之类的，我就想起来她对青霉素过敏，而且还挺严重的。然后顾问告诉我可以设计成青霉素过敏，在医院这个环境，不小心触碰到青霉素还是挺正常的事情。后来肖鹏飞说这样不太保险，因为医院的急救措施很多，不一定就能一次成功，一旦失败很容易让成幕慕有所警觉，之后就更难了。后来那个顾问又说可以利用医患矛盾，因为成幕慕在的科室基本都是绝症病人，其中不乏有外地慕名而来的，绝症病人的心态是很微妙的。他们千里迢迢满怀希望地赶来，如果最后被判定无法手术，很有可能做出什么过激行为，报复医生、报复医院甚至报复社会。最后商定的是先让成幕慕青霉素过敏，如果被救回来了，那就找人弄出一起报复事件。”

晏阑冷冷地说："你知不知道所谓的报复事件是一场发生在医院的爆炸？！二院十层手术室外的楼道直接被炸穿，一名护士被炸成重伤，一名等待手术的病人被碎裂的门板和玻璃砸伤，还有一个少年因为离炸点太近，后背烧伤面积达到10%，烧伤等级达到了深Ⅱ度。"

"你……你怎么会知道得这么清楚？这件事我们都……"黄新惊讶不已。

"从来没对外公开过是吗？"晏阑冷笑了一下，"你觉得除了当年负责调查的警察之外肯定不会有人知道详情了对吧？可惜你错了，凡走过必留下痕迹，没有什么事情是查不到的。"

"怎么会……怎么可能……"黄新似乎还是不相信。

晏阑："你也是个医生，在医院弄出一场爆炸会造成什么后果，你不知道吗？！你怎么就能做得出来？！"

"不是的！"黄新猛然提高了音量，"他们跟我说的是如果不行的话就趁成幕慕下班的时候做，我还再三要求不要伤及无辜！"

"不要伤及无辜？"晏阑觉得这话从黄新嘴里说出来十分荒唐，他哂笑一声，质问道，"成幕慕难道就不无辜了吗？那些因为成幕慕的去世而失去主刀医生的病人就不无辜了吗？！你用二十万抚恤金买了成幕慕一条命，那剩下的那些病人呢？！他们的命又该谁来还？！你还记得你是个救死扶伤的医生吗？"

黄新颓然地说："你说的对……我，我早就不配当一个医生了……这些年我一直全力支持肝移植科的发展，其实也是想稍作弥补，但当时那些错过手术机会的病人……确实怎么补都补不回来了。"

晏阑稍稍平复了一下心情，接着问道："爆炸发生之后呢？"

"我当时帮着病人联系转院、处理手术室的事情，等忙完之后已经是当天晚上了，那时候我才知道成幕慕的尸检已经结束了，甚至连初步调查都完成了。我惴惴不安了好几天，结果什么事都没有发生，后来警察来走了个过场，没多久就结案了。因为那场爆炸，当时的领导班子不得不重新调整，我才明白薛小玲他们是为了推我上管理层，才故意把事情闹大。”

“抚恤金谁出的？”

“医院出的，其实医院也是为了封口，毕竟还有那么多其他病人，如果成幕慕家属不停地闹下去，这事对医院的影响会很大。”黄新说，“但是超额的抚恤金反而坐实了这件事有鬼，后来苏……苏荣吧？成幕慕的爱人，他一直在查这件事，所以没多久他也被处理掉了。”

“为什么杀害苏荣的那笔交易也是从你账上走的钱？”晏阑问。

黄新：“因为薛小玲说警察的银行账户都有监控，不能从他们的账户里走，而且这件事的源头还是在我这儿，所以还是由我出面。”

“那个和你一起谋划杀害苏荣的人是谁？”

“金志浩。”

“你知道金志浩是怎么搭上关系的吗？”

“不太清楚。”黄新说，“好像金志浩跟周建兴有什么关系。”

晏阑：“好，那就再说说冯颖吧。”

黄新长长地叹了口气，继续讲述道：“原本我以为成幕慕死了之后她会停止调查，没想到半年多之后周建兴突然给我打电话，说他接到了一封举报信，是举报我违规用药的，里面还附上了许多用药记录。因为薇薇的关系，我跟周建兴之间一直都挺微妙的，当时他刚跟小玲离婚不久，我还以为他是知道了我和小玲还有薇薇在骗他，打算戏弄报复我，所以我最开始没有理他。结果没多久小玲约我到别墅去，给我看了那份举报材料。我这才知道冯颖不是害怕，而是沉寂下来偷偷收集证据。其实那个时候我并不打算对她做什么，只是想敲打她一下，让她别再纠缠下去，哪怕是用钱买她闭嘴也可以。但是小玲她们觉得做事就要做绝，同样能用钱找人让冯颖彻底闭嘴，那就不要冒险让她活着。我知道我说不动小玲，只好去劝冯颖，结果冯颖也不听我的，到最后弄成这样……冯颖在医院门口被撞，这也是他们给我的一个试探和警告，我能明白。如果冯颖被送到医院之后活了下来，那么接下来我们俩都得死。不过我真的没有杀冯颖，她当时送到急诊的时候就已经死了，撞得太狠了。”

“你还做过什么？”晏阑问。

“没有了。”黄新摇头，“真的没有了，这些年他们一直在拿我的银行卡过账，但我实际参与的就只有成幕慕和苏荣的事情，而且苏荣的事情也不是我主导的，我只是陪着金志浩去而已。”

晏阑想了想，问道：“那谢瑶呢？”

“谢瑶？我不认识什么谢瑶。”

“七月底在你们医院跳楼死的那个。”

“啊……那个人啊。”黄新思考了一下，“我真的不认识她，当时我正好在外地开会，这件事都不是我处理的。”

晏阑本以为就算黄新没有参与也是知情的，但现在看来黄新也不是对所有事情都了解。要想知道谢瑶到底是不是自杀，就只能等抓了赵之启再说了。

这场持续了一整天的审讯成了整个案件的最大转折点，因为牵扯到了高层的领导，所以暂时还不能进行抓捕。但是周桐薇、薛小玲和齐铭的通缉令已经发出，只等归案了。

傍晚时分，苏行正坐在病床上刷着手机，他听到响动抬起头来，正好看见晏阑急匆匆地往屋里走。

“着什么急？”苏行笑了一下，把手机放到桌上。

晏阑直接坐到苏行身边：“你怎么样？我审讯完了才知道，现在还难受吗？”

“早就没事了。”苏行安抚地拍了拍晏阑的手背，“我意识清醒的情况下不会出太大问题。”

“你个乌鸦嘴，咱以后真的别再说那些话了行不行？你这应验的也太快了！”

“这可不是我自己咒的，这是有人故意的。”苏行说，“乔副应该跟你对过时间线了，白泽接电话时我还没发作，所以很明显是这个人一直在盯着你审讯。”

“是武卫阳。”

“……”苏行愣了愣，“真的是他？”

“是。”晏阑说道，“那段时间市局打往医院的电话只有一通，是陌生的电话号码，顺着号段查到了购买地点，又调了监控查看购买人，虽然他做了伪装，但我爸一眼就认出他的身形和小动作了。”

"那兰局还好吗？毕竟武卫阳跟了他那么多年。"

晏阑："他现在在省厅开会，没时间考虑武卫阳的事。黄新交代出了金志浩和周建兴，三十三局的调查组把证据拿给曾诚，他这才招了个干净。现在调查组重新拆分，一组收尾曾诚那事，另一组查武卫阳。金志浩被带走'双规'了，巡视组明天到位，现在上面一团乱，我估计他是歇不了了。"

"真的捞出大鱼了？"苏行问。

"是的，原本周建兴就快被架空了。"晏阑解释说，"上个月大老虎落马你知道吧？周建兴是那一系的，所以这次洗牌的时候他已经被边缘化了。只是现在他的问题不只是站错队这么简单了，巡视组进驻之后要先做处理，他那个级别的人犯了错不是咱们能查得了的，只能等结果。在这期间咱们把薛小玲和周桐薇这些人的案子审清楚就可以了，这次他们绝对逃不掉了。"

"但是我还有疑惑。"苏行说，"我觉得这段时间的事情逻辑上说不通，还有很多事情都完全没有理清楚。"

"歇会儿吧。"晏阑看向苏行，"查案子的事情有我呢，法医才是你的正经职业，别老越职替我干活了行不行？"

"现在我这样也没办法回去上班，要是再不动动脑子，人就傻了。"

"傻点儿好，你老这么聪明，显得我都不聪明了。"

苏行笑了笑，说道："显得不聪明那只能说明你本来就不聪明。"

"来劲了是吧？！"晏阑掐了一把苏行的腰。

"别闹，痒！"苏行笑着躲开，而后说道，"我觉得之前给我下药的不是武卫阳。"

"直觉，还是有证据？"

"算是推理吧。"苏行指了一下桌子上放着的袋子，"我每天十点半都有口服药，今天那个药袋子里被人放入了花生粉。还是那句话，之前那个人能在药上动手脚，就不应该再在其他地方留下痕迹，更何况之前他只是利用了药物副作用，不会对我造成致命的影响，我一直觉得那个人根本就不想伤害我。我跟你说过我觉得这件事里面有两股力量在拉扯，如果武卫阳是其中之一的话，那之前给我下药的就是另外一个。武卫阳是不想事情暴露，所以他来了之后揽权、插手调查、嫁祸刘副局，他并不在意别人的死活，同样他也不会在意我的死活。"

"他不在意你的死活，但是他知道一旦你出事，一定会影响我，所以他知道你对花生过敏之后就给你用了花生粉，你怎样对他来说并无所谓，只要我离开审讯室，他就达到了目的。而之前那个给你用药的，是在意你的死活的。”

“是的。”苏行点了下头，“武卫阳今天明显是孤注一掷了，一旦黄新开了口，幕后的人就彻底暴露了出来，他只是需要时间把你拽出审讯室，从而让黄新彻底闭嘴。同时这也证明知道我们从墓地里拿出东西来的这几个人是干净的，因为武卫阳今天的这种自爆行为绝对是临时发现黄新要招供之后的走投无路之举。”

晏阑皱了下眉，说：“可是，他为什么会在意你的死活？”

苏行眨了几下眼睛，问道：“谁？”

“没谁，你休息吧。”晏阑说。

第10章

苏行看晏阑确实不打算告诉他，也就不再追究，只靠在床上揉着额头。晏阑见状问道："怎么？我不告诉你，你就这样？"

苏行："领导，我头疼。"

"嗯？"

"真的头疼。"

"那我给你揉揉。"晏阑换了个姿势，坐到床边，轻轻给他揉着太阳穴。

苏行："有话就直说，不用献殷勤。"

"去你的！我这是看你难受我心里也难受。"

"行了领导，说吧，想问什么。"

晏阑犹豫片刻，最终还是问了出来："你还记得那场爆炸的制造者叫什么名字吗？"

"盛康华。"苏行回答。

"对。他确实是你妈的病人，只是他的情况并不适合手术，只能保守治疗。当时能做移植就有活下去的希望，做不了移植几乎就是等死。他在得知自己不能手术之后曾经去医院闹过一次，就是在那时被恒众兴的人给盯上了。"

"多少钱？"

"嗯？"晏阑想了一下，"哦，恒众兴给了他五万。那天盛康华原本是要去病房的，但是因为我妈那台手术是临时定的，所以他才跟着上了十层。我先开始以为他是想去备用药房炸掉青霉素药瓶的痕迹，但黄新说他用的青霉素压根就不是从医院拿的，所以也用不着毁灭证据。那场爆炸并不是黄新要求的，而是薛小玲和恒众兴背着他做的，他们一直缺少一个契机把黄新推上去，所以才做了这么一场爆炸。当时负责事故调查的那些人大部分都离开了二院，最后坚持你妈是被谋杀的人都死了，所以剩下活着的人都选择忘记那件事。”

“我明白。毕竟都是有家有业的人，为了一个已经死了的人牺牲自己，没几个人做得到。”苏行缓缓闭上眼睛，“盛康华拿了五万，我妈的抚恤金有二十万，二十五万买走了我妈的一条命，对他们来说已经很贵了吧？”

晏阑轻声劝道：“别难过……”

“我没事，你继续说吧。”苏行道。

晏阑停了一会儿才接着说道：“黄新交代说当年是他带着金志浩一起去恒众兴找人设计的那场车祸。”

“金志浩。”苏行哼了一声，“当年师父还为了我爸的事情求过金志浩，你说讽刺不讽刺？这事还是过段时间再让师父知道吧，他最近为了我已经够伤神的了。”

“晚了，王老已经知道了。”晏阑解释说，“今天审到最后观察室里已经站满了人，有一些你爸当年的老部下也回来了。还有想来医院看你的，都被王老给拦住了。”

苏行轻叹一声，说：“不太想见他们。”

“我知道。”晏阑轻声说道，“就算王老允许，我也不会同意他们来打扰你休息的。这么多年过去了，你见到他们又能说什么？听他们说你爸当年的事？还是跟他们讲你这些年是怎么过来的？都已经没有意义了，对吧？”

“是，都没有意义了。”苏行问，“现在是不是只剩下薛小玲和周桐薇了？”

晏阑补充道：“还有瑞达生物的齐铭和周桐薇的老公赵之启。”

苏行思考片刻，说：“突破口应该在赵之启。今天下午陆卉梓来看我，跟我说赵之启最近状态不对。”

“你不是说陆卉梓之前跟赵之启断了吗？会不会是失去真爱之后的戒断反应？”

“那都多久之前的事了？！”苏行说道，“如果说是因为失恋的话，那他这反射弧长得可以当跳绳了。”

“你这奇奇怪怪的形容词又来了。”晏阑笑了一下，接着问，“陆卉梓还跟你说什么了？”

“她说跟赵之启断了之后就让红姨给她调到骨科一病区去了，跟赵之启都不在一个楼层，一般也见不到。前两天骨科集体开会的时候才又见到，赵之启看到她之后明显特别紧张，好像是怕她一样。”

“怕？”晏阑疑惑道，“陆卉梓有什么可怕的？小姑娘长得挺可爱的啊！”

“又贫！”苏行用手肘轻轻顶了一下晏阑，“反正赵之启的心理素质不太好，突破口应该就在他那儿。他跟周桐薇结婚这么长时间，不可能对她们的事情一无所知。光是谢瑶的死他就说不清楚。”

“审讯的事你就别操心了，要是这种事情还用你来教，我这十年就白混了。”

之前为了方便给苏行剃了个圆寸，没想到这一个月的时间头发长得飞快，已经从摸起来扎手变成摸起来毛茸茸了。晏阑把手指从苏行的太阳穴挪开，蹭进他的头发里，一点一点按摩着头皮。

苏行被按得有些痒，笑着说道：“领导，你是不是没童年啊？我觉得你把我的头当毛绒玩具了，谁家按摩师还顺带玩客人头发的？”

“我就这样，你有意见？”晏阑得寸进尺地又揉了一下苏行的头发，“我觉得你这个发型也挺好看的，以后别留那么长的头发了。”

“我要不是被你拐到家里去住，早就剪了。”

“怎么？你还有御用的 Tony 老师吗？”

“当然有啊，花了一个月工资办的卡呢，不用就浪费了。”

晏阑笑了笑：“那你把钱给我，以后我给你剪。”

“不要！”苏行说道，“你技术不行，审美也不行，专业的事要交给专业的人去做！”

“你质疑我的审美？”晏阑稍稍加了力度，“胆儿肥了吧？”

“一直也没怕过你，难不成我现在这样你还打算欺负我？”

“你这绝对就是得寸进尺。”晏阑道。

“困了，我眯一小会儿。”苏行低声说，“晚饭的时候叫我。”

“嗯，睡你的，我继续给你按着。”

乔晨进来的时候正好看到晏阑把睡熟的苏行放到床上，他站在门口等了一会儿，就和晏阑一起轻手轻脚地走出了病房。

“没事吧？”乔晨问。

晏阑："没事，就是睡着了。"

乔晨拉着晏阑坐到沙发上，说："他今天白天都没睡，我估计是怕你回来看他睡着之后会担心。"

晏阑压住心底泛起的笑意，问道："有什么进展？"

乔晨回答说："药袋子上没有留下指纹，监控显示十点二十八分的时候有一个保洁员进过配药间，顺着监控查下去，那个保洁员出来之后就从楼梯间一路向下，在十五层、十层和五层的时候分别换了走廊，最后从医院大门离开。这个人很机警，一路没有触碰任何扶手和墙壁，换下来的衣服也都一直拿着，并没有扔掉，而且戴着帽子和口罩，看不清相貌，所以现在只知道是男性，年龄在三十岁左右，身高在一米八到一米八五之间，右利手，离开医院之后的路径还在追踪。另外，我在配药间的好几个袋子里面都发现了少量的粉末状物品，让孙铭睿拿走检验，确认都是花生粉。"

"十点二十八……"晏阑思索了一会儿，"黄新决定交代的时候是十点二十六，白泽接到电话是十点三十一。"

"小苏说他按铃叫护士的时间是十点三十四。"乔晨说道，"武卫阳已经急成这样了吗？"

"不对。"晏阑轻轻摇头，"他没这么傻，就算再着急也不应该出这么大的错漏。这里面还真的是有两个人。我先打个电话！"

"啊？"乔晨看着晏阑走出病房的背影，心道：这人怎么越来越神神叨叨了？

晏阑还没回来，乔晨的手机却又响了起来，他连忙接通电话，就听刘青源激动地说道："乔副，我爸醒了！"

"醒了？！"乔晨猛地从沙发上站起来，一不小心抻到了伤处，只好一手捂着肋下说道，"医生看过了吗？"

"看过了！刚做完CT，脑内瘀血全都吸收了，医生说这几天再观察一下，没问题就可以安排康复训练了。"

乔晨已经走到了门边："太好了，我现在下去看看！"

刘青源连忙说："不用的乔副，我爸刚醒还不太能说话，医生说暂时不要探视。反正醒来之后有的是时间，不急在这一时，我打电话就是通知你一下，刚才给晏队打电话占线，应该是在忙。"

"好，我知道了，我一会儿就跟他说。"乔晨说道，"总算是醒了，你也不用成天提心吊胆了，你先忙吧，如果有需要帮忙的就说话，知道吗？”

“知道了乔副！那我先挂了！”

乔晨挂断电话，靠在墙上长出了一口气，晏阑推门进来看到他这副模样，愣了一下，说道：“你站这儿干吗，罚站呢？”

“刘副局醒了。”乔晨说，“刚才青源给你打电话占线，就给我打了电话……欸，你别急，还不能探视，过两天再说。”

晏阑把胳膊伸到乔晨面前，说：“借你扶一下，刚才太激动了吧？”

乔晨笑着把手搭在晏阑的胳膊上，借力走回到沙发旁，等坐好之后才开口道：“这事儿终于要结束了。”

“最起码能说清楚那指纹是怎么回事了。”晏阑把靠垫扔到乔晨腿上，“这次武卫阳的如意算盘真的落空了。”

“嘶……”乔晨抱住靠垫，“你最近对我越来越粗鲁，晏阑同志，我还是不是你的好同志了？！”

“当然是啊！”晏阑挑了下眉，“不过你现在只能排第二了。”

“咱俩这十多年的交情你让我排第二？”乔晨叹了口气，“有异性没人……不对，这也不是异性。你大爷的！”

“谁让你没给我挡炸弹呢。”

“滚蛋！”乔晨推了一下晏阑，“你以为我跟小苏一样傻，还给你挡炸弹？美得你！”

“行了啊，你们俩是我的左右手，缺了哪个都不行。”晏阑靠在沙发上说，“谁都不许再出事了。”

乔晨笑着说道：“欸，我听小苏说，我车祸入院的时候你差点儿哭了？”

“开玩笑，怎么可能！”

“那就是真的了？不错，还算你有良心！”

“去你大爷的！”晏阑看了一眼手机，“说正事，刚才胖胖说追着监控查下去，发现那个假的保洁员在南花路口上了一辆没有牌照的黑色马自达，那辆车一路向南开了两个红绿灯之后就消失在监控里了。”

“又断了？”乔晨问。

晏阑：“没有。虽然保洁员没露出正脸，但是监控拍到了司机的长相。”

乔晨松了口气，说：“那还好，还能查到。”

“而且这个人的照片在系统里有留底。”晏阑补充说。

“犯过事？”

“是，也不全是。”晏阑解释道，“这个人有案底，出来之后又成了专职线人。而把他标记为线人的是金志浩。”

乔晨蹙着眉思索了一会儿，说道：“现在这是……武卫阳指使的给小苏下药的人被金志浩的线人接走了？”

“表面上是这样的，所以武卫阳确实就是金志浩的人，他们早就勾结在了一起。”晏阑顿了顿，“而且你还记得最开始孟建广说的，他发现张格和警察私下交易的地点就在南花路附近吗？我觉得这不是巧合，南花路那边应该还有问题。”

“你怀疑那附近有第二个恒众兴？”

“不是没有这种可能，所以我已经让人去调资料了。”晏阑看了一眼手表，“快到饭点儿了，饭呢？”

乔晨指了一下餐桌上的两个保温桶：“不过好像没你的。”

“我这个家庭地位啊……”晏阑叹了口气，“你先吃吧，我去叫他。”

晏阑走到床边轻轻拍着苏行，想把他叫醒。苏行皱了下眉，呢喃道：“再睡会儿……”

“醒醒吧，吃完饭再睡。”

苏行用手拨开晏阑，说：“你轻点儿，疼。”

“我根本就没使劲啊。”晏阑停住手，“你怎么了？”

苏行依旧没有睁眼，含糊地说道：“感觉不太好，你是不是又给我加药了？”

“开什么玩笑！”晏阑伸手去摸苏行那皱起来的眉头，却被指尖的温度吓到了，他立刻给苏行掖好被子，“你发烧了！赶紧给我躺好，我去叫医生。”

“没事，睡一觉就好了。”苏行抓住晏阑的手，“陪我待一会儿。”

“必须叫医生来！”晏阑边说边按下了呼叫器。

抽血、测体温、问诊等一系列操作把苏行折腾得一点力气都没有了，甚至连眼睛都睁不开。等医生暂时离开之后，苏行嘟囔道：“让你别叫医生……”

晏阑说：“你现在是恢复期，谁知道你这是感冒还是伤口感染？！不让医生看过我不放心！”

“你是领导你说了算。”苏行叹了口气。

“你饿不饿？”晏阑关切地问，“吃点东西再睡？”

苏行沉默了一会儿才轻轻开口：“过来。”

“嗯？”晏阑靠近了苏行，紧接着就觉得苏行那难得有温度的手停留在自己手背上，滚烫的温度激起了他一身鸡皮疙瘩，但他又不敢动，只静静地等着苏行说话。

“我想到办法抓住另一个人了。”

“靠！”晏阑把苏行的手塞回被子里，“我还以为你要说什么，结果就是这个？！你还是给我好好睡觉吧！”

苏行笑了笑，说：“待会儿再睡，一会儿护士还得过来给我挂点滴。”

“你说你怎么这么不让人省心？”晏阑又给苏行掖了被角，确认他完全被裹住之后才道，“好好的怎么就发烧了呢？”

苏行说：“昨天在墓地吹了风，一直就不太舒服。”

“就不该心软让你去！”

“好了领导。”苏行说道，“这是个很好的机会，你想不想利用？”

“我利用个什么！你赶紧给我踏踏实实休息养病！”

“真的不想？”苏行轻声说，“那我不管你了，到时候你钓不出鱼来别再来找我，我可不会演戏。”

“……”晏阑翻了个白眼，“我知道你想什么呢！就算要钓鱼也不能现在钓，你赶紧给我闭嘴吧！”

苏行：“那你就是同意了？”

“同意，同意，你说什么我都同意！”晏阑没好气地说，“能歇着了吗？”

苏行用力睁着眼睛说道：“都说了一会儿有点滴。”

“合着你以前昏迷的时候护士就不能给你打针了呗？”晏阑从抽屉里拿出眼罩给苏行戴好，“都累成这样了，就别撑着了，睡吧。一会儿护士来挂水有我盯着。”

随着眼前被黑暗覆盖，苏行再也支撑不住，几乎没来得及回答就进入了“休眠模式”。晏阑看着苏行的呼吸逐渐变得绵长，心中叹了口气，心想：这孩子，真是不知道让人省心。

给苏行来挂水的是护士长柳清蔚，见苏行戴着眼罩睡着，柳清蔚也没多说，只示意晏阑到套间的会客厅说话。

“晏阑，我还是建议你们把苏行挪到私立医院去养着。”柳清蔚说道。

“您这是什么意思？”

柳清蔚解释说：“苏行现在已经没有生命危险了，后续的治疗和用药也没有什么特殊的，私立医院条件好，更适合休养，而且也比我们这儿安全。私立医院的安保最起码能保证不会今天一袋花生粉，后天多加曲马多。”

“小姨，我正要跟您商量这事呢。”晏阑坐到柳清蔚身边，“刚才我跟苏行商量了一下，还真得继续住在您这儿。”

“干吗？出事了讹钱？”柳清蔚没好气地说。

晏阑笑道：“别生气，小姨，这次的事由我们负责，不会有人找您追责的。”

柳清蔚：“不是追责，我是真的为苏行打算，这一天天的，太危险了。”

晏阑连忙说：“他这样，正好方便我们钓鱼。”

“他都这样了你还用他钓鱼？”柳清蔚的音量不由自主地提高了。

“哟，这是怎么了？”乔晨从病房里出来，正见到这一幕，他连忙打圆场道，“老大你又干了什么惊天地泣鬼神的事了？瞧把护士长给气的。”

“来得正好，这事我跟苏行已经商量好了，细节需要咱们来确认。”晏阑示意乔晨落座，而后三人开始“密谋”起来。

第二天早上，歇了一个月病假的乔晨出现在了市局。虽然是在十一长假期间，但因为武卫阳的事情，市局还是有很多人在加班。乔晨走进刑侦办公区，没有任何寒暄和玩闹，沉着脸说：“林欢，把昨天跟武卫阳相关的所有监控和通信记录全部调出来给我。”

林欢被吓了一跳，说道：“那个……调查组……”

“调查组能看我就不能看了吗？”乔晨冷冷地说，“我歇了一个月就不是你的领导了，是吗？！”

“这就来！”林欢手脚麻利地把资料整理好送到乔晨桌前，“这些是通话记录，监控在系统里可以直接看。”

“知道了。”乔晨立刻翻看起通话记录来。

林欢虽然觉得乔晨今早状态不好，但还是大着胆子说道：“乔副，你这伤还没好，怎么不多休息两天？晏队已经复职了，他还说——”

乔晨没有抬头，直接打断道：“他暂时不上班了，有事跟我说，都不许去打扰他。”

“啊？为什么？”林欢茫然问道。

“苏行那边离不开人了。”乔晨长出了一口气，“干活吧，再仔细过一遍监控，看有没有漏掉的线索。”

“苏……什么叫离不开人了？之前不还好好的吗？前天我们还见过！”林欢不由自主地提高了音量，“乔副你把话说清楚啊！小苏怎么了？！”

此时正好是上班时间，刑侦又在一层，来来往往上班的人群都忍不住驻足侧目。

“就是不知道还能活多久！昨天一晚上抢救了三次！他爸死了，他妈也死了，现在有人觉得他也碍事，想弄死他！明白了吗？！”乔晨说完之后拿起水杯径直走去了茶水间，只留林欢一个人。林欢瞬间红了眼眶，她不知所措地站在原地，周围来往路过的同事都下意识地放低声音，三三两两地回到了自己的办公区。

与此同时，乔晨躲在茶水间里发消息：我是不是演得有点儿过了？

苏幕遮：欢姐知道后大概会吃人，乔副，你保重！

乔晨：你们俩这是往死里坑我！

晏阑：是你自告奋勇的。

乔晨还没来得及回复，茶水间的门就被推开了，他立刻调整好自己的情绪转过身来。

“乔副，需要我们做什么吗？”白泽站在门口说，“我们没办法代替医生，但是我们可以用别的办法，最起码要抓住是谁要害苏哥。”

乔晨叹了口气，拉着白泽往外走：“现在有三个方向。第一，查武卫阳。他的通话记录、人际关系、行动路线，全部都要查；第二，查红升医药薛小玲和周桐薇昨天被抓之前的行踪；第三，查——”

“查医院的相关人员。”林欢迎上来，接过话说道，“我去查这个，胖胖已经认领了薛小玲和周桐薇那边。白白你帮着乔副一起查武卫阳。”

乔晨抬起手拍了拍林欢的肩膀：“对不起啊，我刚才态度不好，吓着你了。”

“没事的乔副。”林欢直接说道，“我知道你也是着急。胖胖现在已经在审讯室了，我这就去医院调监控。乔副你伤还没好，跑腿的任务交给咱家神兽就行，老大不在咱们也能查出来到底是谁。小苏还这么年轻，之前那么大一台手术都熬过来了，这次也一定不会有事！”

“嗯，去吧。”乔晨又补充道，“你要是见到晏阑的话注意点，他现在一点就炸。”

“我明白。”林欢一改往日那副笑嘻嘻的模样，一脸严肃地说道。

“我去趟局长办公室。”乔晨对白泽说，“你先去跟着胖儿看审讯。”

“好的乔副，我这就去。”白泽立刻往审讯室去。

等他们都离开后，乔晨深呼吸了一下，敲开了兰正茂办公室的门。

另一边，林欢匆匆赶往医院，在把所有监控全部传给乔晨之后，还是没忍住上了二十层。她走进病房，看到苏行戴着氧气面罩躺在床上，双目紧闭，脸色苍白，旁边的监护仪上闪着各种数据，而晏阑则面向窗外站着，一动也不动。

“晏队……”林欢小心翼翼地开了口。

晏阑像是被惊醒一样转过身来，见是林欢，才勉强扯出一个微笑，说：“哦，你来了，有事吗？”

“我来调监控。”林欢说，“昨晚二十层的监控全部打包留存好了，一会儿我回去就帮胖胖一起审讯，我……我来看看小苏。”

“现在还好。”晏阑挥了挥手，“咱们出去说吧。”

晏阑关好病房的门，给林欢拿了瓶水，说道：“辛苦你们了，我等他平稳一点就回去跟你们一起调查。”

“不用的晏队。”林欢立刻说道，“我们可以，你放心，我们真的可以。”

晏阑：“我也不是大夫，在这里只能干着急，还是回去跟你们一起调查吧。你是有什么想问的？”

“小苏他……怎么突然就这样了？”

晏阑叹了口气：“昨天上午他误触了过敏源，虽然当时是没事了，但到了晚上又不舒服了。用了几次药也不见好，前半宿一直在吸氧，到后面就完全喘不上气来了。医生说他现在用的药原本就对呼吸有抑制作用，再加上前天在墓地着了凉和昨天的过敏源刺激到了呼吸道，反正就是各种原因叠加在一起，所以才会这样。”

林欢懊恼地说：“那天都怪我，我不该在陵园拖那么长时间！”

“跟你没关系。”晏阑说，“医生说主要原因还是过敏源。”

“是花生粉吗？”

“是。”晏阑点头，“就是昨天上午他药袋子里的花生粉。”

“武卫阳！”林欢恨恨地说道，“从他来了就没好事！我真是恨不得——”

屋内的监护仪突然急促地响了起来，医生护士很快推门而入。最后一个护士在关门前转身说道：“抢救！家属别打扰！”

林欢手足无措地站在原地，呆愣地看着那被关住的门。

断断续续的声音从门缝里漏了出来——

“血氧掉到 75 了！”“血压 80/50！”“肾上腺素 0.5 毫克皮下！”

“血氧还在掉！”“室颤了！”“除颤仪！”

“200 焦！充电完成！离床！”

“没恢复，再来！300 焦！”

“充电完成！”

“离床！”

此起彼伏的声音从屋内传出来，纵使再没有医学常识，林欢也能想象出现在病房里正在发生着什么。她紧紧地抓住晏阑的胳膊，好像只有这样才能站稳一样。

屋内，苏行看着眼前这些插着手站在旁边的护士一句叠着一句地“口头急救”着，不由得笑了起来，少顷，他轻轻拽了下柳清蔚的手。柳清蔚会意，说了一句：“窦律！”

紧接着，就有护士跟上：“血氧上来了！”

“血压 106/62。”

“继续监测。”

苏行向医护们比了个拇指，站在他身旁的一名护士低声说：“这可是我们做过的最简单的抢救了。”

“咳。”柳清蔚低声提醒道，“一会儿出去别露馅了。”

屋内的医生护士都连连点头。柳清蔚调整好心情，开门走了出去。

“这是第五次了，你要有心理准备。”柳清蔚对站在门口的晏阑说道。

林欢抢先问道：“到底为什么会这样？”

柳清蔚说：“苏行身体的各项机能还没有恢复，基础病和外界刺激的叠加导致他现在的情况非常不稳定，当然，他自己本身的求生意志也是一部分因素，你们如果有时间的话多跟他说说话，他能听得到。”

“多谢。”晏阑勉强挤出了两个字，掰开林欢的手，径直走到了苏行床边。

林欢站在病房外，深呼吸了几次，说道：“晏队你陪着小苏，我现在就去查案子！”

晏阑没有回答。林欢跺了下脚，转身跑出病房。

待确认林欢走远之后，柳清蔚探头进来，说道：“小朋友们，杀青了。”

苏行长出了一口气，在晏阑的帮助下缓缓坐起身，说：“我没想到是欢姐来。”

“我也没想到。”晏阑道，“大小姐这脾气，要是知道之后估计得炸了。”

柳清蔚笑道：“炸也回你们单位再炸，可别殃及我这病区。”

晏阑：“知道了小姨，您去忙吧。我们再说会儿话。”

“武卫阳！”林欢回到市局，直接踹开了禁闭室的门。门口的守卫都没能拦得住林欢，眼看着林欢将一包花生粉直接糊在了武卫阳的脸上。

“欢姐，欢姐，别这样。”守卫连忙拦住林欢。

林欢推开上前阻拦的守卫，揪住武卫阳的衣领吼道：“武卫阳，你不对花生过敏真是便宜你了！你给我记着！如果苏行出了事，我饶不了你！”

被守卫叫来的女警连忙抱住林欢说道：“哎哟欢姐，快消消气，再这样就要违反纪律了。”

武卫阳抹掉脸上的花生粉，轻轻咳了两下，说道：“怎么？晏阑不来？派你一个小姑娘来？”

“小姑娘？！”林欢气得直撸袖子，“好啊，我今天就让你看看，姑奶奶到底是小姑娘还是你祖宗！”

“林欢！”兰正茂适时出现在了禁闭室门口，喊住了暴怒的林欢。赶来阻拦的众人都松了一口气，半推半拉地把林欢送到兰正茂身边。

兰正茂说：“林欢去我办公室等，其他人出去。”

待禁闭室的门再次关严，兰正茂依旧站在原地，他未发一言，只淡然地俯视着坐在约束椅上的武卫阳。武卫阳从最开始的不屑，逐渐转变为心虚，直到变成了恐慌，而这期间，兰正茂的表情一直没有变化。到最后，武卫阳颤颤巍巍地喊了一声：“师父……”

兰正茂根本不为所动，依旧淡定，许久之后才说道：“我把你带出山里那天，你说过什么，还记得吗？”

“我……”武卫阳窘迫得涨红了脸。

“我还记得。”兰正茂说，“那时你也是涨红了脸，不过是因为刚到大城市时觉得手足无措。那时候你跟我说‘师父，我一定好好干，不给您丢人。以后别人一提到您，会说您是武卫阳的师父。’某种程度上，你倒确实做到了。以后人家一提起那个买凶杀警，暗害烈士后代的黑警时，会说他是兰正茂带出来的。”

武卫阳抹了把脸，说：“师父……我让失您望了……”

兰正茂指着禁闭室墙上挂着的警徽，说道：“国徽，代表着警察是国家的捍卫者；盾牌，代表着保卫人民的职责；长城，意味着警察是维护社会秩序和国家安全的钢铁长城；松枝，是我们的品质和战斗意志。你这些年做的事情，有哪一件对得起这枚警徽？你不是让我失望，实际上我失不失望也并不重要。武卫阳，你自己想吧。”

“师、师父……您不愿意认我了吗？”

“你配吗？”兰正茂冷漠说道，“我从毒窝里救出来的那个小武早就死了。”

第11章

"欸，小苏好像真不行了！"

"啊？怎么回事啊？"

"你没看见吗？刚才欢姐从医院回来就直接冲进禁闭室了，拦都拦不住。"

"禁闭室？去找武副局了？"

"可不是嘛！这么多年我可没见过欢姐这么歇斯底里。"

"跟武副局有什么关系？"

"你昨天没上班不知道。昨天嫌疑人交代问题的时候，武副局打了个电话出去，紧接着小苏那边就出事了。"

"我听说是有人让小苏碰了会过敏的东西。"

"这不是跟当年害死小苏他妈一样的方式吗？这也太狠了吧？！"

"说的就是啊！你说小苏他爸妈都被那帮人给设计死了，现在他们连小苏都不放过，真是丧心病狂！"

"别说了别说了。"

"乔副！余支！"

乔晨面无表情地说道："干活不积极，传闲话倒是挺快的。舌头要是太长了没地儿放可以割下来送到法医室当标本，等小苏回来之后让他给你们写一封感谢信，感谢你们为我国法医事业做出的卓越贡献。"

"哎哟我的乔乔，你这是干什么啊？！"余森连忙出来打圆场，对那几个被吓傻了的小警察说道，"你们还不赶紧干活去！真想当标本啊？！"

几个嚼舌头的内勤仓皇逃离。

余森把乔晨拉到一旁，劝道："都是同事，你这是干什么？"

"对，都是同事，给苏行下药的时候有拿他当同事吗？！"

"下药的又不是他们，你跟他们甩脸子有什么用？"余森说，"你可是出了名的好脾气，今天这是怎么了？"

乔晨提高了音量，说道："对，我是好脾气，苏行也是好脾气，所以就可着劲儿地欺负我们是吧？！撞完我又给苏行下药！还有完没完了？！他武卫阳什么意思啊？是觉得我们这样的好拿捏，还是觉得我们这样好脾气的警察随便死一两个也不叫事？！从苏奕忠到苏荣再到苏行，这是可着姓苏的杀呢？！烈士后代在他眼里屁都不算，是不是？！他武卫阳自己也是从毒窝里爬出来的，结果杀起自己人来比毒贩还狠！一边说着学习苏奕忠烈士，一边下手害苏奕忠唯一的孙子，这还是人干的事吗？！"

"哎哟喂，我叫你祖宗了行不行！"余森连忙去捂乔晨的嘴，"咱能不能别火上浇油了？你家林欢刚去闹完，你再闹一通，你们刑侦是打算集体吃处分吗？"

"处分？！我都死过一次了，我还怕处分？！"乔晨推开余森，头也不回地往外走去。

余森被晾在原地，他尴尬地挥了挥手，说："都别看了，该干吗干吗！"

"小苏竟然是苏奕忠的孙子？"

"这可真是烈士后代啊！"

"是啊，我都不知道，小苏自己从来没提过。"

"难怪这次从上到下都这么紧张。"

"小苏这……"

警员们陆续回到了工作岗位，只是大大小小的微信群里都在传着刚才发生的一切——林欢的歇斯底里、乔晨的大发雷霆、苏行的命悬一线和武卫阳的丧心病狂。

这一天过得短暂又漫长，刑侦支队的低气压成功扩散到了整个市局。薛小玲、周桐薇和赵之启都咬死不说，医院没有消息传来，晏阑"在外调查"，一整天没有出现，兰正茂在省厅开会，江洧洋去西区分局安排工作，调查组进进出出也没个结果。市局就像一个站在悬崖边上的危重病人，摇摇欲坠，随时都有可能跌落深渊。

夜幕降临，一个身影出现在了三院的花园里，他穿着深色风衣隐在夜色之中，眼睛直直地盯着住院部二十层的某扇窗户。

“嗡——”男人掏出手机，是一个未知号码发来的消息：大人不在，孩子已睡。

“孩子病怎么样？”他问。

半分钟后对方回复：不乐观。

“大人去哪儿了？”

“大人情绪崩溃，被家人带走了。”

男人删除了消息，把手机放回口袋里，在停车场里绕了一圈才从侧门进入了住院部。他坐电梯到十九层，躲过查房的护士进入楼梯间，上到了二十层。

此时楼道已经关了主灯，只留下足够护士查房的廊灯，这倒给了男人很大的方便。他放轻脚步，熟门熟路地走进了苏行的病房。三人套间现在就只有一间病房里还有人，他轻轻推开门，没有发出一点声音。

漆黑一片的病房里只有监护仪还在不知疲倦地工作着。男人没有开灯，借着监护仪屏幕上的荧光凝视着躺在床上的苏行。长久的沉默之后，男人走到床边，轻轻把苏行放在外面的手挪回到被子里。

“对不起，”男人低声说，“我没能保护好你。”

苏行没有任何反应。

“你一定要坚持住，苏行，你得亲眼看到杀害你父亲的凶手被绳之以法。黄新招供了，可是薛小玲还没招供，还有武卫阳、金志浩、周建兴，他们都还没招。你一定得坚持下去，千万不能就这么离开。你可是苏荣的儿子，你不能就这么轻易认输。”男人的手从苏行脸庞轻轻划过，而后自嘲道，“我可真傻，你跟苏叔叔年轻时长得几乎一模一样，我竟然没能认出你来。”

苏行依旧没有反应。男人继续自言自语道：“当年苏叔叔出事的时候我正好毕业实习，等我回到平潞一切都晚了。我去找过你，箭海和家属区都没找到。你的户籍信息一直没有更新，我只知道你被人领走，转了学，然后就没有了消息。这些年王老从来没有跟我们提过他家里还有一个孩子，或许也是为了保护你吧，而我就这样无数次错过提前见到你的机会。如果我早一点见到你，如果我早知道当年的事，是不是就……”

屋里再一次陷入了沉默。

一声长长的叹息之后，男人似乎准备走了。然而就在他即将转身的一瞬间，一个圆形的物体顶在了他的后脑。

“把话说完。”晏阑冰冷的声音在男人身后响起。

男人并未觉得意外，而是问道：“你打算在这里杀了我吗？”

晏阑没有回答，继续说：“当着苏行的面，把话说清楚。你跟他爸的死有什么关系？”

“你想多了，”男人平静地说，“苏叔叔是我的救命恩人。三十年前，苏叔叔亲手把我从人质手里夺了下来。如果不是他，我根本活不到现在。”

“接着说。如果你早知道当年的事，是不是就什么？”

男人的眼神始终没有离开过苏行，他说道：“你先告诉我，苏行是不是没事？”

“你觉得他现在这样是没事吗？”晏阑说，“你让人给他用药的时候就应该预料到现在的情况。他迟迟恢复不好，才会被一袋原本不会造成多大伤害的花生粉弄成这样。你自以为是的保护才是他现在昏迷不醒的根本原因！”

男人不为所动：“晏阑，你不要用那些审讯方法对待我，没用的。”

“正常人的血氧饱和度在94%以上，心跳在每分钟60-100次之间，高压90-140，低压60-90。”晏阑停顿了一下，道，“你再看看监护仪，他现在有哪一项符合了？”

“不可能！”男人的声音难以抑制地抖了起来，“之前苏行一直好好的！”

“如果你觉得还在喘气就算好，那我无话可说。”晏阑用枪顶着男人的后脑，“别乱动，我不会再让你碰苏行一下，告诉我，你没说完的话是什么。”

“你确定要在这里说吗？”

“确定。”晏阑语气难辨地说道，“现在这里只有我们两个清醒的人，我想听听你的心里话。我想知道这么多年来一直被我当作大哥和榜样的人，是怎么走到今天这一步的——”

晏阑停顿了片刻，最终还是叫出了那个他一直不愿意说出口的名字：“余森。”

余森叹了口气，说：“你把枪放下吧，我没配枪，也不会跑。既然你想在这里聊，那我们就好好聊一聊。”

晏阑轻轻抬起枪口。余森脱掉风衣轻轻搭在旁边的椅背上，然后活动了几下肩膀的肌肉，走到一旁的沙发落座。

“我想我们还是轻一点说话吧。”余森盯着监护仪的屏幕，“我不想打扰苏行，哪怕他听不见，我也不想。”

“可以。”晏阑坐到了苏行身边，一只手握住苏行的手，另一只手依旧举着枪，淡淡地说，“我们一问一答吧。”

“听你的。”余森抬起手，在黑暗中做了个“请”的手势。

“把刚才那话说完。”

“如果我早点知道当年的事情，就不会跟他们同流合污了。”余森轻笑了一下，“你明明猜到了我要说什么，为什么还非得让我说出来？”

“没有为什么。”

“你啊，还是这样。”余森说，“换我问你吧。我是什么时候暴露的？这次武卫阳的电话，还是之前丹卓斯那晚？”

“都不是。是你刚才进门的那一刻。”

余森明显愣了一下，旋即松了口气，说：“看来苏行真的没事。”

“他确实还没醒。”晏阑轻轻摇头，“你也看到了，监护仪都连在他身上，这些数值做不了假。他从昨天半夜到现在只醒过一次，不到五分钟，只来得及跟我说一句‘很难受’，就又昏过去了。”

“那医生说什么？”

“等，等他自己扛过去。”晏阑摩挲着苏行的手，“你刚才感受到了吧？他的手这么凉，怎么焐都暖不过来。”

“怎么会……”

“你不是大夫，你根本就不知道这一点点剂量上的误差会给苏行带来什么样的后果，你怎么敢……”晏阑喘了几口气，“你怎么敢这么放心地给他用药？！”

“他不是已经醒了吗？！我只是想让他恢复得慢一点而已啊！”余森说着就要起身。

晏阑再一次抬起枪口：“别动。我说过了，我不会再让你碰他。”

余森僵在原地，只好尴尬地用手搓着自己的腿：“我真的不知道为什么会这样……”

“如果苏行真的醒不过来，你就等着到地下去给苏叔叔赔罪吧。”

“无论怎样，我都会去给苏叔叔赔罪的，这不用你告诉我。”余森慢慢靠回到沙发里，两个人在黑暗的病房里对视着。片刻之后，余森开了口：“晏阑，你真的长大了。”

“人总会长大的，或早或晚。”晏阑意味深长地说，“你以为我是今天才真正长大吗？”

“所以你早就怀疑我了？”

“是的，比你以为的更早。”

余森轻笑了一声：“能有多早，把你引去丹卓斯？”

“两年前。”

“别开玩笑了，两年前能有什么——”余森的声音戛然而止。

“你知道我没开玩笑。”晏阑平静地说，“两年前城中村的烂尾楼上，你确实做得很隐蔽，从头到尾都没有出手。是毒贩把我引到缺口处，我自己踩空摔下去。毒贩死了，我受伤住院，你被审查、延迟升职，这件事从哪个角度来说都已经尘埃落定，对吧？但是你忘记了我的听力比一般人好，我摔下去的时候听到了你对毒贩说的话。虽然只有两个字，但这两个字足以颠覆一切。”

“你……”

“你在开枪射击之前，对毒贩说了一句‘蹲下’。所以那天你并不是失手将毒贩击毙，而是目的明确的灭口。在外人看来，你严格遵守了开枪的准则，你的射击位置从始至终都是毒贩的腿部，而毒贩像找死一样突然蹲下撞到了你的子弹上，是完全不可控的意外事件。之所以做出这种判断，是因为没有人怀疑险些跟我一起从高楼坠落的你，没有人听见你的那句‘蹲下’，我说的对不对？”

余森说：“我们可都戴着通信器，我要是说了什么，肯定不止你能听见。而且如果你听见了，当时为什么不告诉调查组？”

“这就是我只是怀疑而没有对任何人提起的原因。前几天发现金志浩有问题之后，我才确认了那句话不是我的幻觉。金志浩在现场，你的通信器到底是开是关，根本就是无所谓的事情。”晏阑无奈地笑了一下，“其实是我从心底里不愿相信，再加上后来你在我病床前演那一出情同手足的戏码，我就把这事翻过去了。”

“我没有演，当时我确实……”

“确实是觉得愧对我？确实没想杀我？”晏阑直接打断道，“我相信。咱们一起玩过攀岩，特训过速降，你知道我的肌肉反应足够支撑我在空中重新调整姿势，直接摔死的概率不是很大。我也知道当年咱们两人上去，原定计划是只有你活着出来的。你终究没有对我下手，所以我还挺感谢你的。”

“乔晨说你是阴谋论专家，现在我是真的信了。只凭自己隐约听到的一句话，你竟然就能把当年的事猜得这么清楚，你确实很厉害。”

“其实不止那句话。”晏阑说，“还有现场遗留的弹壳。孙铭睿说当年毒贩用的是 64 式，而且从弹壳分析，他用的枪并不是野路子。这让我想起了四年前破获的那起枪支走私案，当时收缴了大量 64 式手枪，那个案子几乎可以算是完美结案，除了一点。”

余森接过话来：“除了主犯供述的枪支数量比实际收缴的数量多。”

晏阑：“是的。我想那些枪应该不是主犯记错了，而是你们偷偷扣下了，对吧？”

“没错，是金志浩，那个案子从头到尾都是自导自演，目的就是那批达到了警用标准的枪。”余森顿了顿，“那这次呢？这次你又从什么时候开始怀疑我的？两年了你都没有任何反应，为什么这一次这么笃定？”

“因为你越界了。”晏阑说，“所有缉毒警都把保护家人刻在骨子里，不轻易拍照，不在外暴露家人信息，不开任何关于家里人的玩笑。你不是第一天当警察，却为了试探我而开玩笑说兰局是你的父亲，那个时候我就知道你有问题了。”

“竟然是因为这个？”余森似乎是真的没有想到这个答案，他长出了一口气，而后说道，“难怪后来我引你去丹卓斯你就去了，揪出曾诚和魏屹然之后你都没有表现出对我的怀疑，哪怕当时没来得及清理干净的留在治安支队的痕迹都被你放过去了。晏阑啊，你现在真的是厉害了。”

晏阑没有理会余森的感叹，直接提问：“你是什么时候和金志浩搭上关系的？”

“不用这么文明，我知道你想说的是‘勾结’，对吧？”余森笑了一下，“借用你的一句话，很早了，比你以为的更早。”

“为什么？”

“现在再去问为什么好像没什么意义了。不过既然你想知道，我可以告诉你。很简单，因为钱。”余森没有给晏阑说话的机会，直接不加停顿地说道，“我知道你想说什么，我知道你有钱，我也知道如果我开口，你一定会帮我，事实上你也确实帮了我不少，但我还不起了。不是钱还不起，而是人情还不起。当年为了给萌萌治病，你一出手就是十万块，你帮忙联系医院、联系最好的医生，你替我卖了多少面子，花了多少精力，托了多少关系？除了钱以外的那些东西，你让我怎么还？我也是个堂堂正正有手有脚的男人，我看着你替我拉下脸去求人，去参加那些你以前根本不屑一顾的饭局，你让我怎么能心安理得地接受你用面子换来的那些东西！”

晏阑说：“我从来就没想着让你还，我把你当朋友，为朋友做什么我都愿意。”

“但是我不愿意！”余森说道，“萌萌是我的妻子，我让我的朋友拉下脸去求人来救我的妻子，我做不到！”

“那你就去犯罪吗？！”晏阑质问道。

“我没有……我只是……我只是不再像以前那样较真了。”

“对毒贩的纵容就是犯罪！”晏阑冷着脸说，“你是缉毒警，你比我更清楚每年死在毒贩手里的战友有多少！你手底下每放过一名毒贩，很有可能就会造成前线多牺牲一名战友！你宁可去找金志浩，都不来找我，你到底把我当什么了？”

“就因为真的拿你当朋友，我才不能再麻烦你了。”余森揉了揉眉心，“而且我要纠正你一个错误。不是我去找的金志浩，是他来找的我。萌萌第二次手术之前，我正在犹豫和纠结怎么向你开口再借一笔钱，金志浩带着银行卡直接找到了我。他说只要我在下一次抓捕的时候放过一个人，卡里的五十万就都是我的了。”

“你就同意了？”

“我有的选吗？我只需要轻轻抬一下手就能拿到五十万。我不用再向周围人伸手借钱，不用看着你们替我着急，替我去做违心的事情，所有人的生活都能回到正轨，这不好吗？”余森怅然地说道，“我知道我上了贼船就下不来了，萌萌走了之后他们还在继续用我，给的钱也越来越多，不过我一笔都没动过。我家卧室床头柜上有一张我和萌萌的合影，银行卡在相框背面，你们可以去查流水。萌萌走了，我要钱也没什么用。”

“你怎么这么傻！”

余森摇头：“你不会懂的。你这种含着金钥匙出生的人，根本就不知道钱能把人逼到什么地步。”

“嫂子当初宁愿放弃治疗也不要你再为钱发愁，她如果知道她最后用的是脏钱，你觉得她能安心吗？！”

“最起码我安心了。”余森轻轻叹了一口气，“她走的时候很安静，没有受罪，她说她没有遗憾，所以我也不后悔。而且，没有我还会有别人。你有没有想过，如果被金志浩收买的是一个毫无底线的人，事情会发展成什么样？最起码我没有害过人，我该抓的毒贩都抓了，实际上我并没有放过任何一个毒贩，我在跟金志浩合作的同时，也在用我自己的方式去让这些人伏法。”

“你这是诡辩！”

余森却轻轻摇头：“不，这是你体会不到的，穷人的悲哀。”

晏阑知道在这件事情上两个人的角度不一样，永远争不出个对错，只好换了个问题，问道：“你这次反水，就是因为苏叔叔，是吗？”

“是啊。”余森坦率地承认道，“我说过了，苏叔叔是我的救命恩人，结果我却跟害死我救命恩人的那些人混到了一起。你说还有比这更讽刺的事吗？”

“你是什么时候知道的？”晏阑问。

“没比你早多少。‘清扫行动’收尾的时候我去过一趟恒众兴，因为有些东西需要跟他们交代，结果我在恒众兴的地下室里看到了苏叔叔的钢笔。肖鹏飞这个人有点儿变态，每做一个案子他都会留下被害者的一样东西作为纪念。”

“你怎么就认出来那支钢笔是苏叔叔的？”

“因为是我送的。”余森说道，“我高中毕业那个暑假打工挣的第一笔工资，除了给爸妈买了东西以外，还买了一支钢笔送给苏叔叔，我在那支钢笔尾部刻了一条鱼，我自己做的标记当然会记得。”

“所以休假只是幌子，你想自己调查？”

“没错，不过我刚歇了两天就被你拽回来了。”余森从兜里摸出烟盒，“你查到张格的时候，我就意识到机会来了。我可以借着这件事把丹卓斯翻出来，以你的性格一定会追查下去的。”

“别抽烟。”晏阑出声阻止了余森的动作，“苏行对尼古丁过敏，他闻不了烟味，而且医院也禁烟。”

余森立刻把烟收了回去。

晏阑接着问：“既然引我去丹卓斯是为了让我查案子，为什么要给我用毒品？”

“毒品？”余森的身子微微前倾，语气中竟是有了急迫和担忧，“不是我干的！我怎么可能给你下药？！我只是骗魏屹然说当天的交易非常重要，是上面指定的大生意，凡是撞进去的都只能有去无回。给你下的是什么毒品？你中招了吗？”

“没有。”晏阑淡淡地说，“如果你是那个利用了魏屹然的人，那给我酒里下药的就是别人了，那人用的是潮饮，不过我当时什么酒都没碰。”

余森立刻说：“如果是 γ- 羟基丁酸的话，那应该是周桐薇，她一直在倒腾这种新型毒品。”

晏阑站起来走近余森，说道：“跟我回去，把你没说完的话都告诉调查组。”

“晏阑，我真的羡慕你。”余森坐在沙发上仰起头，坦然对上了晏阑的目光，“你的信仰竟然可以如此坚定，你从来没有怀疑过你所坚持的东西，即使你看到了权力的博弈、看到了省厅那些肮脏龌龊，你也从来都没有想过跟他们沆瀣一气，哪怕那样会让你的日子过得更加顺心。”

“因为我知道我才是对的。”

“不是的。”余森冷笑了一下，“是因为你有一个好父亲。如果你跟我一样，父母都是普通工薪阶层，没权没钱没背景，就以你这种处事的方式，从一开始就会被打压孤立。别告诉我你不懂这里面的关系，否则你不会把乔晨弄到你身边。”

晏阑：“……”

余森接着说道：“我承认你确实能力出众，但你也没有办法否认你吃到了兰局的红利，不是吗？你以为兰局不帮你，你就真的是靠自己了吗？你查完丹卓斯的背景就毫不犹豫地一个人闯进去，不就是吃准了没有人敢真的让你在那里出事吗？你放心大胆地查恒众兴、查当年的车祸和爆炸案，逼得武卫阳狗急跳墙，他也只敢动刘副局和乔晨，不敢碰你分毫，还不是因为兰局？！如果你没有那个好父亲，你知道你的结局是什么吗？”

余森抬起手指了一下躺在病床上的苏行，说：“好一点的，你就像他一样躺在病床上昏迷不醒；坏一点的，你就像他父亲一样死得不明不白！”

“你太偏激了。”晏阑说，“你说的那些我都承认。但是全国两百多万警察，大多数都跟你一样的出身，难道他们就没有坚持正义吗？难道现在在位的所有领导全都是靠拼爹爬上来的吗？”

“既得利益者，有什么资格说我偏激？”余森站起来，轻轻拨开晏阑的枪口，“你不会开枪的，举这么半天也累了，收了吧。”

“他不会开枪，但是我会。”江洧洋的枪口对准了余森的前额。

余森毫不意外地说道：“我还以为您打算一直不露面了。看来今天果然是一场戏，好了苏行，你起来吧，躺在床上这么久，很累吧？”

然而苏行并没有动。

晏阑说：“你为什么就不信他是真的醒不了呢？”

“不会的……药不可能有问题……”余森说道。

“药确实没问题，但那是之前压在他身上的稻草，如果没有你在前面铺垫，武卫阳的一袋花生粉也不会有事。同样的，如果没有武卫阳的花生粉，你之前的那些药也不会出事。”晏阑说，“现在他这个样子，是你跟武卫阳共同造成的。你不仅和害了自己救命恩人的凶手混在一起，你还害了你救命恩人的儿子。”

余森脸色惨白，他直到此时才终于相信自己真的害了苏行。

江洧洋沉稳的声音响起：“余森，你还记得你当上代理支队长的时候多大吗？”

“二十八。”余森回答。

“很好。”江洧洋递给晏阑一个眼神，“你呢？”

晏阑回答说：“三十。”

江洧洋轻轻点头，对余森说道：“如果没有两年前的那件事，你才是全省最年轻的正支队长。你觉得晏阑是靠爹，可你没有靠爹依旧走在了他的前面。当年我把你带进缉毒，就是看上了你的执着，只是没想到你会在途中转了个方向，执着地认为自己的努力和天赋都不如背景。”

“江局……”

“晏阑，把他铐起来吧。”

晏阑点点头，掏出那副银亮的手铐，铐在了余森的手腕上。

江洧洋押着余森走出苏行的病房，调查组已经等在了套间的会客室。

余森回头看向晏阑，难以置信地说：“你竟然用苏行给我设局？你到底……”

“他是警察。”晏阑冰冷地打断了余森的话，“哪怕他现在昏迷躺在病床之上，他也依旧是一名警察。只要是警察，就要履行他的职责和使命。我没有利用他，调查组也是刚刚才和江局一起赶到。而且就算我利用了他，那也是我跟他之间的事情，与你无关。你觉得他醒来之后是会怪我利用他查到了你，还是会怪你给他下药，和杀害他父亲的人同流合污？”

“你真的让我刮目相看。”

“你曾经也真的是我仰望和追随的对象。”

江洧洋拍了下晏阑的肩膀：“回去陪苏行吧，剩下的事交给我们来做。”

晏阑头也不回地走进病房关好了门。

一阵脚步声之后，病房内外恢复了安静。晏阑轻声说道：“都结束了。”

“嗯。”苏行终于睁开眼，他拽下了手中的血氧检测指套，活动了下四肢，说，“再不聊完我就忍不住了。”

“累吗？我帮你按摩一下？”

“不用，你也已经很累了。”苏行自己按了遥控器，把床调成了半卧位，道，“聊会儿？”

“嗯。”晏阑按开床头灯，又把响个不停的监护仪关掉，才坐到苏行身边，“聊会儿。”

“想说什么？”

晏阑低声说道：“对不起。”

“嗯？”

“我早就怀疑过他，却始终没有对他做任何防范，才会让他给你下了药。”

“说你笨你还不承认。”苏行笑了笑，“你都把我挪到这特需病房里了，还不叫防范？难道你认为我真的相信你是因为吃不了苦才不住普通病房的？护士长一天三次亲自查房，我能有这待遇还不是因为你吗？”

“对，我笨，你最聪明。”晏阑轻声叹息，“但还是对不起，从他开玩笑说兰局是他爸开始我就有了怀疑，他以协助调查的名义调走治安的人，后来又在给我们的监控中故意漏了一段，还有出事那天，他在我兜里放窃听器，还有这几天……其实我早就能确认是他了，可我还是不愿意相信。这么多年，我只有这一次优柔寡断，结果险些害你丢了性命。真的，对不起。”

“好了领导，我现在这不是没事了嘛。”苏行笑着安慰道，“阎王发功，把真阎王给吓跑了，我就活过来了。”

“你不是无神论者吗？”晏阑问。

“无神论者跟这个不冲突。”苏行说完后二人相视一笑——在发现墙里藏尸那天，他们也曾有过这样的对话，只是此时这笑带了几分无奈与心酸。

沉默许久之后，晏阑似有似无地说了一句：“怎么就是他……”

“无论是谁，你心里都是难受的。”苏行接过话来，“武卫阳是兰局的徒弟，余森是救过你命的战友。你们一起出生入死多年，把后背交付给彼此，那种情谊无法用语言来表达，我很明白。以前我就说过，你是被爱包裹着长大的，你心里一直向善，也笃定人本该都是善良正直的，所以即便是像曾诚那样你根本看不入眼的人，在知道他真的涉毒涉黑的时候，你也觉得不应该，也会想不通。”

“是，我想不通。”

“我爸笔记本上的那句话你还记得吗？”苏行轻声复述道，“‘我明白人性的不可控，在追求信仰的路途上会有无数荆棘和坎坷，每过一个岔口，都无法避免地与一些人走散、告别。我会惶恐、会不舍、会疑惑，但我不会停下脚步，哪怕最后这条路上只有我一人在踽踽独行，我也绝不后悔。’”

“我记得。”晏阑回答道。

“这话送给你。”苏行说，“余森走上了岔路，但你身边还有许多人跟你一起走在正路上，你不孤单，在正路上坚持下去的人，都不孤单。”

“嗯，对，你也不孤单。我们一起坚持下去。”晏阑说。

苏行说：“跟我讲讲吧。”

晏阑点了点头，开始讲述：“余森和萌萌姐是高中同学，俩人一直在一起，等余森警校毕业到了岁数就结婚领证了。结婚之后没多久两个人准备要孩子，体检结果不太好，最后折腾了一个多月，确诊是胃癌。那之后就是各种治疗，萌萌姐还算是幸运的，有一种靶向药正好可以治疗，但那药不在医保内，一支两万。”说到这里，晏阑叹了口气，“之前余森还瞒着，后来大概是实在没有办法了，才向我开口。我先借了他十万，后来又找我舅舅拿了二十万，又通过家里的关系请了首都的专家来会诊，我确实讨厌那种人情场合，但那时我真没觉得是负担。一期治疗效果还不错，就在我们都以为萌萌姐扛过去了的时候，复诊结果却显示癌细胞转移了。其实这点儿钱对我来说真的没关系，但对他……确实，他有他的自尊。那时他告诉我说医院有什么科研项目，减免费用，之前我借给他的钱还够用。我估摸着差不多的时候又给了他转了十五万，但是后来萌萌姐又把钱还给我了。癌细胞扩散太快，就是有再多的钱，也没有用了。萌萌姐意识清醒的时候，自己签署了放弃有创治疗，多器官衰竭之后维持了一周，最后走得很安静。之后这些年，余森每个月发工资那天都会给我转钱，从他的工资卡，转到我的工资卡上，每一笔他都记账。三十万，每个月还三千，八年多，我从来没催过他，他也从来没有断过。最后一笔钱还上的时候，他请我吃了顿饭，那时候他说，从那天起，他再也不亏欠谁了。”

“你觉得萌萌姐走了之后，余森有后悔过拿金志浩那笔钱吗？”苏行问。

晏阑思考片刻，答：“应该有吧。”

“这就你跟我的区别。”苏行淡然一笑，“我觉得他并没有。”

“为什么？”

“他不是那种人。”苏行说，“一边是挚爱妻子的生命，一边是他所谓的自尊和面子；一边是好朋友掏心挖肝不计回报的帮助，一边是上级领导明显带着拉拢目的的施舍。他是真的没得选吗？放下面子，向好朋友借钱，挽救自己挚爱妻子的生命，这是损失最小的选择，但他却绕开了这个选项。这证明在他心中，面子和尊严是第一位的，他爱自己胜过爱他妻子。在那之后的这些年中，他有的是机会向上级领导承认错误，他也有的是机会回头，但是他没有。金志浩给他的那些钱他都没有花，他也并不是在蛰伏着给自己留后手，只是因为他从金志浩手中得到了比金钱更重要的东西——他的仕途。刚才你们的对话，他看似在讲着自己的不得已，但实际上这些不得已都是被他包装过的，你觉得他真诚，不过是因为他在自己的逻辑中觉得那样无错，他发自内心觉得自己的逻辑是对的，态度自然是真诚恳切的。”

晏阑听后沉默下来，过了许久才道：“你说得没错。”

“但你们始终是朋友，曾经互相交托后背的情谊依旧在。”苏行轻轻拍了拍晏阑的手，“领导，这并不冲突。”

“我明白，人都是复杂的。”晏阑长叹一声，“我现在有点儿理解你为什么不喜欢活人了。”

苏行笑了笑，说：“睡吧，你还有四个小时的时间补觉，明早起来你还是那个令人闻风丧胆的‘阎王’。”

第12章

第二天一早，乔晨捏着包子坐在桌前：“晏阑你怎么好意思？！小苏昨天晚上配合你钓鱼，结果你让他睡沙发！到底谁是病人！”

“我没有，我真的没有！”

苏行淡然地说：“晏队最近太累了，而且昨天睡觉的时候都快三点了，他今天还得上班，让他睡舒服些也好。反正我白天还可以补觉。”

乔晨郑重地说道：“苏行同志，咱俩得认真聊一聊，他这么欺负你，你都不反抗，这是不对的。你现在这种行为，迷信地说是被下降头，科学地说是有斯德哥尔摩症，用现在时髦的说法就是被 PUA 了。”

苏行笑了笑：“晏队没有欺负我，真的没有。”

“你说了不算。”乔晨说，“从今天开始一直到你完全恢复健康之前，晏阑不可以再留在医院过夜，同时你需要做一个心理评估。”

晏阑皱了下眉：“乔晨你差不多得了！做什么心理评估！”

“你闭嘴！”乔晨抬手一指晏阑，“你欺负人还有理了？”

晏阑再次重复道：“我都说了无数次了，我没有欺负他！”

“今天早上我进病房的时候，你躺在床上，他坐在沙发上，这没错吧？他让我扶着他去厕所的时候，你睡得跟死猪一样，这是事实吧？”

“我……”晏阑拍了一下苏行，“你赶紧说句话啊！”

苏行放下水杯：“乔副说的没错。”

“我冤死了！”晏阑抓着头发说道，“我真的冤死了！他早上醒过一回了，我帮他都收拾好了之后才又睡了个回笼觉！不然他现在这样怎么可能自己走到沙发上去？！”

“那我不管，病床是给病人睡的。他还是个病人，你困，他就不困了吗？睡回笼觉你可以在沙发上睡，你也可以回你之前那个病房里睡，你为什么抢小苏的床？”乔晨说，“你这就是欺负人，不管怎么说，你这都是欺负人。”

“小苏！”柳清莹在此时推门而入，直接冲到了苏行身边，把他上上下下仔细看了一遍，说道，“乔晨都跟我说了。你有没有事？你这孩子真傻！都说过了要是晏阑欺负你，你就找我，怎么自己忍着啊？有没有不舒服？医生有没有看过？”

苏行连忙说道：“舅妈，我没事，真的没事。晏队也没欺负我。”

“啪！”柳清莹一巴掌拍到了晏阑的后背，拍得晏阑一个激灵，他皱着眉说道：“舅妈，你能不能不要这么暴力？”

“长本事了是吧？”柳清莹直接伸手掐住了晏阑手臂内侧，“欺负病人这事你都干得出来？谁教你的啊？小苏躺在病床上还想着帮你破案，你看看你都干了什么？！让他睡沙发？我看你是飘了！你让他睡沙发是吧？！行！我这就让人把你家的床拆了，你以后给我睡地板！”

“嘶……疼疼疼！舅妈你放开我，真的疼！”

苏行笑着说道：“舅妈，晏队就是睡了个回笼觉，我真的没有睡沙发，您别着急。”

“那也不行！”

落后一步的晏凌堇这时才进入病房，她拉开柳清莹说道：“妈，咱好歹注意点形象，别吓着苏行。有话好好说，别动手。”

晏阑趁机抓起桌上的包子冲出房间，说道：“我上班去了！”

“晏阑，你给我回来！”

晏阑不顾柳清莹的怒吼，直接走楼梯离开了。

“你就害我！”晏阑一口气用了三个感叹号。

苏行回复道：“不是故意的，领导别生气。”

“你看看我这胳膊，又紫了。”晏阑发了张自己手臂内侧的照片。

“舅妈说你皮糙肉厚，掐一下没事。”

“这叫没事吗？”

过了半分钟，晏阑才收到苏行的回复："局部软组织内皮下出血，目测大小 1 厘米 ×1.5 厘米，按照瘀血程度和受伤面积以及你本人的身体情况推测，三天之内就能好。伤情鉴定：不构成轻微伤。。"

晏阑坐在车里盯着那段文字，一时不知道是该气还是该笑。紧接着苏行又发来一条消息："下班回来我给你敷一下。"

"这还差不多。"

"好好工作，我会跟舅妈说清楚的，开车注意安全。"

一天的审讯和查证工作结束之后，晏阑拎着水果走到病房门口，在推开门的一瞬间他突然有一种不安的感觉，好像错过了什么，又好像即将发生什么。

会客区，空无一人。

他接着推开苏行病房的门，一股低气压扑面而来。

"怎么了？"晏阑看向坐在病床上的苏行，"趁我不在干什么坏事了？我给你买了车厘子，你昨天不就说想吃……你比画什么呢？哪儿不舒服？"

苏行看示意无效，干脆捂着脸不看晏阑，最后直接趴在了小桌板上。

"果然是骗我的！"一个阴冷的女声在晏阑后背响起，晏阑下意识转身格挡，林欢一个手刀就砍在了晏阑的胳膊上，"骗我，联合乔副和小苏一起骗我！"

"你别激动！"晏阑不太敢跟林欢真的对打，但林欢却没那么多顾忌，几乎拳拳到肉。

"我很冷静！"林欢使出一招缠腕冲拳，"我从来没有像现在这么冷静过！"

晏阑只抵挡不反击："你听我解释，不是故意要骗你的！"

"你都抓了老余为什么还不告诉我真相？！亏我还在担心！我提心吊胆了一天一夜！"林欢一边说一边把晏阑逼到了墙角。

"欢欢！"晏阑喊了一声，"你别这样，这是病房！"

"病房怎么了？！我又没有砸到东西，也没有影响别人休息！"林欢手中的动作已经不成套路，到最后几乎变成了女生打架"扯头花"的姿势。

晏阑趁机扣住林欢的手腕，说道："好了欢欢，气撒完了就别闹了，苏行还没完全康复，你别这样。"

林欢停住手，一撇嘴竟是要哭。

"别哭！"晏阑连忙说道，"大小姐，你可千万别哭！这点儿小事不至于的啊！”

“这怎么就是小事了！”林欢一边说一边低头往外走。

乔晨推了一把孙铭睿，孙铭睿这才从刚才的惊慌中醒过来，跟着林欢走出了病房。

“我这胳膊今天真是多灾多难的。”晏阑捂着手臂坐到苏行身边，“什么情况啊？”

“我还想问你什么情况呢？”乔晨说，“你今天一天在局里都没跟林欢解释一下？”

晏阑：“我也得看得见她啊！从早到晚都没见到人。”

苏行说道：“刚才在你进来之前半个小时，欢姐没跟任何人打招呼就直接来了病房，她进来的时候我正在帮乔副整理准备交给调查组的录音文件。欢姐看见我们俩，当时脸就黑了，直接就把我们俩的手机都收走，不让我们跟你联系。我原本想让睿哥帮忙通知你，但是睿哥这胳膊肘早就拐到欢姐她家里去了。”

“这是真生气了。”乔晨指着桌子上散落的苹果说道，“看见了吗？她徒手掰的。咱家大小姐这功夫是一点都没退步。”

“……”晏阑吞了吞口水，“她何止没退步，她那根本就是加了buff（增益）！你说我要真还手，她不更得觉得我欺负她了？”

“你还手啊！谁欺负谁还不一定呢！”林欢循声而至，“你是警校格斗第一，我也是警校格斗第一，你还别瞧不起我！”

“我错了！”晏阑立刻服软，“你第一，你年轻，你武力值高，我认输！”

林欢狠狠地瞪了晏阑一眼，说：“你骗我就算了，还拉着小苏和乔副一起骗我！”

“不是……这……”

“乔副伤还没好，你就让他回局里演戏！昨天我都到医院了，你还不跟我说，还给我演一出抢救的戏码！”

“那是苏行……”

“就是你！”林欢说道，“小苏这么乖，都是跟你在一起才学坏的！晏支队长，你真的够了！”

晏阑无奈地说：“好好好，你说是我就是我，那你怎么才能消气？

“我不可能消气！”林欢坐到一旁拿起水果刀开始削苹果。晏阑和乔晨都下意识地躲远了些，生怕那把水果刀会变成凶器。

苏行给晏阑抛去一个眼神，然后说道："晏队，今天审出什么了？"

晏阑立刻回答："赵之启先撂了，紧接着是瑞达生物的那个齐铭。齐铭才是最变态的，他现在居然开始研究药物和精神的双重控制，谢瑶就是他们的实验对象。因为李雷磊被徐絮杀害，他们害怕谢瑶的精神状况引起警方的怀疑，所以一边让赵之启用芬太尼控制住谢瑶，一边给她施加巨大的心理暗示。谢瑶的精神状况本来就非常不稳定，所以在强大的心理暗示作用下跳了楼。我们已经找到了和齐铭合作的心理咨询师，虽然谢瑶是自己跳楼的不假，但这个心理咨询师违规行医，而且他跟齐铭之间有大量金钱往来，检方可以以别的方式来起诉他。至于周桐薇和薛小玲，因为证据非常充足，所以即使她们不招供我们也可以定案。现在就看她们是咬死不说，还是准备给自己减刑几年。"

"所以其实这件事的源头是在李雷磊。"苏行分析道，"如果李雷磊不死，就不会有人冒用周建兴的名义逼我们放了赵之启，也就不会引起我们的怀疑。他们急匆匆抹掉监控，又窃听跟踪，其实不仅是怕陆卉梓，更是怕我们真的从李雷磊家里搜到什么确凿证据。"

"其实从某种程度上来说，我们应该感谢徐絮，如果不是她，我们或许还没有这么快抓住证据。从李雷磊家里找到的那些用药记录……"林欢说到一半才发现所有人都在盯着她看，"怎么了？我说错了？"

"没错！"苏行笑着把苹果从林欢手中拿过来，"欢姐削的苹果最甜！别生气了吧？"

"我当然不会跟你生气啊。"林欢接过孙铭睿递来的纸巾，擦过手之后直接扔到了晏阑身上，"但是我会跟舅妈告状的！晏支队长你等着吧！"

"我的小姑奶奶，咱差不多得了啊。"晏阑上前拍了拍林欢的头，"别生气了，容易老。"

"烦死你了！"林欢愤愤地骂了一声。

晏阑："那我放你两天假？"

"都什么时候了你给我放假？你拿我当什么了！"

苏行拽了拽林欢的衣服下摆，说："欢姐别气了，继续说案子吧。"

林欢叹了口气，终究还是说起了正事："瑞达生物科研中心的电脑里有上千名患者的用药记录。从美沙酮到杜冷丁再到芬太尼及其衍生物，几代阿片类镇痛药的疗效和临床反应都有。不同年龄，不同性别，他们甚至连三岁的孩子都不放过。这些用药记录被伪装成正常的临床试验，但实际上确实在做那些肮脏的勾当。前些年他们瞄上芬太尼和卡芬太尼之后，借着红升医药的背景和瑞达生物的科研能力率先完成了本地化供应。”

孙铭睿接着说道：“周建兴的堂妹是金志浩的情妇。”

苏行险些一口水喷出来，他放下水杯，说道：“怎么就没个新鲜的？除了权色交易就是钱权交易。”

“你想要什么新鲜的？”晏阑反问。

“倒也是。”苏行撇了撇嘴，“你们活人啊！”

晏阑轻轻弹了下苏行的额头：“你又来了。”

乔晨笑了笑，说道：“总之，案子查到现在，我们能做的已经不多了。更多的就交给调查组来解决吧。”

一个月后，一切尘埃落定。以红升医药和瑞达生物为首的，一艘满载着腌臜污垢的“巨舰”，在航行了二十余年之后，终于触礁搁浅。围绕在它身边的恒众兴，后来被追查到的位于南花路附近的一家名为“Reborn”的会馆和坐落于城郊的一家隶属于安檀健康的疗养院全部浮出了水面。

薛小玲完美诠释了“狡兔三窟”这个成语——确实只有三窟，当三家杀手组织全部被端之后，她也失去了最后的翻盘希望，痛快地交代了所有事情。

十六年前，冯颖和成幕慕发现了黄新的违规操作，成幕慕因为严格控制芬太尼的用量而惊动黄新，死于一场“医闹”事件。作为成幕慕丈夫的苏荣在追查死因过程中因为触到了些许的真相，而死在了“意外车祸”中。

十五年前，冯颖不屈不挠的一封举报信，把自己送上了绝路。而后的几年中，红升医药的几位高层和技术人员集体出走，成立了瑞达生物，开始在医药领域“开疆扩土”。

七年前，平科大化学系研究生唐倩倩意外发现自己的导师齐铭利用实验室的材料非法制取芬太尼衍生物，于是成为了方宗宇“2·03抢劫杀人案”的受害者。

五年前，在瑞达生物供职的杨灵昌因为发现瑞达生物的真实意图，又拒绝了齐铭的拉拢而被何浩明刺伤，康复后不久就死于一场车祸。

同样也是在五年前，周桐薇从母亲薛小玲手里接过大部分产业，同时为了迎合“年轻化”的市场在平潞铺开了一张销售新型毒品的网络。夜店、KTV、酒吧，年轻人喜欢的地点和场所，几乎无孔不入。从瑞达生物实验室流出的芬太尼及其衍生物，直接进入周桐薇名下的这些场所，一个自产自销的贩毒链彻底形成。

另外一方面，周建兴、金志浩、黄新、余森这些处于关键位置的人物全部都在这一条线上，说是只手遮天也不为过。

因为江洧洋、刘毅都是油盐不进的人，而晏阑这个有着绝对背景的官二代又卡在刑侦支队长这个位置上，贩毒集团在平潞市局的渗透一直很难，这么多年也只有余森一人而已，所以他们把目光落在了淮永市。而在那时，武卫阳作为淮永市局的准一把手，正在为如何再往上走一步而头疼。他从最偏远的地方出来，顶着兰正茂徒弟的名头熬了小二十年，却还只是个副局级。他不甘只做到这个位置，他想再往上爬。他去求了自己的师父，却迟迟没有动静，与此同时他发现这么多年一直跟师父形同陌路，甚至都不愿意开口叫师父一声“爸”的晏阑却像坐着火箭一样蹿升到了正处级的支队长。巨大的失落和不平衡感让他放弃了兰正茂，转投金志浩名下，一拍即合。

这一次因为刘副局即将退休，金志浩瞅准机会把武卫阳插入平潞市局，想借此把平潞变成第二个淮永。然而徐絮的一次报复杀人案件，先是暴露出箭海地区的监控问题，又牵扯到赵之启，更可怕的是李雷磊家中存放的资料都因为徐絮案尚未审理而暂时扣在检察院。曾诚成事不足败事有余，掀起了满是疑点的分尸案，余森适时的反水更是给贩毒集团雪上加霜。

无论是找人伪造车祸伤害乔晨，还是用重新接过的电话线和事先留存的指纹掌纹嫁祸刘毅，甚至是利用丁理引爆炸弹试图毁尸灭迹，都只是强弩之末，最后的疯狂了。

副市长周建兴在双规彻查历年政务期间骗过看守跳楼自杀。

金志浩、武卫阳被双开，移交检方。

薛小玲、周桐薇、齐铭、赵之启等人也在审讯结束之后移交到检察院。

经过这一个月的发酵，“红升医药豢养杀手、买凶杀人、制毒贩毒”的特大案件，终于随着肖富根，也就是肖鹏跃的落网而达到了高潮，百姓茶余饭后都在讨论着这件耸人听闻的案子。

“据警方通报，此次案件涉案人员多达五百余人，其中已确认涉及刑事犯罪的有……”

苏行伸手关掉了车载收音机，把座椅放倒，双手放在头后，懒懒地说：“你不会把你家楼下那间健身房又改回客卧了吧？”

“当然不是。”

“那你是打算让我睡在健身房里？”

“怎么可能？！”

苏行说：“我回自己家住也挺好的，离市局也不远，还不用爬楼，等我恢复好了再跟你回去住不就行了吗？”

“绝对不行。你这个头疼的毛病还没好，身体也没完全康复，还需要人照顾，我可不能让你一个人住。”

“那你跟我回去住啊！我那双人床睡不下你？”

“舅妈原本说让你去后面跟她们一起住，是我好说歹说才拦下来的。她说在你完全恢复之前要时不时地看到你，你就体谅一下吧。”

苏行无奈地说：“反正我现在爬不了楼，跟你回去住我就只能睡一层沙发，要不然就是你每天给我抱上抱下，累的不是我，你随便吧！”

“回家你就知道了。”晏阑笑了笑，“睡会儿吧，到了叫你。”

二十分钟后，苏行站在客厅走廊旁，指着那个以前根本不存在的玻璃门说道：“这就是你的解决方法？”

“对啊。”晏阑按开门，带着苏行走了进去，“你又不是没见过，舅妈家里也有一部。”

“道理我都懂，但是你们有钱人解决问题的方式都是这么简单粗暴吗？”

“放心吧，这个是德国进口的别墅电梯，绝对安全。”

苏行：“……”

电梯将二人平稳地带到了二层，晏阑拉着苏行直接走进主卧，说道：“卫生间里有柚子叶，在医院住了这么长时间，好歹洗一洗，不许说我迷信，这是舅妈要求的！换洗衣服都放好了，洗澡的时候开着淋浴间的门，不然你会晕。我就在外面等你，有事叫我。”

“哦，好……”苏行晕晕乎乎地走进卫生间，直到花洒中的热水落在身上的时候他才终于回过神来——在家里装电梯的这种行为，就算是有钱人也不一定都会干吧？而且舅妈家装电梯是因为姥爷岁数大了，怕他走楼梯摔倒，那现在家里这个……自己不过是暂时不能爬楼梯而已，难不成等康复之后还要拆了吗？！”

大概真的是太久没回家，苏行洗完澡出来之后就觉得全身都放松了下来，他坐到床边，任凭晏阑摆弄。

晏阑从不会照顾人到吹头发时知道贴心地挡住眼睛耳朵，不过是一个炸弹的距离。

晏阑把苏行放回到床上，轻声唤道：“小刺猬？”

“嗯？”

“回家了。”晏阑说。

“嗯。”苏行放下手机，打量了晏阑一番，说道，“领导，你瘦了。”

“好意思说我？你看看你瘦的，都快脱相了。你的六块腹肌现在就剩下一块了，还嘲笑我吗？”

“一起练回来吧。”苏行笑着说，“要不要打个赌？我肯定比你先练回来。”

“不。在你彻底康复之前我会把健身房锁起来，一年之内你就不要想着练腹肌了。”

“我心里有数。”

“那也不行。”晏阑拒绝道，“我绝对不许你再出危险了。”

“好吧，你是领导，你说了算。”

晏阑又说：“你要是觉得在家憋得慌，每周允许你回去上一天班当作复健。”

“两天行不行？”

“一天！”

“两天吧……”

“就一天！”

“那……一天半？”

“……”晏阑对上了苏行那满是期待的眼神，最终还是松了口，“成交。”

“那明天先回家搬东西过来吧？”苏行垂下眼眸，“最起码得把书搬过来，不然我在家会无聊死的。”

“都搬完了，隔壁那个客卧已经一比一复原了你的书房，床也换成了一个坐卧两用的沙发床，你明天去看过就知道了。”晏阑给苏行掖了下被角，“快睡吧，你都睁不开眼了。”

“嗯……晚安……”苏行甚至都没听到晏阑有没有回他一句“晚安”，就沉沉地睡了过去。

一场几乎要了他命的大手术抽走了他最少一半的精气神，以至于让他落下了许多后遗症，秒睡就是其中之一。在停了药之后，他依旧经常困顿，一旦困意袭来，挡都挡不住，瞬间就能睡过去。

苏行又做起了梦，他甚至意识清楚地知道自己在做梦，因为他见到了父母。记忆和梦境重叠的时候，总有些不合逻辑的地方，比如他已经这么大了，父母却依旧年轻。他一左一右拉起父母，安静地站在原地。其实他是记得那个场景的，记忆中小时候爸妈带他去景区玩，也曾有过这样的时刻。

“苏行。”身后有人在叫他。

“嗯？”苏行回过头来，看到晏阑正伸着手看向他。

晏阑笑着说：“我们走吧。”

“去哪里？”

“往前走。”

“前面？”苏行有些犹豫，“可是……”

“跟他走吧，小行。”

苏行循声望去，父母竟已经站在了医院的走廊里，穿着白大褂的母亲正站在一身利落警服的父亲身边，微笑着看向自己。

“我们很好。”成幕慕说，“你们也要好好的。”

“爸，妈，你们……”

苏荣说：“让他带你往前走吧。”

“你们不一起吗？”

成幕慕微笑着说：“小行，不用怕，前面那只是一个很短的山洞，跟他一起穿过去，继续往前走。”

“去吧！”苏荣在虚空中抬起手，苏行只觉胸口一顿，周围风景速变，他本能地抓住手边的东西，倏然睁眼。

“怎么了？”晏阑的声音在耳畔响起，“做噩梦了？”

“是美梦。”苏行含笑说道。

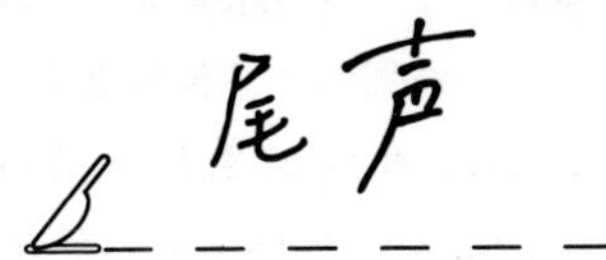

尾声

晏阑绝对是个执行力强的人，这点在办案上就能看出来，只是苏行没有想到，在筹划度假这件事上，晏阑同样执行力超强。前一天晚上刚说完要度假，第二天一早苏行就在茶几上看到了几个备选国家的地理位置、风土人情和气候温度的资料。

苏行接过晏阑送来的豆浆，稍一挑眉，说道：“我反悔了。”

“为什么？”

“你绝对是早有预谋。”苏行指着桌子上那一摞堪比论文厚度的资料，“从纸张褶皱程度和上面的油墨印以及味道来判断，这不是你今早刚准备的。”

晏阑捏起一片面包，颇有些“我不要脸天下无敌”的架势：“我承认这是我早就准备好的。”

苏行果然对他这种态度束手无策，只好撇了撇嘴，说：“那找个公共假期吧，舅妈他们也方便。”

“春节呗。”晏阑把杯子里的牛奶一饮而尽，“我上班去了，你今天没事的时候看看，其实也不限定就这几个地方，晚上回来咱俩再聊。”

“知道了。”

苏行坐在沙发上，盯着那一摞纸看了半天，最终还是拿起它走进客卧——现在已经是专属于他的书房了。

在选定度假地点之前，还有一件事要先完成。周末清晨，苏行再一次来到父母的墓碑面前，距离上一次他来这里，已经过去了近两个月。案子破了，逍遥了十六年的凶手终于跪倒在法律的铁钳之下。很多人都以为他应该开心，应该雀跃，应该有沉冤得雪之后的欢喜。但实际上他很平静，甚至连一丝情绪波动都没有。看过苏荣夫妇的墓碑，二人又往晏曦的墓前去祭拜了一番。

祭拜结束，二人并肩往回走。晏阑问："你怎么会这么冷静？"

"医生说情绪激动不利于我身体恢复。"苏行缩了缩脖子，"冷，回车上说。"

苏行快速地钻进了密封极好的车里，抢先一步打开暖风。晏阑叹了口气，把座椅加热也打开，还不知道从哪里变出一杯热咖啡塞到了苏行手里。

"你以前也这么怕冷吗？"晏阑问。

苏行抱着热咖啡，半天才回答道："如果不是今年气温低的话，那就是我身体还没恢复。"

晏阑看着他这个样子，突然一拍大腿："我决定好去哪儿度假了。"

"啊？"

"去墨尔本！"晏阑说，"那边是夏天，不会冻着你，而且也不用找场地，自家有庄园。"

苏行："庄园？我以为你之前说在那儿有房子，就只是房子。"

"庄园里肯定有房子啊！"晏阑一边发消息一边说，"你要是想在海边也可以。在布里斯班还有一套海景别墅，可以去那边。"

"你们有钱人的世界我真不懂……"

"又胡说！"晏阑翻了个白眼。

苏行笑了笑，说："赶紧走吧，不是还要去餐厅吗？"

"……你怎么又知道了？"

"今天我生日，之前谁跟我说餐厅在我生日这天开业的？"苏行轻笑了一下，"领导，你这是早衰的征兆吗？"

晏阑被怼得没话说，只好默默发动了车子。

"等等！"苏行忽然抬起手指向窗外，说，"那是陆卉梓吧？"

晏阑顺着苏行指的方向看去，旋即点头："还真是。你要不要去打个招呼？"

苏行摇头："不了。她身边那位，应该是她男朋友。"

"你认识？"

"红姨的儿子，在医大当老师。"

晏阑沉默了一会儿，而后长出一口气，说道："终于，都过去了。"

车子开出陵园，周围的景色也不再萧瑟寂寥，不过已近隆冬时节，道路两侧的绿化也失了些生机。苏行坐在副驾，扭头看着窗外飞驰的风景，一直没有说话。

"你别老看窗户了。"晏阑扒拉了一下苏行，"外边光秃秃的有什么好看的？"

"不看外边我晕……"苏行一顿，把没说完的话咽了下去。

晏阑："你不是不晕车吗？！"

"你这车密封太好了。"苏行拿起咖啡喝了一口。

"密封好？"晏阑哼了一声，把天窗开了外掀，"你坐警车的时候也一样看外面！就不说实话！"

一股新鲜空气顺着天窗钻了进来，苏行长出了一口气，说道："没那么严重，真的是你这车密封太好了。"

"那上次你在车上到底是低血糖还是晕车？"晏阑追问。

"都有吧，我也不知道。"苏行笑了一下。

晏阑翻了个白眼："你还笑得出来！真不知道怎么说你好！"

"那就别说了。"苏行说，"好好开车吧，我没事。"

开业仪式弄得热热闹闹，最终餐厅的名字和菜单都没有改，只是在那艺术感十足的"安"字旁又加了一句诗——"将心到处遣人安"。

苏行趁人不注意，偷偷搜了一下这句诗，上句是"行遍天涯意未阑"。

"在看什么？"晏阑敬完酒后走到苏行身边问道。

苏行："行遍天涯意未阑，将心到处遣人安。领导，没看出来嘛，你还是个文艺青年。"

"凌堇找的。"晏阑说，"她说一定要把咱俩的名字加进去，十六年的缘分，难道还不值得一家属于咱们俩的餐厅？"

"当然值得。"苏行向晏阑勾了勾手，"有句话想跟你说。"

晏阑立刻附耳到苏行身边。

"领导，我心安了，非常安。"

番外一

春节后，公安部。

“紧张吗？”

“还行。”

“稿子都记住了吗？”

“记住了。我怎么觉得你比我紧张？”

“我爸在上面……”

“以前没发现你这么怕你爸啊？”

“这要是我自己上去做报告，我肯定不怕。”

“好了领导，你就放心吧。”

“下面有请苏行同志上台为我们讲述！”主持人看向侧幕，苏行轻轻点头，拿着稿子上了台。

“各位领导，各位同事们，大家好，我叫苏行，是霁州省平潞市公安局刑科所的法医。同时我还有一个身份，是苏荣同志的儿子……”

晏阑看着苏行在台上发言时自信的状态，逐渐也放下心来。

此时距离那惊天一炸已经过去了大半年，而今天过后，苏荣的烈士称号就名正言顺了。

一场大会，先是做霁州省特大涉黑案的案件报告，后是给苏荣烈士正名，而苏行作为苏荣唯一的儿子，又是涉黑案侦办过程中的优秀警员代表，自然要上台发言的。演讲稿苏行写完之后，晏阑改了一遍，王军改了一遍，江局改了一遍，最后兰正茂又改了一遍，总之就是非常符合标准的一篇报告，可以直接全文刊登的那种程度。

台下热烈的掌声把晏阑拉回现实，走回后台的苏行低声说道：“你还是穿警服好看。”

“嗯？”

“我说，你穿警服，很帅。”苏行把演讲稿拍到晏阑胸前，“尤其你站在侧幕阴影里的时候，更帅。”

“我怎么觉得你是在说我看不见脸的时候帅呢？”

“看得见看不见都帅。”苏行笑着说，“领导，我饿了，一会儿吃什么？”

“一会儿？回家吃，我爸下厨。”晏阑压低了声音说道，“副部级领导亲手做的饭，可不是想吃就能吃到的。”

“兰局升了？”

“还叫兰局？嗯？”

“领导，你真是脑子有问题！”苏行低声说，“谁家孩子还没吃过爸爸做的菜啊？你都说了那是副部级领导，当然得叫官称了。”

“狡辩！”晏阑掐了一下苏行的脸，“一会儿你还得上台合影，我先回车上等你。”

“好。”

副部级领导有专车有司机有秘书，虽然晏阑并不适应，但毕竟这是在兰正茂的地盘上，再不适应也得忍着。然而大会散场之后，兰正茂却是和苏行两个人一起走到车边的，他把钥匙扔给晏阑说：“司机秘书放假了，你开车。”

“我开吧，晏队这几天挺辛苦的。”苏行说。

“没事，让他开，他认识路。”兰正茂把苏行推到后座上，自己则上了另外一边。

晏阑撇了撇嘴，坐进了驾驶室。

兰正茂温和地看向苏行，说道：“小行啊，我听晏阑说你对挺多东西都过敏，这几天天气不太好，你得注意。”

苏行："您放心吧，我随身都带着药，晏队也替我想着，没事的。"

兰正茂又问："关于你爸爸进烈士陵园这件事，你怎么想？"

"还是算了吧。"苏行说，"谢谢领导们的好意，我爸妈已经合葬了十六年，再给他们拆开好像不太好。"

"那就听你的，到时候我去说一下。"

"会不会太麻烦？"

兰正茂摇头："不麻烦，一句话的事。"

晏阑说道："爸，您先别跟他说话了，他晕车。"

"那你还不把窗户开开！"兰正茂拍了一下驾驶室的座椅。

"开，这就开！"

苏行连忙说："没事的，我没那么严重，不用把我当国宝一样，我难受了会自己开的。"

兰正茂拍了拍苏行的肩膀："你这孩子，有事总是往心里搁，怕给别人添麻烦。你啊，可以不那么懂事的，别再这么憋着自己了。"

"好，我知道了。"

晏阑很快把车开回了家，兰正茂拒绝了苏行和晏阑打下手的申请，自己钻进了厨房忙活。晏阑则带着苏行在家中参观起来，兰正茂十多年来获得的嘉奖都摆在展示柜里，柜子正中有两张大一些的照片，一张是兰正茂和晏曦的婚纱照，另一张则是一家三口的全家福。

"你小时候好胖啊。"苏行指着那照片说道。

晏阑反问："哪有不胖的小孩儿，难道你小时候瘦得跟麻秆似的？"

"我反正没胖过，身体不好。"

晏阑一愣，说："你说这话就是为了让我心疼是吧？"

"我可没那个意思。"苏行一耸肩，转而看向旁边的照片，那些都是晏阑这些年获得嘉奖时照的，有些他自己都没有。

苏行看了看照片，又转头看向身边人，含笑说道："你不上相。"

"我谢谢你啊！"晏阑翻了个白眼。

"真的不上相。"苏行笑着说，"你照片看着凶神恶煞的。"

晏阑："阎王不就该凶神恶煞的吗？难道还笑着收人？"

"什么乱七八糟的。"

"阑阑，小行，来吃饭吧。"兰正茂在餐厅招呼道。

二人走到餐厅，就看到桌上已摆满了丰盛的饭菜，说色香味俱全也绝不过分。

苏行率先说道："今天我有口福了，辛苦叔叔了。"

"你吃得开心，我就不辛苦。"兰正茂摆好碗筷，"快坐下吃。"

三人在一起碰了杯，一是为了兰正茂升职，二是为了苏荣的烈士荣誉，三也是为了刑侦支队的集体二等功。

饭桌上兰正茂提起了工作调动的事，苏行拒绝道："谢谢部里领导厚爱，不过我还是喜欢刑科所的工作环境，主要是能接触到更多案子。"

晏阑挑了下眉，说："看吧，我就说他不会想调来的。"

兰正茂笑了笑："那就当我没说。不过小行你现在的身体能撑得下来一场解剖吗？"

苏行："差不多吧，不过现在有在恢复体能了，估计到下半年就能正式复职了。"

"那正好，下半年你复职，王军就能到公大上任了。"兰正茂说。

"那法医室不就剩苏行一人了吗？不成，太累人了。"晏阑说。

苏行用胳膊肘捅了一下晏阑。

兰正茂笑着说道："就你会护短？！那王军能不在走之前都安排好了吗？"

"也对。"晏阑低头扒拉着饭。

苏行："其实我还挺想早点儿回去上班的，我也好久没有——"

"闭嘴！"晏阑和兰正茂异口同声。

苏行被吓了一跳。

兰正茂给苏行杯子里添了饮料，说："正好，这周末我休息，带你去烧烧香。"

"不至于吧……"苏行心里有些抗拒。

"还真不行。"晏阑说，"那庙里烟熏火燎的，他进去就得犯哮喘。"

兰正茂："噢对对对，那确实不能去庙里烧香，那到时候我去请个平安符给你戴着。"

“真有那么邪乎吗？”苏行说。

“你们医学院不是有拜夜班之神的传统吗？这个叫什么……玄学是吧？”

“行吧。”苏行说道，“那我以后还是注意点儿。”

晏阑长出了一口气，给苏行添了菜，说：“你可算是听话了。”

番外二

苏行坐在咖啡厅里，透过巨大的落地玻璃观察着外面来来往往的人群。外面街道上，一只黑猫缓缓踱步到窗户边，睁着两只圆溜溜的眼睛，盯着苏行。苏行看着那黑猫笑了笑，轻轻敲了下玻璃。黑猫被苏行的手指吸引，跟着他手指的左右摇摆而晃着脑袋。

“在看什么？”晏阑走到苏行身边问道。

苏行抬起头：“逗猫呢。”

“猫？”晏阑坐到苏行身边，顺着他手指的方向看去。那黑猫在跟晏阑对视上的一瞬间就弓起了背，浑身的毛发奓着，做出了防范和进攻的姿势。

苏行笑了笑，问：“你怎么回事？”

晏阑一脸无辜：“我没干什么啊。”

“都说黑猫有灵，阎王果真名不虚传。”苏行打趣了一句，随后起身说道，“走吧。”

“等累了吧？我舅也是的，非要我来，明明凌堃和凌堇都在家。”

“还好。坐着有什么可累的？”苏行和晏阑一起并肩走出了咖啡厅，一直到停车场，临上车时，那只黑猫还跟在苏行脚边。

苏行弯下腰对那黑猫说道：“小黑，我不能带你回家。”

黑猫似乎是听懂了苏行的话，委屈地“喵”了一声，后退两步坐到地上。苏行上了车，隔着窗户看向那只黑猫，不知怎的心里有点儿发酸，不由得轻叹一声，而后把车开了出去。

苏行一直沉默着，晏阑侧头看了一眼他，说：“这周回家吃饭，先看看凌堇那两只猫吧。”

“嗯？”

“凌堇那两只布偶猫比较干净，先试试，看你能不能适应。”晏阑平静地说道，“你对动物皮屑过敏，养猫很麻烦的。”

苏行：“我查过，我对猫皮屑过敏等级是6级，最高那一档，我肯定养不了。”

晏阑撇撇嘴，说：“看你刚才那么恋恋不舍的，养不了挺可惜的。”

“我没想养。”苏行说，“我只是刚才看见它，突然想起了我小时候。那时候我爸妈都没了，就跟那只小猫似的，孤零零的。”

“然后呢？”晏阑问。

“就觉得还挺神奇的吧。先是被师父捡回家养到大，现在又被你捡回家。”

“不对。”晏阑纠正道，“别总把自己摆在那么卑微的位置。你又不是个物件儿，你自己能决定自己的去向。”

“嗯，你说得对。”苏行回答。

电话铃声打断了两人的对话，苏行出门没带蓝牙耳机，他瞟了一眼在支架上的手机屏幕，直接开了免提。

“小哥！”是晏凌堇的声音，“小哥你今天是来宴会了吗？怎么没上来啊！”

苏行：“嗯，你哥喝酒了，我来接他。”

“我哥也真是的。”晏凌堇说道，“你都到了不上来露个面，弄得好像我怎么着你了似的。咱家可没有这个规矩啊，都是一家人，哪能让你空着肚子啊！你也别乱跑了，一会儿直接回家，我妈说了晚上一起吃饭。”

苏行说：“那行吧，一会儿见。”

“嗯，一会儿见，挂了。”晏凌堇很快挂断了电话。

苏行揶揄道：“你可真是的。”

“呵！”晏阑无奈一笑，“我饿着你了吗？”

“没有，我吃过饭才出来接你的。”苏行打了转向并线，“还有时间，陪我去买点儿东西。”

两个人很快就到了一家书店，苏行像是早就想好要买什么，进去后就直奔主题。晏阑看着被苏行递到手上的那两本书，不由得笑了起来："怎么不学英语了？家里不是有英文版吗？"

"我热爱母语！"

晏阑笑得眉眼弯弯，说："还是看母语顺畅吧，这样下次拿看书当挡箭牌的时候也不容易被我拆穿。"

苏行翻了个白眼，又往晏阑手上放了一本书，说："结账去吧。"

"好嘞。"晏阑笑盈盈地转过身，却见身后站了一个熟悉的人。

成澄局促地站在二人身后，嗫嚅着叫了一声："哥，晏警官。"

苏行没有表露出惊讶，只轻轻点了下头："正好路过，过来买两本书，班上得怎么样？"

成澄连连点头："挺好的，店长昨天还夸我表现好呢。"

"那就行。"苏行说着迈开腿，"有个稳定的工作不容易，好好干吧。"

成澄："哥，你以后有什么要看的书直接告诉我，我提前给你留着，我……我有员工折扣了，我可以帮你买。"

"不用。拿员工折扣给自己买点儿书看就行。"苏行依旧是淡淡的，转而看向晏阑，"走吧，该回家了。"

待结完账走出书店，晏阑说："之前口口声声说着不管的苏法医，怎么最终还是管了？"

"他爸妈对不起我，但他没犯错，不过我也就帮到这里了，之后他再怎么样跟我也没关系了。"

"果然是只刺猬，看着扎人，实际上心还是软的。"晏阑调侃道。

苏行："走啦，回家吧！"

在晏曜家吃过晚饭，晏阑和苏行一起回了家。在苏行打了第三十个喷嚏之后，晏阑终于把抗敏药翻出来放到了苏行手边。

"确定了，你绝对不能养猫。"晏阑看着苏行把药吃下，又把喷雾放在手里，随时准备着。

"不用这么紧张——阿嚏——"苏行揉了揉鼻子，眨着眼睛说道，"一会儿、一会儿就好。”

“哎哟我的天。”晏阑无奈拿了纸巾给苏行擦眼睛，“我可没见你这么哭过。”

苏行：“生理反——阿嚏——反应！”

晏阑拿了枕头放在苏行身后让他靠住，又去拿了毛巾裹了几块冰让他敷在脸上。苏行歇了好一会儿，直到抗敏药起了作用，他才长长出了一口气，把已经被体温浸透得没了凉气的毛巾从脸上拽下，递回给了晏阑。

“感觉怎么样？”晏阑问。

苏行摇了摇头，鼻音浓重地说道：“死不了。”

晏阑无奈：“你这样就跟我把你欺负哭了似的。不过好歹这次没犯哮喘，不然更得难受。”

“现在没事，但是夜里就不一定了。”苏行缓了缓，把自己撑起来，“我去洗个澡。”

“你眼睛肿成那样看得见吗？”

“是肿了，但是没瞎。”苏行推开晏阑，缓缓站起身，却踉跄了一步。

晏阑连忙上手将他护住，笑着说道：“行了别逞强了，我扶你过去。卫生间里放好水了，你去泡个澡吧。”

苏行沉默了一会儿，点头。

一周之后，正在办公室看文献的苏行收到了来自晏凌堇的照片，照片里正是那只之前在停车场尾随苏行的小黑猫。

晏凌堇：小哥，我把它收养了，以后想看就回家来看。现在先放在乔乔家的宠物医院打疫苗做绝育，等没问题了就接回家来。你给它取个名字吧。

苏行笑了一下，回复道：公的还是母的?

晏凌堇：小公猫，不过现在已经是公公猫了。

苏行：好，名字想好了告诉你。

当天下班之后，苏行给晏阑做了一顿相对丰盛的饭菜。晏阑洗完手坐到餐桌前，问道：“今儿是什么好日子啊？”

“谢谢你。”苏行说，“凌堇今天给我看了那只猫的照片，我知道是你让人去找的。”

晏阑笑了一下："小事而已。你有家了，那只猫也应该有个家。"

"凌堇说让我给它起个名字。"苏行说，"但是我还没想好。"

"嗯，吃完饭一起想。"晏阑给苏行碗里添了菜。

一顿饭毕，两个人在沙发上刷着手机，直到临睡前，苏行才说："干脆就叫刺猬得了。"

"不行！"晏阑立刻拒绝，"一只猫叫刺猬，你怎么想的？而且刺猬是你，哪有把自己名字给猫的？！"

苏行一脸黑线地推开晏阑，说："我是人，谢谢。"

晏阑福至心灵般说道："要不就叫安安，怎么样？"

苏行想起餐厅里的那句诗，点了点头："好啊，就叫安安，但是得随我姓。"

"你确定？"晏阑面露难色，"要不你把姓加上读一遍？"

"苏——"苏行咽了咽口水，"不能叫安安。"

"那就叫平安吧。"晏阑说，"最简单，也是最好的寓意。"

苏行想了想，说："好。平安，我们都要平平安安的。"

番外三

凌晨一点二十七分，平路市灵岩区灵岩公园内。

孙铭睿拎着勘察箱率先进入现场，郭俊杰跟在他身边，俩人一人带了一个徒弟，一边进行提取，一边告诉身边人注意事项。

“我苏呢？”孙铭睿抬头看向乔晨，“乔副，我家小苏宝贝呢？！”

“你恶不恶心！”林欢翻了个白眼，“小苏宝贝是你叫的吗？那只能我来叫！”

庞广龙揉着眼睛，在一旁说：“你瞧瞧你们这一对对的，这是要虐死我这条单身狗！我家神兽怎么还不来？赶紧来陪你胖哥我吃狗粮啊！”

刘青源在旁边拽了一下庞广龙的衣服，低声说：“白泽也有女朋友了，现在就咱俩单身。”

“What?”庞广龙惊得飙出一句英文。

“张佳一今天回来，咱家神兽去接机了。”乔晨拍了拍庞广龙的肩膀，“青源还年轻，不着急，你可得加油了！”

庞广龙义愤填膺地说道：“……他怎么叛逃组织了呢！”

林欢转向乔晨，问道：“乔妈，小苏宝贝呢？”

“刚才说是还有十分钟。”乔晨看了一眼表，“应该快了。”

话音刚落，一辆白色 CR-V 就停在了警戒线外，苏行手脚麻利地套好衣服，拎着勘查箱走到警戒线旁，笑盈盈地说：“抱歉，来晚了，这就开工！”

“晏阑呢？”乔晨问。

“他太磨蹭，我先出来了。”苏行指了一下后面，“我估计再有一会儿吧。”

乔晨撇了撇嘴，暗自腹诽道：晏阑你怎么能比小苏还慢？就算打扰到了你，也不能这么闹脾气吧？

……

“死者为女性，躯干部多处外伤，根据伤口形状判断，凶器很有可能是三棱刺。死亡时间在四小时左右，”苏行看了一眼手表，“也就是昨天晚上九点前后。凶手是右利手，大概身高在一米八，按照现场分析，凶手身上和鞋上都沾有死者的血迹。”

孙铭睿接着说：“凶手和被害人并肩走过一段路，行凶后跑步逃离现场。根据鞋印状态分析，凶手很有可能认识被害人，得首先排查死者周围关系。”

实习警员看到那辆“陆地坦克”停在眼前，立刻抬起警戒线，殷勤地递上了鞋套和手套。

晏阑道了谢，往现场走去，正好对上了苏行的目光。他穿着出门时随手抓出来的一件白色帽衫，站在离苏行不远处的地方。

苏行似乎是想起了什么，朝晏阑挑了一下眉。

晏阑先是一愣，旋即明白了过来，他走到苏行身边，自然地伸出手，像他们初见的那次一样，让苏行扶着自己的胳膊站了起来。

“记性还挺好。”苏行低声说。

晏阑稍稍直了下腰：“下次再扔下我先跑出来，我就不扶你了。”

“法医得先进入现场，等不了你。”苏行跺着脚低笑一声，“我回去解剖了，好好查案吧，领——导——”

远处红蓝闪烁的警灯映出了晏阑眼底绵延的笑意。

不过这笑意只存在片刻，待他再一次抬起头时，那个做事雷厉风行，从来只会公事公办，让人难以亲近的“阎王”又上线了。

番外四

晏阑在家中举行了个小型聚会，一是为了庆祝苏行复职，二是给王军践行。晏阑让楚洋把凛丞公馆的厨师请到家里来做了一顿大餐，当然，苏行单独吃了一份没有海鲜，没有鸡蛋，没有各种过敏源的特殊餐。

饭后，年轻人玩闹说笑，王军则走到庭院中去透气。

“师父。”苏行端着一杯可乐走到王军身边，“师父想什么呢？”

王军侧头盯着苏行看了看，笑道：“想我当年把你捡回家时，你那个可怜样，这一转眼，你都这么大了。”

“师父下一句可别说自己老了。”苏行接过话来，“您踏踏实实去公大教课，家里有我呢。”

王军刮了一下苏行的鼻子：“你现在真的活泼了不少，好，这样很好。”

“我哪有？”苏行嘟囔道。

王军说：“我看得出来，你现在的笑都是发自内心的。”

苏行嘴硬：“我以前也发自内心。”

“好。”王军笑着把苏行往屋里推，“回去跟年轻人玩去，沾点儿活人气，以后法医室你是领导，刑侦已经有一个阎王了，法医室要是再出一个没人气儿的判官，咱这市局就真成阎王殿了。”

“那师父你别待太久，这会儿外边太热。”

“进去吧你！真够唠叨的。”

苏行刚走进屋内，就被乔晨拉着坐到桌边："来，咱们来局狼人杀。"

"好。"苏行顺从地落了座。

虽然狼人杀游戏禁止贴脸和场外，但刑侦一帮人职业病进了骨子里，复盘推狼弄得跟审讯断案似的，气得孙铭睿差点儿掀桌。不过苏行一直逻辑在线，第一局带平民认了三狼，第二局拿了女巫牌留言点出两狼，第三局自刀骗药，剩下二狼直接屠边取胜。

"真够离谱的。"孙铭睿嘟囔道，"小苏这脑子是怎么长的？怎么他回回都能赢呢？"

连输三把的林欢也面色恹恹，说道："而且老大竟然输给小苏了，老大你是不是放水了？"

晏阑："你老大我是那种游戏放水的人吗？"

"不行！我不信！再来！"孙铭睿拍了下桌子。

"别来了！"王军举着手机走进屋内，"小昌区烂尾楼，女尸，赶紧走！"

晏阑立刻安排道："小孙，林欢，苏行跟我走，麻烦王老给郭俊杰打电话，让他开着出勤车去现场汇合。其余人跟乔晨走，不够坐再开一辆车，乔晨拿钥匙。有喝酒的看家。"

"都没喝。"

"那就走。"晏阑已经率先进了车库。

半个小时后，现场。苏行蹲在尸体旁边，仔细进行着现场初步尸检。

"怎么又是这地儿。"林欢撇了撇嘴，"这地方肯定风水不好。"

晏阑赏了林欢一个爆栗："胡说什么呢！"

林欢耸了下肩："这地方风水一定好，老大在这里大难不死。这个案子在这里也一定很快就能破。"

"这还差不多。"晏阑说。

苏行听了这话抬起头来，平均层高四米，四层楼，那时晏阑就是从这里摔下来的，想象是一回事，真的看到又是另外一回事，这个高度坠落，只伤了肋骨，真的算是福大命大了。

"别看，没那么吓人。"晏阑的声音在耳边响起。苏行听后也没多做反应，只轻轻拽了下防护服，之后又继续检查尸体了。

尸体被抬上车，众人完成现场初步勘查之后就各自上车往市局开。苏行钻进晏阑的车里抢先打开天窗，又开了外循环。

“你倒是自觉。”晏阑系好安全带，打了方向盘把车开上主路，“刚才想什么呢？”

“没想什么啊。”苏行锁上手机屏幕。

晏阑轻笑一声：“嘴硬。”

苏行停顿片刻，还是问道：“掉下来的时候在想什么？”

“来不及想什么。”晏阑说，“那会儿都是本能反应，就跟你预判到爆炸扑过来时一样，什么都来不及想。”

“倒也不必什么都拿我打比方。”苏行想了想，又问，“那你躺在地上确认自己没死，等救护车的时候在想什么？”

晏阑沉默了一会儿，回答说：“在想我听见的那句‘蹲下’到底是不是真的。”

苏行看了一眼手机上的时间显示，今天是余森开庭的日子。

“前几天我去见他了。”苏行说。

“知道。”晏阑依旧平静，“他想见你的消息，我比你先知道。”

苏行扭头看了一眼正在专心开车的晏阑，最终叹了口气，说：“他说他后悔了。”

“干吗编瞎话安慰我？”晏阑淡定说道，“他才不会后悔呢。我查了，当年苏叔叔确实参与过一次解救人质事件，但实际上那是一起群体事件，真正被歹徒抱在怀里当作人质的不是余森，是另外一个小女孩。当时歹徒从后面被击毙，女警接住小女孩，余森只是被苏叔叔压在地上，避免他看见歹徒被击毙后的样子。其实算算年纪就知道，那时候苏叔叔也没多大，这种性质恶劣的案件，都需要有经验的老警察去处理。”

“所以？”

晏阑：“所以他也没有那么在意你的死活，同样也没有那么在意我的死活，他从始至终最在意的都是自己。当年他放我一条生路，后来没给你下杀手，只不过是权衡之后觉得这样能更多地保护自己而已。”

“好吧。”苏行撇撇嘴，“但是他说了一句真话，他说你是个好警察。”

“嗯，这个我承认。”晏阑大言不惭地承认道，“我确实是个好警察，不过这也不用他给我认证。”

“阎王还真是不留情面。”

“给罪犯情面就是让无辜百姓承担风险。”

“是的，晏支队长说得都对！”

晏阑嗤笑一声，道：“德行！”

苏行也笑了一下，没再说话。

“对了，”晏阑说道，“刑科所换了最新的升降台，以后你就可以用新设备了，不用委屈你这一米八七的大高个儿弓着身子解剖了。”

“上周局里体检，我的身高是一米八七点九，比以前长了零点七厘米，现在我四舍五入是一米八八了。”

晏阑无语：“多大了你还长个儿？”

“二十三蹿一蹿？”

“你再说？”

“哦，过了二十三了，管他呢。”苏行随意地靠在副驾头枕上，“我再蹿一蹿没准就跟你一边儿高了。”

“别长了，看着吓人。”晏阑打趣道，“你说咱俩往市局门口一站，这不跟俩门神似的？”

“不对。”苏行故作深沉地说，“要是照你说的，咱俩站市局门口一边一个，那顶多算是黑白无常。”

“你说什么就是什么，只要不是牛头马面就行。”

苏行笑出了声：“你怎么什么话都接啊！”

“逗着你多说点儿话呗，省得你晕车。”晏阑道。

“开你的车吧！”

“得嘞，您歇着，到了叫您。”

车开回市局，苏行仍旧是直接钻进了解剖室。一年没上解剖台，这感觉既熟悉又陌生。苏行闭目凝神片刻，走到尸体前，开始了体表检查。

晏阑又一次走进了解剖室，刚到法医室实习的法医谢潇苒正在给苏行打下手，她已经被提前告知苏行的习惯，所以乍一见晏阑，还有些惶恐，怕“讨厌被人打扰解剖”的苏行会给阎王甩脸子。不过苏行连头都没回，淡淡说道：“水在老地方。”

谢潇苒眨了眨眼，先是看看苏行，又回头看看晏阑，满心疑惑。

“专心点儿。”苏行说道，“解剖时分心容易错过关键性证据。”

“好的师兄。”谢潇苒意识到这句话是说给自己的，连忙把注意力都放回到尸体上。

苏行指着尸体手腕处问道：“这是什么？”

谢潇苒：“腐败静脉网，死者体内的腐败气体使胸腹腔的压力增高，迫使血液流向外表，充积在皮下静脉内，并通过血管壁染红周围组织，在皮肤上呈现出暗褐色的网状条纹。”

“书背的不错。”苏行淡然说道，“下次直接告诉我是死后循环就行。”

“是。”

苏行将脏器取出，说：“你来称重。”

谢潇苒分别将死者的主要脏器上秤并记录数据，苏行站在一旁看着，时不时提出问题，谢潇苒一一回答。

解剖结束之后，苏行一边收拾，一边说道：“准备一下，一会儿跟我上会。”

“我？”谢潇苒疑惑。

苏行抬起头，问道：“这屋里还有别人？”

谢潇苒眨了眨眼，才发现晏阑已经不知道什么时候离开了。她连忙说道：“好的师兄，我知道了。”

不一会儿，苏行推开晏阑办公室的门，他拉开椅子坐到晏阑对面，伸手捏了一块小蛋糕放进嘴里，含糊地说道：“死亡原因是高坠导致的多脏器出血，但是尚不能排除他杀，推测死亡时间距现在二十天左右——你笑什么？我脸脏了？”

晏阑道：“笑你被我传染了，跟个阎王似的那么厉害。”

“啊？”

“人家小姑娘一口一个师兄地叫着，你完全不为所动。”

苏行：“她是我直系师妹，比我小三届，我给她们班示教过，她叫我师兄没毛病啊。”

“你缺根弦吧！”晏阑哭笑不得，“人家好歹是个姑娘，你就不能温柔点？”

“你才缺根弦！”苏行说，“谢潇苒五年专业成绩第一，入职考试笔试和体能双料第一。她是我们刑科所的另一个欢姐，你觉得她需要我温柔点？再说我哪儿不温柔了？我平常也不严厉啊。”

晏阑：“你知道你解剖时候跟平常完全不一样吗？”

“有吗？”

“没有没有，你怎么舒服怎么来。”晏阑笑了笑，说，“到点儿了，开会。欸，你师父呢？”

“回家了啊，他明天的飞机，今儿就别让他忙了。”苏行又捏了一个蛋糕放进嘴里，“这蛋糕哪买的？还挺好吃。”

“凌堇做的。”晏阑拿起笔记本边往外走边说，“特意为你这个过敏人士研发的，不然外面买的蛋糕我哪敢让你吃啊！”

苏行“嘿嘿”一笑：“替我谢谢凌堇！”

二人前后脚走进会议室，晏阑自己去调了空调温度，等人齐了之后，苏行率先代表刑科所进行了尸检情况的通报：“死者女，尸长一百四十一厘米，年龄在十到十二岁之间，死亡时间推断在二十天左右。全身多处粉碎性骨折，根据骨折程度及损伤状况来看，死者是先头部着地，再俯卧位着地。躯体损伤虽然都符合高坠伤特点，但坠落姿势仍有疑点。死者胃内容物尚未消化完全，推测死亡时间在末次进餐后半个小时以内，吃的是快餐。死者身上没有抵抗伤，处女膜完整，阴道没有损伤，排除性侵可能。血液中检测到抗抑郁药成分，根据血液中药物浓度推断，死者应该是在死前六至八小时服用的药物。”

“是什么类型的抗抑郁药？”晏阑问。

苏行回答：“氟西汀，是 SSRI 类药物，低敏低风险副作用很少。现在这类药品管理严格，考虑死者为未成年，社会关系简单，药物很有可能是从正规渠道来的。”

“正规渠道？”林欢想了想，说，“要么死者有抑郁症史，要么就是死者家人有抑郁症。”

“是的。”

“能排除自杀吗？”乔晨问。

苏行摇头：“我有怀疑，先让睿哥说说痕检情况吧。”

孙铭睿接过话来：“我们在烂尾楼七层的平台上找到了死者的足迹和另外一组伴行足迹。苏行预估的死者体重在三十五公斤左右，经过计算，死者在临死前是蹲在平台边缘的，而与她同行的人则一直在她身后徘徊。从足迹来判断，这个人身高在一米七五到一米八之间，体重八十到八十五千克，男性。死者衣服上除了死者的指纹以外，还有另外四组指纹，已经入库，目前没有匹配成功的。”

晏阑听后问道：“苏行，说说你的怀疑。”

苏行：“刚才我说过，根据死者身体多处骨折的伤势来判断，死者是先头部着地，接着身体着地，也就是俗话说的‘倒栽葱’，大头朝下的方式从七楼平台坠落的。但是根据以往的经验，自杀坠楼者的高坠伤大多数是腿先着地。死者落地之后并未被挪动过，按照这个落地地点通过公式反推，我模拟出了死者坠楼的路径。”苏行说着把模拟出来的坠楼路径图投在会议室的屏幕上。

庞广龙看着那图，又难以置信地比画了一下，说：“苏啊，起始位置那段横着的路径……它不正常吧？”

苏行点头：“对，除非这个死者是练体操或者是跳水的，并且在自杀前做了助跑然后在空中做了空翻转体。”

“好久没听苏哥这么说话了。”白泽嘴角挂着笑，低声说道。

晏阑挑了下眉，说：“林欢去查失踪女童报案，胖胖去查现场周边监控，乔晨白泽带着二组三组去走访找目击证人。”

众人各自忙开，到下午时，有一对夫妻被林欢带到了市局。谢潇苒正好从茶水间出来与夫妻二人擦肩而过，她着意看了一眼，而后若有所思地走回了法医室。

“师兄，我刚才看见一对夫妻。”谢潇苒走到苏行身边说，“我觉得他们好奇怪。”

“怎么了？”苏行揉着额头看向谢潇苒。

“我说不上来，但就是觉得别扭。师兄，要不一会儿我们一起去看看吧？”

谢潇苒话音刚落，庞广龙就进门来招呼道：“有人来认尸，你们俩谁来？”

苏行站起身，对谢潇苒说：“走吧，带你认个门，以后这种事就归你了。”

“好嘞，谢谢师兄！”谢潇苒立刻跟上。

晏阑走到停尸间外的楼道，一眼就看到了贴墙站着的三个人，他走上前去：“怎么着？罚站呢？”

苏行轻轻抬了下下巴：“中年丧女。”

“确认了？”晏阑也站到他们身边看向停尸间里面，“胖儿，说说。”

庞广龙介绍道：“男的叫陆嘉，三十七岁。女的是他妻子吴娉婷，三十四岁。死者陆筱，十一岁，他们的女儿。俩人还有一个儿子，今年五岁。一个月前俩人到辖区派出所报警说女儿失踪，这段时间为了找女儿，把儿子先送回老家交给父母照看。咱们发了确认死者身份的协查函，辖区派出所看死者描述跟报失踪的陆筱很像，就先让这夫妻俩看了照片，又把DNA数据送来了，现在正在比对。夫妻俩通过照片基本已经确认无误，就赶来咱们这儿认尸来了。”

“照规矩办吧。”晏阑说，“注意态度和方式，毕竟是女儿没了，别再刺激人家。”

“放心。”庞广龙轻轻点头。

“晏队！”谢潇苒直了直身子，压着声音说道，“晏队我觉得这夫妻俩不对劲，您看陆嘉一直把吴娉婷抱在怀里。”

晏阑不置可否，只是又看了一眼停尸间相拥痛哭的两个人。庞广龙却说：“人家夫妻俩感情好，又碰上这种事，抱着也没什么的啊。”

谢潇苒反驳道：“陆嘉那种抱的姿势，是带着侵略性的，不像是由心而发，更像是在控制吴娉婷。”

庞广龙仔细打量了一番这个“初生牛犊”，而后用手肘轻轻碰了碰苏行，说：“你这学妹还挺有趣的，是不是那种变态杀人狂魔的电影看多了？”

“才不是，这是有科学依据的！”谢潇苒道，“我真的觉得陆嘉有问题。”

苏行盯着停尸间里那两个相拥的悲痛身影沉默片刻，说道：“陆嘉身高目测在一米七五到一米八之间，体重应该没有超过八十五千克。”

庞广龙眨了眨眼，问道：“苏啊，你不会是怀疑陆嘉杀了亲生女儿吧？”

“查查就知道了。”

“你们法医室的人怎么都这么——”庞广龙看了一眼晏阑，把话咽了回去，说道，“知道了，一会儿询问的时候我注意一下。”

陆嘉和吴娉婷夫妇被安排在两个不同的询问室内，谢潇苒心里好奇得紧，可是法医不参与办案，她坐在办公室里百爪挠心，却还是不敢让苏行看出来。她以前在学校时是见过苏行的，那时候苏行总是很安静，对他们这些学弟学妹也都是很客气，没有端着学长的架子，但也没有想跟他们打成一片。后来她考进市局，原本想着到了师兄手下还能有点儿情分，但是没想到苏行一直在家歇病假。而在这段时间里，她也听到了别人口中描述的不同状态的苏行，不由得对这位师兄又敬又畏。苏行刚复职两周，也没怎么在法医室待着，前几天好不容易有案子，结果正赶上谢潇苒轮休，她也没跟上。今天这是谢潇苒第一次跟苏行上解剖，虽然在解剖室里没有什么过多的对话，但谢潇苒对苏行已经由敬畏变成了崇拜了。

“你想说什么？”苏行坐在椅子上，翻看着手里的书，淡淡问道。

谢潇苒眨了眨眼，小心翼翼地说：“师兄，你是不是也觉得那夫妻俩有问题？”

“我觉得怎么样并没有用，办案是讲证据的。解剖结束，尸检结果送到刑侦，后面的事情就跟咱们没关系了。”苏行回答。

“哦……”谢潇苒有些悻悻的。

苏行却道：“想看就去看，我刚才跟晏队打好招呼了。”

“真的？！”谢潇苒一蹦三尺高，“谢谢师兄，我保证不打扰他们！”

“哎哟——”孙铭睿退了两步，站在办公室门口捂着胸口说道，“我说潇潇啊，你这脑袋怎么这么硬？”

谢潇苒不好意思地笑了笑：“我错了，睿哥，有没有撞疼你？”

孙铭睿笑道：“亏的是撞上我了，你师兄这身体刚痊愈，你可留神点儿，别撞上他。”

“我又不是纸糊的。”苏行抬头看了一眼门口，说，“正好，睿哥把报告给潇潇吧，让她给晏队送去。”

“没事，我跟潇潇一起去，正好带她走一遍流程。”孙铭睿又招呼道，“小苏你歇着啊！”

“都说了我不是纸糊的。”苏行嘟囔了一句，合上书捏了捏额头，犹豫片刻，还是走出了办公室。苏行含了一块糖在嘴里，一路走出小灰楼，钻进了晏阑的车里。外面天气闷热，在太阳下暴晒了一下午的车里更是憋闷，苏行打开天窗，让车里的热气快速散出去，而后打开空调，靠在座椅上沉思起来。

盛夏天长，却也禁不住时间飞转。黑夜伴着雷雨一同赶来，似乎是要洗刷掉什么。从审讯室走出来的乔晨长出了一口气，饶是办了不少案子，这样的情况还是少见，审讯结果让他心里堵得慌，没了插科打诨的心情，也没了结案的欢喜，只是安静地往办公区走。在外跑了一天搜集证据的白泽小跑着进了市局，一边抖落身上的雨水，一边说："这雨下得也太邪性了！就差一步，就给我淋成这样了。"

“先擦擦。”林欢递上毛巾，“吃了吗？给你留了饭，凉了就去茶水间热一下。”

“谢谢欢姐。”白泽接过毛巾擦了擦头，正见晏阑和乔晨一前一后走出来，他连忙说道，“对了晏队！你车的天窗没关，外头雨可大了，你赶紧看看去吧！”

“知道了。”晏阑活动了下酸胀的肩膀，顺手拿了把伞就往停车场走去。大雨把车顶砸得闷响不断，还有雨水顺着天窗滴下来，饶是如此，也没扰了在车里睡觉的人的清梦。晏阑原本憋了一肚子的话，想说他累了不回家，想说他在车里睡觉也不知道打声招呼，想说他开着空调又不盖被子拿自己身体开玩笑，可是在看见那人沉睡的模样时却什么都说不出来了。

车门关闭的声音吵醒了苏行，他睁开惺忪的睡眼，愣了好一会儿神，才彻底醒过来。他看了眼手表，又看了看坐在驾驶室的晏阑，不好意思地笑了笑，说："我鸠占鹊巢了，领导要骂我吗？"

晏阑拿了块吸水布把溅进车里的雨水擦掉："困了不知道回家去睡？我又没拘着你加班。"

“没打算睡的，不知道怎么着就睡着了。”

“说说，想什么呢？”晏阑问。

苏行沉默片刻，问：“是不是我真的把人想得太坏了？”

“原来是思考人生了。”晏阑嘴角勾起一丝无奈的笑，“人心底的善恶是并行的。道德与法律是拦着人往恶的一面跌落的绳子，但总有人会突破这两条绳。”

“嗯？”

“陆嘉招了，就是他杀的。因为他觉得女儿分走了他妻子的爱，从女儿出生之后他就一直不开心，后来儿子出生之后，吴娉婷几乎全身心扑在了两个孩子身上。陆筱是个很敏感的孩子，因为感觉不到父亲的爱，又遭遇了校园暴力，诊断出了抑郁症，已经在家休学一年了。出事那天是工作日，早上起来陆筱情绪不好，吴娉婷就向单位请了假在家陪她。陆嘉因为这件事心里一直压着火，到中午的时候，吴娉婷要出去送份文件，给陆嘉打电话让他回家照顾女儿。陆嘉跟陆筱说带她出去散散心，让她自己出小区，打车到指定位置。接上陆筱之后，陆嘉带她去了快餐店，吃完之后就把她带到了烂尾楼那儿，趁着陆筱不注意把她推了下去。之后他删了行车记录仪，骗吴娉婷说回家就发现女儿不见了。”

“这是什么变态啊，自己女儿都下得去手！”苏行恨恨骂道。

“好了。”晏阑抬手替苏行按摩着太阳穴，“头疼好久了吧？下午看你在停尸间外边儿的时候就不对劲。”

晏阑的指腹的温度让苏行剧烈的头痛缓解了不少。他长出了一口气，说：“没事了，我这刚回来复职就闹病影响不好，该回去了。”

“这不是闹病，这是后遗症。”晏阑纠正了苏行的话，又说道，“去休息室躺会儿吧，车上睡总归是不舒服。”

“好。”苏行轻轻点了头，跟着晏阑一起回了办公楼。

谢潇苒看见苏行回到办公室，立刻凑上前，献宝似的递上一板止疼药：“师兄，要吗？”

苏行被谢潇苒这动作逗得笑了出来：“一个布洛芬而已，让你弄得跟什么地下交易似的。”

“那可不就是地下交易嘛。”谢潇苒把布洛芬塞到苏行手中，“王主任特意叮嘱过，师兄手术之后就一直有头疼的后遗症，让我备着点儿布洛芬。你不愿意麻烦人，我毕竟是女生，常备布洛芬也正常。”

苏行就着水把布洛芬吃下，才说道：“说吧，想知道什么？”

“师兄就是师兄！”谢潇苒拉着椅子坐到苏行身边，“师兄能给我讲讲吗？今天我发现不对劲是因为我代入到吴娉婷的角度，觉得被那么抱着肯定不舒服。那你又是怎么发现问题的？”

“看见尸体的反应。”苏行解释说，“无论尸体被整理得多么整洁干净，正常人看见至亲意外身亡的尸体，都会有一个反应的过程。大部分都是疑惑、震惊、难以置信，到悲伤、难过、心痛，最后才是接受。但是陆嘉的反应是反过来的。”

“反过来？”

苏行：“他看见陆筱的尸体，第一反应是接受，然后才是悲伤。而且他的悲伤和心痛是在吴娉婷痛哭的时候才流露出来的。换句话说，他的悲伤是因为他妻子，而不是他女儿。”

“我懂了！”谢潇苒说，“就像陆嘉自己招认的那样，他觉得孩子绊住了他妻子，是累赘，他对自己的孩子没有爱，只有恨。可是……”谢潇苒又提出了疑问，“可是他女儿已经十一岁了，按道理来说应该是他家那小儿子更消耗吴娉婷的精力吧，他为什么要对女儿下手呢？”

“你也说了，女儿，和儿子。”苏行淡然说道。

“啊……”谢潇苒撇了撇嘴，万分嫌弃地说道，“什么垃圾人！”

苏行摇了摇头，端起水杯喝了口水。

“我还有一件事。”谢潇苒又凑上前，低声问道，“师兄，刑侦的庞哥是单身吗？”

“噗——”苏行一口水喷了出来。

图书在版编目（CIP）数据

暗潮. 完结篇 / 蓝鲸不流泪著. -- 长沙 : 湖南文艺出版社, 2023.6 (2025.7重印)
ISBN 978-7-5726-1177-3

Ⅰ. ①暗… Ⅱ. ①蓝… Ⅲ. ①侦探小说－中国－当代
Ⅳ. ①I247.5

中国国家版本馆CIP数据核字(2023)第089108号

暗潮 完结篇
AN CHAO WANJIE PIAN

作　　者：蓝鲸不流泪
出 版 人：陈新文
责任编辑：李　阔
出版统筹：邓　理
选题策划：谌　俊
装帧设计：张娅君
内文设计：谭琼玉
出版发行：湖南文艺出版社
（长沙市雨花区东二环一段508号　邮编：410014）
网　　址：www.hnwy.net
印　　刷：湖南天闻新华印务有限公司
经　　销：新华书店
开　　本：150mm×210mm　1/32
字　　数：384千字
印　　张：11
版　　次：2023年6月第1版
印　　次：2025年7月第7次印刷
书　　号：ISBN 978-7-5726-1177-3
定　　价：48.00元